Xabier Quiroga nació en el año 1961 en Escairón (Lugo) y se licenció en Filología Galaico-Portuguesa y Filología Hispánica por la Universidad de Santiago de Compostela. Actualmente es profesor de Lengua y Literatura Gallega.

Se dio a conocer en el terreno novelístico gallego con la sorprendente *Atuado na braña* en 2002, novela extensa que además de conquistar la fidelidad de un lector ávido de historias, recibió el calor de la crítica, recibiendo el Premio Losada Diéguez (también otorgado a Domingo Villar, por *La playa de los ahogados*). En 2004 reapareció con la novela *Era por septiembre*, novela de formato más breve y calificada por la crítica como «una joya, breve e intensa». Su novela *El Cabo del Mundo* recibió en 2009 el Premio de la Crítica. Con *Zapatillas rotas*, su siguiente novela, volvió a recibir el Premio de la Crítica en 2015.

La casa del nazi ha tenido una gran acogida por parte de los lectores, además de ser ensalzada por la crítica, ser finalista del Premio Gala do Libro Galego y ganar el Premio Arzobispo de San Clemente a la mejor novela.

Xabier Quiroga es uno de los autores más representativos y leídos de la poderosa narrativa gallega actual. En su original obra sobresale el intento de interpretar la realidad de su país y de sus gentes a partir de la historia más reciente, así como una búsqueda de lo esencial del ser humano.

MAXI

RAP. 3 2401 00925 537 5

Título original: *Izan o da saca*

Primera edición: marzo de 2018

© 2017, Xabier Quiroga
© 2017, 2018, Penguin Random House Grupo Editorial, S. A. U.
Travessera de Gràcia, 47-49. 08021 Barcelona
© Isabel Soto, por la traducción del gallego

Printed in Spain – Impreso en España

ISBN: 978-84-9070-549-0
Depósito legal: B-5.733-2018

Impreso en Rodesa
Villatuerta (Navarra)

BB 0 5 4 9 0

Penguin
Random House
Grupo Editorial

La casa del nazi

Xabier Quiroga

MAXI

A todos los que se creen las historias de la literatura, aunque sean ciertas.

A las que siempre están ahí. A los hombres y mujeres de la Ribeira Sacra.

Y a cuantos leyeron y aportaron, sin olvidar a los monjes de Samos por el trato. También a los muchos personajes reales, aparezcan o no con su nombre en esta novela.

¡Soio me alenta
neste deserto
a luz da estrela
que brila ó lexos!

[¡Solo me alienta
en este desierto
la luz de la estrella
que brilla a lo lejos!]

No escuro,
RAMÓN CABANILLAS

Nota del autor

Si todos los hechos relatados en este libro fueran producto de la fantasía, no quedarían verdades en los rincones más ocultos de nuestra historia.

La cáscara

A medida que Fabio Vázquez, oficial subalterno con plaza en propiedad, se acercaba a la puerta cerrada, aquella en la que una placa con letras doradas advertía FISCAL SUPERIOR DE GALICIA, tenía la certeza de que, además de alterar el sosiego de las cosas que meticulosamente ordenaba cada tarde la señora de la limpieza, los golpes de sus nudillos volverían a perturbar a su único ocupante.

Al llamar, recordó que en su anterior entrada, hacía una hora, el titular del despacho enumeraba por teléfono a su interlocutor los principios que regían su labor, para concluir con un taxativo: «Y ya que mencionas la confianza que nos tenemos, te aviso, para que se lo recuerdes a tu cliente: las diligencias y medidas preventivas que se tomen en esta investigación estarán siempre orientadas a garantizar la más estricta legalidad. Y no tengo más que decir»; por eso esta vez Fabio Vázquez abrió con cuidado, y el fiscal, además de mostrar el diente por la comisura derecha, lo miró de reojo, conformando un gesto que el subalterno consideraba más propio de un tahúr que de un alto jerarca de la justicia. Reacio a que lo molestaran cuando, cada viernes antes de marcharse de fin de semana, hablaba por teléfono con una tal Rita, en esta ocasión dijo: «Perdona un momento» hacia el micro, lo tapó con la misma mano con la que sostenía el auricular y pronunció en tono airado la acostumbrada pregunta sin respuesta: «¿Y ahora qué pasa?»

Una vez concluida la ceremonia que consistía en que, sin decir palabra, el oficial depositaba la correspondencia en una esquina de la mesa y se retiraba con ademán tranquilo, si acaso temeroso de una reprimenda que nunca se producía, el fiscal pudo retomar la conversación telefónica.

«No puede ser, Rita —profirió—, ¿tú sabes lo que me cuesta encontrar un hueco cuando vamos a la casa de la playa? No solo porque vengan mis hijas y algún que otro amigo, sino...» Se detuvo porque del otro lado atajaron su réplica. Y durante casi dos minutos guardó silencio mientras escuchaba un argumento con el que no parecía estar de acuerdo, pues negaba con la cabeza al tiempo que se pasaba la mano libre por el cuello para comprobar de nuevo lo mal afeitada que le había dejado esa zona la máquina que su mujer acababa de regalarle. «Ya lo sabes, no es necesario que te lo repita», concedió, para enseguida continuar escuchando. Hasta que, cuando le otorgaron el turno, pronunció con desidia: «Me parece bien, sí, porque...» Esta vez fue el sonido del móvil, una reliquia colocada sobre un trípode metálico encima de la mesa, lo que interrumpió sus argumentos.

De reojo, comprobó la llamada. «Marcial edit», rezaba la pantalla digital, en la que también se veía el rostro lampiño de un hombre de mirada apagada y un tanto extraviada. Sin hacer caso de lo que la mujer alegaba en su oído, se preguntó qué mosca le habría picado al editor después de más de tres años sin hablar, justamente desde aquella insulsa presentación en la que el fiscal no solo había pagado los aperitivos, sino que, a pesar de los elogios de los que compartían estrado, se había quedado con la inquietante sensación de que todos los que habían acudido al salón del hotel y habían comprado su libro lo habían hecho por mero compromiso.

«Mira, Rita —soltó con brusquedad—, no le des más vueltas. Ya sabes lo que hay. Si no te llamo es que no puedo librarme. Y punto. Quedamos el lunes en el sitio y a la hora de siempre. Y ahora te dejo, que todavía tengo asuntos que atender.» Esperó la despedida, soltó un «Otro para ti» sin demasiado convencimiento y colgó el auricular.

Mientras el móvil seguía extendiendo por el despacho el *allegro molto* del cuarto movimiento del *Cuarteto de cuerda número 19* de Mozart, el fiscal apoyó las vértebras en el respaldo de la silla y resopló. Lo hizo como si el hastío vital que a veces le embargaba pudiera con todo. También con él; por eso, en lugar de coger el teléfono, pues maldita la gana que tenía de enredar con nadie, y menos con el editor, sabedor de que le esperaban dos días de tedio en los que siempre aparecía algún niño travieso —el hijo de cualquier invitado al que, en lugar de corretear por la playa donde las madres se tumbaban a tomar el sol, le daba por bombardear la piscina en la que a diario él buscaba la compañía de la sombra de la vieja higuera y de un whisky escocés competente—, lo dejó sonar y miró la hora en el reloj de pared. «Y veinte, ya.»

Consideró que, de nuevo, había regalado minutos de su ocio a la sagrada tarea acusadora del ministerio público. «Ni uno más», decidió de inmediato, pues tampoco procedía llegar tarde a la comida y tener otra discusión, de ahí que se pusiera en pie, retirase la americana de la percha y se la pusiera con tranquilidad, ajustándose las solapas y anudándose la corbata. Luego, cuando la melodía se extinguió, cogió su cartera de mano, dirigió la mirada al móvil y, justo cuando se disponía a guardarlo, el aparato volvió a sonar.

«¡A ver, hombre!», exclamó, molesto por la insistencia.

Tras los cumplidos, de los que los interlocutores procuraron no abusar, el fiscal, como si un apuro repentino lo llevase a ser descortés, formuló una pregunta que, adrede, dejó sin concluir: «¿Querías algo o...?» Del otro lado replicaron: «¿Ya has abierto el sobre?» «¿Qué sobre?» «¡Pero coño! —protestaron—, si hace una semana que te lo envié por SEUR. Y además urgente. A tu nombre, a tu despacho. ¿Lo has recibido o no?», insistieron.

Pensó que no venía a cuento excusarse con que los envíos que llegaban a la Fiscalía debían superar el preceptivo filtro de seguridad, con que el sustituto del ayudante andaba algo perdido y, para colmo, la escrupulosa secretaria que le gestionaba la agenda desaparecía de su puesto en el mismo segundo en que la aguja del reloj llegaba a las dos y sin importarle las tareas pendientes. «Espera, que a lo mejor...», apuntó, como disculpándose, y rodeó la mesa para buscar entre el correo que el subalterno le había dejado.

«¿Cómo es?», inquirió, por mantener viva la conversación. «Mira, no importa ni cómo es ni cómo deja de ser —sostuvo el editor, con una rara tensión en la voz—, importa que te llegue. Y que le eches un vistazo, claro. Después, tú verás lo que haces.» «Marcial, aquí hay un envío de... Sí, SEUR. ¡El tuyo!», proclamó el fiscal, satisfecho por haber descubierto entre los cartapacios y carpetas de cartón, un sobre grande y abultado. «¿Lo tienes, entonces?», preguntaron. «Lo tengo. ¿De qué se trata?» «De una novela y de algo más. Enseguida lo comprobarás», dijeron, y el fiscal, con el ceño fruncido, pensó que siempre habría alguien que pensara que el trabajo de los demás consiste en estar ociosos.

«Yo solo llamaba para asegurarme de que lo habías recibido. A mí me llegó tal y como lo ves, hace tiempo —advirtió el editor. Y, como estimulado por el deseo de escabullirse, añadió—: Venía dirigido a mí y sin nada que pudiera identificarlo. Anónimo, en definitiva. Lo abrí, lo leí todo, incluida la novela, y... No sé si quien me la mandó pretendía que se la publicara o qué, pero considero que es más cosa tuya que mía. Yo no quiero saber nada. Mejor dicho: yo no sé nada. Pero nada, ¡eh! Como si no lo hubiera recibido nunca. ¿Has oído? Y abur, Carlos.»

El fiscal, sorprendido por el comportamiento del editor, permaneció con el móvil en la mano derecha, pegado a la oreja y con los pitidos advirtiendo de la llamada interrumpida. En la izquierda, el sobre.

Cuando por fin consiguió reaccionar, se guardó el aparato en el bolsillo y, aunque deseaba irse a casa, por curiosidad, decidió examinar el envío. Aplicando el abrecartas con esmero, rasgó el borde y vació su contenido: una carpeta de cartón con papeles dentro y un grueso ejemplar del mismo tamaño, con un canutillo de alambre y tapas de plástico transparente. «La novela», pensó con desgana, mientras la dejaba a un lado.

Sin más preámbulos, abrió la carpeta. Descubrió que contenía recortes de noticias de periódicos gallegos e impresiones de algunas páginas digitales, todas con fecha de hacía tres años. «¿Y esto?», soltó, con el diente asomando por la comisura derecha, mientras leía muy por encima varios titulares: «Joven muerta en extrañas circunstancias», «Suspendida definitivamente la búsqueda del cadáver», «Una familia rota», «Doble suicidio familiar en la Galicia profunda», «Duelo en el gremio taxista», «La florista del Campo de la Compañía, ¿otra víctima de la violencia de género?», «Sin aclarar la muerte de la calle Huertas», «Policía judicial en la UCI por disparo fortuito»...

Se detuvo. Como aturdido ante la necrológica de un tal Graciano Fernández Souto, de noventa y tres años, clavó su mirada en las siglas DEP y pensó un instante en aquella documentación. Excepto esa defunción, por muerte natural, los titulares parecían las cuentas de un rosario de fallecimientos dispersos por el país, todos en circunstancias violentas, sin aclarar, o sobre los que los redactores de los periódicos vertían sus dudas. Y alguien se había encargado de recoger y recopilar tales noticias. «¿Para qué o por qué —se interrogó—. ¿Qué sentido tiene...?» Por un instante, considerando lo que constituía su deber, hasta le pareció lógica la llamada del editor. Entonces, como harto de sus propios pensamientos, cerró la carpeta y la arrojó sobre la mesa. «¿Pero qué se habrá creído este, que no tenemos nada más que hacer que investigar sus neuras? —protestó—. ¡Venga, hombre!»

Al instante, echó mano a la cartera y revisó su contenido. Por fin, tras varios meses, no había metido en ella ninguna carpeta con cualquier caso del que se ocupara la Fiscalía Superior. «Fin de semana libre —pensó—. Horas de sopor y tedio, aguantando a la familia.» La cerró con desánimo, se levantó y, como si una concesión a lo desconocido rozara su mente, miró de refilón la supuesta novela.

Sobre la mesa, aquel montón de folios sujetos por un canutillo parecía ofrecerse. El señuelo. Tal vez por eso lo abrió por la primera página, leyó el título que figuraba en ella, *La casa del nazi*, el subtítulo entre paréntesis, *En la oscuridad*, y frunció el ceño. Sin más, la cogió, la metió en la cartera y, mientras cavilaba en lo que le convenía, «para entretenerme o como coartada», el fiscal abandonó el despacho.

LA CASA DEL NAZI

(EN LA OSCURIDAD)

En la oscuridad

En la oscuridad todo es denso. Abres los ojos y no ves, quieres hablar y no eres capaz, intentas moverte y no puedes. Una mordaza cubre tu boca y estás atado de pies y manos. Además, sabiendo como sabes que no hay nada que puedas hacer, tienes el alma, o ese inefable hálito que te envuelve, agarrada como por una mano de angustia. Porque te sientes impotente, condenado a sostener este cuerpo demacrado por el veneno y el ardor.

Tal vez lo mejor sea, después de intentar gritar, patalear y retorcerte sin lograrlo, conformarte y esperar la muerte en el pozo de terror en el que te han metido. Y emplear la mente para recordar cómo has llegado hasta aquí.

Galicia, NO de la península ibérica, noviembre de 1935

Manuel, *el Penas*, miró una vez más sus manos aferradas al varal de la barca en medio del Miño, rudas, fornidas, unas manos siempre deseosas de actuar, y recordó lo hablado hacía unas horas en la reunión de la Sociedad Agraria de Ribas do Miño.

Estaba hasta los cojones del viejo cura, había proclamado ante los demás socios, que, por no estar callado, predicaba en contra de ellos. ¿Por qué tenía que llenarlos de mierda delante de las urracas enlutadas que se amontonaban cada mañana de domingo en los bancos de la iglesia de A Cova? A ver, ¿por qué? ¿Por qué defendía siempre a los señoritos y no se preocupaba de los que se ganaban el pan deslomándose sobre la tierra? ¿Por qué se dedicaba siempre a buscarles las cosquillas sin venir a cuento? ¿No era él, don Ramón, el que decía ser representante de Dios ante la gente pobre y derrengada que no hace otra cosa que trabajar sin descanso para los caciques de la parroquia? Claro que lo era. Porque si en eso consistía la religión del cura, la que le cabía en la faltriquera de la sotana y le llenaba el buche, estaba equivocado. Religión, sí; ideología, desde luego que no.

—¡Que cure las almas pecadoras, si puede, pero que deje de una puta vez de despotricar contra las izquierdas y la República! —añadió, indignado. Y aun gritó—: ¡A Dios lo que es de Dios, a los hombres lo que es de los hombres!

El Penas otra cosa no tendría, opinaba la mayoría, pero de labia y arrojo andaba sobrado. Hoy había tocado la primera, después de pasar por la cantina de Belesar, donde amarraba la barca antes de subir por el camino empedrado de Os Cóbados, y todos habían escuchado su intervención con la cabeza gacha y esbozando una sonrisa, aguardando el momento de alzar la mano para tomar las decisiones por mayoría simple, como al parecer estaba escrito en unos estatutos que los que sabían de letras habían leído alguna vez. La segunda ya llegaría.

—¡Porque un cura, por muchas parroquias que lleve, por muchas misas que diga, no puede seguir con esos sermones en contra de los que hemos ganado las elecciones, en contra de quienes lo mantienen! —había proseguido, con vehemencia—. ¡Ni puede ni nos sale de los cojones consentírselo!

—¿Y qué propones hacer tú? —había soltado el secretario, un hombre de gafas redondas y culo aplastado por los años de preparación en la Academia Cervantes, como incitándolo.

—¡Que por lo menos le vea las orejas al lobo!

—No sé por dónde vas ni si hablas por hablar, Penas.

—No hablo por hablar, ya me conoce. Digo que si hay que meterle miedo, se le mete, ¡que entre las piernas le cuelga lo mismo que a nosotros, aunque no use pantalones!

—Cuidado con eso —había manifestado con gravedad el secretario, tras apagarse las risas—. Acuérdate de lo que pasó en la capilla de Lamaiglesia hace dos años: en vez de ayudarnos, muchos socios se volvieron contra nosotros, y hasta hubo quien pidió la baja.

—Las mujeres son el mismo demonio, señor secretario —alegó. Y miró a los demás—: Si se empeñan, os convencen a vosotros y a María santísima.

—¡Claro, como tú no tienes, Penas! —protestaron desde un lado.

—Tuve mujer, que en paz descanse, y aún la tengo, aunque Loliña sea una niña —objetó, puesto en pie—. Así que dejémonos de historias y venga, a ver, ¡quien se apunte para escarmentar al cura que levante la mano!

Ahora, Manuel, *el Penas*, mientras contempla la superficie del río pellizcada por la fina lluvia, siente la rabia en su interior. Solo él había mantenido el brazo erguido, solo él se había movido y, como herido en su orgullo de orador que no era, sin esperar palabra, había arreado para fuera con gesto de enfado y el deseo de refugiarse para siempre del mundo en su vieja barca, si acaso en la casa de O Pousadoiro con su hija, pero lejos de aquella recua de pusilánimes de boina gastada y mentalidad apocada que nunca, estaba seguro, serían capaces de cambiar las cosas.

Él quería, deseaba un cambio porque el trabajo ya escaseaba. Y mucho más desde que el nuevo puente había arrasado su negocio: cruzar el río. Mal tajo el suyo, caviló, sin futuro ni presente. Le quedaban, eso sí, cuatro paisanos que, a modo de clientes, mandaban recado la víspera para pasar los arreos con las mulas y alguna que otra hacienda con que pagar la contribución, y por supuesto los canastos con las uvas en la cada año más precaria vendimia. Las migajas de una tarea que disminuía con el paso de las lunas.

Había tomado conciencia de ello cuando, tendido en el camino tras resbalar en una piedra, fijó la mirada en el robledo de colores ocres y amarillos, sembrado del marrón de la hojarasca posada a los lados, y, como si aquel lugar le hablase, había sentido el frío de las piedras ascendiendo por sus nalgas. Tomaba conciencia ahora, en el río, empapado por la llovizna que la estropeada coroza no lograba detener, después de bogar con saña hasta la curva de Pincelo, sortear los remolinos acercándose a la margen de Mourelos y divisar a lo lejos, entre los bancales, la loma desde la que la iglesia de San Martiño da Cova vislumbraba con serenidad la revuelta.

Entonces, como si la baraúnda que su espantada había provocado en la reunión hubiera llegado a arañarle por dentro, comprendiendo que jamás sería capaz de olvidar la amargura de aquella derrota, Manuel, *el Penas*, cayó en la cuenta de su pequeñez en medio del cañón del río y bramó:

—¡Se acabó el barquero de O Cabo do Mundo!

Primera parte

El encargo

1

¿Quién, con cierta inquietud intelectual y después de que le azucen la mente con un vestigio del pasado, no sentiría la tentación de conocer la verdad sobre la presencia de nazis en este rincón de la península ibérica? Un idiota, quizás. Así que, cuando don Manuel Varela Arias me habló de aquel e-mail, reaccioné con estupor. Al parecer procedía de una dirección desconocida e indicaba un asunto un tanto raro: «sobre nazis», sin más. Nadie con dos dedos de frente se para a leer esas tonterías, y menos él, contó, así que a punto estuvo de eliminarlo; si no lo hizo fue porque en ese momento iba a dar una charla y optó por desconectar el móvil. Pero una vez finalizado el acto, comprobó sus mensajes y... allí seguía.

La mesura que él mostraba al relatar estos hechos confería a nuestra entrevista un aire de seriedad que me desarmaba, y aunque busqué en mi repertorio la cara más seria, lo cual no resulta fácil dada mi propensión al escepticismo y a la ironía, reconozco que de entrada me sentí fuera de lugar. Sin embargo, don Manuel parecía tenerlo claro, pues lo que siguió fue algo así como intentar ascender un escalón más en mi confianza: me pasó el móvil. En él pude leer lo que, como una chispa en la paja seca del estío, encendió mi interés:

Estimado señor:

Antes de nada y con la finalidad de evitar desconfianzas, permítame presentarme. Me llamo Marcelo Cifuentes y durante muchos años fui representante del Centro Simon Wiesenthal en la República Argentina. Ahora, aunque retirado por la edad, colaboro ocasionalmente en algunas investigaciones sobre criminales nazis. Pero voy al grano con lo que, ya le adelanto, sin la menor duda, será de su interés.

Hará unos diez meses recibí una misiva desde su tierra. Procedía de un universitario que se había decidido a rastrear la presencia en Galicia de Adolf Hitler y de otros nazis tras la derrota de la Segunda Guerra Mundial. Afinando más, pretendía demostrar su presencia o su tránsito por ahí antes de instalarse definitivamente en América del Sur. Sin más datos que me permitieran identificarlo que la letra V y la dirección electrónica utilizada, al parecer por encargo o como trabajo de investigación para un profesor de una facultad que tampoco especificaba, solicitaba mi colaboración.

No sé si este tema le resulta novedoso, pero se trata de una hipótesis (en el caso del Führer, ya que la presencia de nazis en su tierra está más que demostrada) discutida por los historiadores y que todavía suscita un vivo debate a nivel mundial. Varios estudios más o menos documentados sostienen que Hitler no se suicidó en el búnker de Berlín, sino que planificó su huida a través de la organización Odessa (que nosotros preferimos denominar Ruta de las Ratas, por atribución de unas características en las que ahora no procede entrar). Pero no creo que sea este el momento de ahondar en ello.

El mencionado V, una vez redireccionado a mí por el Centro Wiesenthal, pues parte de mis investigaciones se han centrado en los nazis que arribaron a Argentina desde Galicia, buscaba información fiable sobre los nazis y esa discutida teoría.

Es probable que ahora mismo se esté preguntando qué tiene que ver todo esto con usted. Pues resulta que en la breve correspondencia que mantuve con el joven (tres mensajes cruzados), y antes de perder toda relación con él, mencionó un nombre. El suyo.

Debo confesar que me agradaría estar a su lado para comprobar la reacción que provocan en usted estas palabras.

Para ser más preciso y que no piense en extrañas elucubraciones por mi parte, transmito de manera literal el párrafo final de V en su último mensaje:

«Todas las investigaciones conducen a una persona de prestigio en nuestra comunidad: Manuel Varela Arias. Y no sé qué hacer.»

Enviaba un abrazo y, sin causa justificada, ya no ha vuelto a ponerse en contacto conmigo ni a abrir mis correos, que fueron devueltos por el servidor. Así, y debido a que la cuenta fue cancelada posteriormente, no pude acceder a los datos de ese usuario, por lo que, tras varias semanas sin noticias y movido por la lógica curiosidad, decido agarrarme al único cabo que se me ofrecía: su nombre. De ahí que haya buscado su dirección y me haya atrevido a escribirle estas líneas.

Teniendo en cuenta que tampoco es este el procedimiento habitual de la organización de la que formaba parte, y dejando claro que no es mi intención acusarlo de nada, no sé si actúo bien dirigiéndome a usted. Simplemente he pensado que, antes de ponerlo en conocimiento de otros colaboradores en activo, debía ofrecerle la oportunidad de que entráramos en contacto y de tratar el tema en privado.

Para ello no tendrá más que responder a esta misiva. Yo me ofrezco a hacerle partícipe de cuantos datos manejo e, incluso, para que vea que obro de buena fe, a facilitarle para su lectura los mensajes completos que V me dirigió.

Sin más, a la espera de sus noticias, reciba un saludo.

MARCELO C.

Acabé de leer y, como corresponde, me quedé pasmado. No sé si como un insulso buscavidas o como el ladino cocido por la existencia que soy y al que cualquier imprevisto hace hervir las neuronas, pero, ante la mirada inexpresiva de don Manuel, me quedé pasmado. Y él lo notó.

Antes de proseguir, diré que me llamo Pepe. Y vaya por delante que, si bien no puede decirse que el nombre sea original, el alias, *Reina*, o *Reiniña* para los que abusan de la confianza, tiene su prestancia. No soy ningún muerto de hambre; ejerzo de taxista con licencia en una olvidada parada de una solitaria calle de un pueblo más muerto que vivo de la Galicia interior, hecho que unas veces justifico por evadirme de la ciudad que tantos años me oprimió y otras por recuperar una infancia de aldea que me hizo madurar. Añadiré que también por disponer de tiempo para ciertas vanidades, entre las que cito la de entretenerme indagando en cualquier cosa y la de leer novelas, una pasión, esta última, que servirá para concluir la presentación, pues utilizaré un párrafo de una en la que participo, urdido por un narrador de la zona con tendencias clandestinas, sin el cual nunca hubiera caído en la inmunda charca en la que ahora me agito: «Yo, que desde luego no soy novelista ni nada que se le parezca, pero que llevo corrido suficiente mundo como para saber lo que se mueve en él, tengo alma de detective.»

2

Verano en la Ribeira Sacra. Entre el bochorno que siega pardales al vuelo, se celebran montones de cuchipandas y multitudinarias romerías con viejo estandarte descolorido en las que participa quien puede y quiere, incluso aborígenes retornados y turistas despistados o esquilmados por la crisis. En ellas, por fuerza, triunfa el churrasco. Pero también, hacia el atardecer, tienen lugar concurridas fiestas privadas, de esas que evitan el calor de las horas centrales del día y en las que los cuerpos disfrutan de las piscinas de bodegueros con denominación de origen venidos arriba por el compadreo con promotores tocados por la burbuja del ladrillo y con políticos enraizados en el ancestral nepotismo. Esta castiza *jet set* de la Ribeira Sacra, entre la delicadeza del crepúsculo, los tragos del fresco Mencía y al abrigo de los emparrados, frecuenta la farra bien alejada de la miseria y del paro que se extienden como una plaga por las ciudades con pretensión de urbe y por las aldeas sin ADSL ni alcantarillado por donde evacuar la mierda, por citar algo real que nunca se tiene en cuenta.

Pues en una de estas selectas reuniones me encontraba. Me había dejado caer por allí tentado por las curvas de una morena de ojos saltones, sonrisa dulce, pechos grandes y conversación amena. Si no menciono la belleza es porque sus encantos no iban por ahí. Entregado como un pasmarote al asedio de un cuerpo veinte años más joven, y con escasas perspectivas de éxito, me acerqué también por ser festivo, porque había acabado el libro de un autor checo de nombre impronunciable, y porque, por supuesto, no tenía mejor sitio adonde ir. Pero una vez convencido de que la ansiada hembra no incluía entre sus planes aguantar a un camándula con intenciones tan espurias como las mías, decidí aprovechar la ocasión para probar el Caíño joven.

En eso estaba, copa en mano, cuando el grupo en el que me encontraba agotó su repertorio y no se le ocurrió mejor cosa que sacar a la palestra la ficción sobre la zona. Ese camino nos llevó enseguida a la novela que recrea la represión falangista a orillas del Miño y en la que yo, como ya he dicho, tengo un papelito. Fue así como, entre patrañas y exageraciones a punta pala, me vi implicado en la charla, y eso que entre los que llevaban la voz cantante en aquel corro ni por asomo se adivinaba ningún orador competente, más bien todo lo contrario.

En esas estaba cuando, con la oreja atenta a lo que se cotilleaba de mí y la mirada clavada en la nuca de una estilosa mujer, y no solo por el elegante vestido negro sobre el que describía ondas una melena de amazona, sino por la refinada presencia en la que sobresalía, entre los labios de carmín, una ligera sonrisa de inteligencia y decoro, me fijé en que un desconocido giraba sus ojos azules para observar mi reacción cada vez que surgían mis hazañas y la hilaridad —la estupidez humana tiene estas cosas— se extendía entre el grupo. Era él, don Manuel.

Así pues, como si tuviera una premonición de lo que iba a suceder, mientras soportaba el banal relato, me centré en mirar de refilón a aquella mujer y a su acompañante, a quien me parecía haber visto más de una vez en los medios de comunicación pero al que no acababa de identificar.

Lo describiré, con su cabellera canosa y su rostro rasurado, como el eterno seductor maduro y bien conservado. Calzaba sandalias de cuero, vestía vaqueros de marca cortados a la altura de los tobillos, fresca camisa de lino blanco y, cómo no, exhibía un enorme Rolex en la muñeca. Se mostraba interesado no solo en el cañón del río Miño que se divisaba tras los cristales o en el aura de la mujer que estaba a su lado, sino en todo lo que se movía por allí, especialmente en lo que de mí se proclamaba. Y ni siquiera cuando el hijo del bodeguero, emocionado como nunca lo había visto, se presentó con la segunda edición de la novela entre las manos y se atrevió a leer, qué digo leer, recitar varios pasajes de mis quehaceres de ficción, el hombre modificó su actitud escrutadora hacia mí.

Sería más tarde, una vez que por mera ignorancia el tema se agotó y pude perderme por la sala en busca de otros escotes y de algún canapé, cuando ocurrió lo que no tenía visos de casualidad: coincidimos en una ventana que recibía la brisa del río.

—Así que tienes espíritu indagador —comentó, sin ni siquiera saludar, al tiempo que apoyaba los codos en el alféizar.

—Un simple solterón entrometido —comenté, sin mirarlo.

—Y taxista a ratos —añadió, recordando lo escuchado.

—Una mera coartada —justifiqué, burlón—. Para tener algo por lo que cotizar y que el fisco no desconfíe.

—Este siempre ha sido un país de defraudadores.

—Desde luego, pero unos más que otros.

A continuación, como dos amantes que no desean mostrar al mundo su tormentosa relación, permanecimos un instante en silencio, admirando el paisaje ribereño. Tras la pausa volvió a hablar:

—¿Y te mueves por todo el país o prefieres quedarte donde estás?

—Digamos que soy culo de mal asiento.

—Lo pregunto por si hay alguna posibilidad de contar con tus servicios.

Me volví y lo miré. Tras las gafas oscuras intuí secretas latencias que, ciertamente, me atraían, pero en ese momento tampoco estaba seguro de que aquel hombre no necesitase un taxista al uso que le librase del jolgorio de la queimada final. Tal vez por eso recuperé mi posición e intervine de nuevo, un tanto rudo:

—Sí, la hay. Pero resulta que a veces tengo la bandera bajada.

Él, como si esperase más verborrea en mi respuesta o como si se contentase con esa disculpa, no abrió la boca.

—Una de esas veces es cuando estoy de fiesta —precisé, suavizando el tono. Y él continuó callado, mirando a lo lejos pero muy atento a mis palabras, por lo que sentí la necesidad de perpetuar la réplica con otro ejemplo, esta vez drástico—: Y la otra cuando no me da por ahí, lo que invalida cualquier pretensión de desconocidos.

Percibí de inmediato una nimia decepción en su ceño. Entonces pensé que yo me había pasado y él no desaprovechaba los silencios.

—¡Qué se le va a hacer! —añadí, en realidad por no estar callado—. La mente humana es así de disconforme.

—Me parece bien —comentó. Y a mí también me pareció bien que obviase lo del taxi, y que además objetase—: Pero dejando a un lado tu desconfianza inicial, lo que yo busco es una persona despierta, sin complicaciones legales y con cierta competencia para realizar una pequeña investigación privada. Y creo que podrías ser tú.

Dicho lo cual, sacó una tarjeta del bolsillo de su camisa. Me la ofreció y dijo, u ordenó, porque con esta gente nunca se puede estar seguro:

—Mañana a la una. Si te da por ahí.

Se levantó y caminó con paso firme hacia la salida, donde ya le esperaba la mujer del vestido oscuro. Y yo, tras leer su nombre en la tarjeta, sobria pero de diseño, permanecí en la ventana hasta que los dos aparecieron por el empedrado del patio. Los vi dirigirse al aparcamiento, donde enseguida se les unió un hombre corpulento, rapado, con gafas de sol y pinta de matón, que alargó el encogido brazo para activar la apertura automática de un llamativo BMW aparcado a la sombra de unos cerezos.

Como un caballero a la antigua usanza, el acompañante le abrió la puerta trasera a la mujer. En cuanto ella se metió en el coche, cerró con suavidad, rodeó sin apuros el perlado automóvil y entró por la puerta que el calvo mantenía abierta. Después, mientras yo pensaba en lo bien domesticados que debía de tener a sus secuaces, el asistente ocupó el puesto de conductor, encendió el coche y, tras varios acelerones, se perdió por la pista que serpenteaba entre los viñedos.

Fue entonces, a pesar del incordio de tener que desplazarme al día siguiente a la capital, y mientras cavilaba en la curiosidad que me provocaba el arrimo de personaje tan exclusivo, cuando me atrapó una rara tentación. Pero, de pronto, justo mientras incorporaba sus datos a mi *tablet*, aparece por detrás la morena de mis desvelos.

Sería la fama que me precede y que se había propagado, o tal vez un oportuno fracaso que la había envuelto. Sería lo que fuera. Sucedió que esa hembra, de nombre Verónica y apellidos incógnitos, la misma que en las distancias cortas, merced a unos labios de miel y perfume a clavel, resultaría tierna y levemente sentimental, además de risueña ante mis prosaicas ocurrencias, se pegó a mí como una codiciosa sombra. Y ya no me dejaría en toda la noche, ni siquiera en una cama que cruje cada vez que saboreo la dulzura de mujeres en sazón que tienen a bien hacerme olvidar los momentos de soledad. Y esto, por ser un hecho que flotaba entre mi pertinaz naufragio amoroso, bastó para aliviar fugazmente esa avería congénita y hacerme, casi, feliz.

Cuando, después de dormir hasta las nueve, abandoné a mi pesar y entre el calor de las sábanas aquel cuerpo desnudo y voluptuoso, además de hermoso, para darme una ducha, vestirme y salir pitando hacia la vieja Compostela, juro que llevaba dentro un estigma que se mantendría encendido toda la semana.

3

Aproveché la parada en Rodeiro para buscar información en la red y, como hombre precavido, hacerle una llamada a Barrabás, un cerebrito que me halaga con su amistad y con una visión mordaz de la realidad y del propósito de cuantos manejan el cotarro. De entrada, puso las cosas en su sitio con un expresivo «¡Me cago hasta en la orden, tío! ¿Tú sabes la hora que es?», que entraba en la lógica del día siguiente al desmadre sabatino; tras lo cual atendió mi solicitud e incluso pidió tiempo para ampliar conocimientos sobre su vecino.

Tres cuartos de hora más tarde, en el angosto aparcamiento de la Praza de Galicia, me enteré del resultado de sus indagaciones.

—Aunque por aquí se habla de Varela, para la mayoría de los mortales es don Manuel. Inscrito en el registro de Monforte de Lemos hace casi sesenta y cinco años como Xosé Manuel Varela Arias. Hijo único de familia instalada en la rúa Cardeal y originario de un municipio de este lado del Miño. Las personas a las que he consultado no saben precisar si de O Saviñao o de Pantón, que tanto monta. El padre murió cuando él era muy pequeño y nadie lo recuerda. La madre, doña Manolita, tanto para las compañeras de la Sociedad Fraternal Obrera como para todo el pueblo, es el prototipo de tesón vital y compromiso proletario. O eso dicen. Lo que para nada está reñido con la *pela*, ¡eh!, porque esta señora, en la dictadura, fue quien dirigió los pasos del heredero hasta hacer de él un educado y ambicioso personaje. Quizá por eso no ha dejado de medrar. Ella sola, como una campeona, todavía hoy se levanta al amanecer y se pasea al fresco antes de abrir su céntrica galería de arte. ¡Ahí es nada, que anda por los ochenta y pico! Yo mismo me la tropiezo a veces en el Malecón, ella de vuelta y yo buscando cama para desplomarme.

»Pero sigo con el hijo. Al elevado nivel económico de la familia y a las buenas relaciones que doña Manolita siempre ha buscado, puedes añadir que tiene mucha vista para los negocios. Mucha. Como socio, más que nada. De resultas, estamos ante un ejemplar de la élite empresarial gallega. ¿Y en qué se ha metido el tío? Pues en todo; desde consorcios de importación y sociedades de almacenaje hasta inversiones inmobiliarias. También se habla de movidas en el seno del capital, y entiende por esto bolsa y banca internacional. Se habla, pero nadie lo sabe a ciencia cierta, porque el cotarro lo llevan con total discreción, que es como mejor funciona. Además, insisten aquellos a los que he consultado, siempre dentro de la más absoluta y lucrativa legalidad, quiero decir sin que nadie les haya imputado nunca tacha alguna o haya habido denuncias por medio. Al menos que se conozcan, eh, que vete tú a saber si no habrán tapado nichos y untado voluntades con guita, como hacen tantos otros.

»Pues bien, como dinero llama a dinero, y este lleva al poder, no podía ser de otra forma, tras doctorarse en Económicas, coleccionar másteres por el mundo adelante y ejercer de profesor en la misma facultad de Compostela, que mira tú qué necesidad tendría, con la llegada de la democracia el hijo ejemplar de doña Manolita se hizo famoso y, ahí lo tienes, se metió en política. Le atraería, vaya. ¿Y a quién se arrimó? ¡A los de siempre, faltaría más! Y así, con el paso de los años, dedicación y amistades, ha ido escalando en los cuadros dirigentes hasta convertirse en el reputado miembro del grupo popular que es en la actualidad.

Barrabás continuó poniéndome al día de lo que pasaba con don Manuel en las procelosas baronías de ese partido, loando su inteligencia para mantenerse en segundo plano (hasta había renunciado a ir en las listas electorales) y su disimulada ambición como representante de la «vía intermedia, es decir, una persona que, por haber nacido en el campo y por residir en la capital, sabe mediar entre esas fuerzas antagónicas que todavía chocan en este país», lo que le proporcionaba sólidos apoyos en ambos bandos y había aumentado considerablemente su poder de decisión.

«Un espabilado, vaya», calificó, antes de pasar a hablar de su carácter refinado y dominante, con cierta fama de *bon vivant*, pero que ante los medios siempre había sabido mantener una bien planificada integridad, por lo que en los momentos de tensión política o social los periodistas acudían a él como voz sensata del sentir ciudadano. Esa consideración aumentaba incluso en la comarca de Lemos, donde ejercía una especie de mecenazgo con artistas de todo tipo y conservaba sus amistades de juventud.

—Y sin descuidar a su madre, eh, pues parece ser que pasa por aquí una vez a la semana —apuntó, como mérito—. Y de su vida privada se sabe lo justo. Se casó a los cuarenta y pico con una mujer más joven que él y de la alta sociedad coruñesa. Un hijo. El matrimonio no funcionó y se dejaron sin divorcio. Las malas lenguas dicen que oficialmente siguen juntos por conveniencia, pero a estas alturas de la película yo supongo que a don Manuel le da igual lo que opinen los demás. Eso sí, a veces aparece en ceremonias de alto copete acompañado por alguna atractiva mujer, de esas que ya nos gustaría catar a otros. Últimamente siempre la misma. Al parecer nada serio.

»En conclusión, si tuviera que definir a este pájaro, yo diría de él: ni un borrón, poder y más poder. Siempre manteniendo la distancia justa para tener el control. ¡Y dinero a punta pala, claro!, lo cual no es ningún pecado. Y eso es todo lo que he podido averiguar, Reina, pero si quieres que profundice en el tema, dame tiempo. Tú dirás.

Me conformé con la cribada información. Me había quedado claro que don Manuel no era un cualquiera, de ahí que, mientras caminaba por Compostela, pensase en cómo juzgamos equivocadamente a los demás. Primer equívoco: si tenía sesenta y cuatro años, desde luego no los aparentaba. Segundo: si me hubiera visto obligado a catalogarlo por la fiesta del día anterior, habría dicho de él: otro donjuán maduro e impenitente que vete tú a saber qué fregados se ha dedicado a montar para tener lo que tiene y moverse como se mueve entre empresarios y políticos corruptos que arman y desarman a su antojo y compran y pervierten a su madre. Ni por asomo, por lo que parecía.

Dados esos iniciales errores de apreciación, y por no cegarme con prejuicios, intenté no seguir juzgándolo. Aun así, cada paso que me acercaba al número de la calle que figuraba en la tarjeta acrecentaba una duda: ¿hacía lo correcto al enredarme con quien no pertenecía a mi casta y representaba a los que siempre había censurado por no mirar hacia abajo, a los pringados en las faenas de cada día entre los que yo me situaba? No respondí, pero me di cuenta de que el abismo que nos separaba se agrandaba todavía más cuando una sirvienta de rasgos sudamericanos, vestida con cofia blanca y mandil con flecos, abrió la puerta y me condujo hasta un ostentoso despacho por los lujosos rincones de la mansión. Que esperase un momentito, me pidió, antes de dejarme solo, pues «el señor está al tanto de su visita».

En el transcurso de esa espera, confieso que, en contra de mi natural inclinación, ni fisgoneé ni me imaginé lo que no procedía ante tanta opulencia. Simplemente pensé en aquello de meter el hocico en dos comederos que mi tía solía soltar, pero tampoco fui más allá. Eso sí, como estaban encima de la mesa, me fijé en las dos fotos en marco de plata, y deduje que debían de corresponder, respectivamente, a su madre, la tal doña Manolita, y a la esposa e hijo de los que me había hablado Barrabás. En ambos casos aparecían acompañadas por un don Manuel trajeado, encorbatado y luciendo una contenida sonrisa.

Sin querer recordé las tres ocasiones en las que me había puesto corbata —las dos primeras para enterrar uno tras otro a los parientes que me habían criado y la última para casarme— y los dos únicos y olvidados trajes que se pudrían en mi armario; pensé que dentro de ellos siempre me había sentido un intruso, y también en la falsedad que, a veces, exhiben los que visten esos caros hábitos y frecuentan ceremonias ajenas a los harapos que se empezaban a ver entre la ciudadanía sometida por la pobreza que otros han provocado. Entonces me animé al considerar que en mí nunca había anidado tal cualidad, que en todas las circunstancias por las que había pasado siempre había sido yo mismo y que, precisamente por ello, estaba allí, de pie, esperando a un pez gordo del que, sin motivo aparente, desconfiaba como de la peste y sin tener ni idea de lo que pretendía de mi persona.

4

Natural y franco, así se mostró desde el primer instante don Manuel. Y también, lo cual me extrañó, sin pretender imponer esa superioridad que yo *a priori* le atribuía, pues me estrechó la mano y se interesó no solo por mi viaje sino por si había tenido problemas con el aparcamiento o para encontrar la casa. Digamos que ese proceder sirvió para calmar mis recelos. Incluso me preguntó por la fiesta, si había acabado bien y, perspicaz él, si todo había salido según lo previsto con aquella chica. «Todo muy bien —respondí—, gracias.»

Nos sentamos cada uno a un lado de la mesa y, sin dilación, colocó ante mí un bolígrafo y una pulcra carpeta en cuya portada rezaba: «Contrato de Confidencialidad Exclusiva.» A continuación, se explicó:

—Como supongo que sabes quién soy, entenderás que no puedo correr el riesgo de que mis cosas, sean las que sean, se hagan públicas. Por eso a todos los que trabajan para mí les exijo que firmen este contrato, con unas cláusulas de lo más corrientes. Por concretar: mis abogados te harán pedazos si se te ocurre revelar datos referidos a mi persona. De hacerlo, tu ruina sería lo menos malo que te podría pasar. Y no te lo tomes como una amenaza, sino como la lógica formalidad que llevaría a cabo con cualquier agencia de detectives. Puede que te preguntes por qué no acudo directamente a un profesional y me dejo de maricondas. Pues no solo porque me gusta lo que ayer oí de ti y lo que acabo de leer hace nada, sino porque considero más adecuado contratar a alguien que ejerce esa profesión a su manera. Porque vas por libre, en una palabra. Además, en el caso de que la investigación saque a la luz algo comprometedor, que todo es posible, primero, en una agencia de detectives trabajan muchas personas, y segundo, tienen la obligación legal de informar a la policía. En tu caso, esa obligación sería solo moral, lo cual no impide que tengas que ceñirte a este contrato.

»Y ahora estarás pensando que te voy a enredar en algo ilícito porque confío en tu falta de ética o en mi solvencia para comprar tu silencio. Desde luego que podría hacerlo, pero nada de eso hay. Se trata de un asunto del que no tengo ni la más remota idea, que ha surgido de repente y que puede que me toque o no, aunque no sé de qué modo. Y esto que digo lo comprobarás una vez que leas y firmes el contrato, paso previo para que te detalle de qué va la investigación. Luego tú decidirás si quieres trabajar para mí, lo que supone entregarse las veinticuatro horas del día, pues cobrarías muy bien y sin demora por un asunto que deseo zanjar lo antes posible. Si aceptas, puesto que habrás firmado el contrato, cogemos una copia cada uno y a trabajar desde ya. Si no aceptas, la misma copia para cada uno y adiós muy buenas, como si nunca nos hubiéramos visto. Podrás romper tus papeles, pero procurarás olvidar lo hablado, simplemente porque yo los voy a guardar bien guardados. Y eso es todo. ¿Qué me dices?

No dije nada, pero entendí que lo único que ampara a la ralea de la que don Manuel formaba parte es ese «formalismo confidencial». Por eso quizá la mayoría de los trapos sucios de nuestros dirigentes no transcienden a la opinión pública, «sería una catástrofe».

Acto seguido, tal vez para acabar de convencerme, don Manuel realizó un repaso de mi biografía. Al parecer, llevaba horas poniéndose al día, tanto a través de la lectura de las páginas de ficción donde participo como con la «inusitada», así la calificó, «peripecia vital que se filtra en la red». Después de bromear con alguna de mis actuaciones, concluyó pretendiendo subirme al Olimpo:

—Si has vivido lo que se dice que has vivido, y aun así has logrado sobrevivir; si hablas las lenguas que se dice que hablas, y si, por lo visto, cuentas con la intuición y el atrevimiento de perro viejo que muestras en esas páginas, no me cabe la menor duda de que eres mi hombre.

Yo era su hombre. La idea, lejos de afianzar mi resentido ego, me hizo redoblar la guardia, no porque estuviera teñida de un machismo que pese a todo va conmigo y con mi obstinada persecución del sexo contrario —lo que me ha llevado a situaciones de las que no me siento en absoluto satisfecho ni de las que se pueda presumir—, sino porque me hacía desconfiar aún más de él, de aquellas cláusulas a las que eché un vistazo y de la peculiar circunstancia que me envolvía.

—¿O resulta que estoy ante un detective de pacotilla, de los que presumen de agudeza pero que se rajan cuando se enfrentan a la realidad? —me provocó—. Al menos dime cómo debo llamarte. ¿Xosé Manuel, Xosé, Manolo, Pepe, Reina o Reiniña?

—Con Pepe, o Reina, es suficiente —respondí, sorprendido de que, como yo, hubiera buscado información sobre su «contrincante»—. ¿Y yo? ¿Xosé Manuel, Xosé, Manolo, Pepe, Varela...? ¿Con el don o sin el don?

—Como tú quieras, Pepe —decidió—, pero con el mismo respeto que yo te tendré.

—Entonces don Manuel, si le parece. Por la edad y el señorío.

—Como veas. Pero tampoco te sientas obligado.

—Ni por asomo —dije, al tiempo que, con decisión, rubricaba el documento—. Además, me van los retos.

—Me alegra saberlo. Mi copia también —indicó—, por favor.

Y así fue como, tras escucharle atentamente y leer el e-mail en su móvil, me convertí en empleado de un astuto empresario y político gallego.

A partir de ese momento, una turbadora sensación acabó por embargarme. Como la que siente un presidiario que da vueltas en un patio sin salida en torno a un pozo oscuro y misterioso sin otra certeza que la de que acabará buscando la libertad a través de él. Una sensación de inconsciente salto al vacío, pues, partiendo del insólito mensaje de un cazanazis argentino, pretendía que averiguase por qué un desconocido universitario, que al parecer investigaba sobre la presencia de Hitler y de otros nazis en Galicia en tránsito hacia América del Sur, había mencionado su nombre en la última misiva que había dirigido al otro lado del Atlántico, eso antes de cortar definitivamente toda comunicación. Nada menos. Yo, arrojado al pozo.

5

Una vez avisada Carmelita, la criada peruana, para que el servicio dispusiera mesa para dos, y que luego todos menos un tal Macario, al que pronto me presentaría y que resultó ser el conductor del día anterior, se tomasen la tarde libre, don Manuel me invitó a comer. Quizá procedía un vis a vis que me plantara de lleno en el quid de la cuestión. No pude negarme. Si por un lado él había impuesto que, desde el momento en que yo aceptara la encomienda, estaba a su disposición, por otro advertí que estaba acostumbrado a que nadie le llevara la contraria.

Recuerdo que comimos almejas en su salsa y delicias de cordero con ensalada variada, acompañados de un apetitoso Godello. En el momento del postre, él mismo se ocupó de servir la macedonia de fruta y de preparar la cafetera, paso previo a ocupar los asientos de mimbre de una galería repleta de plantas y desde la que se divisaban las agujas de la catedral. Allí tomamos el café y fumamos nuestro respectivo puro importado por la disidencia cubana, comentó.

A pesar de que deseaba hacerle preguntas sobre mi cometido y de que a lo largo de la comida conversamos sobre muchos temas, él optó por no volver sobre lo que nos había unido. De ello deduje que don Manuel evitaba mezclar el trabajo con el placer; cuando tocase, supuse, entraría de lleno en el meollo de la cuestión.

Así pues, hablamos de la crisis. Yo me metí en el barrizal de los parados, de los que hacen malabares con escasos recursos simplemente para comer o sostener en el límite a una familia, mientras los poderes del mundo dan traspiés sin sentido que conducen a la miseria a millones de seres sin que a los gobernantes les afecte lo más mínimo. Ofrecí el clásico lamento de los de ese lado y, digamos, me parapeté en esa trinchera, defendiéndola. Pero él, sin sentirse aludido, teorizó con desinterés sobre los cíclicos cataclismos económicos que nos asolan y habló de esa desventura como una consecuencia estructural que, como miembros de una civilización que quiere progresar, debemos asumir. ¡Hay que joderse! No se lo dije, lo pensé; y él seguramente era consciente de lo que yo pensaba y tampoco me lo decía. Era como si los dos tuviéramos las armas cargadas uno frente a otro, pero, a la vez, mantuviésemos una especie de pacto de no agresión que achaqué al más puro convencionalismo de sobremesa.

En lo que sí me fijé, con el paso de las ideas y de los minutos, fue en que a él no le importaba nada lo que yo opinase, le daba igual. Incluso al mencionarle «la estafa de las preferentes», pues por lo visto también andaba metido en el espinoso tema, comenté, con decisión: «No me negará que ahí hay delito, don Manuel», y él replicó:

—Yo no emplearía términos tan expeditivos, Pepe. Estafar, realmente, es un delito; pero en este caso no lo hay. Se trata, o se trató, ya que es un asunto que desde el banco y a pesar de las movilizaciones consideran superado, única y exclusivamente de ambición privada con evidencia de riesgo. La cuestión es que la exposición a ese riesgo fue asumida de manera consciente por personas que querían obtener unas rentas de capital más elevadas de lo que les correspondía, y lo hicieron jugando o apostando muy fuerte. La mayoría de ellas estaban sobre aviso, así que no pueden alegar que no sabían de qué iba la apuesta. A veces juegas y ganas, pero otras pierdes y rabias, como decimos en nuestra tierra. Y ahora me rebatirás con el caso de los pseudoanalfabetos que salieron en la prensa con contratos firmados con huellas digitales. Cuatro, contados. Pues te diré que hasta esos cuatro fueron demasiado ambiciosos y quisieron obtener beneficio rápido. ¡La ambición, esa plaga tan común entre la especie humana, que en una sola apuesta tumba a los de abajo y debilita a los de arriba! Así es. Además, para eso están los contratos; en ellos siempre hay letra pequeña que conviene leer o que lean por ti. Por regla general nunca deberíamos fiarnos de lo que el director de una sucursal bancaria condicionado por las comisiones nos recomienda; y si para más inri cuenta con el estímulo de las directrices que marcan desde el nivel superior, mucho peor.

Después justificó la actuación de los dirigentes, entre los que se alineó, con la aludida mezcla de ambición y negocio privado, para concluir con una alabanza al sistema con una cuestión que me descolocó:

—¿Qué harías tú, y por favor olvida toda ética, si en la empresa para la que trabajas pudieras asignarte un sueldo o una prima de salida en consonancia con los enormes beneficios que generas? Pues eso. El cotarro está montado como está montado y no hay más vuelta que darle. Por cierto, no te he preguntado qué tal el vino. Si te digo quién me lo consigue, no te lo crees.

Y así, entre los atajos que sabía buscar y la franqueza que mostraba en sus palabras, constaté que existe una clase social, la de los privilegiados, que percibe las circunstancias de esta vida de un modo, no diría que diferente al de los que estamos en medio de la polvareda, sino próximo a lo que les es propicio y los rodea para garantizar el estatus del que gozan. Yo mismo, que acababa de ser contratado para servirle, tenía que entenderlo. Y no por eso deberían ser criticados, pues don Manuel sostenía que lo que la mayoría de los humanos pretende es tener suficiente de todo aquello que desea tener, sin pararse ni un segundo a considerar el descalabro que puede provocar. Por eso no les importa pisar, aplastar o aniquilar, con tal de conseguir lo que, ya sea por ambición, ya por deseo, les corresponde.

—¿Tener es lo único que cuenta, entonces? —pregunté, quizá porque me había quedado sin argumentos y procedía vestir otro hábito.

Don Manuel tensó levemente la comisura de los labios. Ese sucedáneo de sonrisa le sirvió para esquivar tamaña cuestión y para certificar su victoria dialéctica. Entonces se levantó, fue a por el café y me indicó que nos trasladábamos a la galería, donde entendí que, por fin, empezaría el baile que nos unía.

6

Con los emolumentos no habría problema; lo entendí tan pronto como tuve en mis manos un cheque al portador por valor de cinco mil euros que firmó con desinterés y me pasó como quien tira una berza en la pocilga de un cerdo. «Para imprevistos», indicó, y fue directo al asunto sin advertir la abertura de mi boca al entender que, además de a una persona desprendida, tenía ante mí un lucrativo negocio.

Así pues, trabajaría para él, pero su nombre no debería verse mezclado en ningún caso en mis indagaciones. «Esa será la primera norma que tendrás que seguir —impuso—, no lo olvides.» En segundo lugar, si me contrataba era para investigar a fondo y descubrir, estrictamente, en qué consistía esa extravagancia que había aparecido de repente en su correo. «¡Qué es esto de que un cazador de criminales se ponga en contacto conmigo! —proclamó—. ¿Qué puede haber de cierto en que un universitario desconocido incluya mi nombre en una investigación sobre los nazis, si yo entonces ni siquiera había nacido? —preguntó. Por último—: ¿Quién es en realidad ese joven y qué pretende al mencionarme?» *Grosso modo*, ese sería mi encargo.

—Y me tendrás al tanto de cuanto vayas descubriendo. Pero en el caso de que haya que solucionar algo —advirtió, y yo entendí que, al tiempo que acotaba mis atribuciones, mostraba su ilimitado campo de actuación—, ya no será cosa tuya.

Fue entonces cuando, una vez intercambiados los números de teléfono, en vista de que me manejaba con las nuevas tecnologías, exigió que evitase los SMS, los wasaps y medios por el estilo, «No son seguros». En charlas intrascendentes no habría problema en que empleara la vía telefónica, pero cuando tuviera algo importante que decirle debería usar, exclusivamente, Kripmail, un programa de encriptación de correo que nos permitiría intercambiar mensajes sin que nadie pudiera descifrarlos. Me lo pasó en una memoria USB, lo instalé en la *tablet*, acordamos una contraseña y, dado que en los contactos se incluía por defecto su dirección electrónica, hasta hicimos una prueba que funcionó a la primera. También advirtió que podía ponerme en contacto con él «a cualquier hora y en cualquier circunstancia», pero no para darle la lata con estupideces. Eso sí, no podía garantizar que atendería mis requerimientos, pues las próximas dos semanas tenía la agenda repleta.

—Y ahora voy a despachar unos temas pendientes —indicó, mirando el reloj y poniéndose en pie—. Estaré ocupado media hora, como máximo. Puedes quedarte aquí o ir a dar una vuelta, pero empieza a pensar en lo que ya debe ocupar todos tus sentidos. Después nos sentaremos de nuevo y podrás hacer cuantas preguntas consideres oportunas relacionadas con la investigación, sin restricción de ningún tipo. Y también, antes de que te marches, quizá deberíamos fijar una estrategia inicial de trabajo. Aunque eso ya sea cosa tuya.

Abandonó la galería y yo permanecí en mi sitio, pensando no solo dónde me había metido, sino por dónde podía empezar a roer aquel insólito hueso que había caído en mi boca. Tras realizar un meditado recorrido por el asunto y centrar el punto de partida, que no debería ser otro que la figura de don Manuel, creí estar en condiciones de asediarlo con las, consideré, incómodas cuestiones que eran de cajón: «¿Tiene que ver usted o su familia con cualquier trama o filiación nazi? ¿Tiene algún presentimiento o intuición sobre quién es ese joven, en el caso de que exista de verdad y no sea una invención del tal Marcelo Cifuentes? ¿Sabe qué pretende realmente? ¿Ha hablado ya o se ha puesto en contacto con el cazanazis argentino?»

No hizo falta. Mi patrón, una vez instalado de nuevo en su silla, cruzó las piernas y habló sin pausa y con calma.

—Que te quede claro que no tengo ni la más remota idea del tema. Reconozco que me alarmó, porque tal y como está ahora el horno, un bollo así no me haría ningún bien. Entenderás que atravesamos un momento político delicado y estamos pendientes de decisiones importantes que afectan al futuro del partido. Imagina el titular en *El País*: «Alto dirigente político relacionado con el nazismo.» ¡Sería la hostia, después de lo del presidente con el narcotraficante y sus otros colegas! Aunque también puede que todo sea el fruto de una mente ociosa que no tiene con qué entretenerse; o incluso una trampa para ponerme nervioso y provocar mi reacción. Lo que sí te garantizo es que nunca, ni remotamente, he oído hablar de nazis, ni de Hitler, ni de nada semejante con lo que se me pueda relacionar o me toque de alguna manera, tanto en lo que respecta a mi familia como a las numerosas operaciones comerciales que he realizado a lo largo de estos años. Y si hay alguna inversión o participación económica con empresas alemanas que tengan que ver con eso, no soy consciente. Los únicos negocios que me relacionarían con los teutones son algunas acciones en farmacéuticas y ciertos depósitos internacionales que tienen su casa matriz en Frankfurt. Poca cosa. Ámbito privado y, por supuesto, declarado. Aun así, para prevenir, ya he ordenado revisarlos.

»En cuanto a lo del universitario que investiga por encargo de un profesor, te juro que la del argentino fue la primera noticia. Desde luego que de la facultad de Económicas no sale, o eso creo. Y lo del colaborador del Centro Wiesenthal que se enteró por los correos electrónicos, lo mismo. Te puedo asegurar que, aparte de lo poco que he visto en la red y he podido leer estos días sobre el tema, estoy en blanco o parto prácticamente de cero. Si no fuera así, ¿para qué te iba a contratar?

»Añadiría que, después de haberle dado algunas vueltas, he preferido quedarme quieto y no fomentar las especulaciones. Así que ni le he respondido. Y ni siquiera sé si el tal Marcelo Cifuentes existe y si está esperando o no mi llamada. Había pensado enviar un mensaje hoy mismo a esa dirección indicando que desconozco el asunto, absolutamente. En el caso de que quisiera continuar con el delirio, estaría dispuesto a colaborar; pero como estoy muy ocupado, le pasaré la dirección de un ayudante, o sea la tuya, para que os pongáis en contacto. ¿Qué opinas? —y, casi sin esperar mi asentimiento, prosiguió—: De ese modo yo ya me desentendería. El camino que decidas tomar o los métodos a emplear serían cosa tuya, con tal de tenerme al tanto y seguir las normas que te he impuesto, que tampoco te estorban para nada en el *affaire* nazi —recalcó.

Cuando se calló, mi mirada debía de parecer tan fascinada por las raras maquinaciones que aquella palabra y su adjetivo me provocaban, que no tuvo otra reacción que chascar los dedos delante de mi nariz. Sonreí, eso sí, por lo que consideré abuso de su oratoria y por la manera impositiva de actuar sobre cuanto le rodeaba.

—¿Alguna pregunta? —dijo, por concluir.

—¿De cuánto tiempo dispongo?

—Del que necesites. Tres días mejor que cuatro, una semana mejor que dos. Pero espabila —exigió, mientras me pasaba una tarjeta—. El teléfono de Macario, por si necesitas poner a alguien en su sitio. Es un empleado leal que se entrega en cuerpo y alma. Haz tú lo mismo y recibirás un buen premio. ¿Alguna más?

—Ya se me irán ocurriendo. Mientras tanto...

—Mientras tanto, aclaralo —pronunció, levantándose.

Sin más, don Manuel alargó la mano derecha y, como si quisiera transmitirme su apoyo, colocó la izquierda sobre mi hombro. Me puse de pie, lo miré y se la estreché. Permanecimos así un instante en el que no supe si estaba fingiendo gravedad, o bien, sin utilizar palabras, quería hacerme partícipe de la preocupación que le provocaba algo que tan inusitadamente había entrado en su vida y que no dejaba de inquietarle. Tal vez por eso, cuando volvió a hablar, ya en la puerta que el criado mantenía abierta, fue para recomendarme:

—Y, por favor, no molestes a mi madre. Ella no sabe nada.

7

En el atardecer de la capital, sometido al ejército de peregrinos con ampollas y paseantes despistados que repasan la misma secular piedra, me planteé la disyuntiva: regresar a casa para programar con calma mis actuaciones o quedarme en Compostela para buscar documentación sobre un tema del que no tenía ni la más remota noción, a no ser la noticia que había leído hacía tiempo sobre la posibilidad de que fuese un doble de Hitler el que se habría suicidado en el búnker de Berlín.

Entré en el Café Derby cavilando en esto y, tras pedir un cortado al tieso y eterno camarero de mandil a listas, como a veces suelo hablar conmigo mismo, me asombré con la movida en la que me había metido. «¡Joder, Reina! —me increpé—, ¡no me digas que a estas alturas de la película vas a ser capaz, tú solo, de resolver este lío!» Sonreí y me rasqué ligeramente la nuca, un tic personal que si bien no presta ninguna ayuda, al menos alivia cierto picor.

A pesar de que no había traído muda ni otra ropa, con

el neceser de viaje me las arreglaría una noche. Pero en casa lo había dejado todo manga por hombro, no solo un nido de lector empedernido y de divorciado malhumorado completamente revuelto, sino también una apetitosa morena desnuda ocupando la mitad de la cama, lo que, dada la abstinencia involuntaria en cuestión de sexo a la que me había visto sometido en los últimos tiempos, no era moco de pavo. Un mensaje al respecto, que por decoro no había abierto en casa de don Manuel, me ayudó a valorar el estado de la cuestión:

La noche, real. La casa, un cuchitril.

No me llames durante la semana. Pero el finde podemos vernos y repetir la hazaña. Si quieres y te ves capaz.

Adjunto la foto del cuarto del delito. Espero que no te parezca mal, y mucho menos que me tomes por lo que no soy. No soporto verlo todo revuelto. Besos.

Amplié la instantánea y allí estaba, en primer plano, el rostro divertido de Verónica guiñándome un ojo. Por detrás se percibía una habitación que, de tan ordenada y luminosa, no parecía la mía. Además de haber recolocado los libros, seguramente sin ton ni son o contraviniendo mis gustos, incluso se había tomado la licencia de depositar un ramo de flores entre las almohadas; todo un detalle de delicadeza que, con todo, consideré prescindible. Entonces me perdí un momento imaginando los dos cuerpos de nuevo juntos. Pero lo que en realidad asaltó mi mente fueron aquellos pechos en la cuenca de mis manos, su lengua acariciándome, mis dientes mordisqueándola... Sumido en esa felicidad, pensé que tal recuerdo tendría que perdurar. Y sin saber si aquella dosis bastaría para seis días, opté por quedarme en Compostela y dejarme caer a la mañana siguiente por una librería.

—Para dormir, Hostal Recarey, ahí, a dos pasos, bajando —ayudó el camarero, después de recibir la propina—. Y el bólido lo puede dejar en esa misma calle, que no pasa nada.

Poco después conecté la *tablet* para navegar por la red sin saber muy bien qué buscar, aunque enseguida apareció ante mí el mensaje que el cumplidor de don Manuel ya había enviado al argentino.

Señor Cifuentes:

Una vez recuperado de la sorpresa que me produjo su e-mail, y para que entienda que no tengo nada que ocultar en un tema que desconozco, me pongo a su entera disposición. Con tal fin, dadas mis ocupaciones, acabo de designar a un colaborador de confianza que intentará aclarar lo que haya que aclarar.

A partir de ahora deberá remitir sus comunicaciones a la dirección *reininha@gmail.com*, empezando, como es lógico, por esos correos que el estudiante gallego le envió y que dieron lugar a su misiva.

Finalmente quisiera apelar a su discreción. Siendo como soy una figura pública, entenderá las consecuencias que podría acarrear cualquier tipo de filtración a alguien con perversas intenciones.

Sin más, reciba un saludo.

Me bebí el café de un trago y, receloso como un niño a punto de cometer una travesura, escribí en Google una idea que nunca, ni en sueños, hubiera imaginado haber asociado ni buscado: «nazis+Galicia». En vista de los resultados, casi dos millones de enlaces, no solo había encontrado algo que leer, sino también bibliografía para anotar. Esa sería mi tarea nocturna, me impuse; no me iba a echar a dormir ante las prisas del cliente y el mar de páginas que allí se me ofrecían.

Supongo que fue entonces cuando, sin remedio, una especie de fascinante e irredento gusano empezó a horadar en mi mollera.

8

Después de meterme entre pecho y espalda varias tapas de empanada que dejaban bastante que desear y dos cervezas en su punto, me instalé en el hostal. Abrí la puerta del balcón y contemplé la perfecta simetría de la teja de la capital mientras me fumaba un cigarro y observaba a un gato negro que se entretenía con la luna. Como si el satélite no tuviera otra ocupación que actuar para el felino, y este prefiriese tal diversión a la de limpiar de ratas la ciudad, su oscura y absorta silueta contrastaba tan atinadamente con el fulgor del astro que creí estar ante un cuadro irreal y sublime. Pero como tenía otro empeño en el que implicarme, opté por llamar a Barrabás.

Aunque siempre se mostraba dispuesto a llevar la contraria con su crepitante boca, excepto en el caso de que se encontrase sin blanca, opción más que probable, no le quedó otro remedio que cerrarla ante mi oferta de dedicación exclusiva:

—Mañana a primera hora te voy a ingresar mil euros.

¿De qué se trata? Pues de que ganes otro tanto al final del trabajo. Dos mil en total para una persona ocupada en chapuzas intelectuales no es moco de pavo. Y si la cosa va bien, aún se podría añadir un extra que dependerá del resultado final. ¿Que cuál es el trabajo? El de esta mañana, solo que ahora harás una investigación a fondo sobre don Manuel. Quiero saberlo todo de él: negocios, relaciones, familia... Y tenerlo bien contrastado, no a partir de chismes. Pero ojo, utiliza tus contactos monfortinos con suma cautela, para que nadie se entere de que lo examinas con lupa. ¿Entiendes lo que te digo?

—Que no puedo incordiar.

—En especial a su madre. Así que no se te ocurra asaltarla en el Malecón y ponerte a interrogarla. ¿De acuerdo?

—Ante la escasez presente, tío, acepto —comentó—. ¿Entonces...?

—Empieza ya y no me hagas preguntas —corté.

—Piensa que la curiosidad es un vicio que se cría poco a poco. Y aumenta cuando, de la noche a la mañana, a un colega taxista le da por ir de nuevo rico y por repartir dividendos. Podrías tenerlo en cuenta.

—No insistas. Mejor piensa que si no te mueves con tacto puedes echar a perder el negocio —advertí—. Tú mismo.

—Tranquilo, seré todo lo escrupuloso y táctil que requiere esta tarea. Nadie sabrá que detrás de mí estás tú.

—Otra precaución: lo que vayas descubriendo, elabores o no un informe, que eso me da igual, solo me lo contarás en persona y exclusivamente a mí. O sea que me puedes llamar para hablar del tiempo, enviarme el último chisme del rey o poner a parir a Merkel, pero que no figure nada de lo nuestro. Cuando sea, nos reuniremos y...

—¡Vaya peli, tío! ¿No andarás metido en algo peligroso o...?

—No lo creo —solté, sin pensarlo—. Tú haz lo que te digo y como te digo y no habrá problema. Y ahora, yendo a lo que nos mola, ¿qué me cuentas de una morenaza llamada Verónica, de Monforte, que de vez en cuando asiste a las fiestas en las bodegas de la Ribeira Sacra y andará por los treinta y tantos? Cuerpo de puta madre, viste moderno, sonrisa a flor de piel y...

—No es ni guapa ni fea y vende flores en el Campo da Compañía —continuó él—. Ese percal lo tengo muy controlado. ¿Qué pasa con ella?

—Pues... ¿Qué tal?

—¿Qué tal, qué? —inquirió, e intuí una sonrisa teñida de malicia al otro lado—. ¡No me digas que te has liado con la Vero!

—La conocí anteayer. Pregunto por saber algo de ella.

—¿Necesitas informe con prima en cómodos pagos o bien...?

—¡Vete a la mierda, Barrabás! ¿Te trastorna la *pela* o qué? Si quieres...

—Claro que quiero. Y por tratarse de ti, te daré un consejo gratis: ten cuidado con el cabestro de su marido.

—Así que está casada... —me sorprendí.

—Separada. Pero el ex es de esos que piensan que toda mujer que entra por los ojos de un macho es propiedad adquirida. Es celoso como el líder de una manada, y no es la primera vez que les monta un pollo a otros que quisieron torear en esa plaza. Por lo demás, ella es un encanto. Entras en la tienda y contagia su alegría, te habla e ilumina la fachada de los mismos Escolapios. ¿Algo más?

No había más, aparte de apremiarlo con el encargo y despedirme. Entonces tiré la colilla en el tejado, entorné la contra para que entrase el fresco y me dispuse a internarme en la fronda del nazismo gallego. Pero justo cuando tocaba la pantalla digital me vino a la cabeza la tarifa de Internet móvil. Para navegar horas, descargar archivos y ver vídeos, con los 500 megas contratados me iba a desesperar a las primeras de cambio. Como disponía de un cheque para imprevistos, bien podía contratar una señora conexión, pensé.

Así fue como, tras marcar el 1004, escuchar la infausta musiquita y hablar con una atenta operadora, activé de inmediato una tarifa que me haría sobrevolar la red con acceso ilimitado y a la máxima velocidad, una gozada que me dejó en disposición de ataque y que, por supuesto, celebré con John Fogerty en el Luna Park. Lo acompañé con un clásico y liberador estriptís, de esos que rematan con meneo de cadera y bamboleo de atributos, un recóndito hábito que me hizo pensar en Verónica bajo los acordes de «Who'll stop the rain?». No diluviaba en Compostela, pero a mí sí que me llovía, porque hay momentos íntimos que te llenan de verdad y solo presencian, atónitos pero afortunados, algunos gatos que todavía pululan por los tejados.

9

Me pasé la noche empantanado en Internet, porque, a pesar de la gran cantidad de patrañas que infestan la galaxia, para un apaño bien vale. ¿Y qué descubrí en esa vigilia sobre la relación de los nazis con nuestro país durante las dos guerras —la civil española y la Segunda Guerra Mundial— y en la común posguerra? De todo. Por lo que pude deducir, el III Reich valoraba este rincón por su estratégico emplazamiento, asomado al balcón Atlántico, de ahí que llevase su presencia hasta extremos insospechados. Me refiero no solo a las tropas de la Wehrmacht que por aquí se movieron, sirva de ejemplo el desfile en Vigo de la Legión Cóndor, en mayo del 39, retratado por Pacheco; sino también al Cementerio de los Ingleses de A Coruña, al control del volframio que blindaba los tanques y endurecía los obuses de los ejércitos alemanes y que las minas gallegas producían; y a las torres de comunicación instaladas en Cospeito, que controlaban el Atlántico para la Kriegsmarine y la Luftwaffe, a los puertos de la costa gallega en los que atracaban los barcos que cargaban mineral, se abastecían de combustible o reparaban los submarinos U-boot que sembraron el terror en el océano; incluso a las empresas tapadera del poderosísimo consorcio nazi Sofindus; y, sobre todo, a la organización de espías que el nazismo instauró en el noroeste de la península, con casas, pisos, residencias, colegios o conventos que servirían para, tras la derrota y mediante la operación «Der Spinner» (*Odessa* para novela y cine o «Ruta de las Ratas» para la organización de Simon Wiesenthal, nombre que por cierto había utilizado Marcelo Cifuentes en su mensaje), proteger a los criminales nazis antes de embarcar rumbo a América del Sur.

Pero si estos hechos conocidos por los estudiosos se localizan sin dificultad, buceando en la red enseguida surge lo más oculto y verdaderamente interesante, las minucias en las que uno desea con ansia seguir enredado porque son un tesoro de la historia que tú desconocías y se te revela como un secreto inconfesable que va goteando como gotean las tejas una vez pasado el chaparrón.

Me refiero, por ejemplo, a la lista negra de la Red Ogro, que operó en España a partir del 39 y se dedicó a secuestrar germanos no afectos al III Reich con la anuencia de las autoridades españolas; o a Clarita Stauffer, la entusiasta colaboradora nazi que ayudaba a los huidos. Pero también a la cuenta secreta «Enrique» que abrió la embajada alemana para financiar operaciones ilícitas, a los espolios de obras artísticas, a la colaboración de la

Iglesia y del Ejército con el nazismo, y a toda una increíble clandestinidad, consentida por el régimen de Franco, de unos ciudadanos alemanes con nombres y apellidos, algunos de ellos criminales de guerra con identidades falsas, instalados en los pueblos, las aldeas y los barrios residenciales de nuestras ciudades sin más preocupación que vivir bien y, por encima de cualquier otra cosa, pasar desapercibidos.

De toda la información que me dio tiempo a revisar —que procuré ir descargando a un archivo de consulta rápida, junto con la bibliografía que al día siguiente debería comprar para ir leyendo poco a poco, lo que me tenía asustado—, creo que lo más grave fue el titular «España renuncia a desclasificar 10.000 documentos de la etapa histórica 1936-1968». Para los expertos se trata de papeles tan comprometedores que, de ver la luz, el régimen dictatorial saldría muy malparado, lo mismo que los derechos de las familias vencedoras. «¡Así somos por aquí! —bramé, excitado por un raro cabreo—, ¡presumimos de transición democrática y le ponemos la zancadilla a la tapa de nuestra historia!»

¿Y de Hitler, qué? Pues también aparecía relacionado con Galicia. En escasas páginas, eso sí, pero que a las cinco y media de la mañana me sedujeron hasta el punto de que me adentré en la teoría de un tal Abel Basti. Según este autor, la muerte del Führer fue un montaje para hacer creer lo que no sucedió, pero que los rusos conocen bien, porque, a pesar de las múltiples solicitudes internacionales, nunca permitieron analizar el ADN de los restos encontrados.

Sin haber superado mi inicial escepticismo, pues también leí los ataques de algunos historiadores que, con la pretensión de demostrar que Basti es un impostor, refutan sus aportaciones y lo acusan de oportunismo y fraude literario, lo que en ese momento me importaba era relacionar esas ideas con mi encargo. Y a este respecto, Basti siempre ha sostenido la vía gallega, y en varias entrevistas afirma: «En el libro se describe con detalle cómo huyen Hitler y Eva Braun. Hitler escapó por vía aérea a Austria y luego a Barcelona, España. La última etapa fue en submarino, desde Vigo, con rumbo al litoral de la Patagonia.»

Tras leerlo todo, y por recapitular, pensé: si, procedente de Barcelona o de Cantabria, Hitler partió de Vigo hacia Argentina, por fuerza pasó o permaneció un tiempo en territorio gallego. Por consiguiente, tampoco me convenía rechazar unos increíbles documentos de los que luego hablaré y que contaban el aterrizaje de un avión alemán en el recóndito Val de Córneas y la presencia de nazis en la abadía de Samos, porque el hallazgo que había hecho en un archivo, subido a la red por un cantero de Forcarei, no tenía desperdicio.

Una vez verificado que existía documentación sobre esta hipótesis, entraba dentro de la lógica que un universitario gallego sintiera la tentación de investigar el tema nazi, ora como trabajo impuesto desde una asignatura y por un profesor o departamento, lo habitual, ora como inquietud personal, lo que para nada dice de él que le faltase un tornillo. Y tirando de este hilo, el misterioso V que se había puesto en contacto con el ex del Centro

Wiesenthal en Argentina bien podría estar relacionado con la facultad de Historia, concluí. Así que ese sería mi camino, pero dado que, a las tantas, me atacó el sueño, justo antes de quedarme traspuesto redacté y envié una fugaz comunicación dirigida al cazanazis Marcelo Cifuentes:

Como encargado de esclarecer los hechos a los que alude su mensaje a don Manuel Varela, solicito que me remita cuanto antes los correos intercambiados con el universitario de nombre V que podrían servir para localizarlo. Los de él y los suyos, a ser posible.

A su disposición. Atentamente, Pepe Reina.

—Yo te cuento todo lo que me consienta la cabeza, Reina. Leer o escribir, eso a duras penas, pero si me pides que te hable de lo que sucedió por aquí, ¡arre hostia, tengo carrete para rato! Claro que no sé si tendrás bastante, eh, que ni yo lo sé todo ni cuando lo necesito se me aparece un santo. Si antes nunca nos echaron una mano en las subidas, ¿qué les vas a pedir ahora que estamos para el arrastre? Así son las cosas. De viejo, derrengado; y cuando toque, al hoyo. ¿Me sigues? Cuando me muera, lo único que le pido a mi hijo es que me eche un montón de tierra encima, aunque sea de la más ruin, y que se beba una botella de vino a mi salud. ¡Arre hostia si necesito algo más! Lo que sí tengo claro es que quien con agua se cura, poco dura. ¿No crees? En fin, como tú ves, aquí abajo estamos vendidos y no hay dios se lo pague que valga, así que vamos con lo del nazi.

(Graciano)

Galicia, NO de la península ibérica, marzo de 1936

La niña, sin tener en cuenta la cellisca que agitaba las ramas de la higuera, entró por la cancilla de la huerta y, con sus manos sin fuerza pero hábiles, cortó a ras los tallos hasta tener un brazado de berzas pegado al pecho. Después se dirigió al gallinero y, como para que las ponedoras se distrajeran, les lanzó las más tiernas.

Luego recogió los huevos que había en el nido de paja, tres, y los depositó con delicadeza en el bolsillo del delantal con dibujos de estrellas de colores bordados en rojo que su padre le había comprado en la feria del día ocho de Escairón.

En la conejera, además de aprovechar las hojas de las berzas que servirían para ablandar la empanada de los domingos, se entretuvo cortando los tallos para los conejos. Despacio, entre los alambres, fue introduciendo uno a uno los pedazos. Le gustaba ver cómo los mordisqueaban con sus dientes de sierra y, aunque después tuviera que desollarlos, no podía reprimir una sonrisa al contemplar cómo masticaban con sus graciosos y peludos hocicos.

Pero allí tampoco se demoró. Debía limpiar la cuadra de la cerda paridera, sobre la que había apostado con su padre cuántos lechones tendría la camada. Y si él tiraba por lo bajo, menos de diez, pues ese era el número de mamas de las que disponía la vieja cerda, que siempre gruñía como si le molestase la presencia humana, ella tiraba por lo alto, más que nada porque gozaba poniendo a mamar a cada rollizo cerdito y acogiendo en su regazo al más pequeño y débil, el que no encontraba mama, para enseguida darle leche caliente con el biberón de cristal. Como hace una madre con su hijo, como una niña con su muñeca.

Ella no tenía nada de eso, así que se entretenía con el lechón.

Pero limpiar no le agradaba. Además de las rozaduras que las botas de goma de su padre siempre le dejaban en las pantorrillas, estaba el hedor. A cerdo y adherido a la piel. Porque desde que un niño en la plaza le había atribuido la rara peste que la perseguía, justo después de la inmunda tarea, nunca más había vuelto a jugar con ellos sin cambiarse. Hasta se lavaba y se frotaba con fruición, en el pilón de fuera y con agua fría, antes de ir.

Jugar, sí, a la rayuela o a cualquier otra cosa. Porque la niña era feliz jugando. Y también leyendo.

Desde que el maestro le había descubierto el descomunal mundo que ahora imaginaba tras las letras y los dibujos, casi le gustaba tanto leer como jugar. Además,

Armando, el maestro, le prestaba cuentos con los que ella, con seis años cumplidos, ya se quedaba embobada y en los que caía una y otra vez como se cae en un pozo de felicidad en el que deseas estar constantemente o, por lo menos, un rato cada día. Y dado que se trataba de su vecino, tenía la suerte de que una vez leído y releído un libro, podía acercarse a su casa y, aparte de escucharle contar historias, llevarse otro.

Así lo hacía cada domingo.

Mientras pensaba en esto, se apresuró a retirar el estiércol de la cuadra, y también a hacer las tareas que, aparte de fregar y limpiar la casa a diario, nadie le tenía que recordar: mondar las patatas para la cena y meterlas en agua, pelar las castañas secas para la comida del día siguiente, con cuidado de apartar las huecas que se les habían colado al sacarlas de los erizos en el castañar, llenar el pote de nabos cortados para cocer la comida de la cerda y, si las veía curadas en el humero, coger unas chanfainas para acompañar el cuartillo de vino que su padre bebía en cada comida.

Sin querer, pensó en él, en que llevaba un tiempo raro, dejado, como si lo de ella ya no importase o no le importase tanto como subir hasta una cantina donde todas las tardes se perdía apoyado en el mostrador, despotricando contra todo y bebiendo una taza tras otra.

Por eso la niña acabó cada una de sus labores y, sobre las siete, cuando ya el ocaso intentaba oscurecer la silueta del horizonte al otro lado de la ribera, después de lavarse bien lavada y de vestirse y peinarse delante del espejo, en lugar de dirigirse a la plaza junto a la iglesia donde habían jugado toda la tarde los niños del lugar, fue a buscar a su padre.

Cuando abrió la puerta, delante de todos aquellos hombres de la ribera, en un ambiente invadido por la humareda de emboquillado y el bagazo del alambique, una voz ronca soltó:

—¡Se te acabó la juerga, Penas! ¡Vienen a buscarte!

—¡Muévete, coño —masculló otro, enseñando unos dientes atacados por la piorrea—, que esta sargento no es de las que ruega!

—¡Callaos, patanes! —gritó Manuel, al reparar en la presencia de su hija y venciendo la tentación de mandarla a casa después de volverle la cara del revés de un sopapo, como el domingo pasado había sugerido un vecino que haría si una hija suya lo hubiera avergonzado de esa manera. Y, tras dejar dos monedas encima del mostrador, bramó con todo su genio—: ¡Me marcho por no seguir aguantando a los cuatro baldragas que aquí habláis mucho, pero en casa bien que agacháis las orejas! ¡Ahí ni Dios abre la boca!

—¡Como tú con don Ramón! —respondió alguien.

—¡Eso, eso! ¡Que no te oiga desbarrar el cura! —azuzó otro desde la mesa de mármol de una esquina al tiempo que posaba con firmeza la ficha de dominó—. Ya se vio en qué quedó todo después de tanta cháchara en la Sociedad, Penas: en meter el rabo entre las piernas.

—¿Qué estás diciendo? —se encolerizó el aludido, rechinando los dientes—. ¡Qué hostia estás diciendo de...! ¡La madre que te parió, Leletas, que te abro en canal si vuelves a...!

Sin moverse de la puerta, la niña observó cómo los hombres se apiñaban para, entre risas, intentar contener a quien, desaforadamente, no dejaba de jurar y de amenazar con partirle hasta la crisma a todo provocador que se metiera con lo suyo.

Al fin, cuando la agarrada se calmó, cuatro de ellos consiguieron sacar de allí a un Penas que, con el rostro descompuesto y gimiendo de ira, ni se atrevía a mirar a su hija.

—Llévate a este perdido a casa, anda —le indicó el tabernero desde la puerta, con los brazos cruzados sobre el pecho, como si se le hubiera agotado la paciencia—, que por hoy ya ha tenido suficiente. Y cuida de él.

Agarrados de la mano y por el camino de vuelta, padre e hija guardaron silencio. Él, sereno, tambaleándose por momentos, arrastraba los zuecos y metía los pies en los regatos que la lluvia había formado tiempo atrás. Ella procuraba pisar por lo seco y le dolía aquella manera perdularia de vivir que también habían advertido los demás. Pero no se lo decía.

Cuando, tras soltarse de la mano, abandonaron la vía principal y se metieron por el camino entre bancales que los llevaría directamente al lugar de O Pousadoiro, el padre se detuvo. Desde donde estaban y bajo la luz de la luna se divisaba la amplia curva del río. También la iglesia de San Martiño da Cova, con la rectoral a un lado y la casa de los Arias al otro.

Ella, al caer en la cuenta de que se había quedado atrás, retrocedió y lo miró sin entender lo que pasaba. En un instante, Manuel pareció reaccionar: masticó la pastosa saliva que se le había amontonado en la boca, carraspeó con estrépito, como si tratase de reunir más y, al mismo tiempo, quisiera purificarse por dentro, y escupió en el zarzal. Luego se limpió las comisuras con el dorso de la mano y le dijo:

—Vete yendo, que tengo que ocuparme de un asunto.

—Pero pa... —quiso protestar ella.

—¡Que vayas te digo! —impuso.

Se separaron.

Ella lo esperó más de una hora en la habitación, a oscuras. No tenía ni idea de lo que le pasaba ni de lo que pretendía su padre, pero deseaba que regresara antes de que fuera noche cerrada para poder ir a casa del maestro. Por escuchar un cuento y cambiar el libro.

Su padre volvió alterado y con las manos manchadas de tizne. Se bebió de un trago un vaso de vino y ella no se atrevió a pedirle permiso. Ni siquiera cuando él se sentó en un banco y jadeó con furia, como si al hacerlo quisiera liberarse de todas las fatigas que le quedaban en este mundo. Solo cuando el tañido de las campanas inundó la ribera y se oyeron voces que alertaban de algún mal, la niña reaccionó. Corrió afuera y, bajo los copos que pretendían teñir la noche de blanco, escuchó el grito de una mujer que corría hacia la plaza de la aldea:

—¡Fuego! ¡Hay fuego en la puerta de la iglesia!

SEGUNDA PARTE

LELIA

10

Se llamaba Lelia y, como si una delicada flor quisiera sacudir la pereza de mi rudo letargo, apareció de repente por la puerta de la habitación.

—¡Huy, perdón! —exclamó al verme—. Creí que estaba libre.

Fue entonces, con la complicación de cerrar de nuevo —y también porque la chica iba armada de escoba y fregona y empujaba una indeterminada arma anfibia con ruedas contra cucarachas y polvo—, cuando se le cayó el libro que portaba bajo el brazo. Ni se enteró. Yo intenté abrir un ojo y, a medio vestir como estaba, me levanté y salí a su encuentro para someterla a un breve interrogatorio. Gracias a él descubrí no solo su nombre, tomado de una cantiga medieval, sino de dónde era y su monótona tarea diaria: de nueve a doce limpiando asquerosas habitaciones de gente asquerosa que fuma sin compasión, no se lava ni los dientes y se ducha lo justo, y que, para colmo de males —mi caso—, a lo mejor hasta duerme vestida o navega toda la noche en lugar de roncar. Por no mencionar a los clientes que realizarán actividades más provechosas porque se pueden llevar a cabo en compañía. E incluso le saqué lo poco que le pagaban, no por explotarla, sino por anular impunemente sus cualidades intelectuales, endulzadas con una fresca sonrisa, un perturbador escote y una voz tan suave que fue como música para mis oídos esa compostelana mañana.

Aunque no me paré en sus respuestas, una vez agotadas las preguntas impertinentes pensé en el libro tirado en el suelo y, de inmediato, recordé la lista que había elaborado esa noche y que debía devorar cuanto antes para ponerme al día con lo nazi, así que pregunté:

—¿Es tuyo ese libro?

—Ay, sí —dijo, al verlo en el suelo.

Entonces se agachó a recogerlo, me dio las gracias y se volvió con intención de irse. Pero yo ya no estaba dispuesto a soltar a mi presa.

—¿Lees mucho, Lelia?

—Sí —respondió, como si fuera incapaz de contar una mentira o su educación no le permitiera ocultar la verdad.

—Pero... —insistí—. ¿Te va leer?

—¿Cómo que si me va?

—Sí, mujer, si lees a diario, si lees rápido... Si te mola leer.

—Leer es todo lo que tengo —me interrumpió, con su cara agradable, la voz esmerilada y sin dejar de mirarme—. No conozco nada mejor.

Me quedé estupefacto. Estupefacto pero consciente

de que no podía dejar escapar la oportunidad que, como ángel redentor, se me presentaba en la puerta de una habitación sin ventilar. Por eso actué con celeridad.

—Te voy a proponer un negocio. Mejor dicho, quiero contratarte —corregí, acercándome. Entonces ella retrocedió y yo me quedé quieto, no fuera a cagarla con una aproximación que ni por asomo pretendía. Simplemente le dije—: Por favor, no pienses mal. Contratarte como lectora.

—¿Cómo es eso? —De repente, por el fulgor de su mirada, noté su interés. Noté también que, aunque no le diera nada a cambio, aunque nunca me hubiera conocido o no le acabara de hacer tal proposición, ella sería tan capaz de leer hasta las entrañas la capa de cualquier volumen que cayera en sus manos como incapaz de pasar una hora sin saborear un párrafo que alguien con pretensiones literarias hubiera creado. De ahí que, hasta en el pasillo, mientras esperaba al cliente detrás de la puerta, limpiaba los cristales de los baños o las tapas de los retretes, leyera el venturoso tomo que portara debajo del sobaco.

—Estoy investigando sobre la presencia de nazis en Galicia y tengo que leer un montón de libros —le expliqué—. Quiero conseguirlos hoy y ponerme cuanto antes con ellos, pero, dado que también tengo otras ocupaciones, me resultará complicado hacer tantas lecturas. Así que miramos si tienes tiempo, miramos lo que me cobras o lo que puedo pagarte, y después...

—¿Quieres decir pagarme por leer? —musitó, como si no se lo creyera.

—¡Equilicuá! Pero para no entretenernos ahora, ¿qué te parece si te espero a las doce en el bar de la esquina? Yo resuelvo unos asuntos y tú acabas tu trabajo. De paso, te lo piensas. Si no apareces, ya me las arreglaré; si apareces, perfecto, porque necesito ayuda y no creo que vaya a encontrar a nadie mejor. Y ven dispuesta a chalanear, eh, porque en los negocios no se puede andar con miramientos.

—¿Qué es chalanear? —preguntó, tras un intrigante silencio.

—Regatear, discutir el precio. ¿Nunca has ido a la feria, Lelia?

—Sí, a comer pulpo.

—¡No me jodas! —exclamé.

—No te preocupes, no lo haré.

Me reí de su sinceridad, y ella, al final, también sonrió.

—En fin, Lelia, a las doce, y a ver de qué somos capaces. —Y cogí la puerta y la fui arrimando—. Por cierto, me llamo Pepe y somos casi vecinos. Pero también puedes llamarme Reina.

11

He mencionado a un cantero, pero no su nombre: Julio Barreiro Rivas, Farandulo de apodo. Fue él quien contuvo mi sueño aquella noche; mejor dicho, lo que cuenta en su web *farandulo.net* y que acabó de cautivarme, pues ahí afirma haber visto a Hitler en nuestro país, y eso era mucho más de lo que cualquier elucubración mental o noticia me había proporcionado hasta el momento.

En sus escritos, una miscelánea de artículos que redacta como le sale del intelecto —y con cierta tendencia a enredarse—, Farandulo incluye un archivo dividido en dos apartados que no tiene desperdicio. En la primera parte, «Los últimos días de Adolfo Hitler en el convento de Samos en Lugo, Galicia, España», tras aludir a la secretaria del Führer, al juez Garzón y hasta a Mussolini, tras valorar el calvario del búnker de Berlín, en el año 1945, y dudar de que los restos encontrados sean de Hitler, cuenta su experiencia siendo un niño.

Recuerda cuando, en compañía de su padre, un ingeniero cívico militar que trabajaba en los aeródromos gallegos durante nuestra posguerra, que coincidía con la Segunda Guerra Mundial, solía ver aviones alemanes en la pista de Lavacolla, e incluso se subía a ellos, aviones en los que llegaban oficiales nazis huyendo de la derrota y a los que el franquismo ocultaba en los cuarteles. También narra sus trabajos con sus tíos canteros Francisco y Xesús por las aldeas de la montaña lucense, que él cita y cuya existencia me molesté en comprobar. Así, en el epígrafe «Un cuartel y un búnker», se refiere al contrato que les surgió en el pueblo de Samos para construir el cuartel de la Guardia Civil, el cual llevaba aparejado un trabajo secreto en el monasterio. Pero para tal trabajo, un apartamento clandestino destinado a alemanes e italianos, si bien se eligió a los obreros de mayor confianza, estos debían mantener la boca cerrada para que la obra no transcendiera.

El chico, que andaba a su aire por las dependencias del monasterio, después de informar de algunos aspectos de la vida monacal, relata:

«Fue así como en varias ocasiones me encontré de frente con unos monjes encapuchados que entraban y salían de un alambique donde se hacía un licor llamado Benedictine, elaborado con nueces. Cuál no sería mi sorpresa cuando un día descubrí que uno de estos monjes encapuchados era Adolfo Hitler; lo reconocí, a pesar de no tener su bigote característico. Cuando se lo comenté a mi tío, este me hizo callar diciendo: «¡No repitas eso nunca más, porque nos pueden quitar el contrato!»

Como en una telenovela sudamericana de sobremesa, nuestro escritor concluye: «No deje de leer la segunda parte de este reportaje.» Más que enganchado, fascinado, abrí el otro documento. En él solo pretende corroborar lo manifestado en el anterior, por eso relata lo ocurrido dos años después, que sitúa en 1948, cuando fue contratado en la aldea de Córneas para construir un horno.

«El paisaje que proyectaba la aldea de Córneas ante mis ojos era totalmente diferente al de todos los pueblos de Lugo que yo conocía. En él no existían caminos para los carros gallegos; todas las comunicaciones entre casa y casa se realizaban a través de unos senderos estrechos y pedregosos; los prados, repletos de manzanos y de sembrados, mostraban una pendiente muy pronunciada. La única finca que existía en todo aquel lugar de O Val de Córneas estaba ocupada por un avión alemán. Se trataba de un terreno de aproximadamente cien metros, sembrado de patatas, totalmente plano, pero rodeado de robles y de castaños.

»Lo insólito e inexplicable es cómo pudo aterrizar en este lugar solitario un avión trimotor de los más modernos y potentes de los que disponía Alemania en aquellos tiempos, pues se posó en la finca sin que sus cinco tripulantes sufrieran ni un solo arañazo. Los aldeanos oyeron aquel ruido aterrador y vieron el siniestro aterrizaje; presenciaron cómo el avión, antes de tocar tierra, frenó en el aire y se arrastró sobre las ramas de los árboles, partiendo solo algunas, y después se lanzó a tierra, dando al tocarla una vuelta de 360° y quedando su trompa totalmente en el sentido que traía.

»Cuando los parroquianos vieron el inesperado acontecimiento, se precipitaron en auxilio de los ocupantes del aparato. Un total de cinco pasajeros que hablaban alemán descendieron tranquilamente del avión con vestimentas civiles y militares. Una de estas personas era Adolfo Hitler con bigote y todo. Así me lo contó un simpático gallego que estuvo con él, a pesar de que no se entendían, puesto que uno hablaba gallego y el otro alemán.»

Al finalizar la lectura, juro que me embargó tal emoción que casi olvido tragar saliva. Aquel inaudito documento en PDF poseía un aroma tal a fascinación que pensé en un joven, V, con la imaginación excitada, que seguramente también había descubierto y utilizado esa vía. Entonces, a la vista de ese hallazgo, me pregunté: ¿cómo no iba a comprobar lo sucedido en Córneas y su fase posterior en el monasterio de Samos? Estaba obligado. Por eso, aunque por primera vez tuve la impresión de estar intentando seguir sus pasos, persiguiendo su sombra en una inusitada investigación del pasado, la pregunta que al cabo me asaltó fue: ¿quién es realmente V y dónde se encuentra? Y también: ¿cuánta delantera me lleva y cómo logró conectar con el presente y llegar hasta el nombre de la persona que me ha metido en el ajo?

Dado que para responder ya había encontrado una vía, la indicada por Farandulo, me dirigí sin demora hacia la dirección del cantero —con residencia actual en Venezuela—, con una petición en la que, en consonancia con su currículum, incluí algún embuste.

Estimado señor Barreiro Rivas, *Farandulo*:

Me llamo Xosé Manuel Reina y, además de historiador y escritor, soy profesor en la facultad de Historia de Santiago de Compostela. Actualmente investigo sobre la presencia nazi en Galicia tras la Guerra y acabo de leer en la web los interesantes documentos titulados «Los últimos días de Adolfo Hitler», en los que da cuenta de su experiencia en Córneas y Samos, y afirma haber visto al Führer.

Para ir al grano, abusando de su amabilidad y si dispone de tiempo, me gustaría encontrar respuesta a varias preguntas que todo profesional que investiga el pasado debe realizarse a propósito de sus fuentes:

1.ª ¿Es real o certifica con su palabra de honor ese encuentro con Adolf Hitler y todo lo que se menciona en esos documentos?

2.ª ¿Podría concretar o precisar las fechas que indica en ellos?

3.ª ¿Recuerda el nombre de alguna de las personas o de las casas de los labradores en las que estuvo en aquel entonces o que se relacionen con lo que ahí expone?

Por último, dado que tengo alumnado investigando este tema y debo ejercer un control sobre ellos, quizá podría proporcionarme el nombre, teléfono o correo electrónico de algún estudiante que, en los últimos meses, se haya puesto en contacto con usted, en especial si entre ellos hay alguno que tenga un nombre o apellido que empiece por la letra V(uve).

Esperando no entorpecer su encomiable trabajo y, al mismo tiempo, que la universidad gallega pueda contar con su colaboración, reciba un abrazo desde Santiago de Compostela.

XMR

NOTA: para contactar conmigo, utilice exclusivamente este e-mail.

Lo envié mientras tomaba la decisión de acercarme a las montañas de Baleira para comprobar cada afirmación. Lo haría por dos razones. Una: siempre he tenido más fe en mi desconfianza que en los santos, en especial los de piedra. Y dos: si lo del avión de Córneas resultaba ser una trola de Farandulo, no sería muy cabal el presentarse ante el prior de Samos para preguntarle: «¿Y de lo de Hitler por aquí, qué, padre?»

12

Para llegar a las doce al bar, la mañana contó con el frenesí de soportar la cola del banco para cobrar el cheque de don Manuel, realizar la transferencia a Barrabás, pasar por la librería Follas Novas con la lista de libros (de la que solo cogí los tres títulos que tenían a mano y apalabré el resto a primera hora de la tarde) y, entre el tropel de las calles de la vieja capital, acercarme a la facultad de Historia. En esta última pregunté a varios docentes en su hora de descanso, los cuales, después de darme largas y educadas esperanzas, me encaminaron a un sagaz profesor contratado y a punto de entrar en el único plan del consejero de Educación, porque a ellos «no» y a sus conocidos «tampoco les constaba que en los programas de estudio del presente curso figurase tal investigación».

El susodicho, que debía de ser el único de la facultad que en ese momento no revolvía el azúcar del café con leche, me mandó pasar. Descubrí así un sufrido ejemplar de rata rayante de apuntes manuscritos que sobrevivía en la cerrada atmósfera de un trastero iluminado parcialmente por la tenue luz de una lámpara. Armado con un bolígrafo de tinta roja, en cuanto me vio, desconfió, y mucho más cuando le hice partícipe de mi búsqueda.

—Aquí no encontrarás nada de eso, te lo digo yo —me soltó, y al hablar se retiraba parcialmente las gafas y se frotaba con fruición unos ojos habituados como a mirar hacia dentro—. De nada te servirá preguntar porque en los últimos años se han reducido tesis, monografías, trabajos de campo e investigaciones sobre esa clase de temas. Especialmente sobre esos. ¡Y mira que es un filón, tío! Pero ya no sueltan pasta para meterse con la posguerra. Ahora basta con una resma de folios y con que el alumnado escriba en ellos lo que sabe. ¡Hemos retrocedido a las cavernas!

Salí de allí pensando que otros escarban en la tierra por menos y con una azada en la mano, pero no acabarán tan consumidos.

—Esa comprobación en este momento no te la puedo hacer —me advirtió un seco administrativo, también en peligro de recorte inminente, tras asimilar la petición de localizar a un alumno cuyo nombre o apellido empezase por V, lo cual solo le supondría abrir una ventana en la pantalla del ordenador, ejecutar una ordenación de la lista y recorrer alfabéticamente la serie hasta esa consonante. Un incordio, por lo visto.

—Se lo agradecería mucho —le dije, sereno. E inventé—: Intentamos localizarle por un pariente que acaba de fallecer.

El hombre me miró con ojos de merluza muerta en el trámite de ser subastada en la lonja. Entonces concedió:

—Si me deja un teléfono, puedo llamarle más tarde.

Después de esas veleidades, apuré el paso por el empedrado para llegar a mi cita con Lelia. Tanto ajusté que coincidimos en la puerta de la cafetería, donde, quizá debido a la alegre sonrisa y el olor a manzana, me pareció más guapa y resuelta que antes. Y aunque siempre he sido del parecer de que un piropo no le hace daño a nadie, ni siquiera a los más irreductibles maquinadores, no lo solté por miedo a estropear el acuerdo. La dejé pasar delante y, eso sí, sentí algo parecido a una inconsciente felicidad por que se hubiera presentado a la prueba.

Nos sentamos frente a frente en un reservado más destinado a dos enamorados en vías de temerosa consumación que a una charla banal. Entonces, como si desde el principio quisiéramos desnudar nuestras intenciones, nos desprendimos al mismo tiempo de las gafas de sol y nos miramos. En ese momento mi teléfono sonó y, cuando contesté, la voz que oí por el auricular me confirmó que no había ningún V matriculado en la facultad de Historia. «Comprobado», concluyeron.

13

—Bien, queridísimo... —dijo, y la primera sorpresa fue el tratamiento, al que me acostumbraría, como a ella—. Aquí estoy, dispuesta a regatear con quien no sé si me está contando una trola o pretende dármela con una de nazis. Soy toda oídos.

—¿Parece trola, verdad? —remedé.

Entonces, sin mencionar quién me había contratado, le conté algunos pormenores de la investigación, incluidos el descubrimiento en Internet y la extensa bibliografía por leer, lo que me sirvió para percatarme de la cantidad de frentes que ya tenía abiertos: el de V, dondequiera que el universitario se encontrase, el de Marcelo Cifuentes en Argentina, el de Barrabás y la familia de Manolita, a quien ella creía haber visto en la galería de Monforte, pues había nacido cerca de allí, el de Farandulo en Venezuela, y, como añadido, la increíble noticia de O Val de Córneas y del monasterio de Samos, que podía servir de escalón inicial para avanzar, o eso intuía yo.

El repaso me sirvió para constatar que permanecía,

además de a medio dormir, con las manos vacías. No obstante, cuando me callé, Lelia, con la mirada prendida no solo de mis labios sino de las palabras que habían ayudado a pronunciar, y con la boca entreabierta y dejando ver sus dientes de rata del maxilar inferior, parecía como fascinada, tanto que podría apostar a que, si en aquel instante no le hubiera ofrecido nada por colaborar, ella habría rogado o, incluso, pagado por hacerlo. Perdería.

—Y ahora, si te parece, vamos al negocio —dije, por sacarla del marasmo—. ¿Cuánto te gustaría cobrar?

—No lo he pensado.

—¿Pero tú crees que se puede venir así a la feria? —protesté—. Los tratantes te comerían viva. Te sacarían hasta las entrañas. Venga, ponte seria y volvamos a empezar. A ver, ¿cuánto pides?

—¿Cuánto...? ¿Cuánto me das? Hazme una oferta —dijo.

—Eso ya está mejor —elogié—. ¿Ves qué fácil? ¿Y sería por libro, por página o por...?

—Me resulta indiferente.

—Pero tú, leyendo, ¿qué tal eres?

—Leo rápido —indicó—. Y además dispongo de mucho tiempo.

—Ahora sí que te estás vendiendo bien.

—Ya. Pero no me has dicho cuánto —dijo, con seguridad.

—¿Prefieres por libro?

—Mejor.

—¿Cuánto consideras que sería lo justo? Por ejemplo, ¿cuánto tiempo tardarías... —y saqué de la bolsa, uno tras otro, los tres volúmenes que había comprado en la librería. Con el último en la mano, dije—: con uno como este?

Lo cogió, observó el tamaño de la letra, pasó las páginas para comprobar fotos, espacios en blanco entre capítulos y, al final, el número de páginas. Se notaba que aquel era su hábitat cotidiano.

—Cuatro horas —dijo.

—¡¿En cuatro horas eres capaz de leer y comprender eso!?

—Sí —afirmó, con determinación—. A cuarenta páginas por hora, con este creo que me sobraría. Pero ponme a prueba, si quieres.

—No hará falta. Te doy... Mmmm —medité, acariciándome la barbilla. Y le trasladé mi oferta—: ¿Qué te parece veinte euros por libro?

—¿Solo?

Supongo que me sorprendí, no de las palabras, sino de su capacidad para aprender. Pero yo para estos asuntos soy un hacha.

—Ten en cuenta que trabajas en lo que no te gusta tres horas al día y cobras en torno a los trescientos al mes —repliqué, simplemente por seguir adelante y no por el dinero, pues para mí se trataba de otro imprevisto—. Pues con que dediques otras tres a hacer algo que te gusta, leer, en treinta días sacarías... Haz tú los números, exactamente el doble. ¿No será demasiado cobrar?

—Pero a lo mejor esos libros no me van o son muy complicados. Además, incluyes los findes.

La miré, le di a la cabeza y fruncí el ceño. Ella comentó:

—Tú has dicho que...

—Está bien, mujer —concedí—. Si lo estás haciendo de putísima madre.

—Entonces, treinta —propuso, convencida.

—¡Treinta euros por libro! —fingí espanto—. ¿Pero tú de qué vas?

—Si solo es leer y comprender, acepto los veinte que me has ofrecido —sostuvo—. Pero si tengo que hacer algo más, treinta. ¿Te parece?

—¡Habrá que apechugar! —exclamé, incrédulo—. Pues además de leer y comprender, tendrás que retener los contenidos para hacerme un resumen. Y cuando te pregunte o si lo necesito, tendrás que ser capaz de relacionar con soltura ideas, nombres de lugares, personas...

—¡Pero eso es como ser tu colaboradora! —apuntó ella.

—Más o menos —admití, y reconozco que ahí patiné.

—¿Así que primero me vas a pagar una auténtica miseria por leerte una porrada de libros que vete tú a saber lo cargantes que resultan la mayoría, y luego pretendes explotarme al máximo y fuera de horario por ser tu colaboradora? —Al escucharla me quedé, y no necesitaba un espejo para vérmela, con la cara desencajada—. Además, en esa bibliografía que dices... A ver, ¿de cuántos ejemplares estamos hablando?

—De entrada tengo anotados veintiuno —respondí—, pero...

—Pongamos que llegan a treinta libros, y calculando más o menos... —continuó ella, convencida—. Como máximo, con lo que me has ofrecido, llegaría a cobrar seiscientos euros. Y de ahí ya no podría pasar. ¡Ni el salario mínimo por todo un señor trabajo! ¡Vaya estafa!

—¡No olvides que yo también leería! —intenté protestar.

—Tú vas a estar ocupado yendo y viniendo de aquí para allá, mirando debajo de las piedras, hablando con la gente y leyendo las mentes. Necesitas a alguien que se ocupe de la base teórica —arguyó—. Además, piensa que yo te había pedido treinta por cada libro, pero sin saber para nada de las horas extra de colaboradora. ¡Que es un plus, eh! Veinte es poco, Reina. Tendrás que ponerte las pilas y reconsiderar la oferta.

A pesar de que la culpa era mía, tragué aire y lo liberé despacio mientras me daba tiempo a un viraje en el pensamiento que no me desenmascarara ante la perversa y retorcida mente a la que me enfrentaba.

—¿Y si te pago por resultados conseguidos? —ofrecí.

—¿Qué quieres decir?

—Premio final por resolver la investigación.

—No me levanto y me voy porque tengo educación, Reina. Tú lo que quieres es dejarme sin un duro. ¿Y si no consigues nada?

—No me he explicado bien —la interrumpí—. Lo que digo es lo siguiente: ya que tú ves dos vías de trabajo, la de leer y la de colaborar, y como además quieres cobrar por ambas, yo te pago un fijo por la primera y reparto dividendos, en el caso de llegar a algo, por la segunda. ¿Hace?

Lelia se mordió el labio inferior. Delicadamente, diría yo.

—Treinta euros por libro leído, comprendido, resumido, retenido, relacionado o lo que necesites, y la colaboración como ayudante por lo que consideres oportuno pagarme. Y ya ves que eso lo dejo en tus manos. Es mi última oferta —soltó, alargando su mano por encima de la mesa para sellar el acuerdo— y no se hable más.

Realmente respiré al estrechársela. Pero ella ni así se tranquilizó.

—Y ahora la letra pequeña. ¿Quién me dice que me pongo a leer libros como una loca y que vas tú y desapareces sin dejarme ni una señal?

¡Qué lagarta! Pero por esa misma razón no podía perder semejante talento. Tiré de cartera, saqué uno de los billetes lila que me habían dado en el banco y se lo pasé con disimulo. Ella lo cogió y lo observó como si tuviera entre las manos algo mágico o nunca visto.

—Espera —dijo.

Esperé a que se pusiera de pie, se acercase a la barra, donde una aburrida camarera recolocaba las tapas, y hablase con ella. Al rato, Lelia le entregó el billete y la otra, después de pasarlo por la máquina detectora de falsificaciones, se lo devolvió acompañado de una sonrisa.

—¿Todo en orden? —pregunté cuando volvió. Y mientras ella asentía yo protesté—: Mira, Lelia, si vas a estar desconfiando...

—Perdóname, Reina —dijo, con gesto lastimero. Y repitió, mirándome fijamente—: Perdóname. Llevo toda la mañana haciendo habitaciones y pensando en tu propuesta. Pensando en lo raro que eres y en lo raro que es todo esto; en si serías un tratante de blancas, un pervertido o qué coño serías. Pensando en que siempre he sido algo idiota para muchas cosas y siempre me he dejado guiar por malas personas o por personas a las que creía conocer y que acabaron engañándome o abusando de mí —y sus ojos, mientras hablaba, se fueron llenando de lágrimas—. Por eso desconfiaba de ti y de que estuvieras esperándome en el bar. Al verte en la puerta desconfié de que tuviera que hacer ese trabajo, de que tuviera que regatear y de que me pagases por leer. Incluso del billete este... Pero no volverá a pasar, Reina. Nunca más desconfiaré de ti, te lo juro.

No quise decir nada porque ese juramento de fidelidad parecía tan sincero como su mirada. En ella intuí muchos reveses y algún que otro naufragio que, además de dejar cicatrices, a nadie más le importa. Importaba que en aquel momento yo tenía a alguien que me echara una mano con la investigación, a la lectora ideal, a la colaboradora leal y entregada. Una amiga para lo que vendría. No era la Verónica del deseo que no controlas porque te puede o porque lo necesitas, la mujer que en una sola noche te estremece y conquista algo más que el corazón y que, aun sin saber si nuestra relación tenía o no alguna posibilidad, me hacía sufrir; se trataba de Lelia, un ser tierno y diferente a otros que había conocido de ese sexo, para más, colmada de delicadezas, como cuando, recuperada la alegría y para celebrar el trato, insistió en invitarme al chocolate de aquel bar, lo que concluyó con su enrevesado superlativo favorito:

—Está riquisísimo.

14

Antes de que empezara a leer, «ya que el tema mola y el estipendio es adecuado», porque recogería los libros en la librería Follas Novas y, por lógica, no iba a pagar con el suyo, saqué otro billete lila y se lo entregué. Imprevistos, claro, pues así es la feria y yo llevaba tiempo sin entrenar. Por lo menos el chocolate resultó delicioso y en la charla, además de la lucidez de su discernir, pude percibir lo oportuno que resultaba contar con alguien que, desde fuera y sin prejuicios, enfocara el caso con objetividad y sin saber quién me había contratado.

Lelia, implicándose desde el comienzo, opinó que todo pasaba por localizar a V. En ese supuesto universitario residía la clave, pues de él había partido toda la movida y en él estaba la respuesta a aquel lío en el que se mencionaba a mi cliente. ¿Y cómo dar con él? Ella vislumbraba tres caminos. El primero: el cazanazis argentino. Pero si el tal Marcelo Cifuentes, además de enviar unos mensajes que quizá no nos sirvieran para mucho, ya lo había intentado con el servidor y no había obtenido resultados, «nosotros debemos dirigirnos a la universidad». Ese era el segundo, aunque nadie nos garantizase que V, o quien se escondiera tras esa inicial, no estuviera mintiendo con lo de su condición de alumno para ocultar su verdadera identidad. Así pues, como yo prefería viajar a Córneas o a Samos para comprobar la aportación de Farandulo, el tercer camino, que tal vez V también había utilizado en su investigación y que me podía permitir no solo identificarlo, sino «profundizar en esos asombrosos sucesos», calificó, ella misma se ocuparía de indagar en las facultades.

Para empezar, preguntaría dónde se imparten asignaturas relacionadas con nuestra historia, incluyendo los demás campus universitarios gallegos, que a mí ni se me habían pasado por la cabeza. Después, si convenía darle la lata a algún profesor, Lelia se la daría, no me quedó la menor duda. Y aparte de las lecturas y de las conjeturas extra que pudiera reservar Internet, también se entretendría revisando los increíbles fondos de la Biblioteca Universitaria, donde constaba como socia muy activa.

A propósito de esto, ella prefería «ahorrar este lindo billete» y no comprar «sin ton ni son» todos los libros que yo había anotado, cuya mayor parte, estaba segura, nos iban a servir de poco. «Lo cual no impide que los lea, eh», advirtió. De ese modo, pasaría de comprar algunos de los títulos y los buscaría, los de la lista y otros muchos seleccionados, en función de lo que fuera descubriendo, en la biblioteca compostelana.

—Esos pequeños recortes nos pueden venir bien

—justificó, como un ministro de Economía informando de los acuerdos adoptados por el Consejo—. Por lo demás, te llamaré a diario para dar cuenta de mi labor. Si te parece.

Me mostré de acuerdo con este proceder, tan contrario a mi parsimoniosa improvisación, y eso aumentó todavía más el valor de aquella chica e hizo que cediera ante su agudeza, lo que no me impidió imponer que sería yo el que llamara después de que ella me hiciera una perdida, pues acababa de contratar una tarifa plana.

—Y si no es demasiado preguntar: ¿de dónde sacas tanta *pela*?

—De la primera partida para imprevistos —confesé—. Cinco mil.

—Cinco mil —repitió ella. Y permaneció un rato como reflexionando, antes de exponer—: Pues si a lo mío le sumas lo que me has dicho del colaborador en Monforte, y lo de la telefónica, que son veinticuatro meses de permanencia, y lo de los libros... Haciendo números, creo que no deberías ir por la vida tan rumboso.

—Siempre puede llegar otra partida. Además, luego estaría el pago por resolver el caso, que... —Lelia ladeó la cabeza, como si esperara una cifra. Yo concluí—: Pero eso aún no lo hemos concretado.

No abrió la boca, pese a que en su mirada pude leer algo así como «Vas de confiado y a lo mejor escarmientas, Reina».

Finalmente ajustamos las comunicaciones y hablamos de otros pormenores, siempre con inusitada franqueza. Tras esa hora y pico que pasamos frente a frente en la mesa de aquel anónimo bar, parecía que llevábamos años trabajando juntos y que podríamos dedicarnos cualquier pulla o chanza, y no por ello se torcería nuestra relación. Incluso cuando nos despedimos y exclamó: «¡Hala, queridísimo, que te den!», sentí un arrebato de ternura ante aquella criatura de apariencia frágil y veintitrés años, por los que, desde luego, yo podía ser algo más que su padre.

—Descuida —respondí, satisfecho con el talentoso fichaje y confiando ciegamente en que no huiría con mis mil euros.

En la oscuridad

En la oscuridad no importa la vanidad material de los humanos y de esta estúpida sociedad de amaestradores que ya te varea al nacer con una comida envenenada. Tener, poseer, amontonar... ¿Para qué? Mejor gozar, sentir. Estar en armonía con todo lo bueno que te rodea.

Ahora lo sabes, cuando ya no hay remedio.

Galicia, NO de la península ibérica, septiembre de 1936

Aquellos faros le parecieron dos siniestros ojos abriéndose paso entre la niebla de la noche. El hombre, al verlos, tomó una bocanada de aire frío e hizo señas con las manos varias veces seguidas desde el borde de la carretera, hasta que el coche se detuvo a su lado. Comprobó que los asientos delanteros estaban ocupados, abrió la puerta de atrás y entró.

Como atrincherado, un nauseabundo olor a gasolina, tabaco, alcohol y brillantina se mezclaba en el interior del habitáculo.

—Bue-buenas noches —saludó, de todos modos.

—¿Por dónde es? —preguntó el conductor, al que se le notaban las sombras de los gruesos pelos de una barba mal rasurada, sin volverse ni saludar.

—Por esa pi-pista —tartamudeó el hombre, señalando con el dedo.

—Avisa con tiempo, eh —soltó el del lado derecho,

burlón y algo más joven, con un cigarro encendido colgado de la comisura—. ¡Aunque estés cagado, tú avisa!

—No-no estoy ca-cagado.

—¡Pues entonces bebe, joder, para aligerar esa lengua!

Y le pasó una botella abierta.

Él la cogió. Aunque sabía que el aguardiente era muy traicionero y prefería el vino de misa, bebió. Cuando se la devolvió, notó que tenía las manos sudadas y su pecho batía sin piedad, como tratando de abrirse.

—Y ahora cuenta —exigió el conductor, con el coche en marcha.

—¿Co-contar qué?

—¡La madre que te parió, sacristán! —se enfureció el de la derecha, que se había puesto serio y con el pitillo en la mano—. ¡Todo! ¿O cómo cristo bendito vamos a saber de las cosas si somos de fuera? A nosotros nos dijeron a tal hora en tal sitio para recoger al sacristán, que él ya os pone al día. ¿Porque eres el sacristán, a que sí?

—S-sí.

—¡Pues venga, cantando por esa boquita, coño, que ni el Borrego ni yo tenemos mucha paciencia!

—¡Que no me llames así, hostia! —protestó el aludido.

—Si es tu apellido... Está bien. Aquí el compañero que... Mira, sacristán, dejémonos de pamplinas. Si tenemos que pasear a alguien, no queremos sorpresas, así que... Por cierto, ¿llevas armas?

—¿A-armas?

—¡Sí, joder, armas, armas! ¿O crees que vas de excursión?

—A mí don Ra-Ramón no me dijo...

—Ese debe de ser el cura —apuntó el conductor hacia su camarada, y bebió cogiendo la botella con la mano derecha. Al acabar, entre bufidos, como si el trago le hubiera amargado, preguntó—: ¿Entonces qué es lo que te dijo tu jefe, a ver?

—Que a las do-doce esperase al coche al lado de la pi-pista. —El hombre tragó saliva. Continuó—: Y que le indicase la ca-casa.

—¿Y nada más? ¡Estamos aviados con un sacristán chepudo, sin armas y cagado, y que además no sabe nada!

—¡Sí que sabe! ¿Cómo no va a saber de un vecino! —replicó el otro—. A ver, coño, del comunista indignado ese, ¿qué? ¿No fue uno de los que requisó armas cuando el Alzamiento? ¿No fue uno de los que también se acercó a Lugo en una camioneta, que no sé ni cómo se libró de la escabechina el cacho cabrón? ¿Qué más ha hecho, a ver?

—¡Si te parece poco, hostia! —opinó el conductor.

—A mí ni me parece ni me deja de parecer. ¡Y a ti, te acabo de hacer una pregunta, monaguillo de mierda!

—Cre-creo que le prendió fuego a la pue-puerta de la iglesia.

—¿Crees?

—Don Ra-Ramón está seguro.

—¿Y cómo coño lo sabe el cura?

—Por una co-confesión —indicó el sacristán—. Además, siempre estaba di-diciendo que...

—¡Di mejor despotricando, monaguillo, que los rojos cuando abren la boca despotrican, no hablan! ¡Vaya con el cura, qué cuco! ¡Y qué cuña tiene, coño, para que en lugar de a la Guardia Civil nos manden a nosotros!

—Está bien, está bien —intervino el conductor—. Vamos a lo que importa. ¿Vive con alguien o...? ¿La casa está en medio de la aldea? ¿Hay luces fuera...? ¿Qué dices? ¡Habla ya!

—Vi-vive con su hi-hija. La casa está sepa-parada de la aldea, cien metros, y no...

—¿Y la hija, qué? ¿Estará cachonda, no?

—Es una ni-niña.

—¡La hostia puta, una niña! Ya podían avisar de que...

—¡Cierra la boca, Latas! —impuso el conductor—. Venimos a lo que venimos. Y tú, sigue hablando. ¿Tiene perros, es cazador o algo?

—No-no.

—¿Armas?

—No creo.

—¿Entonces, qué? ¿Cómo es? ¿A qué se dedica?

—Ba-barquero. Y últimamente bebe mucho. Pero Manuel es arro-arrojado...

—¡Ca! —le atajó el conductor—. ¡Para nada necesitamos saber su nombre! Y dime, ¿tiene pajar?

—¿Pa-pajar?

—¡Pajar, sí, pajar, joder! ¿Es que no oyes?

—Sí, tiene uno.

—Pues mejor así. ¡Si juntas paja con gasolina, no hay arrojo que valga!

En el silencio que sucedió a las carcajadas, el sacristán se dio cuenta de que preferiría no haber estado allí, no haber conocido nunca a aquellos compañeros de viaje, tal vez para no acordarse de lo que vendría.

Acto seguido, como si esa idea le hubiera cercenado el pensamiento, mientras el coche se perdía por la bajada que llevaba al río y la neblina iba ocupando las sendas que rodeaban los sotos, ni siquiera percibió el rugido del motor. Pero al cabo de un minuto, el que ocupaba el asiento delantero, tras beberse el aguardiente que restaba de la botella y tirarla por la ventanilla, se volvió hacia atrás con el licor deslizándosele por la barbilla, rechinó los dientes y escupió:

—¡Ya verás qué fiesta le vamos a montar!

TERCERA PARTE

POR EL PAÍS

15

Cuando viajaba por la carretera que enlaza con la Autovía del Noroeste me detuve un rato en la cuneta para repasar la ruta, pues, de no hilar fino, me daba en la nariz que me perdería en Os Ancares. Caí en la cuenta de que pasaría cerca de la Terra Chá y recordé lo que había leído por la noche sobre las Torres de Arneiro, las tres antenas de comunicación de más de cien metros de altura instaladas por los alemanes durante la Segunda Guerra Mundial. Rápidamente abrí la *tablet* y las situé en el mapa. Entre que para llegar hasta ellas no tenía que desviarme en exceso y la repentina necesidad de verificar que la presencia nazi en Galicia no era una patraña propia del cine bélico, decidí hacerles una visita.

Tras abandonar la autovía, llegué al lugar, en la parroquia de Goá, municipio de Cospeito, donde debería de estar situada la antena principal, en medio de las otras y equidistantes casi tres kilómetros entre sí, además de en línea norte-sur; y no solo la antena, sino también el complejo Elektra Sonne que canalizaba las emisiones de radio en el Atlántico norte. Pero esa era la teoría, lo que aparecía en la bibliografía, se podía leer en las páginas web y ver en los vídeos de YouTube, en los que incluso algún atrevido filmaba desde lo más alto de una de ellas. En la práctica, sobre el terreno, no se divisaba ninguna antena ni tampoco indicación alguna de su emplazamiento. O era un cuento o aquello no tenía ni pies ni cabeza. Opté entonces por la vía inquisitiva popular, lo que, dada mi condición de charlatán, casi nunca suponía una pérdida de tiempo.

—Oiga, señora —paré al lado de una mujer de mediana edad que llevaba una bombona de butano en la carretilla. Ella la posó en el suelo, colocó los brazos en jarras y se dispuso a aguantarme sin quitarse la visera con publicidad de Nitramón—, ¿no quedaban por aquí esas antenas de los alemanes de cuando la guerra?

—¡Por ahí andaban!

—¿Pero dónde están?

—Y si no es mucho preguntar, ¿para qué las busca?

Pensé que los gallegos somos la hostia. No tenemos remedio.

—Simple curiosidad, señora —dije. E inventé—: Es que he leído que a lo mejor conceden una subvención para ponerlas en funcionamiento y...

—¡Una subvención! —Es posible que se alarmase—. Pues a buenas horas, porque para los pedazos que han dejado los gitanos...

—Aunque tal y como están las cosas, me da que va para largo. Si no hacen como siempre y se la meriendan los políticos —concluí, conocedor de que ese rumor universal evita ciertos reparos.

—Siempre ha sido así, siempre —admitió, como derrotada—. ¡Ellos se meriendan hasta a su madre y a los de las fincas que se los lleve el diablo! ¡Ni las sobras!

—¡Cuánta razón tiene! —ayudé—. Entonces qué, ¿están por aquí o no?

—Sí, sí. —Complicada, la mujer—. Pero prepárese a arañarse, porque desde el coche no las va ni a oler.

—No acabo de verlas.

—¡Es que las pobres se cayeron! —indicó—. Hace poco.

—¿Así que no queda ninguna en pie?

—Ni la primera. La de A Graña ya llevaba años comiendo hierba, pero esta nuestra se vino abajo en 2009, a principios, a la vez que la de Momán. Todavía me acuerdo de aquel temporal de viento de enero, cómo se balanceaba y cómo los hierros no paraban de moverse. Hasta que de tanto darle... —recordó, poniendo cara de espanto y haciendo gestos con los brazos y con las manos, y yo imaginé que estaba ante una entregada actriz en su papel estelar—. Pero se veía venir, eh, que hacía mucho tiempo que los cables habían cedido y...

—Era inevitable —concedí—. ¿Y usted qué sabe de ellas?

—Poco puedo saber yo, joven, como no sea haberlas visto siempre tiesas como estacas durante toda mi vida. Pero mi padre, que en paz descanse, ese sí que contaba cosas.

—A lo mejor hasta se acordaba de los alemanes...

—¡Claro que se acordaba! No paraba de hablarme de los trabajos que les mandaron hacer, que andaban muy encima de ellos para que todo quedase bien. Mire que a él lo contrataron para poner los cimientos de las casetas donde iban a meter los bártulos, y como además se daba maña para levantar muros, hasta les construyó el propio cuartel donde dormían los soldados. ¡Porque aquí solo vinieron soldados, con uniforme y todo, eh! Y otros que no lo llevaban pero que mandaban tanto o más. Él les llamaba los ingenieros. Pero eran mandos, eh. Altos y guapos, todos extranjeros, que no se les entendía ni papa. Y pagaban puntuales como relojes, al parecer. Y después de hacer eso llegaron los hierros, todos juntos. Él me contaba que tuvieron que atornillar piezas por un tubo, hasta que de un día para otro se presentaron un montón de camiones alemanes con unas máquinas y... Desde entonces él siempre le tuvo ley a la casa Telefunken, siempre. ¡Si había que comprar un electrodoméstico o tal, Telefunken tenía que ser! Una manía como otra cualquiera. ¡Huy, ahí viene el de las bombonas! —exclamó la mujer, al divisar un camión de butano al fondo de la recta—. Tengo que dejarle.

—Una cosita más, señora. ¿Quién me podría contar algo de eso?

—¡Ni el primero, que los que vivieron aquellos tiempos ya descansan bajo tierra! Mi padre fue uno de los pocos que resistió, pero eso está todo abandonado y tampoco vaya a pensar...

Qué iba a pensar yo, si para eso la había encontrado a ella.

—¿Y, en definitiva, cómo puedo hacer para verlas? —apremié.

Al cabo cedió y, apresuradamente, me indicó un atajo por el que llegar al emplazamiento de la principal sin rajarme. Eso sí, tendría que dejar el coche y «caminar un poco por el camino abierto por los de las radios en un pajonal, trescientos metros, como mucho». Y también me advirtió:

—No tiene pérdida. Si me hace caso, enseguida encontrará unos hierros oxidados y retorcidos tirados por el suelo. Eso es lo que queda de la antena: provecho para los chatarreros. ¡Pero a las casetas y a la torre que me parta un rayo si se va a poder acercar de lo invadido que está eso de zarzas y tojos!

Ella se marchó y yo fui hasta allí y comprobé que la mujer estaba en lo cierto. Entre arbustos rastreros de todo tipo solo aparecían escasos restos de la impresionante antena de acero galvanizado que, como un gigante abatido por el tiempo y los elementos, se veía en las fotos. Por lo que parecía, la magna obra de las comunicaciones del III Reich había sido rapiñada por los traficantes de chatarra.

Quedaban en pie, invadidas por la vegetación y con los tejados muy deteriorados, las edificaciones que se mencionaban en los reportajes: dos pequeñas construcciones en las proximidades de la antena y, a unos cien metros, el edificio de transmisión en el que se habían colocado los equipos técnicos del sistema y del que salían las conexiones de radiofrecuencia para las tres torres; muy cerca, el destartalado barracón del destacamento militar, con cocina, duchas, dormitorio y sala de oficiales, donde se alojaban los operadores y los soldados que vigilaban la base. Completaba el complejo un edificio redondo, el aljibe, y un pequeño garaje con grupos electrógenos accionados por oxidados y destartalados motores diésel de fabricación sueca.

Pero el cuadro que contemplé ya nunca haría justicia a la importancia estratégica que habían tenido las antenas de Cospeito en los enfrentamientos bélicos en el Atlántico entre las fuerzas aliadas y las nazis, especialmente con los submarinos U-boot del mariscal Doenitz, pues fui incapaz de penetrar en las entrañas de aquel penoso resto de nuestra historia. Tal vez por eso me fui de allí triste, pensando que, cuando viajamos por el mundo, con cuatro cosas que a lo mejor poseen en otros lugares, se largan unos letreros y unos montajes que nos venden como si fueran la hostia, además de cobrar entrada. ¿Y nosotros? Nosotros, ya no digo explotar, no somos capaces ni de proteger el inmenso patrimonio cultural del que disponemos. Lo dicho, triste.

16

Abandoné la A-6 por la salida 461 hacia Navia de Suarna y, tras dudar en una intersección de la carretera LU-710, apareció a la izquierda el Hostal Fonte da Salud II. Paré en la explanada donde aparcaban vehículos de transporte pesado y, dada la reputación de los camioneros para localizar las mejores casas de comida, vista la hora que era y porque la panza ya me lo exigía, paré a comer.

Sentado, mientras esperaba a que me sirvieran, me dio por pensar en la circunstancia en la que en ese momento me encontraba. Nada menos que a las puertas del macizo de Os Ancares y en busca de un supuesto avión que había aterrizado después de las guerras en un campo de patatas de un recóndito valle entre montañas. Y todo porque, según un personaje nacido en Cachafeiro y residente en Venezuela, los paisanos de las aldeas por donde él había trabajado de joven como cantero le habían dicho que de ese trimotor habían bajado alemanes. Nada menos. A quien se le cuente... Entonces suena el móvil. Don Manuel, para mi sorpresa, preguntando cómo iba todo. ¿Qué le podía responder?

—Vamos tirando. O digamos que he tomado un camino, y a ver adónde me lleva.

—¿Qué pasó con el argentino?

—Nada. Le envié un mensaje en el que le solicitaba los correos del chico y todavía no ha contestado —informé.

—Pues a mí sí. Pero dice, o advierte, que no considera muy adecuado poner un asunto privado en manos de extraños.

No supe cómo interpretar el silencio enrarecido que sobrevino a continuación, por eso quise escoger bien las palabras:

—¿Y usted, está preocupado o más bien arrepentido?

—Digamos que ocupado, así que alguien tiene que hacerme este trabajo. Y te ha tocado a ti, Pepe. En fin, te los reenvío y listo.

La despedida fue fría y el poso que me dejó la contenida charla no me agradó. Juzgué que quizá la actitud de don Manuel fuera debida a lo que de él se decía en esos mensajes cruzados entre V y Marcelo Cifuentes. Podía ser, pero mejor tenerlos y analizarlos punto por punto. En cuanto al cazanazis, ya me resultaba demasiado argentino, quiero decir que mucho darle al pico pero, a la hora de la verdad, poca concreción para avanzar, como la mayoría de los que había conocido cuando me perdí por allí.

Abandoné estas ideas al recibir una comunicación

de mi ayudante, por lo que me pareció, entregada a la causa:

> ¿Cómo te va por las quimbambas? Pues yo, queridísimo, he dado con algo. Consulta *http://aviacionsobreespana.blogspot.com.es*
> Párate en la «Historia de un avión», hay sorpresa. Y no olvides contrastar las fechas que cita con las de Farandulo.

Pensé que aquella chica era una joya, pues en aquel instante, más que cualquier comida suculenta, que cualquier cigarro, conversación o novela, me aprovechó mucho más leer esa interesantísima entrada.

17

«El vuelo discurrió sin mayores contratiempos hasta que llegamos a la zona del Bierzo, donde comenzaron a formarse nubes bajas que cubrían la ruta. A medida que avanzábamos, las nubes fueron ascendiendo de nivel hasta que nos envolvieron por completo y convirtieron una situación que era de total tranquilidad momentos antes, al volar con "sol y moscas", en un estado de inquietud que se complicó de forma acelerada en los minutos siguientes. El capitán Villar decidió descender de nivel, tratando de buscar un paso con visibilidad bajo las nubes, pero a derecha e izquierda solo había montañas; parecía que nos encontrábamos metidos en un valle, con el peligro de no saber si este tendría una salida o no: lo aconsejable era salir de allí cuanto antes. Al meter de nuevo gases para aumentar la potencia de los motores y ganar altura, se nos paró el motor central y, casi de inmediato, el derecho. El frenazo que experimentó el avión y la guiñada que este hizo a la derecha, nos empujaron bruscamente a todos hacia delante, con el consecuente susto. A continuación, el motor izquierdo entró en ralentí.

»El piloto ordenó que transmitiéramos a todos que se sujetasen bien, que el mecánico abandonara la cabina y que lanzáramos la puerta de pasajeros —pues, en caso de incendio, nos resultaría más fácil abandonar el avión— y nos sujetásemos como los demás, ya que iba a tratar de realizar un aterrizaje de emergencia en unos prados que tenía delante. Como yo estaba fuera de la cabina, en el puesto de radio, llegué el primero a la puerta; cuando se acercó Millán, le pregunté si había desconectado toda la corriente y había cerrado las llaves de combustible. Me contestó que sí, que no me preocupara, que todo estaba listo. "He vivido situaciones peores que esta", respondió. Siempre hacía algún tipo de comentario parecido cuando surgía cualquier contratiempo, pero nunca contaba cuáles habían sido esas situaciones tan críticas. Sabía que había estado algún tiempo en la División Azul durante la Segunda Guerra Mundial, pero nunca se mostró comunicativo.

»En este avión, la puerta de entrada no iba sobre ruedas, de manera que empujé la palanca que hay en la parte derecha del marco y, rompiendo el precinto metálico, tiré de ella hacia arriba sacando los pasadores de las bisagras, con lo cual la puerta quedó libre y no tuvimos más que empujarla con el pie para que saliera despedida hacia fuera. Entonces caí en la cuenta de que a mi alrededor reinaba un silencio extraño: habituado al tremendo ruido que había dentro del avión cuando los motores estaban en marcha, ahora, con dos de ellos parados, o quizá ya tres, lo único que oía era el silbido del aire, que, al haber quedado libre el hueco de la puerta, se percibía con más intensidad. El primer contacto de las ruedas con el suelo alertó mi instinto y me llevó a interpretarlo como un aviso de peligro, ante lo cual todos los músculos de mi cuerpo se pusieron en tensión, así que me agarré con todas mis fuerzas al asiento. Hasta ese instante no había tenido conciencia del alcance de la situación; todo se había desarrollado de manera mecánica, recibiendo y ejecutando una serie de órdenes —del capitán y de mi cerebro— que formaban parte de mis obligaciones y, por lo tanto, el miedo no había hecho acto de presencia; pero ese golpe me puso nervioso. No mucho, pero un poco sí.

»Pronto sentimos otro golpe, esta vez más suave, y noté cómo el avión corría por el suelo con total suavidad y ligeramente inclinado hacia la izquierda; hasta que dio un brusco giro a la derecha y se paró en seco. Transcurrieron dos o tres segundos en los que no se oía nada, un silencio absoluto nos rodeaba a todos, y, al momento, se desató una explosión de júbilo, con suspiros, risas, abrazos... Pero el capitán Villar no nos permitió reponernos, nos urgió a abandonar el avión de inmediato, así que cuando ya nos encontramos en tierra pudimos dar rienda suelta a nuestros sentimientos. Estábamos en un campo sembrado de patatas y trigo o cebada, no lo sé, con un terreno muy blando en el que la rueda derecha se había hundido casi hasta su eje, lo cual había provocado el giro tan brusco del avión. La toma de tierra había sido perfecta, máxime si tenemos en cuenta que se efectuó en un terreno con una pendiente tan pronunciada a nuestra derecha que parecía imposible que el ala de ese lado no se hubiera clavado en el suelo. Lo único que el aparato tenía roto era el patín de cola. Fue un aterrizaje digno de un maestro. Todos nos sentimos en deuda con el piloto, así que no dudamos en felicitarle. El avión quedó aproado hacia la parte alta de la pendiente y detenido a aproximadamente 50 metros de una casa. Al principio no vimos a nadie por los alrededores, pero transcurridos un par de minutos empezaron a aparecer personas procedentes de esa casa y de otras cercanas; al frente de ellas venía un cura que, al llegar a nuestra altura, nos felicitó a todos. Recuerdo que, en acción de gracias, rezamos una oración al pie del avión.»

Quien así relata el aterrizaje es el cabo primera Carmelo Magaña, en una entrada datada el martes 8 de junio de 2010 que incluye varias fotografías y el esquema de una pista de despegue planificado para intentar sacar el avión de tan intrincada orografía, acción que luego no se pudo llevar a cabo por problemas logísticos. El autor del blog, intentando saber qué fue del aparato, conversa con el militar, pero este, con su prodigiosa memoria, relata el aterrizaje en el campo de patatas de Ramiro Uría Díaz, en Córneas, municipio de Baleira, en la montaña lucense, y refiere todo lo que rodeó a un suceso que conmocionó a los lugareños y que durante tres años convertiría ese lugar en un santuario de peregrinación civil y a ese vecino en un privilegiado, pues incluso, o eso proclamaban las malas lenguas, llegó a cobrar por entrar en su finca y por permitir tocar tamaña aparición.

¡Así que lo del avión de Córneas había sucedido! La alegría que me embargó incluía la facultad de acercarme a cualquier paisano sin miedo a que se riera de mí por irle con semejantes cuentos chinos.

Será necesario precisar que en ese trimotor, más tarde despedazado y sacado en carros de vacas de las entrañas del valle para ser vendido como chatarra, viajaban ocho personas: tres tripulantes (el cabo primera, el piloto y capitán Enrique Villar, y el sargento mecánico de vuelo Saturnino Millán) y cinco misteriosos pasajeros, casi todos vestidos de paisano y de los que (excepto uno, teniente coronel) nada se decía, ni en la entrevista ni en todo el blog. Como este detalle, a mi desconfiado entender, parecía silenciado adrede, me pregunté: «¿No sería más lógico que el cabo que relata el aterrizaje, ya que cita las palabras de los otros, hubiera mencionado quiénes eran los pasajeros o si se expresaban en una lengua distinta al español? ¡Cómo no iban a gritar o a decir algo cuando el avión rozaba las copas de los árboles y estaban a punto de estrellarse! ¿Se lo habrían prohibido desde arriba?»

Y si por una parte, silenciando lo que afirmaba Farandulo, no se alude a si algunos de ellos eran alemanes o hablaban este idioma, por otra existía una clara discrepancia en las fechas. Simplemente no coincidían. El cantero situaba el aterrizaje en el año 45, y en el blog se indica que había ocurrido el domingo 23 de julio de 1950, con enlaces a noticias de la época. Otro cometido en mi debe, por tanto. En ese supuesto, reflexioné, a ver si tenía la suerte de que viviera algún campesino que hubiera acudido a la finca de Córneas aquel domingo de verano de tantos años atrás. Y para más inri, en aquel entonces tendría que ser muy joven, porque tampoco creía que Matusalén morara en rincones tan remotos.

Cuando salí del restaurante, me informé a conciencia de por dónde debía ir.

—¡Allá tú! —exclamó, sin poder contenerse y mientras golpeaba con los nudillos al arrastrar un triunfo, un deslenguado jugador de cartas al que le pregunté—. ¡Que te vas a meter en una buena ratonera, tío!

No respondí, pero contemplé un rato las cumbres que, a través de una especie de nebulosa, se presentían en la lejanía. Tengo entendido que, a veces, la tierra nos habla. Esta vez no comprendía lo que me quería decir, pero di por cierto que lo ignoto poblaría aquellos valles encajados entre montañas hacia los que me dirigía.

18

«La pequeña aldea de Córneas está situada en el lugar más estratégico de la zona, en un profundo valle; por la parte Este existe un gran monte que no permite que el sol entre en el paraje hasta después de mediodía. Tal detalle, y la nieve permanente en las cimas de las montañas, hace que la aldea sea la más siniestra de Galicia. Allí me encontraba yo, construyendo un horno para cocinar el pan de centeno gallego conjuntamente con otros compañeros de oficio.»

A esas alturas ya me había dado cuenta de que Farandulo desbarra un poco, pues incluso habla de coyotes por estos lares, lo que como elemento novelesco puede funcionar, pero como aportación a la precisa realidad que yo buscaba es una metedura de pata descomunal. Por eso, al mismo tiempo que leía, no dejaba de crecer en mí la sensación de que el de Cachafeiro llevaba en la sangre una plaqueta de cuentista.

Después de acelerar por la constante subida y realizar varias elecciones intuitivas, atiné con la pista correcta, la que, sinuosa y repleta de baches y grava, descendiendo entre curvas que se asoman a empinadas laderas, me condujo a un camino que traza el río que da nombre a O Val de Córneas. Pero aquel terreno de valle no tenía nada, como mucho era un recoveco entre montañas con alguna que otra insignificante finca llana en la que hay que ser muy temerario, incluso diría insensato o estar en un verdadero apuro, como fue el caso, para ponerse a la faena de posar un avión sin empotrar el morro.

Pues allí me dirigí, entre fronda y rumorosos regatos, dispuesto a poner fin a toda mi incredulidad, hasta que di con los primeros seres vivos: una recua de vacas rubias que pasaron, sin rozarlo, eso sí, junto al coche, dejando prendidas en él sus miradas mansas y extrañadas. Y detrás, cómo no, el mayordomo, un afable aborigen de edad indefinida, todo sudado y, como cualquiera de los rumiantes, con parecido número de moscas asediándole. Con la camisa abierta y coloradote él, enseguida me puso en antecedentes:

—¿Lo del avión? ¡Sí, hombre, sí! Tú habla con Indalecio, allí mismo, en aquel prado que se ve cerca de las casas. Escanlar se llama. Tira hacia arriba por donde has venido, coge la principal y, en una de las curvas, ve fijándote, que no tienes ni que llegar a Córneas. Mejor aparca y baja a pie. Ahora que si llegas a la iglesia, vuelve atrás que ya te has pasado, y entonces sí, ya te puedes meter hacia la casa. Indalecio, acuérdate. A esta hora estará con las vacas por allí cerca; hará cosa de una hora que echamos una parrafada en el pontón.

—Así que es cierto que ahí se posó un avión...

—¡Pues claro! Indalecio de eso te cuenta la biblia en verso —insistió—, que lo vivió en persona. Además, las fincas eran del padre y él era joven y se acuerda como si hubiera sucedido esta misma mañana. Tú vete y habla con él, anda. Su mujer ya es menos amiga de andarse con cuentos, pero él... ¡Buenooooo! Llegas a Escanlar, no tiene pérdida, y preguntas por la casa del Noceiro, que Indalecio te pone al día cagando virutas.

Tras pasar un rato fumando un cigarro y comentando las faenas cotidianas, seguí las indicaciones sin tener que desprenderme de nada escatológico y logré el objetivo de dar con el tal Indalecio. Solo por observar la emoción y el entusiasmo que ponía al narrar los hechos, y mira que no habría repetido aquella historia miles de veces, pensé que había valido la pena acercarme hasta aquel recóndito lugar.

Hora y pico pasamos conversando al pie de unos quejigos, contemplando el actual prado donde el avión se había posado y él lo había visto con sus propios ojos, dijo; con veinte escasos años «dejé las vacas y trepé como un loco para socorrerlo». Y, planeando con la mano abierta hacia donde había sucedido, contó cómo el aparato avanzaba por el valle, cómo primero oyó su rugido hacia el alto de A Fontaneira y cómo, tras divisarlo y realizar varias pasadas, entendió que tenía problemas. De inmediato, ya casi a ras y sin ruido de motores, vio caer la puerta que ahora utiliza como tapa del horno, seguramente ese horno del que habla Farandulo y que él mismo construyó; lo vio rozar los árboles del río y, finalmente, arrastrarse por la finca con el único destrozo de la rueda trasera. Todo eso para que al cabo el avión se posase mirando hacia atrás en aquella pendiente.

Hasta allí se fueron acercando los vecinos que asistían a misa y los que trabajaban en los alrededores. Y recordaba con todo detalle los abrazos a los pasajeros, la feria de Navia a la que ya no había ido, la emoción vivida por unos tranquilos campesinos ajenos a lo que ocurría en el mundo y a mucha distancia, por lo menos en tiempo, de cualquier gran población y de las principales vías de comunicación. Todo en aquel inolvidable día y gracias al milagro llegado del cielo para habitar entre ellos, motivo por el que «el señor cura improvisó unos rezos allí mismo», comentó.

También me contó cómo a partir de aquel día a su familia le cambió la vida, y me habló de los vigilantes que permanecieron allí y de los carros de vacas y bueyes (nueve yuntas, insistía) que por caminos llenos de piedras y tres años después se llevaron las piezas del aparato hasta A Lastra, donde esperaban los camiones del Ejército para eliminar el mayor santuario de la memoria de este perdido Val de Córneas que no tuvo mayor gloria que acoger tamaño suceso.

Indalecio, justo cuando me di cuenta de que ya tenía el mensaje de don Manuel en los archivos del correo, se dejó hacer fotos y una breve filmación, me invitó a la cocina de su casa para mostrarme una réplica del trimotor que alguien le había traído, buscó recortes de las noticias que sus hijas habían recogido en los periódicos a propósito del avión y de la casa del Noceiro, y, dispuesto como estaba a todo, incluso me dio su teléfono, por si necesitaba algo más de él. También, mientras como dos colegas íbamos y veníamos por donde él disponía, aprovechó para hablarme de su vida, de cómo antes todo era miseria y trabajo, y del cambio a mejor que había experimentado la aldea, a pesar de que los jóvenes se fueran y ya nadie quisiera pelear con la tierra.

—¿Y del año, qué me dice? ¿Fue en 1945 o en 1950? —inquirí.

Él fue muy claro: en el 50. Y cuando apunté que alguien había hablado del 45, con cara de cabreo lo tachó de falso, porque en aquel entonces tenía diecinueve años largos, que había nacido en el año 30 y no había vuelta de hoja. ¡No lo iba a saber él, si lo habían sorteado con otros de la misma quinta por los veinte que estaba a punto de cumplir!

—¿Y de los pasajeros del avión, qué puede contarme? Porque se dice que algunos eran alemanes. ¿Tenían acento raro o los oyó hablar?

Al escuchar estas preguntas, me dio la sensación de que el señor Indalecio, que a lo largo de toda su amable charla nunca había dudado ni lo más mínimo, se ponía a la defensiva.

—Eso ya no lo recuerdo. Tengo entendido que en el año 45, justo al acabar la guerra en Europa, se tiraron en paracaídas por aquí cerca algunos alemanes y que los recogió la Guardia Civil. Pero no aquí, eh —resolvió—. Yo entonces era joven y, date cuenta, con los que bajaron casi no hablé. Estaba tan excitado con aquella cosa mágica que nunca se había visto por aquí que... No sabría decirte. Y como después el cura se los llevó, ya no los volvimos a ver.

Sin embargo, permaneció con el ceño fruncido y titubeó un poco al emitir estas palabras. Y a pesar de mi insistencia, procuró cambiar de tema, volviendo de nuevo a la vida que llevaban en aquellos tiempos y a lo de Farandulo, por quien finalmente le pregunté, pues todavía recordaba algo de unos canteros de lejos que, sin duda, cuando él era joven, habían venido a construir el horno y algún que otro muro de obra, y por lo que recibían, además del salario, la manutención.

Después de aquella entrevista, animada por alguna que otra discusión con su mujer por tener tanto tiempo las vacas sueltas, y cuando ya el anciano empezaba a repetirse, pensé que era el momento de dejarle descansar e irme. En realidad, ya me había concretado gran parte de lo que venía a concretar y había demostrado lo que yo necesitaba para seguir adelante en una increíble historia del pasado que había iniciado un supuesto universitario seducido por la intriga nazi. Fue entonces cuando, ¿por qué no?, pensé que debía preguntar por él.

—¿Recibe muchas visitas interesándose por lo del avión? —pregunté dando un rodeo.

—¡Uuuuuuuu...! —aulló, y se abanicaba con la mano como si quisiera librarse de un repentino tufo situado ante sus ojos—. Ya te he dicho que antes aquí se acercaban a montones. ¡Venían de todas las esquinas y salimos en todos los periódicos! Pero con el tiempo la cosa fue a menos. ¡Menos mal que hoy has aparecido tú y he podido refrescarlo todo un poco!

—¿Y este último año no ha venido nadie preguntando?

—Aparte de ti...

—¡Mentira, granuja, mentira! —intervino de repente su mujer, quien, atareada en lo que fuera, pasaba a nuestro lado—. ¿Y el chaval aquel de la moto, qué? —El señor Indalecio puso cara de real despiste, pues podía recordar lo sucedido sesenta y tantos años antes, pero olvidaba lo más próximo. Entonces ella confirmó, levantando la voz—: ¿Será posible, Indalecio? ¡Aquel al que incluso invitaste a merendar y tanto preguntaba que si me descuido se queda a dormir contigo!

—¡Sí, sí! —pareció admitir el hombre, pero como sin confiar del todo en la lucidez de su pensamiento.

—¿Y por casualidad no se acordarán de su nombre?

—El nombre... Pues no —dijo él, dolido por ese recuerdo.

—¿No empezaría por la letra uve? —ayudé—. Lo digo porque hay un chico que también investiga sobre estos temas y que tal vez...

—Víiiiiictor —suelta la mujer, con la justa paciencia con nuestra memoria, sin modificar su expresión malhumorada—. El de la moto se llamaba Víctor.

Una ráfaga de repentina felicidad ascendió por mi cuerpo e iluminó mi cerebro. Hasta tal punto que me acerqué a ella, a la esposa del señor Indalecio de la que ni conozco el nombre, la agarré por los hombros y le di un abrazo. Ella se quedó desarmada, sin saber si protestar o reírse.

—Perdone la descortesía, señora, pero no sabe cuánto me puede ayudar ese nombre —dije—. Me corre mucha prisa dar con él y...

Entonces la mujer, como para completar la faena de orejas y rabo y dejarme con la boca abierta, va y añade:

—Pues su teléfono todavía debe de andar por ahí.

—¿Y dices que te encontraste con Meregildo del Rexo y que hablaste con él? ¡Pues tiene cojones la suerte que has tenido de toparte con esa raza endemoniada y de que no te arrancase la piel a tiras por haber entrado en su propiedad! Si es que es suya, vaya, que vete tú a saber si sí o si no. A mí, aunque ya hace años que no me cruzo con él, ni me dirige la palabra. ¡Y bien contento que estoy, no te creas, que si me lo tropiezo en un camino escapo de él y hasta del cristo que lo fundó! Cornear no cornea, pero de frente prefiero mil veces vérmelas con un carnero rabioso. ¡Mil veces! Después te cuento de él, y a ver qué me dices.

(Graciano)

Galicia, NO de la península ibérica, septiembre de 1936

—... la *xacia* es un hada que habita en las profundidades del Miño, ahí abajo, cerca del castro de Marce... ¿Sabes dónde te digo?

La niña, con los párpados casi cerrados y recostada en el sofá, hizo un esfuerzo y movió la cabeza para negar. El maestro continuó, con voz melosa:

—No te preocupes, un día iremos juntos dando un paseo y verás el castro y otros bonitos lugares que hay río abajo. También río arriba, eh, porque vivimos en un lugar que está lleno de tesoros. Eso sí, hay que buscarlos. Resulta que la *xacia* de la que te hablo, que a veces adquiría forma humana y a veces de pez, según lo que necesitara en cada momento, se enamoró de un mozo de Marce que siempre iba a pescar a aquel peñasco y que después se bañaba en el río, justo encima de la poza en la que ella moraba. ¿Y qué hizo ella? Pues dado que conocía el camino que seguía el joven para llegar hasta allí desde la aldea, un día se le ocurrió subir hasta la cascada de Augacaída, se desnudó y se metió bajo el chorro, como para bañarse en ese paraíso en el que el agua se desliza por las piedras y cae desde muy alto. No te preocupes, también te llevaré. Te va a gustar, ¿sabes? Augacaída, solo su nombre ya es precioso. Pues también la *xacia* lo era, pero preciosa de verdad en aquel cuerpo de mujer. Más o menos como tú. Entonces, cuando el mozo pasó por allí, se puso a cantar. Y él, al escuchar aquel canto, porque debes saber que las *xacias* cuando se ponen cantan muy, muy bien, como era tan curioso y siempre andaba en busca de cosas nuevas que aprender de la vida, pues eso, se fue acercando cada vez más hasta que consiguió verla. Imagina lo que pudo sentir el joven al contemplar la belleza de aquella mujer cantando desnuda bajo el agua que caía por la cascada. ¿Qué podía sentir? ¿Qué podía hacer? No fue capaz de resistirse: también se enamoró.

El maestro detuvo la improvisada narración al ver que la niña, con una sonrisa dibujada en la boca, se había quedado plácidamente dormida en el sofá. Entonces se levantó, tomó en brazos aquel cuerpo ligero y candoroso y lo llevó a la que había sido siempre su habitación de niño, en el piso de arriba. La posó sobre la cama y, delicadamente, la cubrió con una manta de cuadros marrones.

Antes de abandonar la estancia, con la pera del cabecero en la mano, contempló el rostro inocente de la niña y pensó en su suerte. Huérfana de madre y con un padre bravucón y cada día más menguado por el exceso tabernario, era ella la que cargaba con el peso de la casa; sin dejar de ser una cría, mantenía su hogar con tesón y sin quejas. Y a pesar de ello buscaba tiempo para ir a la escuela, y también necesitaba lo mismo que cualquier otra niña de su edad: una palabra amiga. De ahí que acudiese a su casa cada domingo para, sentada en aquel sofá y rendida tras otra agotadora jornada, escuchar un cuento y adormecerse sin remedio entre los cojines.

El maestro apagó la luz y entornó la puerta. Prefería no despertarla. Sabía que ahora debía acercarse hasta O Pousadoiro para informar a su padre de que la niña se quedaba a dormir en su casa. Por la mañana, temprano, la despertaría y, antes de subir para abrir el local de la escuela, desayunarían juntos aquel pastel de membrillo que tanto le gustaba y el pan de centeno con leche que los vecinos le traían. Comerían despacio y se mirarían mientras hablaban de cualquier cosa.

Porque él tampoco tenía a nadie. Por más que fuese maestro y joven, en aquella casa enorme y vacía de los Arias convivía a diario con la soledad y el temor. Temor a las represalias de un momento de furor y odio que se había desatado hacía nada en el país y en el que cualquier republicano convencido como él podía verse envuelto. Tal vez por eso, solo una niña de mirada vivaracha y franca, ajena a cuanto de cruel envuelve a los adultos, parecía capaz de rescatarlo de entre aquellas cuatro paredes en las que sus padres, tan precipitadamente, lo habían dejado.

Lastrado por estos pensamientos, bajó al salón, se sentó frente a la ventana y miró las sombras de la ribera. Desde allí intentó que los espectros de la noche, tuvieran apariencia de pez o humana, calmasen los desvelos que ni siquiera las lecturas más amenas podían remediar. Porque había oído hablar de los muertos tirados en las cunetas, de la detención de conocidos por una simple delación y de las huidas precipitadas por los montes de una ribera inhóspita. También de los registros de los guardias y de las visitas nocturnas de las patrullas de falangistas armados y dispuestos a todo, no solo a violar y a maltratar. De eso y de mucho más había oído hablar.

Por un instante y sin querer miró sus uñas, enteras y recortadas, no como las del vecino de Fión, padre de un niño que ya reconocía las letras del alfabeto y que había dejado de asistir a la escuela, al que le habían arrancado cuatro, dos en cada mano, por no saber decir dónde estaba su primo, un vocal de la Agrupación Socialista que había huido al monte. Él se había acercado a su casa simplemente para enterarse de la razón de la ausencia de su pupilo y había visto aquella carne viva en la punta de los dedos, había visto aquella mirada humedecida y atemorizada de la esposa e, incluso, había reparado en un gato desconsolado y famélico que, como presintiendo los miserables tiempos que tocaba vivir, maullaba en el alféizar de la cocina.

Después de eso ya tenía la certeza de su lado, además del miedo. Miedo no solo a que vinieran a por él y le pegasen dos tiros, sino a no soportar el dolor, a ser incapaz de no suplicar clemencia ante cualquier rufián dispuesto a imponer por la fuerza lo que no era capaz de razonar con palabras ni convencía a otros para depositar el voto en las urnas.

El maestro, con los ojos cerrados y acurrucado en una esquina, se perdió en ese pavor. Últimamente se perdía siempre. Porque los avisos de que a cualquier hora podían llamar a su puerta no dejaban de sucederse. Algunos vecinos ya habían optado por no dirigirle la palabra y la lechera aparecía cada mañana colocada junto a la verja sin que la vecina de Arxuá que se la llevaba osase llamar o pronunciar aquel cariñoso «¡Armanditooo! ¡Armanditooo!». Y hasta algunos niños, no solo los de las familias más vinculadas a la izquierda y a los movimientos agrarios, habían dejado de asistir a la escuela. Avisos.

Aunque a diario se le pasaba por la cabeza escapar a los recónditos castañares de O Cabo do Mundo y unirse a varias partidas de fugitivos que al parecer por allí moraban, él prefería seguir en su puesto como si nada ocurriera, como si aquel calco de lo cotidiano fuera su única defensa ante el mal, como si...

De repente, el maestro sintió voces y abrió los ojos.

Tras el cristal, a su derecha y por encima de los vástagos de las vides, percibió un extraño resplandor. Aunque podía proceder de O Lagar, la crudeza de un mal augurio acabó por asaltarle. Por eso se puso de pie y caminó hasta la puerta. La abrió, salió al exterior y, agarrado a los barrotes de la verja, miró a lo lejos para certificar su presentimiento.

Mientras veía pasar las sombras apresuradas de los vecinos por el camino que llevaba a la hoguera, advirtió que en una de las ventanas de la rectoral de A Cova alguien acechaba tras la cortina. Y no fue el fulgor de esa mirada ni la oscuridad en la que se ocultaba, ni tampoco la mala costumbre del abad de controlar las rutinas de su feligresía lo que hizo exclamar al maestro:

—¡Maldito don Ramón!

Instantes después, la noche entera se convirtió en un ir y venir de cubos de agua y escobones, con las gentes de Cuñas, de O Lagar y de San Mamede intentando apagar el fuego. Y ya al amanecer, la casa y el cobertizo del Penas de O Pousadoiro aparecieron totalmente calcinados y sin que nadie buscara explicaciones o se hiciera preguntas. Porque todos sabían lo que había pasado y preferían guardar silencio. Y solo la noticia de que su hija se había librado de casualidad rescató, al mismo tiempo que el cuerpo abrasado de su padre, cierta alegría de entre los rescoldos.

—¡Con todo, prenda mía —proclamaba el sentir de una anciana enlutada preocupada por los vivos—, qué tristeza más grande!

Cuando, después de sentarse junto a la cama y velar el profundo sueño de la cría unas horas, el maestro se decidió a hablarle, por primera vez no encontró palabras. Le pasó la mano por el rostro y, mientras ella entreabría los párpados y lo miraba con la candidez con la que una niña de seis años mira al despertar, él se juró que nunca la abandonaría.

CUARTA PARTE

WALTER KUTSCHMANN

19

Fue subir al coche y recibir un mensaje de Lelia que parecía la resolución de una incógnita: V=Víctor. ¡Ella también había dado con el nombre! La llamé enseguida y me contó que, dispuesta a buscar los planes de estudio de las carreras en las que se ofertaba como opción Historia de Galicia, había empezado por la USC. Al tercer intento, Filología, había hablado con un profesor que le aseguró que un alumno con ese nombre había elegido, precisamente, «el tema nazi», aunque no tardó en abandonar. Como no habían podido charlar demasiado, pues estaba ocupado con las tutorías y no le gustaba divulgar datos privados por teléfono, nos atendería sin ningún problema al día siguiente por la mañana. Me mostré encantado con la noticia y le confirmé mi regreso.

—Por cierto —comentó a continuación—, ya he devorado dos libracos, he rastreado en la red y... Tengo que admitir que esto es un auténtico caramelo. No sé cómo decirlo, Reina, pero soy feliz. Y te lo agradezco.

No supe qué responder a la confesión, pues no estaba acostumbrado a ese derroche de sentimientos, a ese candor, casi, virginal. Más adelante lo entendería: Lelia es así. Por salir del paso, adelanté:

—Pues ahí te va otro dulce: tengo el número de Víctor.

—¿¡De verdad!? —exclamó, como si la embargase idéntica emoción que a mí—. ¿Y le has llamado?

—Lo haré después de leer los mensajes que intercambiaron Víctor y Marcelo, no vaya a ser que meta la pata por precipitarme. Pero, por lo que parece, ya podemos descartar la vía Farandulo y toda esta investigación alternativa sobre los nazis y Hitler que ahora no viene al caso, por muy caramelo que sea. Tal vez en otra ocasión. Lo importante ahora es lo que nos cuente Víctor, ya que fue él quien encendió la mecha. En fin, te llamaré más tarde, cuando llegue a Santiago.

—Si quieres, te puedes quedar en mi piso —ofreció, sin dudar. Yo no dije nada y ella, entonces, se vio en la obligación de aclarar—: Tú dormirás en el sofá y yo en la cama con mi gata.

—Ya veremos —comenté—, si no hay cambio de rumbo.

Pero por no haber no hubo ni rumbo, por dos motivos. El del desánimo: los correos que pretendía que arrojaran algo de luz eran los tres que Víctor le había dirigido a Marcelo Cifuentes, no las respuestas de este, lo cual me hizo desconfiar todavía más del argentino. Así mismo, aunque todos aparecían magníficamente redactados, consistían en meras solicitudes de información. El de la estocada: cuando marqué el supuesto número telefónico de Víctor, la operadora repetía que había sido dado de baja y, cuando logré hablar con un empleado, por supuesto, él no tenía permiso para revelar la dirección de sus abonados.

Chafado, pensé que no podía dejarme abatir por esas contrariedades, por eso traté de leer entre líneas cada mensaje.

El primer correo venía a ser una especie de toma de contacto en el que Víctor, tras informar de su solicitud al Simon Wiesenthal Centre de Los Ángeles, y de que desde esta sede le hubiesen indicado que se dirigiera al agente Marcelo Cifuentes de la oficina de Buenos Aires, «la persona adecuada para este encargo», se presenta y da cuenta, muy de pasada, del trabajo de investigación que acaba de iniciar en Galicia. Agradece de antemano la ayuda que él le pueda prestar y espera por su parte una respuesta para colaborar en temas que Víctor aún desconoce. Y adiós muy buenas.

En el segundo e-mail, enviado tres meses después, el joven se dirige al cazanazis para contarle que lleva tiempo indagando por todo el país y tiene confirmados aspectos muy interesantes sobre la presencia nazi que en su momento dará a conocer. Le informa de algunos viajes realizados y de lo implicado, «y un poco obsesionado», reconoce, que está con la investigación. Pero después, antes de despedirse, añade lo que pretende de Marcelo Cifuentes:

Dado que usted colaboró en la localización del criminal nazi Walter Kutschmann y en la elaboración del

Informe de la Corte Suprema de Buenos Aires sobre el caso Kutschmann-Olmo (de 18 de marzo de 1986, tras la causa número 2.171, titulada «Kutschmann, Walter, extradición», solicitada por el gobierno de la República Federal de Alemania), quizá no tenga inconveniente en enviarme la información disponible sobre él, en especial la referida a su estancia en Galicia.

Me revolví en el asiento. No por la incomodidad, sino porque ese primer nombre, que junto al de otros nazis me parecía haber leído la noche anterior, al que no le había prestado atención y del que nunca antes había oído hablar, estimuló mi mente y, sin duda, trazó un nuevo camino. Parecía, además, como si Víctor, en aquella fase de su investigación, se hubiera decidido a hilar fino.

El tercer correo, de hacía un mes, era el esperado y conducía al nombre de prestigio en nuestra comunidad, Xosé Manuel Varela Arias, la persona que me había encargado esclarecer los hechos que le concernían. Para mi desilusión, solo contenía las tres líneas que ya había leído en el correo de Marcelo Cifuentes a don Manuel y que concluían con aquel vacilante despojo: «Y no sé qué hacer.»

Una vez desmenuzados los correos mentalmente, pensé que al menos sabía el nombre del chico y cómo localizarlo, pues, aunque tuviera que pagar un soborno, se lo sacaría al profesor a la mañana siguiente. Y también disponía de su teléfono. Dado de baja, eso sí, pero con posibilidades de retorcerle el cuello a la línea a través de mi «empleado» Barrabás, a quien llamé de inmediato.

Aparte de lo bromista que siempre se mostraba, me confirmó que estaba entregado en cuerpo y alma a su labor, pues «si mil euros me activaron, y otros mil hicieron de mí un tipo hábil, la promesa de un extra añadido me convierte en un auténtico fisgón». Entonces le encargué que intentase averiguar los datos del cliente que se ocultaba bajo aquel número: «Es importante.» Él me advirtió que a lo mejor tardaba un tiempo, por lo que tampoco le metí prisa, pues contaba con la colaboración del profesor de Filología, pero, acto seguido, sin que yo se lo preguntase, Barrabás empezó a largar sobre su encomienda:

—¿Sabes que parece ser que nuestra doña Manolita, además de lo que deja ver, y me refiero a los paseos por el Malecón, a la galería de arte en la rúa do Cardeal, al café en La Polar, a la partida en La Fraternal y al baño en la piscina climatizada y en el Club Fluvial, junto con alguna que otra visita al *spa* de As Augas Santas y ciertos viajes de negocios, lleva, digámoslo así, una doble vida? Pues sí. Y no me refiero a cuestiones promiscuas, ni mucho menos; ni a eso que a todo el mundo le extraña: que una señora de su porte no se haya vuelto a casar; e incluso que no haya tenido amantes o no se le hayan conocido líos amorosos en todos estos años. Digo esto porque siempre fue muy atractiva e incluso ahora se conserva bien. Lo que está claro es que ella se instaló en Monforte de joven con un niño de teta y no quiso saber nada más de hombres. Como te lo cuento. Pero si te hablo de su doble vida no es por esa razón, Reina, sino por lo que empieza cada día a las siete en punto de la mañana en el puente viejo y acaba en la puerta trasera del asilo. Empieza ahí y acaba en la tapadera que, según algunas lenguas viperinas, oculta el tráfico de obras de arte que la convierten en una marchante de nivel internacional que...

—¡Para, para, Barrabás! —grité. Y como si una rara desconfianza en lo que pudieran captar otros me obligara a mandarle callar, no supe explicar aquel arrebato. Lo arreglé como pude—: Hablaremos en otro momento, que ahora estoy ocupado. Tú sigue investigando, pero no incordies a nadie ni vayas por ahí soltando nombres. ¿OK?

Colgué y, antes de arrancar el coche para regresar a la capital, le envié un mensaje a Lelia. Tarea prioritaria o caramelito para cuando yo llegase: «Informe sobre el nazi Walter...» ¡Menudos apellidos se gastan estos arios! Volví a abrir el e-mail y precisé: «Kutschmann.»

20

Regresar desde la montaña lleva su tiempo, de ahí que llegara cansado y alelado por una somnolencia que durante el viaje me hizo bajar varias veces el cristal para refrescarme la cara. Pero en la Compostela más pura y olvidada, ya de noche y como una minúscula sombra perdida entre callejuelas y misterio, Lelia me esperaba bajo una farola de tenue luz amarilla. Subió, me indicó dónde podía aparcar el coche y caminamos hasta su casa. En un momento determinado, justo cuando pasábamos por una zona oscura, me agarró del brazo como si necesitara del amparo del mindundi que soy. Permití tal arrimo y, dado que cualquier reacción de aquella mujer me tenía confundido, caminamos despacio y sin hablar. Tal vez ambos consideramos que no había nada que decir, que estaba decidido dónde me iba a quedar y que todo figuraba escrito en el difuso destino que nos había unido aquella misma mañana.

Al entrar en su alquilada y diminuta guarida —cocina americana separada de la sala por mostrador, baño interior y habitación con cama de un metro—, aunque acogedora —cortinas y cojines a juego, mobiliario precario pero con raros cachivaches a modo de adorno entre luces indirectas—, me di cuenta de que difícilmente nos podríamos aislar uno del otro. O sí, porque la gata, gorda y peluda, de nombre *Clara*, como barruntando la presencia de un competidor por las atenciones de Lelia, no dejaba de merodear abriendo sus ojos felinos y celosos.

Cenamos pasta con pescado en salsa que ella preparó mientras yo me duchaba. Para dormir, me prestó una camiseta y un pantalón bombacho que sacó del armario y, al poco de sentarme en el sofá para copiar y leer su informe en mi *tablet*, tan acostumbrado estoy que rechacé la pantalla de su portátil, ella aprovechó para dar su parecer.

—Resulta increíble lo que pasaba aquí. Y hace nada.

—¿A qué te refieres?

—A lo de los nazis, claro. Y a lo suyo con los franquistas y con la Iglesia y con todos nosotros. Fíjate en todo lo que se sabe e imagínate cuánto quedará por descubrir o escondido en la memoria de los viejos.

Me mostré de acuerdo y bostecé, tanto que se vio en la obligación de ofrecerme un café. La miré de reojo y pregunté:

—¿Crees que lo necesito?

—Se te cierran los ojos, Reina. No creo que pases de la primera página.

—He dormido cinco horas en tres días. ¿Y sabes de quién es la culpa?

—Hoy, mía, por haber llamado a destiempo a la puerta de tu habitación —admitió, con una sonrisa—. Antes, no lo sé. Por eso estoy dudando si preparártelo o dejar que caigas redondo y descanses.

—Para hablar con el profesor convendrá documentarse un poco sobre el tal Kutschmann. Hemos quedado a las once, ¿verdad?

—Tendrás que ir tú. A esa hora estoy en el hostal —lamentó.

—También podrías pasar de ir por un día —opiné—. ¿Va ese café?

Ella se mordió el labio y, sin decir nada, se levantó a hacerlo.

Yo cogí la *tablet* y, tras enviarle un lacónico mensaje a don Manuel, «a punto de localizar a V o Víctor. Saludos», activé el informe de Lelia. Contenía, sacados de la red, cinco archivos de texto con datos, varias fotos y bibliografía con enlaces a páginas en las que se mencionaba al nazi. Abrí uno de ellos, al azar. Se trataba de una entrada de la revista argentina *Gente*:

Buenos Aires, viernes 27 de junio de 1975, siete de la mañana. Mientras hablamos alrededor de una vieja mesa de redacción, en la oficina del jefe de la Policía Federal, hay pruebas concretas de que el ciudadano Pedro Ricardo Olmo, súbdito argentino, es el criminal de guerra Walter Kutschmann, apodado El Carnicero de Riga. Nacido en Dresden el 24 de abril de 1914. Miembro del partido nazi número 7.475.729, y oficial SS NR 404.651. Acusado, entre otros cargos, de haber fusilado a 38 civiles polacos (20 profesores universitarios y sus familias) en las colinas de Wulencka, Ucrania, el 28 de abril de 1941: su primera misión, su *bluttorden* (bautismo de sangre). Hizo fusilar también a los dos ucranianos que cavaron la fosa, para que no quedasen testigos. Luego lo destinaron a la Sección de Asuntos Judíos de la Gestapo en Tarnopol, como jefe de la Gestapo en Brzezany, donde ordenó la ejecución de más de veinte mil personas. Hacia el final de la guerra huyó a Francia y, en vísperas del derrumbamiento del Tercer Reich, escapó primero a España y más tarde a Argentina.

No sé si fue de repente o poco a poco, pero me asaltó un imparable manto de sopor. Me interesaba saberlo todo de aquel sujeto, por eso me empeñé en resistir y en superar la introducción, pero sin Lelia, sin el café y cabeceando en el sofá, me encontré indefenso.

21

A las nueve, me despertó el sonido de una especie de armatoste de agujas colocado en la mesa de mimbre. Entonces me descubrí tumbado en el mismo sofá, descalzo, tapado con una manta de cuadros y, después de casi ocho horas de reparador descanso, con la cabeza despejada. Pulsé el botón de apagado y me senté a mirar al otro lado de los cristales de la ventana, donde unos tímidos rayos de sol adornaban el verdor de varios sauces. Se escuchaba el canto de algunos pájaros y el rumor del viento en las hojas. Ni rastro de *Clara*, por suerte, pero una nota de su dueña indicaba:

Me voy a hacer habitaciones. Tienes café y zumo. Están incluidos en el contrato de media pensión. Los bollos son un extra.

Termina de leer el informe y vete a la cita con Caramés, en Filología.

Besos, queridísimo.

Me duché, me vestí y desayuné unos sabrosos bollos con crema que, deduje, ella había ido a buscar para mí muy temprano. Entonces me pregunté cuánto valdrían tales atenciones. No lo habíamos discutido; ni eso, ni el alojamiento, ni su entrega, ni los cariñosos superlativos. Quizá porque no tenían precio. Tampoco ella, el verdadero regalo.

Pero, de pronto, justo cuando mi mirada se perdió por la puerta entornada de la habitación y vi las sábanas revueltas en la cama vacía, adiviné en ella a Verónica. E imaginé su cuerpo dulce y camaleónico y recordé el placer sentido. Entonces empecé a pensar en cómo hacen el amor las mujeres, en su manera de comportarse o de alcanzar el orgasmo. Desde las que patalean hasta las que gritan, desde las que se retuercen hasta las que se contorsionan y casi se dislocan el cuello. Admito haber estado con más de una desaforada, con gesto de enfado y gruñendo. Y con quienes arañan como panteras rabiosas o muerden como pirañas. Gatas hay, por supuesto, y salvajes, y *prima donnas*, por lo de las subidas y bajadas de tono. Y caballos desbocados que te pisan y pajaritos de tan leve agitación que ni las sientes. Y, desde luego, mosquitas muertas antes de empezar y que después... Después...

¡Qué de fauna nos juntamos a veces en esas deliciosas batallas!

Sin embargo, lo había percibido en esa noche única, Verónica poseía algo especial: me miraba a los ojos y sonreía al hacerlo. Y aunque nunca me había agradado tal comunicación al amar, una manía como otra cualquiera, aquella manera suya de mirar resultó candorosa y sensual al mismo tiempo, pues, sin dejar de tener un comportamiento animal, parecía leer en ti y en lo que sentías para enseguida fundirse y entregarte lo que necesitas o quieres o sientes en ese preciso instante. No sé si me explico, por más que en esto tampoco resulte esencial dar explicaciones. De ahí lo del camaleón, de ahí que pensara en ella y suspirase por ella mientras miraba las sábanas y me comía un bollo. Qué lástima no disponer de una copa de aguardiente, para mitigar un ápice esa comezón.

A pesar de que no era fácil volver al informe de Lelia, lo hice. Además de saber de Walter Kutschmann, me importaba su vinculación con la pesquisa de Víctor, así como descubrir el motivo de que le hubiera preguntado por él a Marcelo Cifuentes. Quizá por eso leí con auténtica ansia.

El criminal nazi, tras convencerse de que no había nada que hacer en la guerra contra los aliados, desertó. Pero este hecho no fue conocido por los colaboracionistas de España, ni siquiera por Clarita Stauffer, la activa hija del director de la fábrica de cervezas Mahou e implicada en la ayuda y protección de los alemanes refugiados en España. Por eso cruzó la frontera en el año 45, se puso en manos de esa red y, gracias a lo bien relacionado que había estado siempre, pues incluso había coqueteado con la espía Coco Chanel, con la que no solo hizo de enlace con las SS sino también varios viajes a la península, obtuvo los beneficios de ser alemán en esos años de la posguerra española.

A partir de ahí, al conocerse que Kutschmann había luchado en el 37 con las tropas franquistas de la Legión Cóndor, vive en España con el consentimiento o bajo la protección de las autoridades de la época; utiliza una identidad falsa, la de Pedro Ricardo Olmo Andrés, un religioso de Ciudad Real fallecido un año antes; y, mira tú, aparece de vez en cuando por Vigo, para más tarde, en diciembre de 1947 y desde esa misma ciudad, embarcar rumbo a la capital argentina.

Ya en 1975, sería localizado en Buenos Aires por colaboradores de Simon Wiesenthal y denunciado en Viena; al parecer trabajaba en la sección de compras de la empresa eléctrica Osram. «Los porteros y ascensoristas lo recuerdan como "un hombre que jamás saludaba, orgulloso y poco amable, que todos los días llegaba y se marchaba puntualmente adentrándose en la boca del subterráneo..." Además, en los veintiocho años siguientes se codeó con los círculos culturales de la comunidad israelí. Un disfraz casi perfecto.» Con todo, logró desaparecer otros diez años, hasta que finalmente fue detenido por la Interpol, iniciándose los trámites de su proceso de extradición a Alemania, donde debería ser juzgado. No le dio tiempo: el capitán de las SS Walter Kutschmann, «uno de los criminales de guerra nazis más brutales que escaparon a Argentina», murió en el 86. Quizá tuvo esa suerte.

Aparte de «destacado como miembro de la Policía Secreta del Estado, o Gestapo, en una región suroccidental de Ucrania llamada Galitzia, donde se le imputan la mayoría de los crímenes», y de ser extremadamente cruel, dos aspectos de él me llamaron la atención y que, consideré, a Víctor tampoco le podrían haber pasado desapercibidos.

Primero, saber que había combatido en España durante la Guerra Civil, con lo cual había aprendido la lengua, entablado amistades y conocido nuestra geografía. Deduje, no solo por haber estado en el desfile de la Legión Cóndor en Vigo o por la huida desde ese mismo puerto a Argentina, que tal vez no fue casualidad que hubiera elegido Galicia para refugiarse. Pero, ¿dónde en concreto? Entonces leí que, en aquellos años y desde la colaboración entre España y Alemania en las dos guerras, no solo Vigo era un auténtico nido de nazis, sino todo el país, lo que facilitaba el encubrimiento. Por consiguiente, en cualquier lugar. Aunque lo que sí era seguro es que había vivido, como tantos alemanes protegidos, con total desahogo, ya que las riquezas acumuladas merced a saqueos e incautaciones, tanto en cuentas secretas de dinero negro como en obras de arte, les sirvieron a la mayoría de los nazis para llevar una vida acomodada en medio de una sociedad española arrasada por la guerra y que subsistía a base de cartillas de racionamiento.

El segundo aspecto lo relacionaba con la Iglesia, pues el investigador Ricardo Ayestarán apuntaba ejemplos de nazis que habían empleado la «Ruta de los Monasterios», equivalente a la de las Ratas de Wiesenthal, pero partiendo del Vaticano, donde el obispo pronazi Alois Hudal, verdadero cerebro de la trama, se encargaba de gestionar las fugas. En ella, junto a nombres destacados como Martin Bormann, Adolf Eichmann, Josef Mengele o Klaus

Barbie, situaba a Walter Kutschmann. Según ese estudioso, «integrantes de la Iglesia católica intervinieron sistemática y regularmente en algún proceso de fuga de estos nazis» a través de una red de refugios reservados a curas y a autoridades eclesiásticas.

Esa mención a la Ruta de los Monasterios me llevó rápidamente a enlazarla con lo que Farandulo contaba de Samos y con la investigación de un inquieto universitario de la facultad de Filología, con una identidad que, si todo iba bien, en pocos minutos descubriría.

Algo apurado de tiempo, pensando en que Lelia se había esmerado en recopilar información, no solo sobre el nazi, sino también sobre ese oscuro lapso de nuestra historia, cerré el fascinante informe. No quería llegar tarde a la cita con el profesor. Tampoco molestar a *Clara*, ya en el alféizar de la ventana y clavando en mí esa mirada fría, y diría que canina, por lo que transmite el adjetivo, para advertirme que uno de los dos estaba de más en aquel reducido espacio. Entonces recogí mis cosas y, procurando no incomodarla, abandoné el cubil.

En la oscuridad

En la oscuridad, meditas. Meditas sobre lo esencial y lo que de verdad importa. Importa el amor. Pensar que alguien te quiere y te echará de menos o pensará en ti o llorará cuando ya no estés o no te pueda tocar.

¿Quién llorará por ti? ¿Quién se sentará junto a una ventana abierta y, abstraída, mirará en su interior y verá tu rostro y pronunciará tu nombre y se preguntará: «¿Reina, dónde estás? ¿Dónde estás, que te necesito?» ¿Quién? ¿Quién, si ni siquiera a esa persona en la que ahora estás pensando le has preparado nunca el desayuno, ni se lo has llevado a la cama, ni le has acariciado el cuello, ni le has ofrecido la ternura de las palabras definitivas?

Te quiero.

Solo en este momento, en la oscuridad, entiendes que es un error mayúsculo: no se lo dijiste. Ni siquiera eso. Siempre pendiente de asegurar, siempre metiendo el freno de las emociones y evitando abrir tu corazón o ese verde prado virgen de los sentimientos que te dejaría a su merced. Serás cenutrio y estúpido, Reina. Si lo sentías así, ¿por qué no se lo dijiste cuando tuviste oportunidad?

Y lo que es peor: ella no lo sabe. No. No lo puede saber porque por una sola noche quizá no sienta lo mismo que tú sientes.

Entretanto, tú, aquí, atrapado, comprendes lo que de verdad importa. Pero ahora, aunque ya nada sea posible, ahora, más que cualquier otra cosa, te importa no habérselo dicho.

Galicia, NO de la península ibérica, diciembre de 1936

Con el hielo en los cristales y ningún pájaro cantando en el exterior, el alumno grandullón, de pie frente a sus compañeros apiñados junto al brasero, intenta un recitado que se le resiste:

> *Cal se deita, cal se esconde*
> *mentres tanto corre a lúa*
> *sin saberse para donde.**

—Para un momento, Graciano —interviene el maestro, al reparar en un apocado crío de orejas coloradas y legañas en los ojos que, absorto, mira por la ventana—.

---

* Poema de Rosalía de Castro, poetisa gallega. Téngase en cuenta en este capítulo que en aquella época estaba prohibido usar el gallego en las aulas, aunque se tratara de la lengua familiar del alumnado. *(Nota del autor.)*

A ver, Emilio... ¿Nos puedes contar a todos quién corre en el poema sin que se sepa hacia dónde?

El aludido vuelve la cabeza y, casi de inmediato, su rostro muda a un color semejante al de las orejas.

La carcajada es colectiva.

—Vaya, Emilio estaba en la higuera —anuncia el maestro, con una sonrisa. Y le pregunta—: ¿Sabes lo que significa estar en la higuera, verdad?

El niño asiente con la cabeza mientras en los demás se instala un alegre sonsonete:

«¡Milo está en la higuera! ¡Milo está en la higuera!»

El maestro calma el griterío con las manos abiertas. Cuando todos callan, indica:

—Y como también sabes qué animal habla moviendo la cabeza, ahora usarás la lengua para responderme. Porque tendrás lengua, ¿verdad? ¿O no tienes lengua, Emilio?

«¡Milo no tiene lengua! ¡Milo no tiene lengua!»

El niño saca rápidamente y en toda su extensión la lengua hacia sus compañeros y estos se ríen de nuevo.

—Ya veo que tienes lengua —apunta el maestro—. Y a lo mejor también sabes usarla para hablar. ¿Sabes usarla o no, Emilio?

—Sí que sé, don Armando —pronuncia, en voz baja.

—Últimamente estoy un poco sordo, tal vez por eso no te oigo bien. ¿Podrías repetírmelo un poquito más alto?

—¡Sí que sé, don Armando! —Ahora casi grita.

Sus compañeros vuelven a reírse y el niño, con el color natural casi recuperado, menos en las orejas, se pone de morros.

—Lo has dicho tan alto que esta vez tampoco te he entendido —continúa el maestro—. ¿Puedes repetírmelo más despacio?; ni alto ni bajo, basta con que te escuche. La pregunta era: ¿sabes o no usar esa enorme lengua que tienes dentro de la boca?

—Sí que sé, don Armando —pronuncia, con pausa, moderado.

—Muy bien, Emilio, muy bien. ¿Ves como importa tener lengua y usarla para hacerse entender? Recuérdalo siempre. Y ahora, entre todos los que se han reído antes, ¿hay alguien que también tenga lengua y quiera explicar qué he querido decir con eso de estar en la higuera?

Dos brazos se levantan de inmediato.

—¡Abelardo, por fin! —se sorprende el maestro—. A ver, di.

—¡Que está cogiendo higos! —explica el aludido, con voz ronca y muy resabido. Y completa—: En la huerta, don Armando.

Una estruendosa carcajada inunda el local. El maestro intenta apaciguarla con los brazos abiertos. Cuando lo consigue, señala a la niña que todavía mantiene la mano levantada. Ella se pone en pie y, modosamente, explica:

—Se dice así cuando alguien está despistado o no atiende a lo que se dice, don Armando.

—Muy bien, Loliña. Ya te puedes sentar. Entonces decimos que estamos en la higuera no solo cuando estamos cogiendo higos en la huerta sino también cuando queremos indicar que alguien está despistado o no atiende como debería. ¿Y por qué estamos despistados o no atendemos, Emilio? Porque quizá...

Un repentino rugido hace que el maestro se interrumpa y todos vuelvan los ojos hacia el cristal por el que miraba Emilio.

De pronto, quebrando el hielo de las charcas, dos coches negros irrumpen en la explanada que hay delante del edificio. Se detienen, y de la puerta de atrás del segundo salen dos guardias uniformados y con sendos fusiles que caminan a toda prisa hacia la escuela. Del primer coche, procurando sortear el barro, surgen dos hombres, uno vestido de sotana y otro de gabardina.

El silencio del local se rompe por completo con la irrupción de los guardias, que se apostan a cada lado de la puerta para, enseguida, dejar pasar al de la gabardina y al cura, en ese orden, y los dos muy serios.

Los alumnos, siguiendo las manos del maestro, que se mueven de abajo arriba, se levantan y cantan al unísono:

—¡Buenos días por la mañana!

—Buenos días, señores —pronuncia el maestro, dirigiéndose a los recién llegados, al tiempo que con las manos hace que todos los alumnos se sienten a la vez—. ¿A qué debemos la visita a esta escuela del señor alcalde y del señor cura, además de la Guardia Civil?

El de la gabardina, con la frente arrugada, saca un sobre del bolsillo y, mientras se lo ofrece, impone:

—Esto es para ti. Lee. *Y buenos días a todos, niños. ¡En la escuela hay que hablar castellano, que es el idioma de España!* —proclama, con voz marcial, hacia ellos—. *¿Entendido? ¡Y venga, todos fuera, a jugar al patio!**

* En castellano en el original.

Los niños obedecen, unos corriendo alborozados hacia la puerta abierta, otros temerosos y lentamente. Solo una niña permanece en su sitio con cara de susto.

—¡Tú también, Loliña! —brama el cura—. ¿Acaso no has oído?

La niña se pone de pie y camina hasta donde está el maestro, de quien recibe una caricia en la mejilla.

—No te preocupes —le dice él, con serenidad, advirtiendo su mirada—. Sal, que no pasa nada.

Ella obedece y un guardia cierra la puerta con ímpetu. A continuación, el alcalde y el cura aguardan a que el maestro remate la misiva.

—Es lo que hay —dice el primero, pasado un instante, por decir algo.

—No es buena idea que estén fuera con este día —apunta el maestro, con pesar, una vez concluye el alcalde—. Volverán llenos de barro y...

—¡Eso ahora importa una mierda, Armando! —lo ataja el alcalde—. ¿Has leído lo que pone ahí o no?

—Suspendido de empleo por la inspección educativa, además de multado. Un expediente de depuración del cuerpo de maestros; había oído hablar de ellos, pero...

—¡Pues ya lo sabes, ateo! —interviene el cura, con saña. Y acusa—: ¿Qué es eso de no tener ni un crucifijo colgado en la pared? ¿Por qué nunca rezan los niños, ni al entrar ni al salir?

—¿En qué lengua les enseñas las lecciones, Armando? ¿Y cómo se te ocurre dejarlos dos semanas sin clase para asistir a esa estúpida farsa de las Misiones Pedagógicas? —reprocha el alcalde, más moderado, pero sin vacilación en la voz—. Además, ¿dónde están el resto de los niños? ¿Qué pasa con el...?

—Son muchas preguntas juntas —opina el maestro, mientras posa sosegadamente la carta sobre la mesa—, y podría responderlas una por una, desde luego. Pero, ¿me serviría de algo? ¿No bastará con decir que hay una guerra y que...?

—¡Claro que hay una guerra! —impone el cura—. ¡Una guerra para deshacernos de los rojos que ni van a misa ni...!

—Don Ramón, ya sé que usted y yo...

—Lo único que sabes y debes tener en cuenta a partir de ahora, Armando —interviene el alcalde, como terciando entre los otros dos y señalando la carta con el dedo—, es lo que ahí pone. Así que no digas nada más, por favor. Recoge tus cosas y...

—¿Estoy detenido?

—Por el momento, no. Vete a casa, anda. Y ya me lo puedes agradecer, porque había quien no se conformaba con expulsarte.

—Entiendo.

—O mejor, agradéceselo a tu padre, que en paz descanse, por los amigos que ha dejado.

—¿Puedo despedirme de los niños?

El alcalde se encoge un poco. El cura tuerce el gesto.

—Tienes un minuto —accede finalmente el primero—. Y cuidado con lo que dices. Luego yo mismo les daré las vacaciones y en enero procuraremos que venga un nuevo maestro.

—¡Un maestro como Dios manda! —impone el cura, caminando hacia la puerta.

Los guardias se apresuran a abrirle y se encuentra de frente con Loliña, de pie delante de la puerta y con la cara llorosa.

—¡Tú, pasa para dentro! —le suelta con ira.

Ya con todos los niños sentados en sus sitios, jadeando y manchados de barro unos, quietos y tranquilos otros, el maestro, bajo la atenta mirada de un alcalde receloso y custodiado por los guardias, indica:

—Graciano, vamos a acabar de leer ese poema que habías empezado.

El grandullón se levanta, coge el libro entre los dedos que se le salen por los agujeros de los guantes, lo abre por la marca de una hoja de castaño, y pregunta:

—¿En dónde habíamos quedado, don Armando?

—Sí, ahí mismo.

Entonces vuelve a intentarlo, con el vaho del aliento ante los ojos:

> *Para onde vai tan soia,*
> *sin que aos tristes que a miramos*
> *nin nos fale, nin nos oia.*
> *Que si oíra e nos falara,*
> *moitas cousas lle dixera,*
> *moitas cousas lle contara.*

QUINTA PARTE

VÍCTOR Y LA INDIGNADA

22

Doce minutos exactos me dedicó Elpidio Caramés. Para colmo, tuve que improvisar un embuste que no chocara con lo que le había contado Lelia: trabajábamos en una agencia de detectives que investigaba el fraude en los números de chasis de un negocio de compraventa de motos en el que Víctor se había visto involucrado.

—Ya —pareció consentir—. De ahí el interrogatorio, ¿verdad?

Yo hice un gesto, por demostrar que en esa profesión conviene hablar lo mínimo y rebañar lo máximo, pero cuando al fin pude introducir una pregunta, me llevé un chasco; no porque contara con obtener certezas sobre el chico, sino porque lo único que el profesor me podía proporcionar era un teléfono que ya tenía y con el que no iba a ninguna parte, una dirección electrónica a la que le pasaba lo mismo, y, menos mal, unos apellidos que para un descosido hasta podían servir.

Por lo visto, Víctor ya no estaba matriculado en la facultad, pues había sido eliminado del listado del ordenador desde Secretaría, y por supuesto tampoco había entregado nada de su «trabajo de investigación opcional» de no recuerdo cuántos créditos. La elección del tema había tenido lugar a comienzo de curso y en tal modalidad el alumnado decide si acude a la tutoría, si presenta un guion-proyecto inicial o si le da por volver a final de curso y exponer ante el departamento el resultado de diez meses de vagancia o de dedicación exclusiva.

Decepcionado por tanto revés, no se me ocurre otra cosa que preguntar cómo era el joven. Caramés me miró como se mira a un bicho raro. La primera vez que vi *ET* puse esa misma cara.

—Supongo que es consciente de que no entra dentro de las funciones de un profesor universitario conocer el perfil psicológico de su alumnado. Mucho menos que se lo ofrezca a un detective de una aseguradora, o lo que sea usted, para investigar al cliente de una moto a la que le han cambiado el número de serie. ¿Es consciente de eso o no? —Yo, como procedía, asentí—. Ahora bien —y pensé que ese viraje en el tono era más apropiado—, si lo que quiere es que le dé mi impresión sobre un alumno con el que hablé una única vez y no más de un cuarto de hora, precisamente con él ahí sentado donde está usted, no tengo inconveniente. Más que nada por educación.

»Recuerdo que Víctor asistió a la clase inaugural y, cosa rara en esta facultad, se sintió atraído por uno de esos seductores títulos de historia contemporánea que se sueltan adrede y que nos permiten atrapar algunas mentes candorosas o con cierta predisposición al estudio y a la indagación. Con él funcionó algo tan básico como preguntar: «¿Estuvo Hitler escondido en nuestro país como afirman algunas teorías?» O: «¿Qué pasó con los nazis, esos seres crueles y exterminadores del pueblo judío y otras minorías étnicas que durante más de una década eran vistos como el *summum* en Europa y en el mundo, que tras la guerra vinieron hasta aquí para escaparse?» A continuación leí unos escritos, comenté algunas ideas y mostré unas imágenes. Lo habitual en estos casos. Y él se presentó esa misma tarde. Se sentía profundamente atraído y quería investigar, dijo, porque desde pequeño tenía fijación con el tema nazi. Desde luego, no iba a ser yo el que se la quitase. Y no interprete de mis palabras que me pareció obsesionado, simplemente comentó que siempre le habían gustado las películas y novelas que trataban de la cruz gamada. Muy bien, adelante pues, Víctor, lo animé. Aunque también le advertí que la suya me parecía una mente más tendente a la fantasía que se desborda sin el control de la razón que a afrontar la realidad desde una perspectiva de análisis sosegado, como corresponde a los hechos del pasado que, obviamente, pueden estar sujetos a diferentes e impertinentes interpretaciones —en aquel instante tuve la sensación de que el profesor iniciaba una clase magistral: me iba a aburrir, seguro—, eso después de haber realizado una profunda búsqueda y posterior reflexión que...

Mi carraspeo provocó que se detuviera un momento.

—En definitiva —concluyó entonces, soltando lastre—, si ya no tenía muchas esperanzas en esa mente soñadora, no volver a verle el pelo y su subsiguiente baja acabaron por confirmar mis sospechas.

Cuando ya me iba, justo después de obsequiarme con una foto del rostro en la pantalla del ordenador personal —Víctor Leira López, a pesar de la pelusa en el bigote y la media melena, pasaría tranquilamente por un adolescente inmaduro en busca de un ego tardío con el que no llegaría a ninguna parte— y su dirección familiar en Melide —por fin algo concreto—, me atreví a preguntarle qué había de cierto en todo eso de los nazis entre nosotros. Él, con una comedida sonrisa, sentenció:

—¡Todo lo que se quiera buscar, señor detective!

Acto seguido, por matar dos pájaros de un tiro, me acerqué a la Secretaría y pregunté por Víctor improvisando otra mentira piadosa: antes de contratarle quería saber si el chico era de los que aprovechan el tiempo o ya se veía venir el desastre. La administrativa, tan ceñida como una gavilla de centeno apretada por la ligadura, revisó el expediente y, «cierto», admitió, «causó baja». Dado que fingí cara de descomposición repentina, ella, quizá por evitarla, advirtió que alguien de su familia y no él había firmado el escrito.

—Pero de este... —intentó recordar, frunciendo el ceño. Entonces se volvió hacia la rubia de rostro abatido sentada delante de un ordenador—: Inés, ¿de este Víctor Leira no salió en la prensa que había desaparecido o algo por el estilo?

Me largué de allí como si aquel asentimiento fuera una bofetada, simplemente por lo que podía representar.

23

Recogí a Lelia delante del hostal con la mente altera-
da por un estribillo: aquí pasa algo. Algo diferente a la
saliva por la garganta cuando tragas y al agua por la presa cuando llueve. Algo raro. Así, con la desconfianza de
que no figurase ni una dirección en Compostela, nos dirigimos a la comarca de Terra de Melide, pues consideré
que para solucionar aquel embrollo procedía ir al núcleo
familiar de los Leira y López.

Mientras conducía por la carretera nacional, dejé que
ella navegase con mi *tablet* para rastrear referencias de
ese nombre en la red.

—Escucha esto —dijo, transcurridos unos minutos,
quitándose las gafas de sol para leer mejor en la pantalla—: «Abandonada la búsqueda del motorista accidentado a orillas del Miño.» Es una noticia de *La Voz* de
principios de este mes. Pero se refiere a él, seguro, por
las iniciales *uve ele ele* y porque dice «el joven origina-

rio de Melide identificado por la matrícula de la moto y por una zapatilla deportiva que apareció tirada y que su hermana reconoció como suya». Resulta que al tomar una curva perdió el control y se precipitó al río. El accidente sucedió...

—El accidente sucedió a finales del mes pasado —añadí, sorprendido por el descubrimiento—, me acuerdo perfectamente. Yo mismo me acerqué al lugar cuando volvía de un servicio por Ferreira de Pantón.

Las hipótesis barajaron que iría a mucha velocidad, que no conocería la pista, que habría trazado mal la curva, que habría pisado la grava de la cuneta... Todo había ayudado, para mal. Pero además, se trata de una vía estrecha y sin marcar ni señalizar, y esa curva, especialmente esa, resulta complicada para quien no la conozca. La moto había quedado atrapada entre las acacias, pero él debió de «volar» hasta el río, que allí baja con fuerza y con mucha agua, por lo que miembros de Protección Civil y submarinistas habían rastreado las márgenes durante varios días buscando el cuerpo. Pero no lo habían encontrado, lo que para los expertos entraba dentro de la lógica, ya que eran demasiados kilómetros de río que registrar e innumerables las circunstancias que podían haber concurrido, desde que hubiera quedado atrapado entre juncos, rocas, ramas o cualquier grieta, hasta que hubiera seguido corriente abajo y hubiera acabado engullido por los remolinos o por las turbinas del embalse de Os Peares. A lo mejor dentro de unos días y en cualquier remanso del Miño, algún pescador furtivo, mientras persigue una carpa o guerrea con las anguilas, encuentra un bulto de carne y huesos en descomposición. Será él, concluí para mis adentros, pesimista.

No compartí con Lelia lo que pensaba, pero, sin querer, un inusitado y latente malestar acabó arraigando en mi interior. El misterioso chico que me tenía enredado en aquel huso de nazis e incertidumbres, y al que llevaba dos días buscando, había resultado ser el desgraciado motorista que hacía cuatro semanas estremeció a la vecindad en la que yo vivía precipitándose en las aguas del río Miño. ¡Qué casualidades tiene la vida! Yo dando vueltas por todo el país, preguntando como un loco por montes, planicies y ciudades, mintiendo como un bellaco, para que él acabase muriendo, como quien dice, en la puerta de mi casa.

—Víctor envió el último correo a Marcelo Cifuentes justo el día anterior al accidente —apuntó Lelia—. ¿Se lo vas a decir a la familia?

—Ya veremos.

Y seguimos callados, cada uno como anclado en sus pensamientos. Los míos ya tenían un aire de amargura que cuesta explicar. Quizá me había afectado saber que el desaparecido era el más indicado para ayudarme a resolver el caso, pues habría bastado con que me contara lo que había descubierto, con que se confiara con quien no buscaba más que la verdad de un pasado nazi oculto. Pero él ya no existía y yo empezaba a barruntar si no habría algo más en toda aquella aglomeración de discordantes casualidades. Me hubiera cabreado, de no hacerlo. Fue entonces cuando, mientras reflexionaba, empecé a relacionar. Lo intenté, al menos.

¿Qué andaba tramando Víctor por la Ribeira Sacra? ¿Qué había en ese lugar que lo había impulsado a acercarse hasta allí y...? Un resto de sospecha pululó enseguida por mi sesera. ¿Y si en sus indagaciones sobre los nazis descubrió lo que alguien no quería que se descubriera? ¿Y si, al fin y al cabo, su accidente no tenía nada de fortuito? ¿Y si mi contratación, después de que don Manuel y yo nos viéramos, precisamente en la fiesta de una bodega a poca distancia de aquella fatídica curva, no había sido tan casual como a mí me pareció en un principio? ¿Y si la familia de don Manuel, que al parecer procedía de esa zona...?

A cada nueva interrogante que me asaltaba, con cada nueva temeraria relación que establecía, más apretaba el pie sobre el acelerador.

—Reina, queremos llegar a Melide —advirtió Lelia—. Vivos.

24

Antes de que llamáramos a la puerta, los vecinos ya nos habían advertido que la familia permanecía sumida en un profundo desconsuelo. De no ser por la hermana de Víctor, seis años mayor y muy unida sentimentalmente a él, pero, en apariencia, con un fuerte y resuelto carácter para afrontar las zancadillas de la vida, la muerte del hijo habría supuesto una estocada existencial para los Leira. Pese a ello, concluían las comidillas de los menos allegados, les iba a costar Dios y ayuda superar aquella desgracia.

Nos abrió una especie de criada que pasaría de los setenta y que oía menos de la mitad de lo que le decíamos. Le expliqué que éramos de la universidad donde Víctor había estado matriculado y que queríamos hablar con alguien de la familia sobre un asunto privado. Casi a gritos, lo repetí con paciencia para, al fin, preguntar por su hermana. La anciana entendió lo que le pareció, nos conminó a esperar y se fue a hacer un recado del que, por lo visto, podía resultar lo más inesperado.

—Tenéis que perdonar a la pobre Otilia... —se disculpó enseguida una mujer joven, hasta diría que atractiva, pero con marcadas ojeras y con aspecto algo descuidado, que apareció por un lado del patio—. Soy Carme, la hermana de Víctor, y ya he oído lo que le habéis dicho. Pasad.

Así fue como accedimos a una estancia con vistas a un retamal que, a modo de sala de estar, acogió los cuerpos de los tres en cómodos asientos. Tras recibir el pésame, preguntó si yo era el profesor Caramés, del que Víctor le había hablado alguna vez. Más por respeto que por no usurpar esa identidad, le contesté que era un colaborador suyo, y Lelia, una becaria del mismo departamento. A continuación, para no enredar y sabiendo por lo que estaba pasando la familia, inventé el motivo de nuestra visita:

—Como sabrás, Víctor estaba realizando una investigación histórica relacionada con la presencia de nazis en Galicia, un trabajo integrado en un proyecto de mayor alcance en el que colaboran otros alumnos y profesores y que, cuando esté completo, la propia facultad pretende sacar a la luz. Sabemos, o suponemos, que existe material recogido por tu hermano que todavía no ha llegado a nuestro poder. Por eso estamos aquí. Al parecer, él seguía investigando por su cuenta, pero lo cierto es que no aportaba nada al grupo; se supone que esperaba a tenerlo acabado o al final de curso. Por favor, Carme, no entiendas que pretendemos reclamar lo que no es nuestro, para nada; simplemente, sería estupendo disponer de esos datos si la familia quisiera cedérnoslos, aunque se tratase de una copia. Quizá constituya una pieza importante de esa investigación y nos permitiría no partir de cero. Además, en el caso de que llegue a publicarse, puedes estar segura de que su nombre figurará como autor de la parte correspondiente. ¿Qué me dices?

—No tendría problema, pero... ¿A qué tipo de material te refieres?

—Mujer... —dudé—, a lo que conservéis de él.

—El alumnado de ahora maneja las nuevas tecnologías, así que habrá de todo —intervino Lelia, para concretar—, desde notas manuscritas hasta fotos y grabaciones de audio o vídeo. No sé cuál sería el soporte preferido de Víctor, pero...

—Él siempre andaba por ahí con su móvil: lo utilizaba como agenda y como grabadora. Llegó a comprarse varias baterías para poder hacer más fotos y filmar durante más tiempo —prosiguió su hermana—. Desaparecía de casa con él durante días sin decir adónde iba, y después volvía y lo pasaba todo a un disco duro que yo le regalé por su cumpleaños. Una vez dijo que en el ordenador ya no tenía espacio para lo que había recogido, y como lo veía tan emocionado, tan atrapado por ese trabajo, decidí regalárselo... Porque debo deciros que Víctor nunca se había mostrado así de dispuesto. Nunca. Por eso pensé que era el mejor regalo.

—Seguro que fue un acierto —dije—. ¿Y dónde tenéis...?

—El móvil no apareció. Estará con él, en el fondo del río —soltó, con un pesar que hizo que se levantara y caminase hasta la ventana. Desde allí, de espaldas, continuó—: El ordenador lo tengo yo en la habitación, pero en él no hay nada de esa investigación. Antes lo guardaba todo en un archivo protegido, como si tuviera miedo de que curioseásemos o no quisiera que nos enterásemos de en qué andaba metido. Y cuando le pregunté, porque lo veía tan enfrascado que sentí curiosidad, me habló de un trabajo del que prefería no comentar nada. Pero sí recuerdo el nombre que le puso al archivo: «Nazisakí», todo junto y como suena, con *ka*. De lo que hacía, únicamente conozco ese título. Después empezó a pasarlo todo al disco duro y... Finalmente se lo llevó a Santiago, o eso me dijo, y ya no se lo volví a ver.

—Pero en Santiago no nos consta una dirección física suya.

—No tenía. Cuando iba, se quedaba en el piso de Silvia, su novia. O lo que fuera —soltó con desprecio. Nosotros no dijimos nada y ella añadió—: Desde que se enrolló con esa chica, Víctor ya no era el mismo, ni conmigo ni con sus padres. Supongo que es normal dejar de lado a la familia y... El caso es que empezó a mostrarse reservado, a ir a lo suyo; usaba la casa como un lugar donde dormir, comer y conseguir dinero; discutía por cosas que nunca le habían importado o por tonterías. De la noche a la mañana cambió. ¡Fue horrible! —lamentó, sin poder reprimirse—. Mis padres ya no sabían qué hacer y para mí toda la culpa era de... de ella. Me dolía que... Ya no sé qué pensar. Pero eso ya pertenece al terreno personal y no es necesario que lo sepáis.

—Claro —observó Lelia, al verla tan afectada—. No te preocupes, Carme. Intenta superarlo.

—Ya lo intento —soltó ella, como si no se lo creyera—. Pero no es fácil.

—Entonces no puedes... —intenté retomar el tema.

—Puedo deciros dónde encontrar a Silvia, por si sabe del disco, pero en esta casa no queda nada de lo que hacía Víctor. Y hablar con mis padres no serviría más que para abrir su herida, pues mi madre está más que tocada, y mi padre, a pesar de lo que diga, tiene medio abandonado el negocio. Yo les echo una mano, hago lo que puedo, pero tampoco se dejan ayudar demasiado. La muerte de un hijo...

—Lo entendemos, Carme —dijo Lelia, poniéndose en pie—. No te molestamos más obligándote a que lo recuerdes.

—Gracias —suspiró—. Muchas gracias.

Seguí a las dos mujeres por donde habíamos entrado y, al tiempo que inspeccionaba aquella casa ordenada y limpia, sin alardes de decoración, percibí que cada rincón hablaba de la ausencia de detalles para que tuviera vida. Consideré que seguramente esa impresión tenía que ver con el desaparecido, pero también con el inexorable paso de las horas.

Carme desconocía la dirección exacta del piso de la rúa Santiago de Chile que Silvia compartía con otra gente, y tampoco sabía sus apellidos. Pero al parecer no tendríamos problemas para localizarla, pues era una de las que había acampado en la Praza do Obradoiro para participar en el movimiento 15-M, y aún solían reunirse allí a diario, según le había contado Víctor, «para protestar por las cosas que pasan». «A pesar de los pelos de colores y las pintas», comentó, la reconoceríamos sin dificultad por su llamativo lunar sobre el labio superior.

—Yo la conocí por casualidad —añadió, con cierta antipatía—. Un día apareció por Melide con ella en la moto y coincidimos en la plaza. Me la presentó, tomamos café en una terraza y, quizá sean prejuicios míos, pero ella, por muy guapa y moderna que sea, no me pareció de fiar. No lo digo porque fumara porros o porque se vistiera como se viste, que allá cada cual, sino por cómo habla de todo, por lo negativa que es y, sobre todo, porque me dio la impresión de que no le correspondía. Quiero decir que Víctor estaba loco por ella, se notaba en las miradas que le dirigía, en cómo la trataba; y ella...

Salimos de allí como encogidos. Aunque todo había transcurrido mejor de lo que preveíamos, a pesar de no haber conseguido casi nada de lo que queríamos conseguir, durante varios kilómetros una incierta amargura invadió el habitáculo de aquel coche, debido no solo a las mentiras que yo iba difundiendo a lo largo y ancho del país, sino también a las emociones tan dispares con las que nos íbamos encontrando. Creo que hasta la altura de Lavacolla no pronunciamos la primera palabra, y fue por salir del marasmo.

—Lelia, tú... ¿Tú tienes novio?

—¿Y tú?

Estaba en su derecho y había que apencar. ¿Por qué no hablarle de Verónica, pensé entonces, pero sin hablarle?

—Te diré que sí: hay una mujer que me llena el ojo.

—¿Qué quieres decir con eso de «llenar el ojo»? ¿Sientes amor, afecto...?

—En principio siento cierto afecto, pienso en ella. Pero...

—¿Pero qué?

De repente, me sentí interrogado. Se trataba de Lelia, me fiaba de ella, incluso como confidente y pese a haberla conocido el día anterior.

—Pero ella no lo sabe —apunté.

—Se lo puedes decir. ¿O no?

—Tal vez.

—A lo mejor es lo que está esperando: que se lo digas.

—Creo que está casada.

—¿Es otro pero?

Aquella chica era tremenda. Si me descuidaba, cavilé, me sacaría hasta los sentimientos que nunca me había gustado mostrar. Entonces me encogí de hombros.

25

—¡Qué le den por el culo a ese gilipollas!

Antes de llegar a la airada expresión de Silvia, que venía a confirmar el retrato de la hermana de Víctor, ya había dejado a Lelia en su casa y me había concienciado de que cuanto más dificultosa se volviera la pesquisa más gozoso podría resultar el hallazgo. No obstante, en el caso de Víctor tenía la sensación de que una especie de fatalidad obstaculizaba cualquier tentativa de acercamiento, ya no digo a su persona, sino a sus descubrimientos, que por lo visto coincidían con mis intereses. Y también que en todas esas tareas yo seguía a la zaga, muy a la zaga. En vista de que ya no me sería posible hablar con él, no me quedaba otro remedio que gastar mi última bala con aquella muchacha irreverente que imaginaba que, seguro, pasaría olímpicamente de lo que él hacía. Eso o empezar de cero, y tampoco estaba en condiciones de abrir yo solo el, por lo visto, enorme melón nazi.

Bien es cierto que también llegué a valorar la opción

de presentarme ante don Manuel y resolver el embrollo con la consabida metáfora: muerto el perro, en alusión a Víctor, se acabó la rabia. Podía hacerlo, aunque sabía que él no lo iba a aceptar, al igual que yo tampoco aceptaba cerrar los ojos y buscar otra diversión. Sería como cerrarlos en falso, porque los restos de ese nombre escrito en un e-mail quedarían para siempre anclados en el fondo de mi cabeza; sería, el pensamiento es lo que tiene, como dejar una semilla oculta en la tierra; y no haberlo intentado, un imperdonable error.

Con tales cavilaciones me entretuve, una vez liberado del aluvión de peregrinos que me condujo hasta la Praza do Obradoiro y después de confirmar que la chica no llegaría hasta el retén de las cinco.

—¿Pero vendrá? —le insistí a un rastafari que aseguró conocerla.

—Seguro, tío. Silvia nunca falla.

Tras inspeccionar la organización «indignada», con grupos de curiosos que se acercaban para escuchar consignas del tipo «¡Nada de alcohol, sin provocaciones!», de la cual desconfié por mi máxima «Nunca te fíes de quien asegura no beber, y mucho menos de quien se fía del que no bebe», opté por esperarla en las inmediaciones de la rúa do Franco. Valía la pena acallar mis pensamientos y, más que nada, el agujero que lentamente se me había ido formando en el estómago. Con tal fin tomé asiento en la barra de un bar con escasos parroquianos y, como no lograba refrenar mi antipatía contra Marcelo Cifuentes, al que consideraba un liante de no te menees, le escribí un mensaje manifestando que me había parecido improcedente su comportamiento y que no podía sino tomármelo como una falta de confianza hacia mi persona. Esmerándome en la redacción, añadí:

> Si es conmigo con quien debe comunicarse, ¿a qué viene ignorarme y dirigir los correos de V a don Manuel? Es como si yo, en esta fase de mis investigaciones, paso de usted y no le comento nada de lo que he averiguado sobre Víctor. ¿Le parecería bien tal proceder?

Esa deliberada revelación del nombre del chico debería provocar que reaccionase y que tomara conciencia de mi trabajo. Además de unas disculpas, esperaba de él una muestra de buena voluntad, por lo que le conminaba a enviarme, cuanto antes, los mensajes que él le había dirigido al estudiante, siempre y cuando desease restablecer nuestra frágil relación.

Sonreí mientras lo enviaba y, al mirar para el envejecido espejo con publicidad de Tío Pepe que tenía enfrente, lamenté mi aspecto. Estábamos a martes y llevaba tres días con la misma ropa, incluida la muda. Además, una incipiente barba se espaciaba por mi mentón hasta hacerme parecer un pobre indigente, como los que veía tirados por la calle con un letrero de cartón exhibiendo una mísera biografía a bolígrafo. Tan mugriento me sentí que, después de unos mejillones al vapor y una taza de un albariño decente, salí en busca de una tienda en la que recomponer mi autoestima estética.

Así, y por menos de cien euros, adquirí un pantalón

holgado de pronto uso, una camiseta negra de rara tendencia, escaso gusto y opresora moda, y un calzoncillo sobrio y del mismo color, a juego con unos calcetines antiolor, o de eso me quiso convencer una petulante dependienta que hablaba como sin ganas de perpetuar nuestra relación y en un español de aldea descastada. Con prisa, tras pasar por el coche y echar mano al neceser, regresé al mismo local para pedir una ración de calamares y otra taza de vino, instalarme en el cutre baño y, tras un insulso aseo personal, aviarme como requería la ocasión.

Tras insistir de nuevo con Barrabás —sorprendentemente, su móvil sonaba pero él no contestaba—, me fui al Obradoiro y, como un clavo, apareció la chica del lunar sobre el labio y unas pintas muy suyas.

Por más que de entrada su vestido de llamativos colores y los abalorios con los que se adornaba la convirtieran en un estandarte de un movimiento hippy un tanto revisionista, igual que las agrestes y retorcidas greñas que caían sobre sus hombros bronceados, creo que una gran mayoría del sector masculino sin sospechas de conducta machista diría de ella que estaba, más que atractiva o seductora, muy buena. Esa sería la segunda impresión. La tercera la conformarían sus labios, carnosos y provocativos, con una sonrisa tan gozosa al hablar que, con tal de que no dejaran de mostrar aquellos dientes blancos y perfectos, podría estar escuchando horas y horas cuantas tonterías quisiera exponer. Y no seguiré, que me conozco, pero me acerqué despacio y, sin pararme en presentaciones y reparando en el desmesurado escote

que más que dejar intuir aseguraba que ni llevaba sujetador ni falta que le hacía, dije:

—Silvia, ¿podemos hablar un momentito? De Víctor.

Y fue entonces cuando ella soltó la mencionada ocu-
rrencia.

26

Entregada a la batalla contra el sistema, Silvia, entre juramentos a mansalva que en nada cuadraban con su inusitada belleza, también acudía a manidos palabros tipo *basca*, *dabute*, *careto*, *al loro* o *chungo*, como quien para lograrlo mira al cielo redentor y espera que las santidades que si acaso deambulan por el Obradoiro sean capaces de obrar el milagro. Y todo deprisa, como procede entre los jóvenes. Así que, mientras se aplicaba a la elevada función artística de la pintada con la recomendación de cada jornada, en papel de embalar y con una brocha escacharrada, después de poner a caldo a un Víctor «que le había echado mucha jeta dándose el piro y sin dignarse ni siquiera responder a mis llamadas», versión muy alejada de la que había dado su hermana, decidí cortar drásticamente su parloteo:

—No podía. Murió hace varias semanas.

La chica, arrodillada sobre el papel, interrumpió su tarea y palideció. No sabía nada, nadie se lo había comunicado. Pero fue solo un instante, porque, de inmediato, se incorporó y, sin decir ni pío, caminó cual fantasma sin fuerzas hacia los solitarios soportales del Pazo de Raxoi para ocultarse de cualquier mirada detrás de una gruesa columna.

La seguí. Cuando llegué, atisbé el granito de siglos que escondía los sentimientos y, al no verla al otro lado, tampoco estaba seguro de que, después de aquella diatriba contra un chico con el que, según me confesaría luego, se acostaba y poco más, Silvia pudiera mostrar desconsuelo por él. Entonces me atreví a dar la vuelta y la encontré sentada en el suelo; las lágrimas se deslizaban por sus mejillas y las gotas de agua caían en su pecho a través del balcón del escote, pero estaba tan linda como una rosa mojada por el rocío de una mañana de verano, tanto que entendí que Víctor hubiera sido otra víctima sometida a los antojos de su hermosura.

Me senté a su lado y, libre de la verborrea con la que me había recibido y dispuesta a atenderme, escuchó consternada el relato de lo sucedido como quien busca en las palabras más duras, a la vez, el escarmiento y la absolución. Le expliqué todo lo que pude y sabía, que no era mucho, incluido cuál era mi ocupación y cómo había dado con ella. Y así, entre lamentos por lo que le había ocurrido a Víctor y extrañeza por lo mío, con el paso de los minutos se fue calmando y quiso regresar a su tarea de pintarrajear, ahora con pulso trémulo, las letras de la pancarta.

Cuando al fin le pregunté por el disco duro, Silvia confirmó que no sabía de su existencia, y tampoco pareció darle importancia a lo que podría contener. Si recordaba haberlo visto por el piso era porque Víctor no dejaba de «darle la vara con lo de ir de un lado para otro» y porque guardaba en él los datos recogidos en sus viajes. Entonces se acordó de las dos veces que lo había acompañado en la moto: «A un puto muelle en la Costa da Morte en el que aproveché para bañarme, y a un monte chungo en busca de los pedazos de unas torretas que unos gitanos se llevaban para chatarra.» Y poco más. Porque ella estaba a lo que estaba: comprometida con la transformación de este pestilente mundo. Así que el disco duro tanto podía estar en su habitación como habérselo agenciado cualquiera de los relacionados con el movimiento ciudadano que se solían quedar en ella, dijo.

—¿Quieres ir tú a buscarlo o me esperas? —ofreció.

Opté por quedarme con ella. Así, además de aguantar su letanía sobre Víctor, contemplaba el montaje indignado con el que, en cierto sentido y con mayor razón, comulgaba. Y no me desagradó en absoluto, pero... Lástima que siempre haya un pero.

Personas de diferente casta y condición, entregadas a escuchar un runrún sin medida desde el micro de una miserable megafonía y dispuestas a ofrecer ideas tan válidas como otras cualesquiera para cambiar unas estructuras que no quieren cambiar, porque aquí, como en todas partes, hay cuatro privilegiados que, por conveniencia, no desean que cambien y controlan los medios y los votos. Por consiguiente, ingenuidad pura la de quienes se afanan en una cruzada en la que los sueños se hacen añicos ante la cruda realidad. Porque aquello venía siendo como tener hambre y rascarse el trasero: cuatro colgados de las redes sociales clamando eslóganes facilones que, entre aplausos, hacen resonar en una plaza donde sudorosos peregrinos, con caras coloradas y ampollas en los pies, los miran con extrañeza en el alma y sonrisa indulgente. Hay que ver. Así no vamos a ningún lado.

Nada de esto compartí con Silvia mientras permanecía sentado a su lado en las piedras de la magna plaza ni mientras sostenía como un cretino la pintada a medio secar delante de unos municipales que no paraban de bostezar y con ganas de irse a su casa a ver el partido de la Champions. Tampoco procedía. Yo opino que solo el asalto al sistema mediante una revolución cruenta apartará a todas las sanguijuelas que manejan cuanto quieren desde arriba y desde tiempo inmemorial. Porque lo han planeado así para que poder y dinero controlen a los demás. Y si naces en la otra orilla y quieres ser algo, únete a ellas, como hacen algunos imbéciles con escasa ética; serás un imbécil, pero llevas las de ganar. Los otros, los que se rompen los cuernos con los quehaceres diarios, esos, las de perder. Porque lo de escuchar a un joven de barba trenzada y gallego de Rianxo hablar con razón del capitalismo aplastante, de la especuladora banca, de los políticos corruptos, de las reformas necesarias y de una ecología posible y diferente que permita dejar a las próximas generaciones un mundo imperfecto pero mejor, está muy bien. Aplausos, sí; canciones como proclamas, también. Pero es inútil.

El pero.

Fue así como, enseguida, aparecieron dos furgonetas blindadas con antidisturbios y, una vez retirados fotógrafos y periodistas, y con ellos los curiosos, los nada comprometidos y los temerosos de recibir unos palos, nos conminaron a tener desalojada la plaza en diez minutos, ya que la comitiva con el señor alcalde y la ministra invitada venía hacia allí. Eso o cargarían. La voz era impositiva y el mando, un malencarado que no bromeaba, más que advertirnos de lo que se nos venía encima, parecía provocar para que viniera de inmediato.

¿Y qué ocurrió? Pues que, porque la juventud es así de bullanguera, el predicador ni lo dudó: bramó a todo el escaso volumen que alcanzaba su altavoz que no solo habían acordado con el concejal de guardia permanecer todos los días allí hasta las diez, sin acampar, precisó, sino que aquel era un territorio común, una plaza pública patrimonio de toda la humanidad en la que convenía sostener la antorcha de la libertad ante los abusos de los poderes fascistas y represores. Labia tenía de sobra, tanta que los cuarenta o cincuenta —las cifras oficiales los rebajarían a la mitad—, que todavía se mantenían sentados en el centro de la plaza, aplaudieron y gritaron sus consignas e, incluso, entonaron el estribillo de la propaganda antisistema que aquel berreaba.

Yo, aunque mezclado con ellos, no dejé de escudriñar el rostro del mando policial que atendía al discurso y de notarle su giro hacia el cabreo. Y la seña de su cara no fue la de la sota que se da en una partida de brisca, sino la que los gladiadores aquellos, armados con porras y protegidos por gruesos chalecos y cascos con alambre protector para la cara, esperaban para ponerse a repartir estopa. En definitiva: vi venir la carnicería, pero no me libré de ella.

—Vete si quieres —me dijo aun así Silvia, cuando todavía había remedio, mientras levantaba la pancarta.

—Ahora ya da igual —alegué, ayudando a izarla.

Y no soy capaz de justificar por qué dije lo que dije, ni siquiera por qué hice lo que hice. Nunca me he tenido por un holgazán irresponsable que reacciona a golpes de arrebato, a no ser con cuatro copas de más y por un motivo excelso, llámese hembra tentadora o amigo fiel. Mucho menos soy un atrevido paladín de luchas estériles, pues me muevo por la pitanza y tengo las reacciones propias de cualquier bicho que ve en la preservación de su propio pellejo un proyecto vital. Tampoco soy masoca. Si se trata de excusarme, creo que algo de pueblo sufrido e indignado con lo de la miseria y los recortes había prendido en mí para que permaneciera allí, en pie, frente a unos becerros militarizados ansiosos por encontrar espaldas que aporrear. Digamos que me coincidió estar en el Obradoiro, sosteniendo la pancarta con un fulero menú del día: «Los chorizos se comen nuestro pan.»

27

No me extenderé en cómo concluyó el evento; bastará con la humilde descripción de un miembro del ejército derrotado en aquella desigual batalla: tumbado con la cara contra el suelo y sangrando por la nariz como un carnero, un chichón en la cabeza tan a punto de reventar que ni la chepa de Quasimodo, las costillas y los riñones golpeados como nunca y, aparte de los desgarros en el pantalón nuevo, varias rozaduras en las piernas después de que me arrastraran como un espantajo por las piedras de la santa plaza. Jodido, en una palabra.

Y todo por ir de temerario y seguir la testaruda consigna de apechugar de nuestro megafónico líder. Eso en primer lugar. Y luego por enfrentarme a un cachalote acorazado de azul oscuro y gafas de soldador que, además de faltarle a Silvia con reiterados insultos del tipo «zorra malencarada» o «mamona de los huevos» (aunque en ese apartado ella no se quedaba atrás, pues repartía lindezas del tipo «cornudo de los cojones» o «puto descerebrado»), se pasó con la chica plantándole con total desconsideración las manos en las tetas y queriéndosela llevar hacia lo que la mayoría denomina lechera y los menos furgón policial.

Esa actuación fue la gota que me animó a intentar arrancarle la piel a tiras: lancé la pancarta y, cual caballero ofendido por la vejación a su dama, me pegué a él como rabiosa lapa a la que le da lo mismo lo que le hagan con tal de que, tirando como un poseso de su cuello, suelte a la presa. Pero no éramos uno contra uno, ¡ca!, porque enseguida contó con la ayuda de otro Robocop con porra que, este sí, golpeó con saña mi esmirriado cuerpo. Y menos mal que pronto acudieron siete u ocho valientes de los nuestros para que, cual escaramuza bélica o montón desmañado de cuerpos y extremidades como las que todavía se prodigan en Internet y se ocultan en los telediarios, lográramos desprendernos de aquellos cabezotas, ponernos de pie y correr en desbandada por el empedrado hasta las escaleras de la catedral. Una vez allí, nos apiñamos detrás de los asombrados turistas que, todo hay que decirlo, nos protegieron poniéndose delante y armados con el poderoso efecto disuasorio de sus cámaras fotográficas.

Si el final de aquella refriega hasta parece gozoso, lo cierto es que, sentado en un escalón, además de magullado, estaba hecho un verdadero cristo. La sangre me corría por la boca, embadurnaba toda mi ropa, goteaba sobre la piedra y asustaba a cuantos pasaban, me rodeaban e, incluso, opinaban que mejor sería llevarme al hospital o se preguntaban qué procedía hacer conmigo en aquellas lamentables condiciones.

Pese a todo, con la cabeza entre las manos y escuchándolos divagar, yo callaba para intentar respirar mejor y olvidar el tenso momento vivido. Silvia, por el contrario, a mi lado, despeinada y llorando, enseñaba los dientes con rabia y, sintiéndose responsable de mi calamitoso estado, atendía mis heridas sin excesiva maña.

Hubo un instante, mientras me inspeccionaba al bulto de la cabeza, en el que posó tan delicadamente sus labios sobre mi frente que sentí cómo me inundaba la ternura de aquel tibio beso. Aparte de cura imperfecta, fue su forma de agradecer mi atrevida actuación. Aunque a continuación, inesperadamente, mojó dos dedos en mi sangre fresca y trazó con decisión varias rayas en sus mejillas. Aquella imagen de india salvaje en pie de guerra es la que todavía hoy conservo grabada de ella, junto con otra que vendría después, junto a mi cama y desnuda.

—¡Se van a acordar esos cabrones! —gritaba al mismo tiempo, con la rabia prendida en la lengua—. ¡Podremos con ellos!

28

Una vez taponada la hemorragia con gasas y sosteniendo una bolsa con hielo en la cabeza, nos desmarcamos de la garrulería y caminamos hacia la rúa Santiago de Chile. Yo, deslomado, además de gemir de cuando en cuando a causa del dolor, cojeaba y estaba totalmente cubierto de sangre. Pero creo que eran las pintas desastradas de ambos las que llamaban la atención de los peatones con los que nos íbamos cruzando, los cuales, al reparar en nuestra presencia, se abrían como las aguas bíblicas para dejar paso a los apestados. Y aunque no me agradaba ofrecer aquel penoso espectáculo, Silvia se comportaba como si el resto de la gente no existiera, como si no le importara que aquellas pupilas nos inspeccionasen o lo que opinara de nosotros una clase estúpida y consumista, tachaba con rabia, que sostenía bolsas de Zara y de otras marcas de bajo coste y rauda disposición, y con la que nos encontramos en un punto preciso de calle moderna y sin que llegáramos nunca a confundirnos.

Además, tanto insistía en demostrarme su inconformismo contra todo lo burgués y represor, que su mente, a pesar de haber vivido aquella dura experiencia, no dejaba de idear nuevas vías de agitación y protesta contra el, a su entender, injusto poder establecido que mutilaba la libertad que la sociedad merece. En ese momento, su mayor rebote procedía, precisamente, del compañero detenido.

—¡Alucino con la pasma que no sabe estar con el pueblo! —bramaba—. ¡Y qué cara la de ese alcalde corrupto de los cojones que primero dice una cosa y luego, con tal de trincarnos, hace la contraria! ¿Será posible? Pero no nos vamos a dar el piro ahora, tío. Voy a pasar que hoy mismo, a las diez —y cogía el móvil y, ágilmente, tecleaba el mensaje por la red social—, manifa delante de la poli. Tenemos que sacar del talego al compa que han pillado. ¡Pero ya! Y estar al loro por si lo trasladan. ¡Pásalo!

Y continuó con su desbarre, sin contar conmigo y hasta llegar a un portal normal y corriente en una anodina calle. Subimos andando por una sombría escalera y entramos en un piso en consonancia con la falta de higiene y el olor a rancio de todo el edificio. Pero ella no se quejó de aquel estado, y mucho menos se quejó de la habitación oscura y llena de cojines en la que colgaban de las paredes, sin orden ni concierto, raros bártulos de ajenas civilizaciones y se veían estantes con botes de cristal que contenían piezas para confeccionar collares y pulseras que, deduje, a duras penas vendería en una tienda cualquiera. Porque Silvia no estaba allí para lamentarse, sino para actuar. Así que, en esa penumbra, me ayudó a tumbarme en una cama sin somier, frente al retrato de un Che descarnado y con una chillona estrella roja en la boina. Luego, y en silencio, empezó a quitarme la ropa con la sangre ya seca, y yo, con ese punto de dolor que ni los ojos cerrados ni el control de la respiración lograban reducir, como si únicamente encontrara el sosiego preciso en sus manos, la dejé actuar.

Cuando me tuvo casi desnudo, me tapó con una manta y me pasó la mano por la frente como solo la tía Encarnación sabía hacer cuando era muy pequeño y ella dejaba de atender a los cerdos. Y sentí de tal manera la caricia de los cinco dedos de una chica, a la que seguramente triplicaba en edad, mientras retiraba hacia atrás mi sucio cabello e inspeccionaba mis magulladuras, que no deseé otra cosa que tener siempre mi cuerpo en sus manos, bajo su protección, acogido como el guerrero herido en el lecho amigo de una mujer que solo pretende mimarte y entregarse enteramente a ti y a tu cuidado. En eso pensé durante un segundo, el preciso para llenarlo con imaginación y olvidar el trance pasado y el dolor que me afligía.

Al cabo de un rato, cuando volví a abrir los ojos, comprobé que Silvia seguía a mi lado, sentada como una india con las pinturas de guerra y, como resignada, contemplando mi dolor. Enseguida me di cuenta de mi nuevo error de apreciación, pues al momento extrajo un papel de fumar de un librillo y preparó un filtro, cogió una cajita metálica y de ella sacó una extraña picadura. Luego deshizo con paciencia una pastilla de hachís, humedeció el papel con el ápice de su lengua y lio con habilidad un perfecto porro. Sin mirarme siquiera, lo encendió con un chisquero de mecha, le dio dos intensas caladas y me lo pasó.

—Todo tuyo —dijo—. Te va a sentar de puta madre.

Lo cogí y fumé en silencio, aspirando profundamente aquella lluvia de cánnabis mezclada con sabe Dios qué poderosa hierba sanadora que ni la mismísima bruja de Bouzuás sabría preparar. Así, entre calada y calada, noté que iba olvidando lo sucedido, y reparando el dolor, y perdiendo la noción y recogiéndome plácidamente en mí. Al cabo, si fue alucinación o sueño no podría jurarlo, pero tuve la sensación de que también ella se desnudaba y, tras vaciarme los bolsillos, recoger la ropa y llevársela para no sé dónde, volvía a mi lado para acompañarme con el calor de un cuerpo de hembra cariñosa en un inesperado viaje que duró lo que dura el consuelo de quien, al cerrársele los párpados, solo busca caricias.

29

No me desperté por el descarriado rayo de sol que ponía al descubierto las pelusas del lugar, sino merced a unos gemidos femeninos que se colaban a través de las paredes de papel que tienen los pisos construidos con prisa y para albergar estudiantes a punta pala. No era demasiado suponer que alguien hacía el amor o se masturbaba en una habitación contigua, y que no tenía reparo en que el resto de los habitantes del piso escucháramos la procaz amplificación de su placer. Pero con furia, ¡eh! Así que no me quedó otro remedio que abrir los ojos y aterrizar por completo en aquella desoladora realidad matinal con sugerente banda sonora.

Antes de incorporarme, miré a ambos lados para comprobar si estaba solo en la cama o si quedaba alguna huella de lo que, sin que me hubiera enterado, había podido suceder aquella noche debajo de la manta. En pelotas y, ciertamente, bastante recuperado de las heridas de guerra, aunque sin la cabeza de Silvia en la almohada de al lado. Lo lamenté al mismo tiempo que concluí que los canutos es lo que tienen: o te curan o te confunden.

Pero la sorpresa con la que no contaba, y que me devolvió al norte de mi presencia allí, la descubrí de repente sobre un cojín dispuesto como un regalo junto a la cabecera: un elegante disco duro portátil con las iniciales VLL grabadas. A su lado, una nota con perfecta caligrafía advertía:

Un Reina sin corona es como un ordenador sin disco duro.
Vuelve cuando quieras, tío.

Cuando al fin me incorporé, sin dejar de sonreír por lo que aquello podría representar para mi investigación y por lo que iba a más en el cuarto de al lado, vi que Silvia había dejado en una silla, además de una toalla en el respaldo, mi ropa limpia y doblada. Sobre ella había colocado la cartera y el reloj, así como las llaves del coche y la *tablet*. De pronto me fijé en que esta última tenía una grieta en diagonal que recorría la pantalla. Entonces recordé, con escasa devoción, a los de las porras apaleando mi cuerpo y pensé en los datos que tenía guardados allí, tanto contactos personales como informaciones sobre los nazis, además de algunas novelas que todavía no había leído. Tal y como estaba, con la sonrisa borrada de la cara, la cogí e intenté encenderla presionando el botón de inicio. No lo conseguí, y aquello representaba un verdadero problema, pues, sin volver a casa, no podría ni llamar por teléfono. Así que, antes de ir a ver a Lelia para analizar la información del disco duro de Víctor y para que no se me fuera todo al garete, decidí acercarme a una tienda para intentar rescatar los datos de los dos artilugios.

En busca de una ducha, descalzo, maltrecho y con la ropa tapando mis partes, corrí por el angosto pasillo. Después de echar un vistazo por una puerta entornada desde la que comprobé que la contienda de dos cuerpos enganchados, ella, desbordando teta, abajo, y él, de depilado músculo de gimnasio, arriba, se aproximaba al clímax de su volumen máximo, di con el cuarto de baño, una especie de trastero un tanto descuidado, por ser magnánimo con el calificativo. Aun así, tras una cochambrosa cortina de plástico que no debía de haber probado nunca el remojo en lejía, el grifo soltaba agua caliente en cantidad suficiente, lo que agradecí pensando en Silvia y en mi urgente reparación.

Al cabo de un rato, mientras intentaba eliminar los restos de sangre reseca con un gel de un frasco sin marca que había por allí, escuché el ruido de un chorro de orina al precipitarse en el agua del inodoro. Me asomé y vi al maromo de la batalla totalmente desnudo y marcando pectoral y glúteo. Tenía las manos en la cadera y disfrutaba de aquel instante de eliminación con una colosal minga que iba por libre.

—¿Qué tal? —dijo al verme, sin cortar el surtidor ni modificar su postura—. ¿Todo bien?

—Muy bien. ¿Y vosotros? —pregunté, más que nada por educación.

—Bien también.

—Eso me ha parecido —comenté—. Sobre todo ella.

—Ya —admitió, resignado.

—No te preocupes, está en la edad.

Entonces sonrió cual cretino ante la voz de la experiencia que yo representaba; y aunque experiencia es como llaman los humanos a los tropiezos, reconozco que me gustaría bambolearme de esa forma más a menudo de lo que acostumbro. Dado que no respondió, y por no entrar en otros pormenores, corrí la cortina y continué con el aclarado. Pero veinte minutos más tarde, después de entrar en el primer bar, me arrepentí de no haber andado ojo avizor: aquel tipo había tenido tiempo y mérito de sobra como para robarme los billetes de la cartera y largarse antes que yo del piso de Silvia. *Mea culpa*, reconocí, por confiado.

—¿Preguntas por Arxeriz? ¡Pues has llegado a buen lugar, que por aquí no queda otro mejor que yo para dar razón de lo que se movía en el pazo! Media vida allí con los riñones reventados sin recibir más que unas perras para tomar un trago. Salvo alguna buena palabra de cualquier cara de culo que venía de traje y te miraba por encima del hombro, como si tú fueras una bestia de carga y él el príncipe de los moros, el resto... Si me descuido, una injusticia como tantas otras. Porque tú cavabas la tierra y él se llevaba el tesoro. Es así. Siempre ha sido así. Y así nos va. Que mientras nuestras mujeres fregaban las cucharas con ceniza, las de ellos paseaban el coño por la finca después de lavárselo en el baño de porcelana fina, ¡me cago hasta en la orden que colocó las cosas! ¡Si las puso en su sitio que venga el de arriba a verlas y diga la verdad!

(Graciano)

Galicia, NO de la península ibérica, mayo de 1937

La niña, como si bailara, juega a la rayuela en el pavimento de piedra. Sola. Agachada y desde la tierra, lanza la china con delicadeza hasta la tercera casilla. Después de comprobar que no ha pisado las líneas trazadas con teja, se pone a la pata coja y, procurando que no se le salga el pie de las botas raídas y demasiado grandes para ella, salta con la pierna derecha y va pasando por la casilla número uno, por la dos, y llega con facilidad a la tres. Ahí se detiene, manteniendo el equilibrio.

Entiende que ahora debe concentrarse para hacerlo rápido y bien. Por eso, cuando se decide, pone un pie en cada una de las casillas cuatro y cinco, que están emparejadas, vuelve a la pata coja en la sexta, un pie en cada una de la siete y ocho, y salta girando en el aire para alcanzar el cielo y quedar frente a las rayas del suelo.

Antes de volver atrás, toma aire y mira a lo lejos. Se fija un instante en el coche negro que desciende despacio por la pista que llega hasta A Cova. No hace caso. Piensa que, aunque le quede lo más difícil, debe regresar a la tierra con su china.

Mientras realiza el recorrido de vuelta, no se da cuenta de que del coche, que se ha detenido junto a la iglesia de San Martiño, baja un hombre con un brazo en cabestrillo. Joven, bien peinado y de uniforme oscuro, deja que el conductor vaya a llamar a la puerta de la rectoral, sin importarle que varias personas, a pie y presurosas, corran tras él por la pista desde la aldea de Seoane, y camina hacia la casa envarado como no se estila por el lugar.

Una leve brisa acaricia el follaje de los cerezos y los viñedos aparecen trabajados bajo un sol gozoso. El día resplandece. Pero a él, al militar, no parece importarle. Al pasar, toca los barrotes de la verja con la mano libre y, sin detenerse, sube por los pasos del muro de al lado y alcanza la cima. Desde allí, como una impasible estatua plantada fuera de sitio, contempla la casa, altiva y sólida, asomada al balcón del paisaje fluvial.

Cuando el séquito, del que forman parte el trajeado alcalde del ayuntamiento, un orondo hombretón de camisa azul y correaje por el pecho y un mozo de mirada ilusionada y camisa rasgada, llega al lugar como lo haría una procesión a la que ya se le ha sumado el señor abad y el encorvado sacristán de la parroquia, él aparece como subido a un pedestal. El pasmo que provoca en todos ellos aquella silueta uniformada al contrastar con el fondo azul celeste los hace callar.

La niña, preocupada exclusivamente por el juego que la trae de regreso del cielo, ajena a todo aquello que pudiera insinuar la pupila de quien acecha sus gráciles movimientos y el vuelo de su falda al saltar a la pata coja, lleva finalmente la china a la tierra con la punta del pie.

Pero la alegría del logro infantil se desvanece de pronto al descubrir al extraño hombre encaramado al muro. La paraliza, casi. Y en ese cuadro de estupor y sensaciones encontradas, ella solo es capaz de escuchar de los labios de él una expresión que no entiende:

—*Das perfekte Paradies!**

Entonces Loliña, con el temor instalado en su mirada, se marcha corriendo para dentro.

---

* ¡El paraíso perfecto! [*Traducción del Autor.*]

SEXTA PARTE

EN COMPOSTELA

30

Sentado en la mesa de un bar, reflexioné sobre el estado de la cuestión. Era miércoles y, desde mi contratación, algo había curioseado, había descubierto poco, había conocido gente de toda clase y me había llevado unos porrazos que, en lugar de espolearme, habían convertido mi cuerpo en un pandero y mi mente en un fardo. En verdad, había gastado dinero y, hurgando en el asunto, había enviado mensajes y contado alguna que otra mentira. ¿Y qué había conseguido, a fin de cuentas? El disco duro de un chico obsesionado que no sabía si me iba a sacar de dudas o si, por el contrario, me dejaría tan tirado como la mierda de perro que veía a través del cristal del bar y que una despistada señora cargada con bolsas de plástico acababa de pisar. En eso consistía su vida y resumía mi panorama. Y dado que no me podía comunicar con nadie, por animarme, le pregunté al camarero por una tienda de informática.

—¡Pasa de chapuceros y vete a El Corte Inglés!

Salí de la cafetería dispuesto a todo, por lo que, tras visitar un cajero, paré a un colega que ni abrió la boca durante la carrera y que me dejó en la puerta del centro comercial. Allí, en el departamento tecnológico, me atendió un encorbatado jefe de sección que no debía de saber de nada pero que controlaba la tira, pues, al mismo tiempo que su mirada abarcaba los estantes por los que los escasos clientes ya revolvían, no perdía detalle de la ajustadísima falda de la dependienta del mostrador más próximo. Él me dirigió hacia quien me resolvería el problema.

—Tiene jodida la pantalla y tan movidos los circuitos que no ha petado de casualidad —diagnosticó el técnico indicado, que lucía un nudo de corbata con signos de soga al cuello y afeitado tan sanguíneo en las espinillas que ni entrando a matar, después de testar con tino—, pero puedo rescatarle los datos. Eso sí, el cacharro no tiene arreglo, porque con la hostia que se ha llevado nadie le puede asegurar que no se pare a los dos días. Y la garantía no cubre el maltrato.

Desde luego que acertaba con la expresión, pero yo no necesitaba un confidente de mis andanzas, sino otro aparato para comunicarme. Para eso acudía al especialista, quien enseguida apuntó:

—La misma casa acaba de sacar un supermaquinón. Pero si prefiere no gastar, le paso los datos a un *pen* o a ese disco. Usted mismo.

Mientras decidía, le entregué el de Víctor. Él le insertó un cable USB conectado a su ordenador y, apenas un instante después, tras presionar en la única carpeta con el nombre *Nazisakí* que aparecía en pantalla, surgió una ventana con multitud de iconos variados y un gráfico circular que indicaba el porcentaje de ocupación. Con el cursor probó a abrir dos archivos diferentes e informó:

—Funciona perfecto y está a tope. ¡Y son quinientos gigas!

Supongo que fue esa doble alegría, aparte de la fidelidad a la marca y el consejo del dependiente de que no cambiara de sistema, lo que me decidió a adquirir un Galaxy Note último modelo. En su opinión, con el *phablet* o tabletófono perdía un poco de pantalla, no en resolución, pero ganaría en cuanto a la potencia del procesador, la facilidad de transporte y un S-pen que hacía maravillas con el último Android. Así, con pericia y en escasos minutos, descargó todos mis contactos y archivos al nuevo aparato, lo preparó para la batalla y me ofreció cuatro indicaciones prácticas. Pero justo cuando estaba a punto de entregarme la caja con la documentación, aparece el emperifollado encargado con gesto de disconformidad, labios pegados y mirada aviesa hacia el técnico.

—Y ahora, antes de que me arrepienta —le solté—, además de esta máquina querría un Kindle Touch. Empaquetado para regalo.

—¡Cómo no, señor! —se humilló.

El artilugio era una pasada y se movía por las aplicaciones con inusitada soltura, por eso, como un niño con un juguete nuevo y curado del susto, no de los golpes, volví al asunto ante aquella increíble pantalla y consulté el estado actual de mis comunicaciones.

Correo y WhatsApp: como el coronel aquel pero sin galones, nadie me escribía. Llamadas: como un parado más al que la operadora le ha cortado la línea por falta de pago y aun así sigue esperando una del INEM, ni la primera. Entonces, puesto que no tenía respuesta de Farandulo y como Marcelo Cifuentes, después de mi soterrada comunicación sobre el significado de la V, se había dignado enmendar la plana enviándome sus correos a Víctor, decidí estrenar la bandeja de mensajes con una misiva a don Manuel.

He descubierto la identidad de Víctor.
Estoy en Compostela y necesito dinero.

Bien fuese por la franqueza bien por ir al grano, la lacónica respuesta llegó tras dos tragos más de cafeína en estado puro y un nuevo intento con Barrabás, que seguía sin descolgar el teléfono, mediante un icono de aviso que tituló tres segundos en la esquina derecha de la pantalla y que me citaba a las 11.30.

A pesar de que parecía una orden, y a mí, como a cualquiera, no me agrada someterme como un buey manso, la acaté considerando lo positivo de tal proceder: don Manuel no mencionaba el dinero, lo cual indicaba que no le molestaría soltar más fondos para imprevistos, y también que demostraba verdadero interés por mi descubrimiento, más que nada porque podía permitirse un receso en sus elevadas ocupaciones para atender a este minúsculo gusano contratado para la ocasión. Así pues, consideré que él desde su desprendida abundancia, y yo amparado en mi congénita estrechez, por fin coincidíamos en algo.

31

El portal era el mismo de la vez anterior y la claridad que procedía de fuera llegaba tamizada por la vidriera de colores que, a modo de cúpula, se divisaba en el techo del tiro de la escalera. Ella bajaba picando con los tacones en la vieja madera y yo me disponía a posar el pie en el primer peldaño. Ese fue el momento, el de la clásica escena de Hollywood en la que la dama aparece en lo alto de la escalera y, abajo, el galán sin abolengo muestra su disposición a satisfacer cualquier antojo con tal de que ella, después de observar el desolado horizonte, clave sus pupilas candorosas en las de por sí ardientes del eufórico machote. Talmente de película.

Entonces recordé la impresión que me había causado esa mujer en la fiesta del bodeguero: sin intercambiar una palabra, me había atrapado su innegable —por delicado y sensual— atractivo. Ahora, incluso con unos ajustados vaqueros de marca, llegaría a intrigarme su labia, un tanto ambigua. Por eso resulta entendible que a cualquiera como a mí el cóctel de esos dos momentos se le atragante en la mente, sobre todo si posee cierto complejo de distancia social y tiene metido en la cabeza que, así como hay fuentes en las que solo abrevan las vacas, también hay aguas ante las que nunca conviene tener sed.

—¡Hola! —dijo, parada a escasos dos metros—. Eres Reina, ¿verdad?

—El mismo, sí, señora.

—Señorita —corrigió, sin excesos—. Por ahora y seguramente por mucho tiempo.

—Está bien saberlo —me atreví. Y remedé—: Por lo que pueda pasar.

Ella sonrió levemente. Y lo hizo cual seductora Gioconda a la que, por mucha habilidad que tengas para captar esa condición tan femenina y por mucho que lo intentes, no adivinarás sus pensamientos.

—Pasará lo que queramos que pase, tenlo en cuenta —apuntó desde el escalón superior. Entonces descendió hasta mi altura, me tendió la mano derecha y dijo, con naturalidad—: Soy Elvira, y supongo que podemos llegar a ser amigos.

—A pesar de pertenecer a mundos distintos —opiné, mientras se la estrechaba con suavidad, cataba la fragancia de su perfume y contemplaba su cuidada madurez—, para mí ya es un honor conocerla.

—No seas pelma, Reina, que ya he oído hablar de tus artimañas y de lo cachondo que puedes ser —comentó, librándose de la mano—. Y tutéame, por favor, que ni soy una vieja ni de familia bien.

—Nadie lo diría —solté, incapaz de reprimirme.

Elvira sonrió de nuevo, esta vez sin decir palabra ni mostrar debilidad alguna ante el supuesto piropo. Entendí que tenía tablas y sabía manejarse en ese momento perturbador que propician las palabras que se retuercen para, incluso, provocar. No era mi caso, pero ella las tenía y lo sabía, por eso solo se ajustó la solapa de la blusa, se mojó el labio inferior con la punta de la lengua, acaso inocentemente, y encauzó la conversación:

—Así que has quedado con él...

—Sí.

—Pues como conozco a Manuel, te haré dos recomendaciones; que las sigas o no, ya depende de ti. La primera: nunca le hagas esperar. La segunda: sé siempre tú mismo —explicó, en voz baja y rozándome con su aliento a madreselva—. Ni soporta la impuntualidad ni respeta a los que se rebajan ante él. Y añadiré otro consejo: ten mucho cuidado. —Su rostro adquirió ahora una rara seriedad—. No solo con él, sino con lo que hay a su alrededor. Todo lo relacionado con el poder tiene dientes y está siempre a la defensiva.

—¿Como los perros? —comenté, extrañado.

—Peor. Si uno se acerca a esa boca, puede salir más que mordido.

—Pues tendré cuidado.

—Por lo que parece —y al decirlo alzó la mano hasta rozar con la yema de sus dedos las contusiones de mi cara—, lo has decidido un poco tarde.

La acción no fue sino una manera de despertar mi piel y activar aquella medida sonrisa de mujer refinada que tan bien le sentaba. Eso antes de bajar los últimos peldaños y dirigirse, grácilmente, hacia la puerta.

—¡Adiós, Reiniña! —soltó, como con alegría.

—¡Que te vaya bien, Elvira! —respondí.

Ella salió a la calle y yo todavía permanecí un rato agarrado al pasamanos, entretenido en retener el aura de su figura y el olor de su aliento mezclado con el del perfume, tratando de interpretar el significado exacto de las palabras que había pronunciado y el tacto de la caricia que me había regalado. Y no es que yo sea un enamoradizo sin remedio, que algún arreglo habrá para tal dolencia, resulta que me hace dichoso imaginarme con las mujeres que me ponen. Ocurrió precisamente ahí. Elvira se fue y yo me quedé pensando en los retozos que, juntos o revueltos, podríamos compartir, cavilando que, aunque no se busquen, el mundo está lleno de sorpresas y de mujeres hermosas. Para descarriados como yo, las primeras casi nunca son buenas y las segundas cuesta encontrarlas libres e interesantes. En este caso, consideré, habían coincidido ambas excepciones.

32

Encontrar en lo alto de la escalera la cara de Macario, después de haber visto el rostro de la amante, amiga o lo que fuera Elvira para don Manuel, me devolvió a la realidad. El grotesco patán me esperaba en la puerta y gruñó algo con aquella voz ronca con la que tanto tenía que practicar si quería ser entendido. Pensé que por mucho traje en el que un humano se embuta, nunca dejará de parecer un botillo. No obstante, saludé y entré. Él cerró la puerta y, como el guardaespaldas receloso y bien mandado que era, tras palparme levemente el tronco, marcó el paso por el corredor con ramos de cuidadas azaleas hasta que entramos en una habitación repleta de armarios y espejos en la que don Manuel, con ayuda de Carmelita, acababa de acicalarse.

—No me convence —opinaba él, colocándose la corbata.

—Porque para este traje le va mejor la azul con estrellitas, señor —recomendó ella, con voz suave—. O la lisa de rayas que lleva tiempo sin ponerse y que le favorece mucho.

—Prepara la lisa, entonces. Y metes los papeles que están sobre el escritorio en mi cartera y se la das a Mac —ordenó él. Y, sin siquiera mirarle, hizo lo propio con el sirviente—: Cógela, sacas el coche y esperas en Porta Faxeira. Tomo un café en el Bar Azul mientras hablo con Reina y decidimos cómo quedamos.

—Esté atento —observó Macario, frunciendo el ceño, mientras se retiraba detrás de Carmelita—. Por si las moscas.

Él no respondió y yo intuí que la advertencia no solo se debía al hecho de dejar suelto a su amo y señor entre el resto de los mortales, sino al peligro derivado de que se quedara a solas conmigo. «Este Mac, o padece o ve muchas películas», pensé, justo en el momento en que la puerta se cerró y don Manuel se decidió a hablarme. Ciertamente, lo hizo con seriedad, pero también como si estuviera más concentrado en su atuendo o en la pose que utilizaría allá donde fuera que en lo que yo pudiera ofrecerle.

—Dime: ¿quién ha resultado ser el tal Víctor?

—Un estudiante universitario —respondí, por ir de conciso.

—¿Alguna filiación política o ideológica?

—¿Importa eso?

—Importa —replicó—. Y mucho, tal y como están las cosas.

—Pues no me consta —afirmé, sin meditar en la incertidumbre de mi respuesta—: En mi opinión, no pertenecía a ningún partido ni a ningún grupo organizado. Iba por libre. Estaba obsesionado con lo de los nazis que pasaron por nuestro país y empezó a investigar con la excusa de un trabajo para la universidad.

—Iba, estaba, pertenecía... ¿Por qué hablas de él en pasado?

—Porque ha muerto.

Don Manuel se volvió hacia mí y me miró fijamente. Y no adiviné en su mirada matiz alguno que pudiera ser interpretado como una relación con el fallecido ni con su desaparición, pero como tengo por norma no confiar ni siquiera en mis propias intuiciones, tampoco me dejé seducir por una pupila. A continuación escuché su pregunta, de tan mal agüero en el sentimiento que me estremeció:

—¿Y eso qué puede significar para mí?

—Depende —respondí—. Pero si cree que ahí se acaba el cuento, nanay de la China. Ni por asomo el tal Marcelo Cifuentes, por muy retirado que esté, va a dejar de intentar relacionar su nombre con el de los nazis. Y no lo digo porque le haya enviado un mensaje en mi contra, sino porque todavía estoy esperando los correos que él le mandó a Víctor. Se los he pedido y..., ni mu. Los de Víctor, sí, porque esos dicen poca cosa y ya me los había remitido usted. Los de él, ¡no le ha salido de las pelotas enviármelos! Así que ojo con el tipo ese. No conviene fiarse, que tiene mentalidad de cazanazis y como hay Dios que morirá con ella.

—Siendo así, conserva alguna posibilidad —bromeó, sin modificar la expresión de su rostro—. ¿Y ya conoce el nombre del chico?

—Sí —afirmé con toda decisión.

—Has hecho mal en decírselo —opinó, serio.

—No creo. Necesito que vea que de este lado también nos movemos; que entienda que si quiere algo nuestro tendrá que entregar lo suyo, lo que nos oculta, como en un intercambio. Él sabe que desde allá nunca llegará tan lejos. Tendría que venir aquí o enviar a alguien. Y moverse, quemar rueda, gastar pasta... Y quizá llevarse unas hostias, como me las he llevado yo para conseguir la información.

—Si lo de dentro está tan deteriorado como la chapa, mal te veo, Pepe —apuntó don Manuel, ahora sí, enseñando un poco los dientes al observar mis magulladuras y heridas de la cara. Pero enseguida continuó con el tema—: ¿Y dices que nos oculta lo que sabe?

—Supongo que él controlará algo del pasado, ya que ha trabajado en el Wiesenthal, pero nosotros, dentro de nada, lo vamos a adelantar por la derecha —dije. Y me callé, como para dejar que el silencio adornara aquella idea.

En ese instante pensaba en el disco que guardaba en el bolsillo, en la gran cantidad de datos que contenía y en que seguramente nos abriría los ojos de por dónde había ido la investigación de Víctor, la que le había llevado a mencionar el nombre de don Manuel, el elegante político que tenía ante mí y al que debía dar cuenta de mis hallazgos. O no. Fue entonces cuando impuse esa negación que un sexto sentido me exigía, ya no por extorsionar al opulento cliente, sino porque me convenía dosificar la información y guardarme algún que otro as en la manga, por más que el documento de confidencialidad que había firmado me atara de pies y manos para siempre.

—¿Qué quieres decir? —don Manuel, como yo esperaba, se mostró intrigado con mi maniobra.

—Quiero decir, aparte de no creer que Marcelo Cifuentes sea el enemigo o un competidor, que lo importante es que muy pronto —recalqué, adrede— podremos examinar el trabajo de Víctor. Todo y en exclusiva —revelé además, y no le mentía—. Se trata de la investigación que llevó a cabo durante meses y que es la misma que yo empecé de cero este domingo. Supone un enorme salto y nos ahorra mucho curro.

—¿Y no estarás vendiendo la piel del oso antes de cazarlo?

—No se preocupe, ese oso ya está cazado —aseguré—. Lo que no sabemos es adónde nos conducirá. Solo espero tener un poco de suerte y que su análisis nos lleve al quid de la cuestión.

—¿Y cuál es ese quid? Por comprobar si estamos en la misma onda.

—La respuesta a por qué Víctor lo mencionó a usted en ese correo. En eso habíamos quedado, ¿no es así?

—Así es —observó, satisfecho.

—Pero debo advertirle que se trata de gran cantidad de documentación —insistí, por poner pegas—. Llevará su tiempo.

—Ya me gustaría participar, pero precisamente de tiempo no dispongo. Y mucho menos de cabeza para entretenerme con este embrollo —observó, girándose hacia el espejo y como hablándole a su imagen para que ella me lo transmitiera—. Eso sí, quiero tener una copia de todo. O incluso el original. En este momento, y ahora me estoy refiriendo a aspectos que no tienen nada que ver ni contigo ni con lo que haces, no deben salir a la luz historias raras que me puedan perjudicar. Importa que no se difundan especulaciones de ningún tipo, importa que nadie tenga nada que achacarme, por muy absurdo que parezca Y, por supuesto, cuantas menos personas conozcan ese material, mejor. Sea lo que sea, trate de lo que trate. Así que ofrece y paga lo que tengas que pagar por él, cuanto te pidan; pero ni pronuncies mi nombre ni dejes rastro de nada.

Esa orden, porque en ella latía la manera de proceder de quien la daba, no es que me agradara, sino que me decepcionó. Por eso, si alguna esperanza conservaba en la excelsa clase dirigente, ahí se estampó tal virtud teologal. Entonces pensé que había hecho bien en no enseñarle el disco de Víctor, sobre el que podría apostar que nadie había hecho nunca una copia, por lo que encaucé la conversación por un terreno paralelo:

—Y hablando de dinero...

Entonces don Manuel metió la mano en el bolsillo interior de la chaqueta y sacó un papel doblado. Me lo ofreció sin dar ninguna explicación y, después de que yo lo cogiera y de que comprobara que había anotado diez mil en el importe del cheque al portador, se dirigió a la puerta.

—Vamos a tomar ese café y me pones al día —apuntó, casi alegre.

33

Salimos a la calle y, mientras caminábamos, le conté muy de pasada la visita a las torres de comunicación en A Terra Chá y mis correrías por O Val de Córneas, siguiendo las increíbles aportaciones de Farandulo. También le hablé del rastro y de la localización de Víctor, tanto en la facultad como con su familia de Melide, y de una batalla en el Obradoiro acompañando a una chica hippy a quien el joven había dejado colgada. Pero sin mencionarle para nada el disco que guardaba en mi bolsillo. Finalmente, una vez sentados en sendos taburetes de una esquina del mostrador del Bar Azul, aludí a lo que sabía de su desaparición en la Ribeira Sacra, y más concretamente en el municipio de O Saviñao.

Fue al mentar que el accidente de moto había sucedido en una de las curvas de la carretera que baja a la playa de A Cova cuando don Manuel volvió la cabeza y, mirando hacia fuera, pestañeó dos veces seguidas. Al mismo tiempo, apretó los labios en un gesto apenas perceptible.

Entonces yo, intuyendo que esa mención había activado en él el resorte de algún recuerdo, no me resistí a preguntar:

—¿Conoce el lugar?

—Sí, claro —respondió. Y enseguida añadió, sin poner interés o como para zafarse—: Esas curvas se ven desde aquella ventana en la que hablamos tú y yo el sábado, ¿verdad?

—Así es.

—Bien, Pepe —dijo, levantándose y apoyando su mano en mi hombro, pero escabulléndose claramente—, tengo que irme. Resultaría totalmente improcedente que hoy llegara tarde. Tú sigue así, insiste. Y tenme al tanto. Si hay novedades, usa el conducto que acordamos, que yo trataré de atenderte. Queremos aclarar esta cuestión —soltó finalmente, poniéndose las gafas de sol y mirándome con el ceño fruncido—, como sea y cuanto antes. Será mejor para ti, que cobrarás por un trabajo finalizado, y mejor para mí, que estaré más tranquilo. Eso sí, ten cuidado con las hostias, no te favorecen.

Y se fue sin pagar, dejándome en aquella esquina con un oscuro poso en la mente. Más oscuro que los del escaso café del fondo de la taza, pues la única sensación que bullía por mi pensamiento fue la de creer que, con todo, aquel rumboso personaje me ocultaba algo. Por eso se largaba.

Cuando deposité un billete de cinco euros en el mostrador, tras convencerme de lo poco que me gustaban las personas que van por el mundo comprando voluntades y dejando a deber en los bares, el camarero advirtió, como si me colgara una medalla:

—Aquí nadie paga si viene con don Manuel.

Diez minutos después comprobé que Lelia se movía en otro nivel; ni mejor ni peor, simplemente cercano a los privilegiados que en este inicio de década a duras penas tienen trabajo. Ella, que seguramente venía de recoger sábanas sucias y de retirar almohadones con babas, me ofreció su sonrisa cuando nos encontramos en el bar de la otra vez, pero, al ver las marcas en mi rostro, su alegre expresión se esfumó. Ante su insistencia, propuse contarle mis peripecias mientras nos tomábamos un café. Sin embargo, ella prefería dejarlo para otro momento, pues, confesó, tenía «infinitísimas» ganas de ponerse con el disco de Víctor.

—Lo entiendo —dije, mientras sacaba su regalo—, pero antes siéntate y ve abriendo esto.

En cuanto tuvo el paquete entre las manos y empezó a retirar delicadamente el envoltorio, su rostro se demudó de nuevo.

—No es para facilitarte el trabajo ni en pago de nada —indiqué. Y ya que ella no hablaba, añadí—: Me ha dado por ahí.

Y tan pronto acabé la frase y ella retiró la tapa de la caja y descubrió el Kindle, repentinamente, dos gruesas lágrimas brotaron de sus ojos y se deslizaron veloces por sus mejillas. No supe qué decir ni qué hacer, si acaso repetir con ternura su nombre entre mis labios, hasta que ella consiguió abrir los suyos.

—No... No te preocupes. —Y sollozaba al intentar hablar. Pero enseguida se limpió y logró articular con cierta decisión—: Soy una estúpida sentimental que no está acostumbrada a... nada.

Cuando se tranquilizó, y por no parlotear más, nos fuimos.

En esa ida, como una pareja descompensada por la edad y mi desaliño, ella me cogió de ganchete y, además de sostenerme, acompasó su paso con el mío. Y no hablamos ni nos miramos. Yo pensé que acompañaba a una criatura sensible y especial a la que, ¿por qué no?, seguro que me hubiera gustado tener de hija. Pensé en mis hijos, ajenos y faltos de los mimos de su padre por influencia de una bruja acaparadora con la que tropecé un día y con la que naufragué tras un precipitado matrimonio. Otro error. Pensé también en Verónica, en que por una noche tampoco podía hacerme ilusiones o creer que cuanto la rodeaba serviría para tapar ese hueco afectivo de años y años. Al menos me reconfortó imaginar un paseo por las calles de Compostela junto a una mujer a la que no poseía, pero deseaba, y a una hija que se pegaba a ti y a la que un simple regalo había hecho llorar.

En la oscuridad

En la oscuridad te consumes pensando. Y piensas que el Purgatorio que te vendieron los curas cuando eras niño, y que después alguien suprimió porque le dio por ahí, debe de ser algo parecido. Penar, purgar, purificar los supuestos pecados que están escritos, sabiendo que no hay nada más y que fue cosa de los propios humanos.

¿Y a ti, Reina, en este purgatorio, de qué te acusarán? ¿De mentiroso? Desde luego. ¿De fornicador? Lo que has podido. ¿De soberbio? Nunca. ¿De muerto de hambre? Del todo. ¿De gandul? Siempre que has tenido ocasión. ¿De obstinado? Lo que no hay. ¿De ingenuo? Lo ignoras. ¿De cargante? A ver. ¿De cínico? Que pase el siguiente. ¿De envidioso? En absoluto. ¿De falso? ¡Ca! ¿De caprichoso? Algunas veces. ¿De avaro? De otros logros. ¿De vividor? Todo lo que has podido y más. ¿De airado? Ahora sí, como una puta fiera atada de pies y manos.

Lo peor es que sabes que todo esto, mientras esperas irte pudriendo sin misericordia, ya no te sirve. No es pasatiempo ni tortura. Es la nada.

Galicia, NO de la península ibérica, junio de 1937

El tercer aldabonazo retumba como una tronada en el recibidor de la casa. El maestro, junto al piano, deja el libro que está leyendo y, sin ánimo, acude a abrir, pero cuando llega a la puerta ya lo ha hecho la niña, y dos hombres que conoce bien lo miran como se mira a un apestado.

El alcalde, de traje oscuro y corbata floja, porta una carpeta blanca en la mano izquierda y mantiene los labios apretados como si le doliera tener que abrirlos. No así el de camisa azul y correas como vencejo de junco por el pecho, que, mientras amarra con su mano derecha la pistola que trae colgada del cinturón, no se sabe si sonríe o rechina los dientes.

—Armando —saluda el alcalde, haciendo un gesto con la cabeza.

—Señores —responde el maestro.

—Tenemos que hablar.

—¿Hablar de qué?

Los dos hombres miran a la niña, quien, tras cerrar, se ha refugiado al lado del maestro y ha buscado su mano.

—Ya eres una mujercita, Loliña —le dice el alcalde.

Ella no responde, pero de inmediato las manos se aprietan sin que se sepa cuál necesita más de la otra.

El otro hombre le dirige un gesto con la barbilla.

—Que se vaya —dice, autoritario—. Son cosas de hombres.

El maestro se agacha a su lado, la agarra de la cintura e intenta que su voz no demuestre el temor que aquella visita le hace sentir. Quizá por ello no dice nada, la mira fijamente, y ella, desconfiada, permanece quieta. Hasta que él se decide a mover levemente la cabeza y a esbozar una breve sonrisa para que la niña, como si no hicieran falta palabras para entenderse, se separe de él y se dirija a la escalera.

Instantes después, el maestro conduce hasta la sala a los dos hombres, que se sientan sin que él se lo indique del otro lado de la mesa en la que, como un pájaro muerto, descansa el libro abierto.

—Te recuerdo siempre leyendo —apunta el alcalde.

—Siempre —repite él.

—¡Habría que ver qué libros! —suelta el acompañante, disconforme—. Porque deberíamos ponernos de una vez y...

—Está bien, está bien —ataja el alcalde, con la mano cortando el aire. Y, mirando al maestro, objeta—: Ese es otro problema. Hoy hemos venido a lo que hemos venido.

—Usted dirá, señor alcalde.

Después de revolverse en la silla, el aludido deposita la carpeta blanca sobre la mesa y, como desinteresado de sus propias ideas, dice, mirando para las paredes:

—Supongo que eres consciente de tu situación, Armando. Una situación a todas luces i-rre-gu-lar. Joven como eres, estando en guerra como estamos, un hombre de tu edad y disposición... Porque... ¿Cuántos tienes ahora? Andarás por los veinticinco, ¿verdad? Pues eso, que deberías ser reclutado cuanto antes y estar combatiendo por la patria.

—Usted sabe cómo pienso —alega él—. Y sabe que...

—¡Piensas como un puto rojo! —brama su acompañante, sin poder contenerse.

—No soy falangista como tú —le contesta, con calma.

El hombre, con la rabia dibujada en los labios, se pone de pie y desenfunda el arma. Tira hacia atrás del pestillo cebador y apunta a la cabeza del maestro, que cierra los ojos como si esperara resignadamente la bala.

El alcalde palidece y, levantándose, exclama:

—¡Estás loco, Luciano! ¡Guarda la pistola, haz el favor, que no te ha dicho nada ofensivo!

—¡Habría que acabar de una vez, hostia! —suelta el aludido, sin dejar de apuntarle con el brazo estirado—. Tanta tontería y tantas vueltas, que no sé por qué con este tenemos que...

—¡Que guardes la pistola te digo! —ordena el alcalde—. Quedamos en que si venías, estarías callado y escucharías. Soy yo el que está hablando y lo voy a solucionar como acordamos. ¿Has oído?

—Esto lo resolvía yo por la vía rápida —protesta el

tal Luciano, recogiendo de mala gana el arma en la funda. Y, tras sentarse, todavía bufa—: ¡Por mis huevos que lo resolvía!

—¡Ya basta, Luciano! Y si no eres capaz de controlarte, esperas fuera —sostiene con serenidad el alcalde. Entonces se dirige al maestro, que ha abierto los ojos y se ha sentado al otro lado después de tomar aire varias veces—: Y tú, Armando, atiende bien a lo que te digo. Escúchame porque ya ves que las cosas están que trinan y... Yo no voy a cargar con lo que te pueda caer de aquí en adelante. Cargarás tú si te niegas a... Mira, traigo estos papeles y tienes que firmarlos. Pero ahora mismo. No puedo irme de aquí sin ellos. ¿Entendido? ¿Qué son? No es la multa que se te comunicó, que eso ya ha salido adelante y con el dinero no hay vuelta de hoja. Se trata de la requisitoria del juez por la cual esta casa y la mayoría de las propiedades de los Arias pasan a... Dejan de ser tuyas, vaya. ¡No digas nada! —impone el alcalde cuando el maestro abre la boca para replicar—. Guárdate mucho de decir nada o de protestar, porque será peor para ti. He intentado que conserves la cabaña del viñedo que tu padre acondicionó con tanto esmero, para vivir, y el pequeño terreno que tiene al lado, para que plantes algo y puedas ir tirando. Además de eso, el Expediente de Responsabilidades Políticas que te fue incoado hace unos meses queda resuelto. Queda resuelto si firmas y mantienes la boca cerrada, claro.

—¿Y si no firmo?

Luciano se abstuvo de decir palabra, pero dejó asomar un afilado colmillo por la comisura.

—Mira, Armando, tú recibiste una buena educación y eres inteligente, así que supongo que entiendes lo afortunado que estás siendo al haberte sido concedida esta oportunidad. Seguramente habrás oído lo que les pasa a los republicanos declarados como tú; que acaben reclutados para morir un día u otro en el Tercio es lo menos malo. Además, como sabes, hay muchos por aquí que te la tienen jurada. Y no te digo más. ¡Las propiedades y el dinero que se los lleve el diablo, si lo que salvas es el pellejo!

—¿Y Loliña? —pregunta de inmediato el maestro.

—Loliña... —duda el alcalde—. No es tu hija, Armando. Por mucho cariño que le tengas, las hijas de los...

—¡Se la mete en un reformatorio y listo! —interviene Luciano, con saña—. ¿O qué crees tú que...?

El alcalde apaga su intervención posando la mano en su antebrazo.

—Para eso está el Auxilio Social o la Sección Femenina —alega hacia el maestro—. Puede acabar en una familia de bien y cristiana que le dé todo lo necesario. Vaya, que por ella no te preocupes.

El silencio que al instante siguiente asalta la sala no puede adivinar los diversos pensamientos de los tres hombres. Ni siquiera es capaz de reparar en la presencia de la niña, sentada en lo alto de la escalera, escuchando la conversación. Se prolonga, eso sí, casi un minuto, en el que los de un lado de la mesa contemplan a un maestro con el rostro tan afligido que no parece capaz de articular palabra.

—Firma, Armando —ruega entonces el alcalde, como arañando el indeciso espacio que los separa.

Pero el maestro finge no hacer caso. Ensimismado, reflexiona sobre lo que está en su mano salvaguardar.

—Firma y no seas testarudo.

Al cabo, levanta los ojos y fija su mirada en el alcalde.

—Si me promete... —articula, gimiendo—. Si permite que se quede conmigo.

SÉPTIMA PARTE

«NAZISAKÍ»

34

¡Una auténtica pasada! Me refiero a la recopilación de Víctor, porque, una vez conectado el disco al ordenador de Lelia, lo que pudimos observar en la pantalla se convirtió en una catarata de más de dos mil variadísimos archivos contenidos en la carpeta «Nazisakí». Allí estaba su cosecha, el increíble trabajo de nueve meses de afanosa búsqueda. Pero... ¿búsqueda de qué, exactamente? ¿Justificaba ese desmesurado esfuerzo la simple mención del nombre de mi cliente en un correo a un cazanazis argentino? No podíamos saberlo. Lo que nos quedó claro fue que su repentina desaparición no le había permitido completarlo.

La ventaja, aparte de la de ser los únicos poseedores de ese material, era que todos los elementos del nazismo gallego que podíamos inspeccionar —ya fuesen películas o grabaciones de vídeo y de audio, fotografías, documentos en raros formatos o en los más usuales, fotocopias de revistas y periódicos, entrevistas, localizaciones mediante GPS, Google Earth o Maps, notas generales, informaciones bibliográficas y enlaces, nombres, direcciones y teléfonos de personas con las que había contactado, y una mezcolanza de elementos tomados de diferentes medios— tenían un título. ¡Bien por Víctor!

Pero tan feliz hacinamiento presentaba un inconveniente: no parecía haber un criterio que orientase la investigación y que nos condujera a algún sitio. Por lo visto, como dando palos de ciego, Víctor había andado de la ceca a la meca recogiendo información, guiado por el instinto o por una repentina iluminación que a lo mejor él tenía en su cabeza pero que a nosotros nos costaba percibir. Y no por ello dedujimos que estábamos ante la obra de un chapucero, sino que no había dejado constancia de un hilo conductor que nos sirviera para realizar un rápido y ordenado análisis de ese material. Parecía que, tras haber leído todo lo publicado sobre el tema, tras haberse empapado del plano teórico, se había dedicado a verificarlo *in situ* y por su cuenta. Y en eso residía la originalidad de la investigación: daba fe de la realidad de cuanto se había afirmado o se intuía sobre la presencia nazi en este rincón peninsular, por lo que no nos quedó ninguna duda de que Víctor había recorrido el país de punta a cabo, pues mencionaba cientos de lugares de relevancia en los cuales había investigado y que figuraban en carpetas también con título. Además, las disponía con infinidad de variadas aportaciones, tanto de documentación como de visitas a aldeas, calles, capillas, monasterios, puertos, pazos y casas particulares. E incluso, entre sus últimas grabaciones, me fijé, ofrecía abundante información del avión de O Val de Córneas que, ¡cómo no!, incluía una entrevista con Indalecio y su mujer y algunos archivos sobre O Cebreiro, Triacastela y el monasterio de Samos.

Así, tras hora y media de revisión, caímos en la cuenta de cuál había sido el método empleado por Víctor: ir y, simplemente, permanecer en el lugar el tiempo necesario para escarbar en lo que, pasados tantos años, pudiera quedar en la memoria o como huella física. Hecho esto, antes de continuar con la faena en otro lado, cual pirata después de una onerosa singladura, regresaba a su casa de Melide o al piso de Silvia y, metódicamente, vaciaba las tarjetas grabadas con su portentoso móvil y guardaba el tesoro conseguido en aquel disco duro.

A pesar de ello, no se le había ocurrido anotar adónde se dirigía o pretendía llegar con sus descubrimientos. Él investigaba y recopilaba, sin más. Tal vez pensaba que cuando tuviera todo el campo segado y el grano cribado, sacaría conclusiones. Tal vez. Y ahora nosotros, Lelia y yo, mentes agraciadas, poseíamos en exclusiva el regalo envenenado de esa inmensa miscelánea del nazismo en Galicia, ¡algo así como un océano en el que practicar la natación!

Al intentar decidir por dónde empezar, optamos por disponer cronológicamente la información que Víctor había grabado, lo que resultó tan fácil como ejecutar una ordenación automática de archivos que apenas tardó unos segundos. Lo trabajoso, lo que sabíamos que nos ocuparía semanas, sería revisar con detalle cada uno de los elementos que allí se mostraban. Para ello, sin prisas, tendríamos que coordinarnos y actuar del modo más práctico. Pero antes, dado que convenía salvaguardar aquel material, decidimos hacer una copia. Así, mientras los archivos se trasladaban al ordenador de Lelia, pues para verlos en el *phablet* yo me quedaría con el original de Víctor, advertí:

—Por precaución, no hables de esto con nadie.

Estuvo de acuerdo, pero cuando un segundo después le propuse que nos repartiéramos el trabajo, me cortó drásticamente:

—No, Reina. Yo le dedicaré las horas que sean necesarias, que tengo tiempo y cobro por leer. Mi propuesta es, ya que tenemos la fecha de los archivos, que yo empiece por el principio y te vaya informando de todo. Entretanto, tú vas al final y revisas las últimas actuaciones de Víctor, a ver cuándo están situadas, si fue justo antes de morir o incluso si dejó alguna referencia que te sirva de algo. Luego decides lo que te conviene, si seguir mirando hacia atrás o si ponerte en su lugar e ir a buscar ahí fuera. ¿Qué te parece?

Me pareció el plan perfecto, aunque «un sindicalista podría considerarlo como abuso de la patronal», comenté, mientras me disponía a abrir el último archivo de Víctor, un documento titulado «Monasterio de Samos». Ella se rio, me advirtió que no hablara de lo que no sabía y, poniéndose de pie, dijo que iba a preparar la comida.

—Pero si... —dudó, deteniéndose—: Si voy a dedicarle horas, supongo que también me convendría saber el nombre de la persona para la que trabajas, por no andar a ciegas o que se me despiste algo gordo.

Consideré que tenía razón, pero en ese momento, como si mi sentido de la desconfianza me hubiera avisado, opté por no responder.

—¿Te importa si pongo las noticias? —cambió de tema—. Tengo ese vicio mientras preparo la comida.

Realmente no me importaba nada y me importaba todo cuanto vicio tuviera y lo que le podría ocurrir por implicarla demasiado. Y, aunque paralizado por esa contradicción, pronto me entregué a la lectura de un archivo en el que Víctor había reunido fotos, documentos y vídeos extraídos de Internet, incluidas dos grabaciones del NODO franquista, a las que les había añadido algunos comentarios personales. Todos tenían un denominador común: el monasterio de Samos y uno de sus abades, el padre Mauro. Leí justo hasta que una información de última hora en la radio hizo que retirara la vista de la pantalla y escuchase atentamente lo que el locutor calificó como «noticia de alcance»:

—Las tensiones internas dentro de la cúpula del Partido Popular de Galicia han protagonizado en el día de hoy un sorprendente episodio. Manuel Varela Arias, con el apoyo de los elementos más progresistas y algún que otro disidente de la vieja guardia que representa Feijoo, da un golpe de mano y se hace con el control del órgano rector autonómico de esta formación. La maniobra va en detrimento de las tesis y el poder del vicepresidente primero y de los consejeros más técnicos del gabinete, muy cuestionados últimamente y con problemas de credibilidad ante las élites dirigentes del propio partido. Todo ha sucedido tras una tensa reunión de casi tres horas en la que, al parecer, han aflorado disensiones que por ahora no han transcendido a la opinión pública. Tras una extraña y decisiva votación, exigida tal vez por los cargos disconformes con continuar concediendo su apoyo al gobierno y a sus drásticos y antipopulares recortes, Manuel Varela Arias se encargará, en lo sucesivo, de dirigir y controlar la poderosa maquinaria popular de nuestro país. El tiempo dirá adónde conduce tan insospechado viraje. Lo que está claro es que este relevante personaje se convierte así en el hombre fuerte del PP gallego y en el nombre del día.

—¿Quién será ese? —preguntó Lelia, de pasada.

Entonces me volví hacia ella y la miré. Ella detuvo un segundo su tarea y, sin que tuviera que decírselo, simplemente observando mi expresión y con la tapa de la cazuela en la mano a modo de escudo, se enteró de la identidad de mi cliente. Como si no solo me hubiera leído el pensamiento, sino que hubiera acertado en mi valoración, comentó de inmediato:

—¡Estamos apañadas, Reina, le dijo una patata a otra!

35

Samos, ese parecía ser el camino. A la abadía de esa localidad había dirigido Víctor sus penúltimos pasos, pues cinco días antes de la fecha del accidente había grabado varios archivos de lo que se asemejaba al estudio previo a una visita de la que no había constancia, seguramente porque no había tenido tiempo de descargar su trabajo de campo o bien porque no lo había llevado a cabo. Pero sin duda tenía pensado visitar ese monasterio. Si lo había hecho o no, era fácil de comprobar.

—Buenos días —dije por el micro del teléfono—. ¿Es el monasterio?

—Monasterios hay muchos, pero este está en Samos —respondió una voz guasona y con ganas de charla—. ¿Qué va a ser, pues?

—Llamo para saber si un joven llamado Víctor Leira...

—¡Ay, el picarón! —saltaron de inmediato—. Si llego a saber que se iba a marchar así, le mido las costillas con un cayado de dos puntas, ¡por falso!

—De eso precisamente quería hablarle —apunté sin dudar—. Pero antes, por favor, ¿sería tan amable de explicarme bien explicados los hechos?

No tuve que insistir mucho, pues el padre Gregorio, que así dijo llamarse, apenas me permitió meter baza. Me contó la visita de Víctor, quien desde la feliz tarde en que llegó en moto hasta su «triste y vergonzosa escapada», acontecida dos días después y muy temprano, tuvo a su disposición a todo el personal del monasterio, que la verdad tampoco era mucho, pero «con las obras humildes y de buena voluntad se gana el cielo», advirtió. Si el galopín los engañó o jugó con la buena fe de los padres benedictinos, él ya no podía saberlo, pues el padre Gregorio, hasta que el de arriba no dispusiera algo mejor para él, venía a ser un simple mortal con atributos de hombre; valiéndose del embuste de realizar una investigación para un escritor de novelas, el «falsario motorizado», calificó, al parecer pudo revolver todo cuanto quiso en las dependencias del monasterio, además de conversar sin recato con los padres más ancianos, que para más inri no gozaban de buena salud y se habían entregado a él en cuerpo y alma.

El relato proseguía con que, aparte de comer, beber y dormir por la cara, a Víctor le habían dispensado un trato tan familiar y humano que a todos sorprendió, para mal, que se hubiera largado sin, al menos, habérselo agradecido, y, lo que también es de buen cristiano, sin haber desembolsado ni un mísero euro en pago por los servicios recibidos durante aquella desafortunada estadía.

—Padre Gregorio... —intenté intervenir varias veces.

Imposible. El benedictino lanzaba su filípica telefónica contando que él mismo, como temeroso servidor de la Providencia, quizá se había entregado más inocentemente que ninguno a ayudar a Víctor en una tarea «un tanto diabólica, por venir disfrazada de juventud y desenvoltura», y que tuvo un fin tan inesperado como «solo puede otorgar la justicia universal que se reparte en la hora definitiva».

Atorado en esa proverbial verborrea, comprendí las artimañas de Víctor para, tal vez, rapiñar lo que necesitaba para su investigación sobre los nazis y luego marcharse sin despedirse de aquel atento benedictino que decía regentar la portería del monasterio y que había pretendido ser algo más que un cicerone para el chico, pues me llegó a confesar que incluso le había abierto puertas que se habían mantenido cerradas a cal y canto durante décadas y por las que ningún padre había osado nunca aventurarse, y mucho menos él.

Cuando amainó su facundia, después de asegurar que hasta el padre prior había escarmentado y había impuesto a partir de entonces una tasa por adelantado a los escasos huéspedes con los que en los últimos tiempos contaba el monasterio, yo ya había atisbado un asa a la que agarrarme.

—Padre Gregorio, comprendo que la actuación de Víctor les haya causado desconfianza —dije, adobando el tono con sinceridad—. Víctor es un chaval y, por más que la edad pueda disculparle, no seré yo quien ahora lo defienda. Todo lo contrario. Le comunico que ya ha recibido el justo castigo de ser despedido, primero por haber abandonado la tarea que se le había encomendado en ese monasterio, y segundo por haber traicionado la confianza que esa comunidad depositó en él. Y como todo tiene una causa, le diré que en este asunto se ha metido por medio un complicado lío de faldas —inventé rápidamente. Y, como contagiado por la verborrea, proseguí—: que, como comprenderá, también a nosotros nos ha pillado desprevenidos: su novia se fue al extranjero y él, olvidando sus deberes, desapareció con ella. Eso es todo. Pero si él descuidó su trabajo, dejó un pufo en el monasterio y se marchó tras una mujer, aquí estoy yo para poner remedio a tanto estrago: la empresa para la que trabajo, mejor dicho, la editorial que tiene en nómina al escritor que mencionó Víctor y que busca información lo más veraz posible para su próxima novela, va a satisfacer hoy mismo la deuda contraída. Repito, hoy mismo. Con tal fin, ¿podría decirme a cuánto asciende la estancia de Víctor en Samos y un número de cuenta para realizar el ingreso?

Un incómodo silencio pareció contener la locuacidad del padre.

—Padre Gregorio —pregunté al rato—, ¿sigue ahí?

—Sí, sí —soltó—. ¡Pobre Víctor! Pensaba en él.

—No se preocupe ahora por eso —indiqué—. Número de cuenta y cantidad que le adeudamos, por favor.

—Ve... Verá, señor...

—Puede llamarme Pepe, como hacen mis allegados.

—Verá, señor Pepe...

—Pepe, a secas. Y tutéeme, por favor.

—Verás, Pepe, el padre prior exige que hagamos las

transacciones en mano. El dinero, al contado, dice, nunca por el banco, al que llama, con perdón de Dios, la Santa Usura —explicó, sosegado—. Eso por una parte. Por otra, dado que Víctor nos dejó tan de repente, no nos hemos puesto a hacer números. Es una migaja para unos pobres viejos, pero...

—Padre Gregorio —lo interrumpí—, ocupado como estoy, para que vea la voluntad que me mueve, iré hoy mismo hasta ahí. Voy, pago en mano lo que ha dejado a deber Víctor, pago también mi estancia por anticipado, si es que me pueden acoger, y retomo el trabajo que él abandonó y que necesitamos con urgencia. Solo espero que tenga conmigo el mismo trato que con Víctor. ¿Será posible?

—Tendría que hablar con el padre prior, pero en principio...

—Le concedo media hora. Cuando vuelva a llamar, solo espero que me lo confirme y, si puede ser, me gustaría hospedarme en la misma celda que Víctor.

Se despidió sin saber cómo hacerlo y yo aproveché ese tiempo para revisar la información sobre Samos y esperar a que Lelia, todo detalles y sin *Clara*, pues al parecer la gata estaba en celo y se perdía continuamente por los tejados, pusiese la mesa. Al fin, el padre Gregorio me dio su conformidad, y como yo tendría que pasar por mi casa para componer una mísera maleta, le concreté la hora de llegada al monasterio. En ese momento, una voz amiga invitó:

—¡A comer, queridísimo! Y con las manos limpias.

36

No sé si calificarlo de cita romántica con dos velas encendidas y alineadas sobre el mantel, o de reunión de amigos que, tras una larga separación, desean retomar las confidencias, pero la comida resultó tan suculenta que rebañé el fondo de la marmita con los pedazos de un pan de centeno que era pecado tirar, y eso que no me tengo por un consumado lamecazuelas que va de visita por no cocinar o no pagar un menú del día. ¿Y qué decir de la conversación? Pasmo puro, pues tras tirar del surtido de tonterías y de las historietas variopintas que manejo, una vez entrados en la sobremesa de cigarro y copa, procuré olvidarme del trabajo que nos ocupaba para adentrarme, como un perfecto imbécil, en lo sentimental.

Y entonces tuvo lugar el enredo, del que por poco salgo trasquilado.

Empecé jugando al despiste, aludiendo a lo que ella había esquivado en nuestro viaje de regreso de Melide. Como ya le había insinuado lo mío con Verónica, esta vez pregunté qué tal con su chico o novio o con lo que tuviera, sin más rodeos.

—Supongo, Reina, que insistir en ese tema no indica que quieras follar conmigo —fue su tranquila respuesta.

—Por supuesto. —Y reconozco que acudió en mi rescate el inconsciente protector.

—¿Por supuesto quiere decir no?

—Mujer, tú eres casi una niña, y yo...

—Que sea una niña no significa nada. Tú tampoco eres un semental de mentalidad obsoleta que da por supuesto que las chicas de veintipocos años vamos por ahí buscando un machaca, ni que en cuanto nos aparece un pardillo con la cartera llena o que suelta regalos a porrillo nos bajamos las bragas sin que importe otra cosa que hacer que disfrute del sexo, ¿a que no?

Su respuesta me desarmó. Me dejó a merced de la rotunda claridad de una chica delicada y frágil que hacía unas horas había derramado dos gruesas lágrimas porque le había hecho un regalo y que ahora se mostraba como una mujer de carácter, además de dominante.

—Creo que has malinterpretado mis palabras —objeté.

—Puede ser, pero aún no has respondido a mi pregunta. En cuanto lo hagas, sabré por dónde tirar, incluso si tengo que pedirte disculpas. Así que estaría bien que te definieras cuanto antes.

—Desde luego que no soy nada de eso que has dicho —declaré, incómodo—. Y no te voy a mentir: me gustan las mujeres.

—Pues a mí también —replicó.

Me quedé de piedra. Quizá porque no me lo esperaba, quizá porque, a pesar del mundo pateado y de las dificultades vividas, todavía llevo dentro el germen de un cavernícola de aldea que se resiste a admitir lo evidente y natural. De piedra y aturdido.

—Ahora solo me resta saber si esto que sabes de mí cambia algo lo nuestro o no —dijo, con un aquel de rara tensión en la mirada.

—Para nada —me apresuré a contestar—. Todo sigue igual. Incluso diría que se presenta mucho más... diáfano.

—¡Menos mal! —exclamó, al tiempo que su rostro recuperaba aquella alegre candidez que desde el principio me había conquistado. Y a continuación añadió—: Por un momento he pensado... Al verte poner esa cara me ha dado la impresión de que no eras quien yo creía que eras, de que de nuevo me había equivocado con alguien en el que creía que podía confiar y... No sé. He tenido miedo de que ya nada fuera igual y de que todo tuviera que acabar aquí, con esta comida y con estas palabras tan...

—Lelia... —murmuré, poniéndome de pie.

—Soy una tonta, ya lo sé.

—¿Puedo darte un beso antes de ponerme a fregar?

—Queridísimo Reina, en esta casa eres el invitado de honor. Como mucho, preparar el café —concedió—. Así que tú verás.

Rodeé la mesa hasta donde estaba sentada, agarré su cabeza entre mis manos y posé los labios todo lo delicada y teatralmente que pude en su frente despejada. Ella cerró los ojos, sonrió, y yo pensé que me estaba dejando ir.

—¡Y de tonta, ni un pelo! —rebatí.

—Eres un cabrón. ¿Lo sabías?

—Sí, lo sabía. Pero te juro que a veces no queda más remedio —respondí—. Por eso tampoco tengo mucho de qué arrepentirme.

—A no ser del adjetivo —dijo. Y, mientras se reía, concluyó—: ¡Diáfano! ¡Ahí sí que te has superado, Reina!

37

¿A qué había ido en realidad Víctor a Samos? Antes de desplazarme hasta allí, me convenía tener una respuesta, pues por lo comentado por el padre Gregorio y por lo deducido cuadrando las fechas, del monasterio se había dirigido a la Ribeira Sacra, donde varios días después había desaparecido en aquella curva del municipio de O Saviñao. De entrada, no teníamos duda alguna: seguía la pista apuntada por Farandulo en la web, ya que la carpeta con los archivos sobre el aterrizaje del avión de Córneas había sido grabada una semana antes en el disco. Pero Víctor, y esto lo intuía Lelia, en vista de la enorme cantidad de material que a esa altura ya manejaba sobre los nazis, debía de poseer algún dato más que lo encaminase, precisamente, a la abadía benedictina. ¿Pero cuál, si Víctor no lo acompañaba de un archivo previo que lo relacionase todo?

Lelia se mostró dispuesta, «desde ya», a examinar toda su producción. Así, mientras yo acababa de leer varios documentos sobre el sorprendente abad Mauro, ella, como para coger velocidad, empezó por el primer archivo de vídeo que contenía el disco duro: la película *Das Boot*, que yo había visto muchos años atrás y de la que solo recordaba las caras sudadas y temerosas de los actores y la atmósfera opresiva del interior de un submarino varado en el fondo del estrecho de Gibraltar. Tal vez por eso acepté acompañarla; también por las impresionantes imágenes iniciales de aquel monstruo marino surgiendo de las profundidades o en vista de la meada colectiva de los soldados en el camino por el que pasan los oficiales en coche, junto con la juerga consentida en el burdel de La Rochelle por la que se enteran de que el III Reich se desmorona y pronto serán carne de cañón para las cargas de profundidad de los destructores e hidroaviones aliados.

El filme, y más en ese momento de frenética actividad investigadora a la que deseábamos entregarnos, no tenía desperdicio, ya que muestra la escala que el submarino realiza para aprovisionarse y cargar combustible en el buque cisterna *Bessel*, fondeado en la ría de Vigo. Hasta en un diálogo, el capitán, ante el peligro de la operación a la que se dirigen, le comenta al periodista al que pretende desembarcar: «Tenemos agentes que lo sacarán de España. No habrá ningún problema», con lo cual reconocía la actividad nazi tras la Guerra Civil. Y cuando el sumergible emerge en la oscuridad de la ría y los mandos suben a bordo del carguero alemán, el oficial que les espera en el barco donde comen y reciben las órdenes del alto mando alemán de Berlín, el almirante Karl Doenitz, habla de los «lobos grises», los temidos submarinos que atormentaron a la flota aliada en el Atlántico, para luego soltar un comentario muy indicativo de cómo estaban las cosas entonces: «Los españoles nos soportan, pero...»

—Ahora entiendo la cantidad de archivos que Víctor incluye de Vigo y alrededores: la ciudad era un nido de espías —soltó Lelia, entusiasmada cuando la película terminó—. Por eso mete diarios de a bordo, interrogatorios a prisioneros de guerra, informes de los «lobos acosados», entrevistas a sirvientes del pazo del río Verdugo en el que descansaban los oficiales después de las batallas y a marineros de las rías que tuvieron que ver con los alemanes y a los que les hundieron los barcos que pescaban en la costa de Ortegal... Incluso habló con mujeres que limpiaban en el Colegio Alemán y con trabajadores de la Estación Marítima que visaban el embarque. Esto es pura investigación, Reina. ¡Historia con mayúsculas! Creo que me lo voy a pasar de miedo.

—Darías lo que fuera por que te hubieran encargado a ti el trabajo —opiné.

—Menos mal que he encontrado un chamboncito que...

—Que ahora mismo te va a pagar por anticipado —la atajé, incorporándome—. Porque ha vuelto a cobrar y porque conoce los agujeros de sus bolsillos, este chambón prefiere no deber a pobres. Así que vete metiendo en el horno unos lilas —y saqué cuatro billetes, los deposité sobre la mesa del ordenador y cogí la chaqueta—, antes de arriesgarme a volver sin una perra del monasterio.

Lelia no dijo nada, ni siquiera levantó la vista de la pantalla del ordenador ante la prueba de confianza que le estaba ofreciendo. Solo noté que, a la vez que pestañeaba, como si prefiriera contener las palabras, tragaba saliva con gesto incómodo.

—Abur, entonces —dije, ya en la puerta.

En esta ocasión, ella sí me miró y llevándose un dedo a los labios, delicadamente, me lanzó un beso.

—Ese era un señor. ¡Lo era! Procedía de la tierra, como nosotros, pero aprendió la tira porque no quiso quedarse toda su vida entre majaderos y se dedicó a recorrer el mundo. Incluso se puso el mote porque había nacido ahí. Ahí al lado, sí, en el propio Forcados. ¡Don Xan de Forcados! Que dicho así, con el don, ¡manda carajo si farda! Y tras el casorio, bien relacionado que estaba. Con unos y con otros, que siempre supo virar a favor del viento. Antes de Franco y con él, ¡por supuesto! Porque dejó la medicina y las comodidades y se puso a machacar a sus paisanos. Pero tenía una ventaja: sabía que hablar con un burro sin una vara en la mano no sirve de nada. Puntual, serio, ¡y sácate el pitillo de la boca, Graciano, que así no se trabaja! Haz esto, mueve aquello. ¡Manda cojones! Él a ordenar y yo, por lo bajo, a cagarme hasta en la madre que parió al canijo. Pero conmigo se portó la mar de bien el Forquito. ¡Dios lo tenga en su santa gloria! No me quitó de fumar, que eso es sagrado, pero me enseñó que si quieres algo, aplícate. Él te decía, «derriba ese muro y amontona las piedras, que el portillo tiene que estar abierto a las tres». Y tú sabías que a las tres en punto pasaría por allí y, si no tenías el muro derribado y la piedra amontonada, se barría la niebla con su mirada. Sin dejar nada atrás. ¡Ya lo creo que se barría!

(Graciano)

Galicia, NO de la península ibérica, mayo de 1939

Armando, en vista del calor que asolaba la ribera, por la fresca y hacia el atardecer, se acercaba a la almáciga y regaba las lechugas y los tomates dos veces al día, eso antes de pasar con la guadaña por el fondo de la huerta, donde segaba una gavilla de trébol para la oveja que guardaba en la cuadra. En cambio, para subir al cerezo prefería a media mañana, pues las cerezas aún no estaban calientes por el paso de la jornada y podía comérselas al atardecer en compañía de Loliña.

A esa hora, los dos se sentaban en la roca por la que aún resbalaba el agua que caía en el pilón y, desde allí, contemplaban tanto el paisaje bravío de la otra orilla del río como la huerta que crecía poco a poco; y juntos gozaban llevándose a la boca aquel fruto colorado para, después de saborear su dulzura en sazón, coger el cuesco entre los dedos y jugar a ver quién lo lanzaba más lejos.

Luego, mientras ella zurcía los calcetines o remendaba una pernera gastada, porque poseía esa habilidad, él, al tiempo que sacaba filo a la guadaña con el picadero o desgranaba las habas, inventaba un cuento para la niña. Y esta atendía a aquella dádiva de palabras que brotaban de la imaginación como si no hubiera nada mejor, ni siquiera la fiesta que, tras la victoria final, se celebraba en la parroquia, en el atrio de la iglesia, al lado de la rectoral, delante mismo de la que había sido la casa de los Arias.

Ellos no asistían. Ellos escuchaban los cohetes, uno tras otro y sin hablar, día tras día. No, no asistían; se conformaban con morar entre aquellas cuatro paredes peladas y el fértil pedazo de terreno.

Y con seguir juntos.

Para lograrlo, procuraban pasar desapercibidos y no coincidir con quien les podía amargar la existencia. Porque no solo desconfiaban de los que les volvían la espalda y solo tenían ojos para los que en ese momento ordenaban sin siquiera tener que rogar, también del vecindario más allegado.

Pero hoy sucedía algo especial. Lo habían notado en el sonido del badajo de la campana agitando la tarde, en la bulliciosa algarabía de la gente que acudía por los caminos sombríos de la ribera, en la humareda que cubría el cielo y, sobre todo, en el constante ir y venir de camionetas por la polvorienta pista que llevaba a la iglesia de San Martiño y que divisaban desde la cabaña. Lo habían notado, pero no querían saber de qué se trataba. No lo necesitaban para existir y ser conscientes de que, cuanto más ajenos a todo permanecieran, más inadvertidos pasarían.

No les fue posible. Lo comprendieron al escuchar, cerca de las cinco, una voz resuelta llamando desde el sendero.

—¡Loliñaaaa!

Los dos volvieron la vista atrás y se pusieron de pie al mismo tiempo.

—¡Loliña! —insistieron.

De repente, por la esquina de la casa apareció la figura espigada de un mozo vestido con camisa oscura y el pecho cruzado por una correa de un cuero áspero y sin teñir. Venía jadeando y, como si prolongase la edad de los juegos, se cuadró marcialmente delante de ellos.

—¡Que te tienes que venir conmigo! —soltó, dirigiéndose a la niña—. ¡Ahora mismo!

—¿Y adónde tiene que ir ahora mismo y quién te manda llevártela, si puede saberse? —preguntó Armando.

—¡Eso a ti no te importa! —alegó el otro, con antipatía—. ¡Tiene que ir a donde yo le diga y me manda quien manda!

—No seas tan arrogante, Rexo, que tienes diecisiete años.

—Los años no importan —replicó el aludido—. Importa lo que se hace por la patria y no por ayudar a los enemigos, como se dice que...

—¡Vale ya, muchacho! Primero deberías tener educación y, al llegar a una casa extraña, saludar. Luego...

—¡Tú a mí no me puedes dar lecciones, rojo! —impuso. Y amenazó, poniéndose de cara—: Y mejor sería que cerrases el pico, porque si Loliña no se presenta conmigo en la casa, enseguida vendrá a buscarla una pareja. O gente más dispuesta, que también la hay. Así que...

—Tengo derecho a saber...

—¡Tú no tienes ningún derecho! —bramó—. ¡Todo el mundo lo sabe!

—Dime por lo menos a qué tiene que ir —pidió Armando, moderando el tono—. Hazme ese favor, Rexo, que no te cuesta nada.

El chico se puso más tieso, mientras tomaba aire por la nariz. Después, expulsándolo poco a poco, cedió:

—Va a servir al nuevo dueño de tu..., de la casa grande.

—¡Pero si es una cría! —protestó Armando—. ¡Tiene nueve años!

—Así está dispuesto. Hará de recadera para ir al ultramarinos y a la fuente, y ayudará a Eudosia, la criada del nuevo señor. Y por eso le darán algo, lo que os vendrá muy bien.

—¿Y quién es ese nuevo señor?

—Eso no te lo voy a decir, pero es un héroe de la guerra que llega hoy. Parece ser que viene del desfile de Vigo. Se le está preparando el recibimiento y los mandos quieren que estemos todos presentes, porque... Yo también..., yo también voy a entrar a su servicio —informó el chico, con orgullo.

—Entonces iré con vosotros.

—Tengo órdenes de llevarla a ella sola. Además, tú no puedes acercarte a la casa. Pero no te preocupes —apunta el mozo, audaz, levantando el papo—, que yo la vigilo.

Armando le clava la mirada y, tras ladear la cabeza y

acariciar con la mano la mejilla de Loliña, que había permanecido a su lado escuchando la conversación, proclama con gravedad:

—Te tomo la palabra, Rexo. Te la tomo porque supongo que la tienes. Así que procura que vuelva tal y como te la llevaste. Por cierto, ¿qué estáis quemando en la era para que salga todo ese humo?

—Los libros —responde el chico, seco.

OCTAVA PARTE

DESENCUENTROS

38

Por el camino, aunque esperaba que fuera Barrabás, recibí una llamada de don Manuel. Como haciendo un receso en sus excelsas ocupaciones, preguntó sin más si ya teníamos ese material.

—Afirmativo.

—¿En exclusiva?

—En exclusiva —reiteré—. Con copia de seguridad, por si...

—Mal hecho —me cortó. Acto seguido, como si dictase órdenes, disparó—: Envíamelo. Pero todo. Y bien protegido.

—Envío imposible —advertí, y entonces tuve la sensación de que éramos indios empleando el idioma de los rostros pálidos—. Por tamaño, no por estar viajando a Escairón.

—Pues quiero tenerlo cuanto antes. ¿De acuerdo?

—De acuerdo —dije. Y para variar el tono comenté—: Por cierto, ¿tengo que darle la enhorabuena o...? Lo digo por las noticias que han salido.

—No te creas todo lo que sale en los medios.

Y colgó. Pensé que tendría prisa, pero también interpreté que ahora más que nunca al gran don Manuel Varela, el taimado político a punto de figurar en los estandartes del partido, le urgía eliminar desechos del pasado, no fuera a ser que oposición y prensa poco afín, simplemente por haber llegado a donde había llegado, tomasen su cabeza como diana. «Suele pasar entre esa tropa en la que todo es devoración», comentan los viejos queriendo decir voracidad, por eso consideré también que con ciertas tribus no me gustaría fumar la pipa de la paz.

Conduje hasta detener el coche en la parada de taxis, acercarme al Café del Cruce y entrar en el radio de acción de Tucho. El gordo compadre abandonó de inmediato la partida en la que, como pareja, según se decía, yo dejaba mucho que desear, y me abordó con su camisa de cuadros y por fuera, el palillo entre los dientes y la bufanda celeste con la inscripción «Celtarra hasta reventar». Al contrario que a mí, no le van las novelas, pero le pierden las series románticas de mujeres de acento meloso, carnes abultadas precisamente allí donde deben situarse los bultos y procedentes de América del Sur. Un sentimental, a fin de cuentas. Deduje que algo raro ocurría, pues para él el naipe es una religión, y aquella mesa de mármol llevaba décadas convertida en el altar mayor de la profesión, si es que a lo nuestro, a lo de esperar en una esquina a que venga un cliente, podemos otorgarle tal catalogación.

—Joder, Reina, ¿qué te ha pasado? —saludó, con voz

de garganta profunda sometida por el aguardiente, en cuanto se fijó en las magulladuras de mi cara—. ¿Dónde te metes?

—Mejor pregunta dónde no me meto —respondí, evasivo, cogiendo el cortado que había aparecido en el mostrador—. ¿Qué te pasa? ¿No sacas tajada ocupándote de mis clientes cuando no estoy, o qué?

—¡Claro que saco tajada, si hasta hay curro por las noches! —Yo bebí y él, sin parar de hablar, le indicó al camarero con el dedo otro como el mío—. Pero mira, es que hay un tío que te está buscando, eh. Hoy mismo ha vuelto por la parada. Viene desde cerca de Monforte en un A3 rojo y dice que quiere hablar contigo. Aunque he tratado de preguntarle qué quería de ti, refunfuña y no suelta prenda. Y entre que él no desembucha y que a mí no me torea... Pero mira tú que hoy, de tanto insistir con un billete, tuve que decirle dónde vivías. No sé si habré hecho bien, aunque si no lo hacía yo lo haría otro. Tiene cara de avinagrado y una pinta de perdonavidas que... No sé qué quiere ni si necesitas un credo, pero ten cuidado con él, Pepe.

—Te agradezco el aviso, pero ahora ando liado con otras historias. Por ejemplo: ¿te acuerdas del accidente del chico de la moto en las curvas de A Cova, el que después desapareció en el río?

—¿De qué me tengo que acordar?

—Si sabes de alguien que controle bien lo que pasó o...

—Hombre, Reina, fue debajo de la viña del padre de Telmo —dijo, cambiando el palillo de comisura—, aunque yo de ti llamaría a Atestados, porque se tiraron un día entero midiendo y mojándose el culo en el río. Ellos te dirán lo que hay —aconsejó.

Tucho, cumplida su misión, cogió la taza y regresó a la mesa. Yo dejé dos euros en el mostrador y no esperé ni a los informes críticos sobre el fútbol nada elaborado del Atlético que se debatían en la parte de los hinchas. Salí y me metí en el coche para intentar contactar de nuevo con Barrabás, pues me extrañaba que siguiera sin activar la comunicación. No hubo manera, así que, sin parar de preguntarme quién sería la persona que quería hablar conmigo, busqué el teléfono de Informes y Atestados de la ciudad del río Cabe y llamé.

La oficinista de guardia, amable pero nada dispuesta a saltarse el procedimiento, me conminó a ir por la mañana y preguntar ex profeso por el informe del caso, siempre y cuando perteneciera al cuerpo, tuviera una orden judicial o fuera familiar directo del accidentado. Justo cuando corté, me di cuenta de que, de las tres opciones, solo cumplía la primera: mi pensamiento todavía pertenecía a aquella decrépita manifestación de la corporeidad humana en la que me estaba convirtiendo y que el espejo retrovisor me ofrecía de balde.

Después, pensando que en algún momento tendría que descansar, al menos para regular la vida y sus ritmos, me dirigí a mi casa. Me quedaba el tiempo justo para preparar una raquítica maleta, pasar a ver a Barrabás y llegar a la cita con el padre Gregorio en Samos.

39

No contaba con ello. Había recibido el aviso pero no contaba con que en la misma puerta, justo cuando estaba metiendo la llave, el energúmeno saliera de entre las sombras y se me abalanzara tan repentinamente como hace el oso en el Carnaval de Salcedo, aunque este pretendiera algo más que tiznarme. Y era tal y como me lo había descrito Tucho, con el añadido de su descomunal fuerza y una voz aflautada que no pegaba con un fornido soporte físico que me sonaba de la entrada de alguna discoteca. No tuve tiempo de concretar de cuál, pues me echó sus enormes garras, una al cuello y otra a la entrepierna, y me privó de la capacidad de respuesta. Como era dos veces más grande que yo y para que no me sacudiera la badana, estiré los brazos y no opuse resistencia. Entonces él, sin soltar lo que tenía bien cogido, me apartó a un lado y me lanzó a la cara su apestoso aliento:

—Me han contado que andas por ahí metiéndote en huertas ajenas. ¿Es así?

Reconozco que, tratándose de metáforas sin referente, soy corto de entendederas. Y tampoco es que quisiera, pero, amedrentado y medio estrangulado como estaba, no podía ni articular una respuesta. Quizá lo notó y aflojó un poco la mano de la garganta, al tiempo que me estrujaba con la otra.

—¡Habla ya, hostia! —bramó—. ¿Te andas metiendo o no?

—Pue-puede ser —farfullé.

Tratar con especímenes así es lo que tiene: digas lo que digas, reaccionan como les da la gana o como no te esperas. Esta vez cerró las dos manos con saña y, mientras yo sufría un inefable dolor, él insistió con su grito nicotínico:

—¡Puede ser, mamón! ¡Cómo que puede ser ni qué hostias! ¿Te andas metiendo, me cago hasta en la madre que te parió, o no?

—S-sí —se me escapó, como un gemido que buscara la luz.

Si en ese instante le di la razón a lo que no entendía, fue porque consideré que el tipo, además de su evidente vena poética, era un demente y había que dársela; de lo contrario ya me veía estrangulado allí mismo. Su respuesta no fue otra que rechinar los dientes y proclamar con ira ante mis ojos:

—¡Esto es un aviso, Reina! ¡Un simple aviso! Pero si me vuelvo a enterar de que te metes en un agujero que no es tuyo, puto cabrón de mierda, te corto los huevos tan a ras que no te vuelve a salir una meada en línea recta en tu vida! —Y, acompañando su amenaza, apretó y retorció todavía más el puño de mi entrepierna—. ¿Está entendido?

Lo intenté, pero ni siquiera conseguí hablar, solo boquear para buscar aire donde ya no parecía quedar.

—¿Está entendido, hostia? —repitió, fuera de sí, con su nariz golpeándome en la mejilla y su boca como queriendo morder y escupir a la vez en mi barbilla.

Amedrentado, entre la ignorancia y el deseo de acabar de una vez con aquella insoportable tortura, hice un gesto y gemí o balbucí una especie de apurado silbido que no acabó de convencerle, pues repitió la pregunta mientras las tenazas de sus manos me estrujaban sin piedad. Y cuando, finalmente y sin saber ni cómo, logré susurrar la sílaba que él quería oír, un débil sí, él quiso tenerlo claro aflojando un poco la presión.

—¡Sí, sí! —gimoteé, con claridad pero ya en el límite de la consciencia. E incluso supliqué—: ¡Por favor, sí!

Entonces, aquel salvaje, como si quisiera dejar mayor constancia de su poder, me dio el último y más intenso apretón y, justo cuando repentinamente me soltó, las piernas cedieron con mi peso y caí como un saco de patatas en el consuelo de la tierra materna. Mientras, sin parar de retorcerme, entre bufidos y con los ojos cerrados, buscaba un remedio al infinito dolor, escuché su brutal tarjeta de despedida:

—¡Lo que yo no me como, lo destrozo! Tenlo en cuenta. ¡Y si tengo que venir a repetírtelo, me cago hasta en la hostia puta, te juro que te desgracio, Reina!

40

Recordando que la tradición de la comarca alienta el apretón testicular como método intimidatorio, supuse que entraba dentro de la normalidad haberlo probado. Lo que ya no motiva es el incómodo dolor que durante días lo acompaña, que me obligaría a andar tan despatarrado como John Wayne al apearse del caballo y haría desconfiar a quien no me conociera del verdadero alcance de mis vicios ocultos.

Después de la tunda del Obradoiro, que había dejado en mí huellas evidentes, este confuso suceso provocó un incierto regusto interior que bien podría asociar con el temor, lo cual, combinado con una implacable reflexión de la que no conseguí zafarme, me mantuvo aturdido durante la siguiente hora y me hizo dudar si seguir o no con el marrón de aquella inconsciente búsqueda. Por un instante, incluso llegué a pensar que si mis tíos vivieran me tacharían de majadero, pues «meterse con los de arriba no es propio de los de abajo, que siempre salen trasquilados».

Entonces fue cuando llegó en mi auxilio el congénito y temerario sentido de la irresponsabilidad, ese arrebato de escarbar como un poseso en lo que no controlas pero presientes peligroso y, al tiempo, esencial para sentir que estás en el mundo por algo más que por la manduca. Pongamos por caso la búsqueda de un tesoro. Arriesgas como un insensato para conseguirlo, y no importan los medios ni lo que te pase, no duelen las heridas ni las patadas del pensamiento, el tesoro ilumina cada paso que das en la oscuridad. Como en un reto que te envuelve, tiras de tu cuerpo hacia delante, siempre hacia delante. Pues eso, como un tesoro. A buscarlo incansablemente. Yo.

Superado ese sarpullido, me duché, me vestí, comí algo y preparé muda y pijama para quedarme en el monasterio. Entretenido con estas tareas y en vista del orden que Verónica había impuesto en mi guarida, me tentó transgredir su recomendación de no llamarla. Si acaso también por buscar otro bálsamo que me aliviara, barajé marcar y decirle, simplemente, que pensaba en ella y me moría por tenerla a mi lado y volver a gozar de su cuerpo de hembra salvaje y amorosa que había encendido mi espíritu y me hacía recordar cada caricia que nos habíamos hecho o cada beso que nos habíamos dado.

Decírselo y nada más.

Pero no, decidí que debía acatar el mandato. Estábamos a miércoles y, atareado como andaba, bien podía aguantar dos días más. Por otra parte, tampoco tenía que precipitarme como un gilipollas en el juego amoroso y descubrir mis cartas, por mucho que eso me llevara a no saber lo que ella opinaba de mí, si había tenido sensaciones parecidas o si lo nuestro había representado otra insustancial noche de encuentro con una conquista tan desdeñable como fortuita.

En estas, suena el teléfono.

—¿Por favor, don Xosé Manuel Outeiriño Reina? —preguntaron.

—Diga —respondí, escamado con la procesión onomástica.

—Buenas tardes. Mi nombre es Miguel Toimil. Soy agente de la Policía Judicial que se ocupa de investigaciones criminales y delitos fiscales en el sur de Lugo. Quiero advertirle que esta llamada es oficial y está siendo grabada. Usted puede negarse a responder a mis preguntas y hacerse acompañar por un abogado. En ese caso, sería inmediatamente requerido en las dependencias policiales de la comisaría de Monforte de Lemos para ser interrogado en relación con los hechos de los que paso a informarle. ¿Qué decide?

Cientos de circunstancias acudieron en cascada a mi mente, incluida la inesperada visita del energúmeno al que, razoné, por precaución, yo mismo debería haber denunciado en el cuartel por agresión. No lo había hecho y quizás ahora podía lamentarlo.

—En primer lugar, agente, tendré que saber de qué se me acusa —dije, por apaciguar las palpitaciones que me habían provocado sus palabras—. ¿No le parece? Y, por favor, llámeme Pepe, o Reina.

—Muy bien, señor Reina —el tratamiento, desde luego, superaba mis pretensiones de compadreo—, pero vaya por delante que no está acusado de nada. Verá. Tenemos abierta una línea de investigación que todavía no podemos divulgar, pero en la que, si no obtenemos una respuesta clarificadora por su parte, tal vez se vería implicado.

—Dispare, agente Toimil —solté, aliviado.

—Se trata de una transacción económica sin justificar. Simplemente, nos gustaría comprobarla. Veamos: ¿realizó usted, este pasado lunes, a las diez y trece minutos de la mañana, un ingreso por transferencia bancaria por importe de mil euros en la cuenta número...?

—Sí, la hice —admití enseguida, sin dejar de sorprenderme por el control que realizaba Hacienda de los movimientos económicos entre dos pobres desgraciados. ¿Tanto apretaba la crisis que hasta se paraban en esas minucias? Si pusieran parecido empeño en perseguir los paraísos fiscales de los todopoderosos de este país, otro gallo nos cantaría. No se lo dije, pero esa idea me rondó por la cabeza—. No recuerdo el número de cuenta, pero sí, le transferí mil euros a un amigo que...

—¿Sin indicar el concepto?

—Hombre, con Barrabás hay confianza. Además, eso es lo que acordamos la noche anterior, así que... ¿Pero qué problema hay con...?

—Aquí el que pregunta soy yo, señor Reina —advirtió el agente, sin por eso variar el tono educado que utilizaba desde el principio de la conversación—. Entienda que no se me permite ofrecer datos de la investigación.

—Entiendo que es su trabajo, agente —admití—. ¿Algo más?

—Si le parece, y con el ánimo de no hacerle venir hasta aquí: ¿podría indicarme a qué se debió tal transferencia? El concepto, vaya.

Enseguida me vino a la mente el «conceto» de Manquiña en *Airbag,* pero que la Policía Judicial investigase un ingreso por no constar motivo explícito en el recibo parecía una broma. «Aviados estamos —pensé—, este país no tiene arreglo.»

—Agente Toimil, perdone —dije, con calma—, pues no quiero faltarle con lo que voy a decir. ¿En serio tengo que justificar por qué le pasé mil euros a mi amigo Barrabás hace dos días? ¿No tendrán otros fregados más relevantes que investigar?

—Le repito, señor Reina, que no puedo responder a sus preguntas. En cambio, si usted no es capaz de justificar ese ingreso, deberá presentarse hoy mismo en esta comisaría. Acompañado de su abogado, si así lo estima oportuno.

—¿Eso es lo único que quiere de mí, agente?

—Lo único —respondió, por fin, a una pregunta.

—Muy bien. Prepárese entonces —y en ese momento la imaginación ya analizaba qué sería lo más adecuado: revelarle la investigación privada sobre nazis que ni por asomo se iba a creer, y la consiguiente entrega de un dinero en negro por un político del partido en el poder del que ni querría oír hablar, o bien inventarme cualquier trola que coincidiera con lo que hubiera dicho Barrabás, que llevaba casi dos días sin cogerme el teléfono y que bien podía haber ingeniado la suya y discordante con la mía. No me quedó otro remedio: opté por la trola, que debería ser creíble aunque indemostrable, para luego, inmediatamente, intentar ponerme de acuerdo con mi camarada—: Sé que está grabando, pero también sé que cualquier grabación puede ser eliminada si no hay un juez presente. En este caso le aseguro que no procede el lado judicial, si no ya lo verá. Se trata —expliqué, serio, como si me estuviera confesando antes de que se abriera la puerta del infierno— de una deuda de juego. Había perdido mil euros con él en una partida y, tan pronto como pude disponer de esa cantidad, la saldé. No hay más.

—¡Una partida ilegal, entonces! —se le escapó al policía, y yo no pude más que sorprenderme por su inocencia. Pero de inmediato preguntó—: ¿Dónde se celebró esa supuesta partida y con quién...?

—Agente Toimil —lo interrumpí, por evitar el chorreo—, no quisiera complicarle la vida. Podría decirle ahora mismo el lugar y las fechas de esas partidas nocturnas de Monforte, incluso las personas que participan habitualmente en ellas, gente de nivel y pelas. Podría, pero solo voy a pronunciar un nombre, y con eso no es que pretenda escurrir el bulto. Pregúntele lo mismo que me está preguntando a mí al comisario Flores —y recalqué el apellido—, su jefe. Él le concretará, desde luego, dónde, cuándo y quiénes tenemos tal vicio y participamos en esas timbas. Y que conste que yo no soy tan asiduo como él. Y no lo soy porque mis ingresos como taxista no me lo permiten y porque más de una vez he salido de ellas, ya no digo desplumado, sino escaldado. Lo de esos mil euros, siendo como es una minucia, sirve de ejemplo. Y no tengo nada más que decir sobre este particular. Si tiene otra pregunta, hágala.

—No hay más preguntas. Buenas tardes.

Cuando cortó, no es que yo respirase por haberme librado, sino que otro raro presentimiento se vino a sumar a tanta incertidumbre como me embargaba. No tenía miedo de que el agente comprobase mis palabras, pues todo el mundo en O Val de Lemos conocía la afición del comisario por el juego, e incluso se comentaba que ese había sido el motivo de su traslado al sur de una provincia con bajo índice de conflictividad; más bien me intranquilizaba no controlar la maraña que en torno a mí y a mi investigación parecía estar tejiéndose: la desaparición de Víctor y la presencia de un cazanazis argentino, la agresión en la puerta de mi casa, con las ulteriores amenazas, la reciente llamada policial... Y todo ello, por lo que parecía, relacionado con un personaje poderoso para el que me había puesto a trabajar como un poseso y sin tener en cuenta otras implicaciones, digamos, más sutiles.

Concluí que mucho tendría que aplicarme para lograr desenmarañar aquella maraña, porque en ella abundaban los cabos sueltos. Lo primero de todo, contactar con Barrabás para que no me pillaran en un renuncio. Pero, de nuevo, resultó imposible: la irritante voz de la operadora indicaba que lo sentía pero el terminal estaba apagado o fuera de cobertura. Opté entonces por un sencillo y confidencial SMS que, cuando menos, me cubriera las espaldas:

Pagada deuda de juego. Confórmate.

Si el agente Toimil tenía intervenida la línea, solo me podría reprochar haberlo enviado tras nuestra conversación, o sea, con dos días de retraso. Y por algo así, consideré, no se enchirona a nadie.

Cuando por fin conseguí salir de casa, mientras le daba vueltas a la llave, suena el teléfono: don Manuel, preguntando si estaba en Escairón.

—Voy a cenar con mi madre y, de paso, quiero recoger ese material —ordenó—: ¿Te va bien en veinte minutos en la rotonda del Polígono?

—Sí —dije, pensando que ya no podía negarme y que tendría el tiempo justo para realizar una copia. También que aquella entrega, a la vez que aplacaba la impaciencia de mi cliente, frustraba definitivamente el plan de pasarme por el antro de Barrabás antes de mi viaje a Samos, pues no creía que unos monjes que suelen acostarse con las gallinas tuvieran la intención de esperar mi llegada—. Pero no se retrase, que ahora soy yo el que tiene prisa.

41

Todo reproduce la mil veces vista escena de película de serie negra: sucedáneo de polígono industrial abandonado, dos coches oscuros como cuervos apostados en una rama sin hojas, siluetas grises aproximándose a la luz del ocaso y miradas aviesas. Desarmados, don Manuel y yo en los asientos de atrás; pero en el de delante, agarrado al volante y con el cabezón perfectamente oblongo, un fornido Macario por el que no apostaría un céntimo a que no llevaba armas. ¡Qué pena de banda sonora e, incluso, de pueblo plantado a la bartola en el campo gallego! De todos modos, la comezón ya no me permitió reprimirme:

—¿Recuerda que en el Bar Azul le hice una pregunta, don Manuel?

Él, con las piernas cruzadas y recogiendo mi sobre, asintió de manera casi imperceptible. Aunque la presencia de su guardaespaldas no me gustaba, no me corté de ir al grano:

—Su respuesta, además de escueta, me generó muchas dudas. Así que, antes de meterme de lleno en este pozo sin fondo de los nazis, quisiera que me volviera a contestar. Pero esta vez necesito tener una respuesta completa y, sobre todo, clara. ¿Esa curva...?

—Creo que te dije que conocía el lugar.

—¿Y? —insistí, sin quitarle mi pertinaz mirada de encima.

—¿Y, qué, Reina? —protestó, casi airado—. ¿Qué me intentas decir con esa estúpida interrogante que acabas de pronunciar? Te acabo de decir por segunda vez que conozco ese lugar —impuso, con la voz tensa, pero sabiendo no elevarla—. Sí, lo conozco. ¿Qué más quieres, a ver?

—La pregunta es de cajón, don Manuel —lo miré fijamente—. Víctor estaba investigando la gran cantidad de nazis que se ocultaron en este país después de la Guerra, y en su último mensaje a Marcelo Cifuentes lo menciona a usted. Luego sucede que el chico tiene un accidente y desaparece justo ahí. ¿No cree que es demasiada coincidencia? Seguramente buscaba algo que intuía o que había descubierto, o qué sé yo qué indagaba por aquí. Pero seguro que no estaba en ese lugar conocido por usted de pura casualidad. Así que deje de hacerse la mosquita muerta y no me obligue a darle más explicaciones ociosas. Conteste: ¿hay algo que lo relacione con ese lugar o no?

—Sí, lo hay —respondió, seco.

Yo esperé por su labia contenida o rebosante de un matiz que seguramente no colmaría del todo mi curiosidad, pero que saciaría aquella sed momentánea. Por el contrario, don Manuel se volvió hacia delante, atravesó el parabrisas con la mirada y, como si allí estuviera la tranquilidad que necesitaba, la fijó en un entorno atestado de zarzas.

—¿Quiere que salga, don Manuel? —preguntó Macario, inesperadamente, sin variar su postura.

—No estaría mal —opiné.

Pero el chófer ignoró mi insinuación y simplemente esperó agarrado al volante a que su amo reaccionara.

—No será necesario —soltó don Manuel, como atrapado en el mismo zarzal—, que lo que voy a decir no es nada nuevo.

Entonces se giró hacia mí y, apoyando su mano derecha en mi rodilla izquierda, en un tono tan subido que cualquiera podría tacharlo de verdaderamente hipócrita, alegó:

—Mira, Reina, en esta vida cada persona sabe dónde le pica. Entonces, si es que puede, se rasca. En mi caso tengo que decir que siempre he podido, porque de una manera o de otra me he rascado y he hecho siempre lo que he considerado más conveniente. Pero cuando se trata de lo que no controlas, cuando se trata de algo que, por lo que sea, está fuera de tu alcance, como ocurre ahora, entonces ahí puede presentarse un problema. Del tipo que sea, pero un problema. Y en este jodido mundo en el que yo me muevo, si llega a saberse, siempre aparecerá alguien que te quiera trincar bien trincado. En mi opinión, por experiencia, en casos así lo primero es determinar cuál es exactamente el problema, y luego resolverlo de la me-

jor forma y lo más rápido posible. Pues yo ahora te digo
—y me apretaba la rodilla con su mano—: tú estás aquí
para determinar cuál es ese problema, exclusivamente, y
después tratar de resolverlo. Pero habrá que comprobar
si sirves o no para lo primero, para más tarde ejecutar —y
arrastró las sílabas al pronunciar— lo segundo. Y te pre-
guntarás adónde pretendo ir a parar con todo esto. Para
serte franco, ya que insistes: a ponerte en tu sitio. Simplemente quiero que entiendas cuál es tu papel en este lío, y
también cuál es mi posición. Mi posición es cosa mía, Reina, que para eso soy el que te paga, y por eso decido lo
que me conviene contarte o no. ¿Entendido?

—Entendido —admití, meneando la cabeza como
hace un perrito de juguete cuando un coche en marcha
pisa los baches. Luego, dado que suelo poner trabas a las
filípicas que otros pronuncian, y porque no consiento
que se burlen de mí, añadí—: Pero mire, don Manuel, yo
también tengo un problema —y retiré con delicadeza su
mano de mi rodilla—: usted. Y lo voy a resolver pronto
y a mi manera. Si ahora mismo, antes de que me largue
de este asiento de cuero, no me da una respuesta convincente a la pregunta que le acabo de hacer, simplemente
porque considero que mi cliente no debe ocultarme nada
que pueda servir para descubrir lo que busco para él,
puede hacer lo que más le convenga, como siempre ha
hecho, puede rascarse donde más le pique y, por supuesto, puede quedarse con sus putos cheques al portador e
incluso limpiarse el culo con ellos, porque ese material
que le he entregado hasta se lo regalo, pero conmigo no
cuente para nada más. ¿Entendido? —imité—. Así que,

o dentro o fuera, don Manuel. Usted decide. O ejecuta, si así lo prefiere.

Don Manuel, mientras yo hablaba, tensó el cuello y afiló una mirada con la que, de haber podido, me habría atravesado el pecho. Y tan pronto como concluí, se mantuvo así un breve lapso, lo cual precedió a ir relajando poco a poco sus contraídos labios hasta acabar separándolos. Cuando habló, ya esbozaban una maliciosa sonrisa.

—Creo que he acertado contigo, Reina —se elogió, en cualquier caso. Para de inmediato confesar—: Está bien. ¡Claro que hay algo que me relaciona con ese lugar! Al parecer, nací allí, en una casa que da al río y que mi madre dejó justo al venir yo al mundo. —Puse cara de interés y él se dejó llevar—. Como poco antes había muerto mi padre y a ella ya no le quedaba familia, decidió que era mejor deshacerse de todas las propiedades y que nos trasladáramos a Monforte. Pero, excepto esto, lo poco que ella me ha contado, pues le disgusta hablar de lo que llama «los tiempos ruines», no sé nada más. Y, como ya te he dicho, mucho menos sé de historias de nazis.

—Debería hablar en serio con ella —sostuve—, y preguntarle...

—Tendré que preguntarle, sí —reconoció—. Pero se amarga al hablar del pasado. Ni siquiera le gusta ir por allí. Una vez dijo que sus recuerdos eran muy duros y prefería olvidar las penalidades. Y en lo que a mí respecta, cuando tengo ocasión de pasar por la ribera, no siento nada ni tampoco recuerdo nada especial. Si me acerco alguna vez es por admirar el paisaje o comer en alguna bodega de conocidos. Nada diferente a lo que hago en otros sitios con los que no tengo ninguna relación.

—¿Y eso es todo? —pregunté, viendo que no iba más allá.

—Todo. Así pues, sigues trabajando para mí, Reina —consideró—. Y ahora baja, que no quiero llegar tarde.

Obedecí sin decir ni pío. Y mientras el coche huía de allí como un pájaro funesto, yo, antes de hacer lo mismo, pensé en esos posos revueltos y amargos que a veces quedan en algunas bebidas antes del último trago. Lo apuraría en un aislado monasterio, pero con el afán de buscar en esa ribera, en esa casa, en esa historia de los tiempos ruines de la familia de un político maduro que, sin remisión, seguía ascendiendo. Y todo porque Barrabás, al que le había hecho ese encargo, no daba señales de vida.

En la oscuridad

En la oscuridad aflige todo: el dolorido cuerpo y esa indefinible y pavorosa presencia que te permite elucubrar. Porque aquí dentro querrías ser solo materia mortal, dolor físico, carne, vísceras y hueso. Simplemente cuerpo. Prescindir del pensamiento, de la imaginación, del asedio de la propia mente. Amputártela para siempre. Aquí dentro.

Galicia, NO de la península ibérica, mayo de 1945

—¡Ya viene, Loliña, ya viene! —gritó el Rexo, alborozado, tras varios días arreglando la casa—. ¡Date prisa, que hay que esperarle en la puerta!

La muchacha, que a través de la ventana abierta también había sentido el ruido del motor por la pista, tragó saliva.

Tras años sin la presencia de aquel alemán que siempre paseaba uniformado por el jardín y nunca se asomaba sin haberse peinado antes, de aquel hombre que, según el criado, era un héroe de dos guerras y sabía más del mundo de lo que cualquiera de ellos podría aprender jamás, ahora volvía, al parecer, para quedarse. Pero esta vez lo hacía calladamente, sin fiestas ni cohetes, sin recibimiento de las autoridades ni misas con procesión en la iglesia de al lado. Volvía a escondidas, como volvería cualquier derrotado de la segunda gran guerra a un hogar que ella sabía que no era el suyo, porque se había convertido en un refugio en el que ocultarse de los vencedores.

Loliña, después de guardar la última hogaza de centeno en la artesa de la despensa, sin prisas, se quitó el mandil y lo colgó en un taco detrás de la puerta. A continuación, se retiró meticulosamente el pelo de la cara pues, al hacer las tareas, se le había soltado de la larga y gruesa trenza que descendía por su espalda. Mientras lo hacía, se notó la frente y el cuello sudados y sintió la necesidad de acercarse a la pila de la cocina para, al menos, lavarse las manos y la cara.

—¿Pero adónde vas? —preguntó el criado, como espantado al ver que se alejaba en dirección contraria.

—Habrá que asearse un poco, digo yo.

—¿Pero tú estás tonta o qué? ¡No hay tiempo! —impuso él, frenético, agarrándola del brazo—. ¡Venga, vamos para fuera! Le haremos los honores en la puerta principal, uno a cada lado.

Casi a empujones, el Rexo, que con veintitrés años se había convertido en un hombre esmirriado al que varias arrugas en la frente le otorgaban un aire de posguerra famélica y desencantada, abrió la puerta, la arrastró hasta el umbral y la arrimó a un marco.

—Tú ahí quietecita, eh. ¡Y pon cara de alegría, hostia —le soltó en voz baja—, que sin Eudosia eres la criada principal de la casa!

—¡Pues mira qué bien! —exclamó ella, impasible—. No creo que tenga que repetírtelo: estoy aquí en contra de mi voluntad y...

—Lo que pasa es que no sé si el señor se acordará de ti —consideró él, sin hacer caso de lo que ella le decía, al tiempo que remetía la camisa en la cintura del pantalón y tensaba las correas del pecho—. La verdad es que has cambiado mucho en estos años. Mucho. Cuando se fue eras una cría y ahora... A lo mejor ni te reconoce.

—¡Cállate, anda! —protestó ella—. Te harás un favor.

De inmediato, tras el ruido del motor, por entre los barrotes de la verja de hierro asomó el morro de un coche. Se detuvo y, sin que el conductor, un hombre mayor, de gafas redondas, vestido con camisa blanca y corbata oscura, apagase el contacto, ante la sorpresa de los dos criados, la puerta de atrás se abrió y por ella descendieron dos monjes que ocultaban su rostro bajo los enormes capuchones de su hábito.

El primero, como si conociera el camino, abrió la verja y avanzó por la era. Cuando llegó a la altura de las dos hieráticas figuras de la puerta, se detuvo en la entrada y soltó, dirigiéndose al criado:

—*Ich bin ich es,** Merresildo!* —Y, retirándose la capucha, mostró un rostro cansado y ojeroso. Mientras, como angustiado, repetía—: *Ich bin!*

—*Heil Hitler!* —exclamó el Rexo, estirando rápidamente el brazo al reconocer a su señor.

Pero el hombre no reaccionó como esperaba el criado. Se limitó a mirar de reojo y sin demasiado interés a la chica y, entrando en la casa, apuntó:

—*Er ist ein Freund.*** Hans.

Y aquel aspirado nombre final quedó como suspen-

---

* Soy yo, soy yo. [*T. del A.*]
** Es un amigo. [*T. del A.*]

dido en el aire hasta que se aproximó el segundo y enorme monje, que se había parado un momento a observar el lugar.

Sin prestarle la menor atención al Rexo, el hombre se bajó la capucha delante de Loliña dejando al descubierto el rubio cabello, las lozanas facciones y, sobre todo, aquel iris azul, indicio de la codiciosa mirada que, desde arriba, inspeccionaba los labios humedecidos de una turbada muchacha que, finalmente, optó por agachar la cabeza.

Al momento, estiró un dedo hacia su rostro y, con intención de levantárselo, le tocó levemente la barbilla; luego, mientras ella temblaba ante aquel corpulento alemán que se pasaba la lengua por los labios y sonreía con lascivia, lo fue bajando por el cuello y recorrió el escote de la chica hasta la línea de los senos.

—*Eine wunderschöne Weib!** —exclamó.

Entonces, y no acertaría a decir si por cobardía o por un miedo cerval que le recorrió la espalda, Loliña echó a correr por la era. Y sin saber ni cómo abrió la verja ni cómo atravesó el atrio de la iglesia y pasó por delante de la rectoral, ni tampoco cómo dio con el camino entre los bancales y se metió por el atajo que la llevaba instintivamente a una mísera cabaña, pronto encontró unos brazos amigos que la acogieron con ternura, pero ya sin poder apartar de lo más recóndito de su ser aquella mirada libidinosa del tal Hans.

* ¡Hermosa mujer! [*T. del A.*]

NOVENA PARTE

LA ABADÍA DE SAMOS

42

Camino de Samos, con el lector automático de textos aplicado a las preferencias de Víctor sobre el monasterio, por fuerza tuve que volver a los pasajes de Farandulo, cuando, de joven, «en una España bajo el terror constante de la vigilancia falangista», ejercía de ayudante de cantero.

«Tendríamos que hacer un trabajo especial dentro del convento, algo así como un búnker. Un laberinto de túneles entre unas paredes muy anchas y difíciles de romper por estar pegadas sus piedras con una cola antigua; se decía que estaba hecha con sangre de toro.

»Lo cierto es que los obreros elegidos para este trabajo fueron los mejores amigos de mi tío, aquellos en los que tenía mayor confianza, puesto que tenían órdenes estrictas de no comentar con nadie lo que se estaba haciendo en el interior del convento; se trataba de un apartamento clandestino para ser habitado por un grupo de italianos y alemanes. Entre ellos se decía que estaba

Adolfo Hitler. Los cuatro canteros que mi tío destinó para este trabajo deberían vivir dentro de los muros; y el único de confianza que entraba y salía todos los días era mi tío, aparte de mí, que gracias a mi condición de niño tenía acceso a casi todos los pasadizos secretos del convento.»

Es entonces cuando Farandulo confirma haber reconocido, entre los encapuchados que por allí se movían, al mismo Führer. Y concluye:

«Un día, haciéndome el despistado, entré indiscretamente en el comedor de los frailes y me senté en una de las mesas a muy poca distancia de donde estaba comiendo Hitler. Lo reconocí perfectamente; como los religiosos se quitaban la capucha para comer, pude oír que hablaban en alemán. Lo que más me llamó la atención fue cuando uno de estos siniestros personajes alertó a los demás sobre mi presencia y escuché que uno de los frailes decía: "¡Es un cantero!" Lo que no imaginaban era que yo no entendía nada de nada; lo único que sí sabía, porque mi padre me lo había advertido, era que existían los alemanes.»

Era de cajón suponer que Víctor, después de ir hasta O Val de Córneas y conocer el aterrizaje del avión que transportaba alemanes, luego trasladados al monasterio, les iría con la misma o parecida letanía a los monjes. O no, pues presentarse ante ellos preguntando si sabían algo de nazis escondidos después de la guerra, y por mesura ya no pronunciaré el nombre de Hitler, parecía el punto de partida adecuado para que se lo tomasen a coña o a él por un demente. Además, a no ser que quedara en la congregación algún Matusalén al que aún le funcionasen las neuronas, raro sería encontrar a alguien que hubiera vivido aquellos tiempos. Por eso decidí dejarlo correr con naturalidad; llegar, hablar, preguntar con el interés justo por el trabajo de Víctor y no forzar la situación. Esa sería mi estrategia. Luego, en función de cómo resultara, maniobrar.

Entretanto, el lector digital ya andaba a vueltas con «El armero de la abadía» de Antón Patiño, con su sorprendente inicio: «Por dónde andará don Mauro. Aquel que, igual de cuidadoso, era de medido», así que abandoné mis cavilaciones y me apliqué a escuchar lo que se relataba a propósito de la afición del magno abad a meter, tres años antes del 36 y entre maitines y rezos, cajas en el monasterio:

«Con el Alzamiento, don Mauro se fraguó su terrible fama. Y la fama se la otorgaron los fusiles y el teléfono. Ejerciendo como un fraile privilegiado capaz de hacer las llamadas que tenía que hacer. Aquellas de salvar o no salvar.»

43

El padre Gregorio, bajito, gordo, de escaso cabello y con patillas blancas, vestido de hábito y provisto de unas gafas con cristal de culo de vaso que le otorgaban una apariencia de profunda reflexión, me esperaba bajo la amarilla luz de la bombilla de sesenta de su territorio, la portería. Me recibió con un abrazo contenido pero sincero.

—¡Querido Pepe, cuánto me alegro! —dijo, pegándoseme.

Yo reaccioné con frialdad, pues entregarme a las primeras de cambio a tal familiaridad no me pareció lo más adecuado.

—Encantado, padre. Como le comenté, y a pesar de mi delicado estado de salud —y señalé las magulladuras de mi rostro—, vengo a saldar la deuda. Sobre todo, a reparar una obligación moral.

Superado el efusivo recibimiento, que sembró de remedios caseros mis males, tiré de cartera y pedí una cuenta que, antes de otros asuntos, indiqué, debería tener preparada. No era así.

—El padre prior opina que, si eres capaz de venir tan precipitadamente y desde tan lejos, no queda otra que fiarse de ti. Porque esta comunidad, aun teniendo sus necesidades, fía y confía *in saecula saeculorum* en las personas de buen corazón —y abría los brazos como si incluso se tomara a broma el precepto. Al instante, guiñándome un ojo por encima de las gafas, añadió por lo bajo—: Ahora que si, además de todo eso, tienen el bolsillo lleno, mucho mejor para todos. ¿No te parece?

—Pues entonces —apunté, sin salirme de mi papel—, supongo que lo primero que debo hacer es hablar con el prior.

—Ya que me voy a encargar de ti, como me encargo de casi todos los que visitan la abadía, te diré que entre muros las prisas no son buenas consejeras —advirtió, juntando las manos delante del pecho—. Además él, el padre prior, desde que cedió a la tentación del teléfono móvil, está continuamente ocupado con Movistar. Por eso decimos de él que siempre anda moviéndose, *movi*, y nunca está, *star* —y, tras el supuesto chiste, soltó su despreocupada risa—. ¿Comprendes, Pepe?

Sonreí ante aquel personaje afable y un tanto ingenuo que parecía actuar con total espontaneidad y entrega, por lo que no me quedó ninguna duda de que me ayudaría en lo que le pidiera. Incluso se mostró dispuesto a servirme cuando a continuación me dediqué a echar un vistazo por la portería, donde se exponían todo tipo de bártulos para los peregrinos procedentes del Camino Francés.

Comenzó con un cayado de dos puntas, tiras de corteza descascarillada y cinta roja que él tallaba con una navaja. Aunque los vendía «a tres míseros euros», el negocio no funcionaba del todo mal, «pues aparte del trabajo, y eso no cuenta porque lo reparte Dios, todo son ganancias», comentó. Me ofreció uno y yo, aunque pensé que para patear caminos tenía palos de sobra, me sentí obligado y quise corresponder comprando algo en la tienda. Pedí que me recomendara un libro de los allí expuestos que versase sobre la abadía, pues así, además de servir para ambientar la novela del escritor del que le había hablado, tendría algo que leer esa noche. Escogió un grueso volumen, la *Historia del monasterio de San Julián de Samos*, del padre Maximino Arias Cuenllas, que cogí y pagué al tiempo que percibía en la cara del monje la alegría por aquella venta, sobre todo porque parecía sellar con naturalidad nuestra relación.

A partir de entonces todo resultó fácil. El padre Gregorio, por tratarse de mi primera visita a Samos, dejando fluir su guasón pensamiento, contaba todo lo que se le ocurría sobre la abadía. Y yo le escuchaba. Labia abundante y ligera, puedo decir, chanzas espaciadas en la conversación y espontáneo compadreo de un personaje que, bien fuese por picor o por vicio, aprovechaba para rascarse la oreja derecha cada vez que se recolocaba las pesadas gafas en la nariz.

Así, antes de proceder a instalarme en la hospedería, realizó un sesudo repaso por la portería, la entrada y el Claustro Grande, «el mayor de España», presumió, para seguidamente conducirme al Pequeño o de la Fuente de las Nereidas y acercarse a unas zarzas sin espinas. A la vista de lo que, sin dejar de parlotear, calificó como milagro, pensé que tampoco estaba tan mal contar con un guía bromista y desinhibido, pero también que en algún momento me dejaría meter baza.

Por él me enteré de que dos huéspedes, ajenos a la orden y ocupados en sus respectivas tesis doctorales, moraban en las celdas del monasterio, además de un monje sin ordenar que, al parecer, tenían a prueba. Si lograba superar las tentaciones carnales que provoca la visión de los voluptuosos pechos de las estatuas de las cuatro Nereidas bajo la luz de la luna, explicó, entonces estaría preparado para profesar y dedicar su vida a Dios y a la contemplación. Aunque en su opinión, y esto lo añadió con voz apagada, «ya se sabe que una cosa tampoco quita la otra».

A modo de aportación final, el padre me situó bajo el único espacio iluminado del coqueto claustro, y, después de advertirme de que el monasterio contenía infinidad de inscripciones e insospechados mensajes, muchos de ellos de esotérica interpretación, al tiempo que señalaba con el dedo la clave del techo que debía mirar, ordenó que la leyera en voz alta. Levanté la vista, agucé el entendimiento y obedecí.

—¿Qué-mi-ras-bo-bo? —deletreé, mientras el padre Gregorio se desternillaba de risa, tanto que tuvo que apoyarse en el muro y quitarse las gafas para que no se le cayeran, y yo concluí que o aquel monje teñía con humor el tiempo libre del que disponía, que debía de ser bastante, o bien que lo suyo no tenía arreglo.

Una vez recuperado, se disculpó con que era tradición

en Samos y tocaba aguantarla, y se preocupó por saber si ya había cenado. Mi gesto negativo lo pilló tan de sorpresa que, de pronto, decidió apresurarse, pues el refectorio estaría a punto de cerrar. Además, indicó, «las monjas que se ocupan de nuestra manutención se cabrean si no se las avisa». Así, tras ascender por unas oscuras escaleras y pisar el pasillo del primer piso, iluminado por la luz de la luna que penetraba por las enormes ventanas desde las que se veían las Nereidas, entramos, bajo un dintel de piedra con la inscripción «S. Ramirvs Praep.», en la que sería mi celda, la misma que había ocupado Víctor y que él calificó como adecuada a la calidad del huésped.

—Instálate y comprueba si tienes todo lo que necesitas —añadió—. Mientras tanto, voy a ver si aún te pueden servir algo.

Ya solo, posé la bolsa del equipaje y me tiré sobre la cama. Mirando al techo pensé que, ciertamente, la abadía poseía esa atmósfera de territorio pétreo y misterioso que había imaginado. Si acaso más, pues al pasar bajo sus arcadas y bóvedas, al transitar por la penumbra de aquellos pasillos donde cada paso tenía su eco y cada palabra semejaba una confidencia, no se veían sino inscripciones en las piedras y robustas puertas cerradas que muy bien podían conducir a pasadizos en los que enigmáticas sombras parecían alargarse en mi imaginación desde mucho tiempo atrás. Sombras con aromas a unos nazis que, tal vez, ajenos a la regla benedictina *ora et labora*, pulularon por ellos sin que el resto del mundo se hubiera percatado de su escondite.

44

El padre Gregorio regresó y me condujo, con la presteza que le concedía su hábito, hasta un frío y solitario refectorio. En él, bajo un olor a rara mezcla de verdura cocida y pan revenido, un púlpito de piedra avisaba de lecturas sacras durante los silencios monacales.

Él mismo se encargó de servirme unas judías verdes con patatas en aceite y un huevo cocido con una rebanada de pan de centeno, todo ello acompañado de un medido vaso de vino de San Clodio, por la relación de dependencia que tenía el monasterio de San Clodio do Ribeiro, comentó, con el de Samos. De postre me trajo una manzana del huerto más apreciado por los monjes y arrimado a la capilla del Ciprés, una construcción antiquísima muy próxima a aquellos muros y a la que por la mañana me llevaría, para que contemplara los frescos que allí se conservan y comprendiera el abolengo de la abadía y los quehaceres de la vida monástica.

—Padre Gregorio —me puse serio, justo cuando mi

cicerone tomaba aliento para su locuacidad—, por nada del mundo entienda que le falto al respeto con lo que voy a decir, y mucho menos piense que soy un desagradecido, pues estoy encantado con el trato que me dispensa. Simplemente pretendo que tenga en cuenta mis necesidades. Verá, padre —hice una pausa—, yo vengo de otro mundo —y a la voz reservada añadí una mirada franca, con él atentísimo al otro lado de la mesa—, del mundo que hay fuera de los muros de los monasterios y que es muchísimo peor que este. Un mundo que nunca se detiene, repleto de prisas y competencia en el que el tiempo es oro y no puedes dejar para mañana lo que puedas hacer hoy. Y no puedes porque si no lo haces tú, vendrá otro y lo hará y te quedarás sin nada y en la calle como un pordiosero. Como les está pasando a tantos. Porque supongo que ha oído hablar de la crisis, padre Gregorio...

—Por supuesto —admitió, asumiendo mi seriedad.

—Pues la empresa para la que trabajo no admite errores. En ella rige un único principio: obtener beneficios. Si no hay beneficios, adiós.

—Es un mal como otro cualquiera, querido Pepe —comentó.

—Desde luego. Pero ahora, para acabar, tengo que decirle adónde quiero ir a parar: a mi caso. ¿No se pregunta por qué estoy aquí, hablando con usted, o para qué he venido con tanta prisa a Samos? Pues sencillamente para finalizar el trabajo de Víctor. Y cuanto antes mejor. Él nos dejó colgados y casi fuera de plazo para proporcionarle al escritor una documentación indispensable para su próxima novela. ¿Y sabe de qué va la temática de esa novela? ¿Le comentó algo Víctor?

—¡De nazis! —indicó, satisfecho de saberse la lección, al tiempo que enderezaba el cuerpo que había mantenido inclinado hacia mí.

—¡Sí señor, de nazis! —me alegré—. Entonces, con el ánimo de no perder un tiempo precioso, permítame hacerle una pregunta clave: ¿qué fue lo que Víctor descubrió aquí, o qué le contaron los miembros de esta comunidad sobre ese asunto?

El padre Gregorio me miró fijamente. Lo hizo con esa mirada de diablillo burlón y pícaro sorprendido en una trastada que, si es posible o si le viene en gana, puede reparar el desastre que provoca su cháchara. Faltaba esa decisión, tan suya, lo que era como decir que estaba en sus manos para no empezar de cero.

—Le estoy pidiendo ayuda, padre Gregorio —sostuve, sin apartar la mirada—. Podría pasarme una semana aquí, hablando con usted y viendo todos y cada uno de los tesoros que alberga este increíble monasterio. Estaría en la gloria, desde luego, desconectado de ese mundo tan raro y jodido del que vengo. Pero en el momento en que regresara a él, es triste reconocerlo, ya estaría fuera, porque otro se me habría adelantado. Así que usted decide. Tenemos dos opciones: enredar cuanto le plazca con la historia y las anécdotas de Samos, o bien ir directamente al grano. Si opta por la primera, puedo asegurarle que soy hombre muerto en esa empresa en la que trabajo, por mucho despacho que tenga. En cambio, si escoge la segunda, le prometo que volveré aquí para que pasemos juntos y charlando el tiempo que haga falta, porque yo, cuando me pongo, suelto la tarabilla que no vea, no vaya a pensar. Si escoge ir al grano, acabaré rápido y bien el curre, y el escritor saldrá del atasco creativo y la editorial lanzará su *best seller* en el plazo previsto; y el mundo tendrá una novela bien documentada, una novela que yo mismo le traeré dedicada por el propio autor. Y eso es todo lo que quería decirle, padre —y tiré levemente de una de sus mangas—. Estoy en sus manos.

Como preveía, el sentido benefactor del monje pesaba mucho en su conciencia, más incluso que su gusto por la diversión. Así que no se lo pensó. Cuando intervino, lo hizo para contarme con pelos y señales todo lo que había dicho y preguntado el chico, de quien, a pesar de todo, guardaba un grato recuerdo. Mientras lo hacía, aunque sentí la tentación de revelarle lo que de verdad le había sucedido a Víctor, decidí que, para obtener cuanto antes alguna certeza en mi indagación, debería seguir alimentando la mentira en la que se sostenía nuestra frágil relación.

Por él me enteré de que el huésped que me había precedido en la celda había comentado con ellos toda la información de la que disponía sobre la presencia de alemanes, y del propio Hitler, en Samos; también la ayuda que el ensalzado y poderoso abad Mauro había prestado al Alzamiento Nacional. En ese contexto, en opinión de Víctor, a nadie le podía extrañar la documentación que existía sobre los nazis que se habían refugiado entre aquellos gruesos muros, que habían convivido con los monjes e, incluso, que habían tenido aquella retirada abadía como centro de evasión hacia el puerto de Vigo.

El padre Gregorio dio cuenta de la desconcertante noticia que Víctor había traído a la envejecida comunidad de Samos, así como de la total ignorancia de esta sobre el particular, pues hasta él mismo había llegado mucho más tarde de esos hechos al monasterio. ¿Y quién podía saber algo de eso, si la mayoría de los documentos habían ardido en el dantesco incendio del año 1951 que destruyó la biblioteca y buena parte de las dependencias de los frailes? Tenía que ser, forzosamente, un benedictino que se hubiera arrodillado en la abadía para los siete rezos de las horas canónicas de la orden antes del año 40. Sorprendentemente no había uno, ¡sino tres!

Víctor había empezado sus entrevistas con el padre Romualdo, con demencia senil. Imposible sacarle nada, pues su extenuada mente ya no regía. Tras esa decepción, había continuado con el padre Hildebrando, quien a juicio del chico, una vez abandonada su compañía en la biblioteca, donde seguía componiendo sus beatos y extensos libracos, «está más perdido que un místico en el capitalismo». Y finalmente había caído en el terreno del padre Bernardo, operado de una hernia inguinal y con el incordio de estar tomando Sintrom, pero que poseía el sosiego y la amabilidad del más cachazudo anciano. Sin embargo, tampoco pudo sacarle nada concreto. «O eso me dijo», agregó.

—¿Y sería posible hablar con ellos?

—Podríamos valorarlo —aceptó el padre Gregorio—. Si mañana...

—Mejor ahora. O más tarde o esta noche —insistí, ante su espanto—, pero tiene que ser hoy, padre, por lo que le he explicado antes. Sería preguntarles lo que le contaron a Víctor, y nada más.

El benedictino resolló con fuerza. De inmediato, miró su caduco reloj de pulsera y, en voz alta, realizó una composición de lugar teniendo en cuenta los hábitos de la comunidad y el ritmo de los rezos monásticos:

—El padre prior asiste a una cena fuera del monasterio... Si nos damos prisa hasta podemos pillar a Hildebrando en la Sala del Piano antes de las completas. Luego, intentaremos una visita a la celda de Bernardo, a ver si está desvelado. Pecado venial de fácil confesión, pero por probar...

—¿Y el padre Romualdo?

—¡Pecado mortal y molestia inútil! —exclamó, juntando las manos—. ¿No te acabo de decir que acompañé a Víctor y que ni conoce ni entiende ni recuerda nada? Además, si llega a oídos del padre prior...

—¿Y cómo es eso de que el prior no sea el más anciano de la comunidad? —inquirí, escamado.

—La democracia de la orden. —Yo fruncí el ceño en lugar de preguntar. Él explicó—: Para llevar las riendas de la abadía, elegimos al más capaz. Y ya que en Samos solo quedamos una cuadrilla de viejos que prestan sus últimos servicios a este mundo, ¡cómo no nos vamos a encomendar a un ser tan despierto y joven como el padre Ildefonso! Sin él, Pepe, hoy no seríamos más que un

grupo senil sin más norte ni camino que esperar la llamada del de arriba. Además de buen conversador, ya lo
comprobarás, es muy leído y moderno, que está al tanto
de todo. ¡Pero basta de cháchara, que tenemos trabajo
por delante!

45

Nuestra febril actividad nocturna comenzó en la Sala Capitular, un regio salón plagado de muebles antiguos y vigas revestidas en un techo del que cuelgan enormes lámparas de araña, dividida en tres espacios. Al último de ellos nos dirigimos, el reservado para los parrafeos, con sofás tapizados en torno a una mesa de mármol.

Allí descubrimos al padre Hildebrando, cadavérico y diminuto como un pardal sin fuerzas en su nido, sentado en una butaca orejera con un libro que, abierto entre las manos, parecía querer batir las alas para huir cuanto antes de ellas. Nos recibió con una expresión más de iluso que de iluminado para, al rato, indicar que no recordaba al tal Víctor. Quizás había conversado alguna vez con él, concedió, ante la insistencia del padre Gregorio, en su refugio creativo de la biblioteca, y algo le había preguntado a propósito de unos alemanes que por el año 40 decía que moraban en el monasterio y quizás hacían vida monacal y luego se marchaban a no se sabe dónde. Pero él, que había ingresado en Samos en el 39 con trece años y ahora tenía ochenta y cinco, no sabía nada de eso y tampoco recordaba extranjeros que hubieran convivido con los monjes, a no ser algún esporádico peregrino extraviado y famélico al que, por misericordia de Dios, de vez en cuando había que auxiliar. Y no es que lo hubiera olvidado, sino que no tenía conocimiento de ello, insistió, porque ahora, guiada como estaba su mano por el docto y sagrado dictado del arcángel san Miguel, aquel que estaba al tanto incluso de los puntos y de las comas de los textos religiosos, se encontraba tan absorto en la culminación de su beata obra que no podía centrarse en labores vanas o pegadas a este mundo. Eso porque, ahí es nada, solo disponía de quince años más, mera concesión divina, hasta cumplir los cien y rematar su transcendental encomienda.

Ese fue el principio del desbarre, porque, mezclando pasado, presente y futuro, sin modificar la expresión alegre que parecía llevar grabada en la cara, las palabras dictadas por su mente enseguida empezaron a transitar por las veredas del más ignoto saber y a extenderse en las minucias de las tribus de Israel y la invasión que vendrá de la patria del Señor, Palestina, ese paraíso, sin obviar las consabidas pinceladas de actualidad que la prensa le ofertaba, porque a pesar de todo tenía tiempo de leer tres periódicos al día, para seguir competentemente informado e interpretar entre líneas que Corea del Norte e Irán provocarían, dentro de poco, una hecatombe mundial, y esas tierras yermas y de razas proscritas escribirían las líneas de la redención mundial a la que las gentes pecadoras, o sea, todos, estábamos condenados sin remisión.

—Pero mientras eso no llega, padre —el padre Gregorio, tras varios minutos de emocionada atención, mostró claros síntomas de estar perdiendo la paciencia—, por última vez, ¿recuerda si en los años cuarenta, cuando usted llegó aquí, había alemanes en la abadía? ¿Los vio o los oyó hablar, o alguien le contó algo de eso?

—Yo era un niño y aquí hacía mucho frío —respondió, como si se hubiera agarrado a cualquier rama del discurso para evadirse de la realidad—. Yo trabajaba y oraba, y no, solo me acuerdo de los caminos que el Señor traza para adquirir sabiduría y concentrarse en la búsqueda de la beatitud.

—¡Pues venga, padre, levántese y vaya a orar a la celda! —ofreció el padre Gregorio, consternado, pero con una actitud tan resuelta que me sorprendió—. ¡Que pasan las completas y a ver qué hacemos!

Pero una vez que el otro miembro de la comunidad, oscuro y algo chepudo, hizo lo que él le había sugerido, no pudo reprimirse trazando ágilmente tres cruces delante de la cara y exclamando:

—¡Cada día está más chocho, el pobre!

Siguiente estación: el padre Bernardo. Pero para hablar con él, mi guía iba a necesitar alguna que otra gestión celestinesca que le llevaría su tiempo, aparte de una buena dosis de entrega. Así me lo transmitió. Entretanto, podía esperarle en la sala o en la celda. Si por el contrario prefería dejarme caer por la soledad de los claustros y de los pasillos, evitaría, bajo palabra de honor, aventurarme en la zona de clausura.

—Una cosa es echarte una mano, Pepe, y otra muy diferente saltarse los preceptos de la orden —advirtió.

Se lo prometí y escogí el paseo, por ver si así averiguaba algo, lo que fuera, en el recogimiento monacal.

46

El monasterio de Samos, recorrido bajo la luz de la
luna y con la escasa ayuda de las lámparas situadas en las
esquinas de los corredores, me pareció un grandioso, y
algo tenebroso, espectáculo de arte religioso en piedra.
Las columnas y bóvedas son majestuosas, y los claustros,
a los que asoman las vidrieras de las ventanas con arcos
y balaustres, conservan toda la mística de las grandes
obras de la Iglesia, esas por las que tantos ignorantes o
crédulos fueron explotados como mano de obra barata
y que, aun así, disculpamos por el resultado final que no
solo ha llegado hasta nosotros, sino que nos sobrevivirá
in aeternum. Qué lástima de frescos los del primer piso,
en los que, según había comentado el padre Gregorio, se
representan ceremonias religiosas con retratos de perso-
nalidades de la vida eclesiástica, social y política relacionadas con la abadía: excesivamente modernos para ar-
monizar sin estridencias con el venerable conjunto
arquitectónico.

Dado que no estaba allí para hacer turismo cultural, dejé a un lado esas valoraciones y me centré en mi trabajo. Me quedaba la bala de un miembro de la comunidad con la salud deteriorada a causa de una operación, de ahí que mi guía no confiase en que me recibiera a aquellas horas. Pero cuando el padre Gregorio regresó, se acercó tanto a mí que sentí su aliento cargado no solo de sagacidad.

—En quince minutos lo tienes aquí —dijo, con voz apagada—: diez de rezo en su celda y cinco para traerle. Pero la entrevista tiene que ser breve y concreta, eh, así que vete pensando en lo que le vas a preguntar.

—Él, el padre Bernardo... —dudé—. Quiero decir si está...

—¿Si está lúcido? —me ayudó—. Totalmente. Pero se trata de un alma sin fuerzas al que ya no le importaría abandonar este penoso mundo. Así que no vayamos a armarla. En cuanto muestre síntomas de fatiga, me lo llevo de vuelta —avisó.

—¿Estaba usted presente cuando Víctor habló con él?

—No. Yo concerté la cita, pero tenía que atender la portería.

—¿Entonces no sabe de qué hablaron?

—Esa puede ser tu primera pregunta —indicó—. Si vas al grano, no te mentirá ni se fatigará.

—Comprendido, padre. ¿Alguna advertencia más?

—Pues sí. Algo en lo que Víctor tenía especial interés: los pasadizos —comentó, mientras nos dirigíamos a mi celda.

Repentinamente mi mente se encendió con aquella mención y el recuerdo de los escritos de Farandulo en los que habla del «búnker» construido por los canteros y de otros estudiosos que ponían el acento en las dependencias secretas de Samos como escondrijo de nazis.

—¿Y qué tiene que ver eso con él?

—El padre Bernardo conoce todos los rincones de este monasterio —informó—. Siempre se ocupó de la limpieza de los desagües y de todas las chapuzas: cables, goteras, exterminio de ratas... Lo que fuera. Se ha metido por cuanto agujero existe. Te lo digo para que lo tengas en cuenta. Y ahora, Pepe, entra en tu celda, dispón una silla para él y, ya que lo tuyo no creo que sea rezar, prepárate. Voy a por él.

Obedecí sin rechistar y, al cabo de unos minutos, oí llamar dos veces a la puerta con los nudillos. Abrí y allí estaba el padre Gregorio sosteniendo la fragilidad de un anciano de rostro cadavérico y arrugado, pero de mirada candorosa y vestido con una bata añil y unas chinelas de cuadros a juego que contrastaban con el hábito de su compañero. Lo saludé sin que él hiciera algo más que un gesto con la cabeza y ambos entraron. Luego, con ayuda, el anciano se sentó al lado de la mesa de escritorio y, mientras el padre Gregorio iba hasta la ventana y posaba una nalga en el mentidero, me observó con una simpleza que me desarmó.

—Usted dirá —pronunció, con los dedos entrelazados.

Lo contemplé con ternura. Realmente agradecía el esfuerzo de los monjes y pensé en la vileza de mi proceder interesado; también en que, en cuanto pudiera, los resarciría con la luz de la verdad y mi arrepentimiento.

Mientras tanto, debía aplicarme con la investigación, pues no disponíamos de toda la noche.

—Padre Bernardo —comencé entonces—, muchas gracias por recibirme. No sé si sabe que tengo un poco de prisa y...

—Está al tanto. Ve al grano —impuso el padre Gregorio.

—Está bien —accedí—. ¿Recuerda a Víctor, el joven que vino...? —El padre Bernardo asintió—. ¿Qué le preguntó y qué le contó usted de los nazis que al parecer se hospedaron aquí en los años 44 y 45?

El padre Bernardo emitió un profundo suspiro antes de decir:

—Él insistió mucho en eso, sí... Incluso me leyó unos papeles en los que se hablaba de alemanes que se movían vestidos con los hábitos por el monasterio y..., y que comían en el refectorio y trabajaban en la sala donde se elaboraba el licor. Pero yo le expliqué que en aquellos tiempos era muy joven y no tengo constancia de tal hecho. Y aquí no había nadie de uniforme, excepto cuando Franco venía de visita. Entonces sí que me cruzaba con algún que otro militar, aunque no recuerdo que... —Pese a hablar lentamente y con una debilidad tal en la voz que hacía presagiar el rápido fin de la charla, el padre parecía tener interés en confesar todo lo que sabía—. Bien es cierto que a veces había alguien de fuera que hablaba en otras lenguas, que por aquí siempre pasaba algún extranjero de esos que llegan de todas partes recorriendo el Camino. Por poco tiempo y no tantos como ahora, pero ya por entonces venían.

—¿Así que a Víctor no le concretó nada?

—Nada. Nada porque, precisamente, del 45 al 47 estuve de misión. Pero él preguntaba si antes de eso, y yo... O no me daba cuenta, porque aquí cada uno está a lo suyo, o es normal que de joven uno no sea consciente de lo que se traen entre manos los que dirigen. Además, el monasterio es muy grande por dentro. Mucho. Aun así, de un grupo de nazis que comiera con nosotros desde luego que no tuve noticia hasta que él llegó y me lo preguntó. ¿Que si podían comer en otro momento o aparte? Pues sí, claro que podían. Pero yo entonces empezaba a ocuparme de trabajos por fuera y de cuidar las plantas del claustro, y poco podía saber lo que se movía por dentro. En cuanto a la destilería, pues... Había monjes encargados de elaborar el «Pax», que así se llamaba el licor que se embotellaba y luego se vendía. Pero ahí, con los alambiques, siempre estaba el encargado y algún novicio que hacía las veces de ayudante y que era de por aquí. Así que no creo que lo que yo le conté le sirviera de mucho. Y lo que él me leyó, que se pasó media tarde leyendo unas hojas, me resultaba demasiado raro. Él insistía en que si, dadas las buenas relaciones del abad con Franco, al que trataba en persona, vaya, pues para venir a visitarnos y todo ya había que estar bien relacionado... Ahora que, sí... —El padre Bernardo se detuvo y, casi jadeando, pidió—: Gregorio, haga el favor, un vaso de agua.

—Descanse un rato, si quiere —ofrecí, mientras el monje se dirigía al baño para cumplir su deseo.

—Prefiero acabar y marcharme —respondió—. Le

decía que... Recuerdo cuando el abad Mauro trajo al Generalísimo y organizó una gran recepción. Ese día la Sala del Piano estaba abarrotada de gente, y allí se mezclaban militares y monjes. Los militares iban de uniforme y parecían todos españoles, pero entre los monjes vi a algunos que no conocía y que eran muy altos, por lo menos así me lo pareció a mí.

—¿En qué año fue eso?

—No me acuerdo bien, pero lo pone en la inscripción del Claustro Grande, y también quedan fotos de ello colgadas en las paredes del pasillo. En aquel tiempo me llamó la atención. Pero poco más sé.

—¿Y que los abades y curas llevaran armas, no le...?

—Eso también me lo contó el joven. Me dijo que lo había leído, y yo le expliqué que sí que los había visto, en la iglesia de la abadía, pronunciando el sermón con la pistola colocada junto al atril. En aquel entonces era normal porque reinaba el miedo. Se decía que fuera, tras la guerra, seguían pasando cosas y que debíamos tener cuidado con la gente que había huido al monte, porque de vez en cuando bajaban para ajustar cuentas. Fue cuando construyeron el cuartel y los guardias estaban a diario en el monasterio. Pero aquí dentro nunca pasó nada, al menos que yo me enterase, porque esto es tan grande que uno no puede saber lo que sucede en otro lado.

El padre Gregorio llegó con el vaso y se lo ofreció. Él bebió despacio, con el pulso tembloroso. Se lo agradeció con un leve gesto.

—Víctor también le hablaría de los pasadizos que los canteros que trabajaron en el cuartel dicen que se hicieron aquí. Dependencias secretas para esconder alemanes e italianos —apunté—. ¿Existen esos pasadizos?

El padre Bernardo esbozó una tímida sonrisa. Los escasos dientes que mostró parecían raídos y a los labios les faltaba fuerza para estirarse del todo, por lo que la expresión de su cara parecía una careta ajena a su personalidad.

—¿Qué me puede contar de eso? —insistí.

—Lo mismo que le conté a él. El monasterio ardió en el año 51, el 24 de septiembre del año 1951 —repitió, como si tuviera esa fecha grabada a fuego en la mente. Yo recordé un vídeo del NODO recogido por Víctor y las viejas fotografías del monasterio que había visto en uno de los pasillos, entre las que se encontraban algunas instantáneas que mostraban el lamentable estado en el que quedó la mayor parte del edificio; él lo recordó como si reviviera la tragedia—: Aquello fue terrible. Terrible. Pero luego vinieron las obras y se cambiaron muchas cosas, sobre todo para fortalecer los cimientos. A partir de entonces ya me ocupé de los trabajos de la huerta y de las pequeñas reparaciones. Y empecé a conocer bien el monasterio y algunos de sus recovecos.

—¿Y? —No pude evitar la pregunta.

—¿No le digo que antes del incendio yo no me ocupaba de eso? El chico quería saber si antes había una especie de..., de...

—«De laberinto de túneles entre unas paredes muy anchas y muy difíciles de romper porque al parecer estaban pegadas con una cola antigua que se decía que estaba hecha con sangre de toro, y que conducían a una especie de apartamento clandestino en el que vivían esos alemanes» —solté, de corrido, sorprendiéndome a mí mismo por la retentiva de las palabras de Farandulo.

—Eso mismo decía él, sí. Pero yo, después de las obras, no vi tales túneles. Y como insistía tanto en que si había algo o si yo lo había encontrado, le conté por dónde solía meterme. Y también que existen pasadizos con los que nunca me atreví, vaya, que no es que sean unas catacumbas, pero... Lo que sé es que hay una especie de foso debajo de la iglesia, que después se ramifica hacia arriba, hacia el campanario, y hacia abajo, para varios sitios. Comienza en el mismo fondo del cuarto en el que guardo las herramientas, usted sabe cuál es, padre Gregorio —y se volvió hacia él—, el que tiene las llaves en el capitel. Está completamente a oscuras y es como un largo pasillo de piedra que se va estrechando y que, en algún tramo, se ve que fue tapiado. Cuando sucedió lo de la crecida de agua o lo de los atascos en las alcantarillas, me metí por algún desagüe de esos, no por todos, más que nada para intentar desatascar las cañerías y... Pero no creo que eso lleve a ninguna parte, porque... En fin, él quedó de ir a ver y de comprobar si... Ahora que no sé si lo hizo o no.

—A mí no me habló de eso —comentó el padre Gregorio, como disgustado—. Pero...

—¿Pero qué?

—Nada —contestó él, con gesto serio—. ¿Alguna pregunta más para el padre, o ya puede irse a descansar?

—¿Recuerda si le contó algo más a Víctor? —pregunté.

—Nada más. Por mucho que insistía, yo no... Y se

quedó un poco decepcionado, porque no acababa de encontrar pruebas, como les llamaba, y porque nadie le ofrecía certeza alguna de lo que había ocurrido aquí en aquellos años. Pero en cuanto le hablé del pasadizo, pareció conformarse y... Por lo que entendí, no creo que se marchara sin haberlo visitado. Y ahora —dijo, finalmente, moviéndose para incorporarse—, si me perdona, debo retirarme.

Le ayudé y, después de agradecérselo de nuevo, el padre Gregorio lo acompañó hasta la puerta. Desde allí se giró y dijo, con esa sonrisa de máscara que no le hacía justicia:

—Se me olvidaba. Como insistía, que si algo me pareció el chico es testarudo, a pesar de que yo nunca he sido muy amigo de los libros, le recomendé que preguntara por las *Memorias del abadiato* de don Mauro. Se salvaron del incendio y creo que están guardadas en la biblioteca. Por la cara que puso, el padre Hildebrando no le había debido de hablar de ellas.

—¿Hay unas memorias, entonces? —me dirigí al padre Gregorio.

—Sí, las hay, pero yo no las he leído —respondió, y en su expresión advertí un repentino retraimiento que abandonó justo al volverse para ayudar a su compañero y decir—: Vamos, padre, que se nos hace tarde.

Entonces, el padre Bernardo, deteniendo sus movimientos, frágiles y como a cámara lenta, quiso despedirse:

—Espero que encuentre lo que busca. La verdad nunca debería hacer daño.

47

Me quedé en la celda analizando las dos vías de investigación que se abrían ante mí: el pasadizo que había mencionado el padre Bernardo y la biblioteca. Me concentraría en ambas, siempre y cuando el padre Gregorio, a pesar de la rara reacción que había notado en él, se prestara a seguir colaborando.

Pero algo enturbió mi pensamiento: las dudas que me asaltaron, en este caso sentado en la piedra del mentidero de un monasterio benedictino y mirando por la ventana cómo, bajo la luz amarilla de las farolas y rozando los muros, discurría lentamente el río Sarria. Fueron varios minutos en los que aquella misión me pareció tan descaminada y de tal envergadura que entendí que mi capacidad no era suficiente. De pronto, me sentí pequeño. Mucho. ¿Quién era yo si no un mísero taxista al que le gustaba leer novelas y husmear por los caminos nimiedades propias de gente corriente? Pero meterse en un follón así, nada menos que resolver la papeleta de si un alto personaje de la política gallega está o no relacionado con los nazis de después de las guerras, semejaba una tarea para mentes más lúcidas, para personas con mayor poder y destreza, además de otros recursos que no incluían la virtud de recibir tundas día sí y día también, como le venía sucediendo a mi apreciado cuerpo.

Había tenido la suerte de disponer de dinero, porque don Manuel sería lo que fuera, pero la etiqueta de manicorto no se la podía atribuir, y de encontrar a Lelia, una criatura disfrazada de ángel y entregada de una manera tan resuelta a la investigación como si le fuese la vida en ello o como si su vida consistiera en verificar algo completamente ajeno a su persona. ¿Y qué decir de Barrabás, esa mente talentosa y de salidas imprevisibles que se pasaba la mayor parte del año desaprovechado, no solo porque no encontraba un trabajo acorde con sus capacidades, sino porque nadie le podría ofrecer un puesto ajustado a su perspicacia?

Por lo visto, pensé, tenía equipo. Y con esta idea aquieté un poco mi mente: yo venía a ser un pequeño empresario que daba empleo a dos personas, y si bien mi acción no servía para aliviar las listas del INEM, por lo menos daba de comer a unos amigos o les solucionaba las rentas de los pisos que tenían alquilados, lo que para estos tiempos no es moco de pavo.

Así, como en un tira y afloja de hilos sueltos, esas digresiones acabaron por hilvanarse en mi cabeza. Pero como tampoco se trataba de la primera vez, ya había desarrollado un mecanismo de defensa: pensar que siempre habrá un mendrugo de pan duro que se presenta ante todo hombre, independientemente de su nivel, y que este, tenga hambre o sienta ese prurito, debe roer. Roer como roe un perro un hueso que encuentra tirado al borde de un camino. Puede estar harto o enfadado, pero un hueso siempre es un hueso. Y al tratarse de perros...

Entonces sonó el teléfono. Lelia. Tras preguntarme qué tal y que yo evitara mencionar el tranquilizador encontronazo en la puerta de mi casa y la discusión con mi jefe, y tras confirmarle que estaba en Samos pero que todavía no había dado con ninguna pista, pasó a contarme lo que se le había ocurrido: revisar los archivos que Víctor consultó justo antes de viajar al monasterio, para comprobar si podíamos acotar un poco más los motivos que lo habían dirigido a ese lugar y relacionarlos con la siguiente y definitiva estancia en la Ribeira Sacra.

Además de la carpeta de Farandulo y la del avión de Córneas, Víctor había consultado otras dos: la que contenía los archivos de la visita a las minas de O Freixo y otra titulada «Don Guillermo».

—Se refiere a un tal Federico Guillermo Cloos —aclaró.

—No recuerdo...

—Te cuento. Al principio, a Víctor le interesó la mina de hierro de O Freixo, en la parroquia de San Miguel de Marcelle, a la que se llega por la carretera de Monforte a Castro Caldelas. Como siempre, no solo fue hasta allí y entrevistó a viejos mineros de los alrededores, grabándolo todo, sino que recopiló documentación al respecto. Y fue ahí donde dio con este personaje, el señor Cloos, más conocido como don Guillermo. Resulta que este emprendedor alemán, gerente con plenos poderes, incluso hizo construir una especie de funicular en el que se transportaba el mineral desde la mina hasta la estación de Canabal, en el municipio de Sober, a unos ocho kilómetros. Ten en cuenta que la estación de Canabal era poco concurrida, por lo menos no estaba tan a la vista de los agentes aliados y de las personas normales como el importante nudo ferroviario de Monforte de Lemos. Así, en trenes cargados hasta los topes, calladamente, transportaban el hierro de O Freixo y el volframio de Casaio, en Valdeorras, hasta el cargadero vigués de Rande, ese que Víctor nunca se cansó de investigar y que todavía en la actualidad se conoce como «el cargadero del alemán» porque fue el propio Cloos quien ordenó construirlo. Desde ahí, el mineral viajaba en barcos hasta Alemania para abastecer la industria pesada de Hitler.

»La mina cerró a finales de la Segunda Guerra Mundial, pero mucho antes, en el 33, según se recoge en los archivos y en las actas obreras de la CNT, donde califican al gerente de déspota y con apetito de bestia, además de vil nazi, hubo muchos problemas. Incluso huelgas. ¡Una de ellas duró nada menos que dos años! También eran constantes los enfrentamientos con los obreros, y se produjeron detenciones y hasta muertes en extrañas circunstancias. El mismo Cloos sufrió un atentado en el 32. Al parecer pagaba una miseria y los vecinos de las aldeas recuerdan que trabajaban en unas condiciones lamentables. Pero los que estaban en el poder, como siempre, con tal de favorecer al poderoso, hacían la vista gorda, en parte porque les convenía que les hicieran el trabajo de reprimir a los rebeldes o sospechosos de comulgar con los sindicatos. En definitiva, que mientras el descontento era el pan de cada día entre los obreros de la mina, había unos cuantos chupópteros que se lucraban bien lucrados, ya que sirviendo a la poderosa Alemania siempre había dinero que repartir.

»¿Y qué más sabemos de don Guillermo? Pues que no solo presumía de nazi, sino que también ejercía como tal. En la comarca de Lemos recuerdan de él que, aparte de ser alto y rubio, como todo ario que se precie, se dedicó a repartir entre sus amigos la traducción al español de *Mein Kampf* cuando el nazismo estaba de moda y había que hacer apología y vender el libro del Führer. Muchas familias de Monforte que tuvieron que ver con el régimen todavía conservan un ejemplar y...

—Vale, Lelia. ¿Y ese Cloos, al final qué nos aporta? —pregunté.

—Ten paciencia con los antecedentes —indicó—. Víctor, además de fotografiar dónde vivía, una casona con columnas y escaleras que da al Malecón, cerca del puente viejo, y que ahora está en ruinas, encontró un libro en el que se habla de un tal Servando de Buíme, un obrero de Canabal que trabajó en las minas y que fue sicario al servicio de don Guillermo, haciendo atrocidades, vaya. Pues en ese libro... Atiende a lo que dice: «Tuvo dos hijas y mala vida. La misma que la del notario Villalobos planeando muertes y torturas. Ambos disponían de las vidas y haciendas de los señalados para asesinar.» Este otro personaje, el notario, que también llegó de fuera, tampoco tiene desperdicio, porque es terrible lo que Víctor recogió sobre él en sus entrevistas a los viejos. ¡Se distinguió nada menos que por escoger a sus víctimas en las fotos que hacía el retratista Nuevo en las manifestaciones obreras del Primero de Mayo! Parece ser que reconocía las caras, las marcaba y mandaba prender, torturar y ordenar paseos y muertes. Resulta que ambos, Cloos y él, estuvieron metidos hasta el cuello en la represión que tuvo lugar en O Val de Lemos durante la Guerra Civil y en los años siguientes. ¡Una pasada!

—Ya —intervine de nuevo—. Pero Lelia, yo no puedo...

—Espera, por favor, que ya llega la conexión con el monasterio —y en ese instante oí llamar a la puerta y vi cómo se asomaba la cabeza del padre Gregorio pidiendo permiso para pasar. Hice un gesto con la mano para indicarle que entrase y escuché a Lelia decir—: De ese Villalobos, el amigo íntimo de Cloos, después de haber ordenado todas esas animaladas y de que se marchase de allí como jefe provincial del Movimiento, se comenta que... Te lo leo, que es breve: «Daba miedo, incluso entre las derechas del pueblo, en aquellos días de asesinatos impunes. Pero nadie lo paró. Ni siquiera la letanía humanitaria del padre Mauro de Samos.» ¡Ya ves, Reina, al parecer el notario conocía al abad de Samos! Víctor lo fotocopió. Pero además, y acabo, porque él era así de meticuloso, o de obcecado, añade una extraña nota manuscrita que, por las flechas y rayas con las que une los nombres, parece una especie de ecuación o un jeroglífico sin resolver. Dice así: «Córneas no y Samos igual a padre Ricardo y abad Mauro. Samos y Monforte igual a abad Mauro y don Guillermo. Monforte y Arxeriz igual a don Guillermo y Xan de Forcados.» Como si apuntara lo que le viene a la cabeza en ese galimatías, Víctor escribe palabras y traza líneas de relación entre ellas. Y sobre cada anotación, en rotulador rojo, hay un nombre apuntado, un nombre que tú conoces, Reina. ¿Sabes cuál?

—¿Cuál?

—¡Sorpresa: el de nuestro viejo amigo Walter Kutschmann!

A continuación, como si el eco de aquel sonoro apellido alemán resonara en la comunicación, mientras el padre Gregorio esperaba de pie y muy recatadamente a que finalizara la conversación, Lelia se calló. El silencio que sobrevino no fue tal, pues en mi cabeza se establecieron de inmediato insólitas conexiones de las que, en ese momento, no podía ocuparme.

—Buen trabajo, Lelia —acerté a decir—. Mándame esa nota, anda, que me vendrá muy bien para discurrir. Y ahora tengo que cortar. Abur.

De inmediato miré al padre Gregorio, con un rostro tan adusto como aún no le había visto componer. Tal vez había perdido la alegría, o incluso las ganas de hablar. A pesar de ello, me levanté y, sin pensarlo, le di un abrazo al tiempo que exclamaba:

—¡Padre Gregorio, si supiera cuánto lo voy a necesitar!

48

Necesitaba, sí, que me llevase hasta el pasadizo y me abriera la puerta de la biblioteca, pero entre que no quería pillarse las manos y que el padre prior —de ahí que hablase en voz muy baja— podía volver y sorprenderlo in fraganti, se negaba en redondo a colaborar más conmigo aquella noche.

—Pero usted no tendrá ni que venir —alegué—. Lo haré solo.

Él negó con la cabeza y yo, por no discutir, busqué en mi cabeza algún cuento que reparase nuestra relación y, ante todo, su humor.

—¿Sabe de aquella reunión para decidir qué hacer con las limosnas de los cepillos de las iglesias? —El padre, receloso, negó con la cabeza. Yo continué—: Pues se presentaron ante el nuevo papa tres obispos: un catalán, un vasco y un gallego. Debían tomar una decisión conjunta, ya que no resultaba edificante ante el pueblo que cada uno fijara a su antojo el dinero que quedaba para él y el que destinaba a Dios. Según el papa, había que ponerse de acuerdo y, con tal fin, cada uno presentaría su propuesta, para luego decidir la más conveniente. —Un gesto que le arrugaba los ojos y le estiraba la boca, todavía pegada, se dibujó en la cara del atento monje—. Habló primero el vasco y dijo así: «Yo, que siempre he sido justo, lo que hago es trazar una raya en el suelo, coloco un pie a cada lado, cojo el dinero y lo lanzo al aire. Una vez que ha caído por su propio peso, el que queda a la izquierda es para mí y, por deferencia, el de la derecha lo destino a Dios.» Al papa le pareció bien, incluso muy equitativo. Entonces habló el obispo catalán. Como usted sabe, padre Gregorio, los de ese lado son devotos de la Virgen del Puño. Dijo así: «Yo, procurando ser justo y teniendo en cuenta los trabajos de este mundo, lo que hago es trazar un círculo de un metro de diámetro en el suelo y coloco los pies delante de la raya. Cojo el dinero en las manos y lo lanzo hacia arriba. Una vez que baja por su propio peso, el que cae dentro lo destino a Dios y el que queda fuera es para mí.» Muy apropiado, muy apropiado, comentó el papa, frotándose las manos. Por último, le concedió la palabra al gallego, que aunque parecía un poco cortito había venido desde más lejos y tampoco procedía que regresara a casa sin exponer su propuesta. —Entre los labios del padre Gregorio ya asomaban unos dientes menudos y amarillentos, mientras su mirada se había ido cerrando progresivamente—. «Santidad», habló el obispo gallego, «lo que yo hago es coger el dinero en las manos y luego, para que nadie me acuse de hacer trampas o de engañar a Dios, cierro los ojos. Entonces lo lanzo hacia arriba y... ¡Que él coja el que le haga falta, que yo ya me encargo de recoger del suelo el que me deje!»

El padre Gregorio, al principio, emitió una risilla de conejo; después, conforme esta fue aumentando, ya con las manos en el vientre, se fue acercando hasta la cabecera de la cama, se apoyó en ella y, encogido, intentó contener lo que parecía atragantado en la garganta.

—¿Qué cree que decidió el papa, padre? —pregunté.

Cuando estalló, su sarta de carcajadas fue estrepitosa.

—Sigamos, pues, el consejo de nuestro obispo —indiqué—: ¡Cerrar los ojos y que decida quien tenga que decidir!

49

Tras la avenencia, furtivamente, el padre me guio por el pasillo de arriba. Luego, por si al padre prior se le ocurría regresar, bajamos por las escaleras de piedra de la esquina contraria a la entrada y, después de asomar la cabeza y atisbar en la penumbra, accedimos al Claustro Grande. El silencio en el que estaba sumido el monasterio y las tinieblas que la luz de la luna provocaba detrás de cada columna y en las nervaduras del techo no lograron disminuir nuestras ansias ni detener nuestros pasos. Así, hasta que llegamos a la altura de un banco arrimado a una pared pintada de blanco, de la cual sobresalían los restos de un capitel, el monje no se detuvo. Entonces se volvió hacia mí y me indicó el muro que el resplandor nocturno iluminaba. En él, bajo un escudo esculpido en la piedra, una inscripción en tinta roja revelaba:

EL : DIA : XXVI : AGOSTO
AÑO : MCMXLIII
FRANCISCO : FRANCO : CAUDILLO : DE : ESPAÑA
VENCEDOR : EN : LA : CRUZADA
CONTRA : EL : COMUNISMO : ACOMPAÑADO
DE : SU: ESPOSA : E : HIJA : SEQUITO
CIVIL : Y : MILITAR
VISITO : ESTE : CENOBIO : SIENDO
MAURO : ABAD

Durante un rato no pude cerrar la boca. ¡La primera visita del dictador al monasterio coincidía con parte de la etapa que me interesaba! Seguro que no probaba nada de lo que yo andaba buscando, pero al menos constataba las buenas relaciones de la abadía de Samos con el poder, pues incluso después del devastador incendio del año 1951, con el loado abad Mauro al timón, Franco había vuelto allí para inaugurar la nueva etapa. No obstante, me abstuve de hacer comentarios, pues creía que enredar más con el pasado no era la mejor fórmula para ganarme el favor del padre Gregorio, y solo me atreví a opinar:

—No me diga que el pasadizo está detrás de esta inscripción...

Por toda respuesta, el monje se subió al banco, elevó la mano por encima del capitel y cogió una gruesa llave de hierro. Bajó con cuidado, se desplazó hasta la puerta de la izquierda y abrió con ella. En ese momento, justo al volverse hacia mí, sentimos un ruido en la portería, sita en la esquina del claustro que teníamos a la vista. Entonces el padre Gregorio braceó exageradamente para que me acercara. Lo hice lo más rápido que pude y los dos nos metimos dentro. Él entornó la puerta y, al rato, con las cabezas apoyadas en la piedra y el aliento contenido en la oscuridad, vimos pasar por delante la figura gruesa y bajita de un fraile con hábito. Sus andares eran pesarosos y, entre la luz de la luna que le daba del otro lado y la sombra que proyectaba hacia nosotros, la fantasmal imagen provocó que el atemorizado padre que me acompañaba se hiciera cuatro cruces seguidas con la mano derecha delante del rostro.

—¿Es el padre prior? —susurré.

—Vuelve para los maitines —confirmó, nervioso—. ¡Casi nos pilla!

Permanecimos allí unos instantes hasta que, cuando lo consideró oportuno, el padre Gregorio se asomó al claustro para hacer comprobaciones y yo activé la luz del móvil para examinar lo que había allí dentro.

—¿Qué haces, Pepe? —preguntó, cerrando de nuevo la puerta.

—Tendremos que ver adónde nos conduce esto, padre.

—¡Yo no! ¡Yo no! —repitió, sin dejar de persignarse y ante mi sorpresa—. ¡Que aquí no hay luz y..., y no puedo ni quiero meterme por ahí! Parece una broma, pero... ¡Tengo claustrofobia!

—No se preocupe, padre Gregorio, yo me ocupo. Usted ya ha hecho bastante —intenté tranquilizarlo, sin dejar de sonreír por aquella insólita revelación—. Piense que no hacemos nada malo, que buscamos la verdad y que Dios nos va a tener muy en cuenta esta buena acción. Seguro.

El padre no respondió. Tragó ruidosamente la saliva que tenía retenida en su boca y permaneció serio, con la mirada inquieta y el tembloroso mentón, sin dejar de hacerse cruces con la mano.

—Usted ahora váyase a descansar, que se ha hecho tarde —añadí—. Yo me apaño de sobra con el móvil. Cuando acabe, no se preocupe, dejaré la puerta cerrada, la llave en su sitio, y volveré sin problemas a mi celda. Pero antes —e iluminé su rostro con la luz para observar su reacción—, si le parece bien, puede dejar abierta la puerta de la biblioteca. Así, sin molestar, y con la promesa de que no moveré nada, que nadie se dará cuenta de que he pasado por allí, le echo un vistazo a las *Memorias* de las que habló el padre Bernardo.

El padre Gregorio cerró dolorosamente los ojos y suspiró:

—¡El mismo *modus operandi*!

—¡Piense en lo que he venido a buscar aquí y en que estamos adelantando mucho trabajo! —lo animé—. Y ahora hágame caso, ande, váyase.

—¡Pero si ni sabes dónde queda la biblioteca, Pepe! —protestó.

—Si me lo indica, puedo dar con ella.

—No tiene pérdida —cedió, al final—. Del otro lado del Claustro Pequeño, la doble puerta con dintel semicircular y una inscripción.

—¡Otra! —me sorprendí, mientras dirigía la luz hacia el suelo del pasadizo, repleto de herramientas de trabajo—. ¿Qué pone, por si acaso?

—*Claustrum sine librario sicut castrum sine arma-*

mentario —pronunció, de corrido. Y tradujo—: «Un monasterio sin biblioteca es como un campamento sin armas.»

—Entendido, padre. Y ahora márchese. Acuérdese solo de dejarme la puerta abierta y no se preocupe por nada.

El padre Gregorio, como si necesitara insuflar aire para moverse, inspiró profundamente. Pero no se movió. Yo iluminé de nuevo su cara y él, soltando todo aquello que le inquietaba, dijo:

—¡Como Víctor, tal cual! Él se quedaba en la biblioteca, pero me pidió un foco. Ahora veo que era para venir aquí sin mí. Se pasó en ella casi toda la noche, porque yo me levanté con laudes, bajé al claustro para comprobar cómo iba la investigación y vi la luz encendida por debajo de la puerta. No me atreví a molestarlo. Subí de nuevo a la celda y ya no lo volví a ver —se lamentó, como si aquel pago a toda su desinteresada entrega le provocara una honda amargura.

—Padre Gregorio, cálmese —apunté, a modo de halago. Y lo abracé por tercera vez esa noche mientras decía—: Nos vemos por la mañana.

50

Tras superar el atranco de cachivaches y bártulos amontonados cerca de la puerta, aquel corredor de techo abovedado a una altura que tocaba con la mano, todo en piedra, se fue estrechando hasta convertirse en un pasadizo iluminado por la luz del móvil. Por él avancé hasta llegar a un muro con escalones de losa recortada que bifurcaba el camino, el de arriba, más ancho, en línea recta con la entrada, y el que, a través de un agujero por el que cabía un hombre, descendía hacia las profundidades por una rústica escalera que se perdía en las sombras.

Con toda la noche por delante pero limitada batería para aguantar la aplicación «linterna», decidí inspeccionar la vía superior; para eso me subí al muro, una gruesa pared rebajada para facilitar el paso, salté con cautela al otro lado y continué mi camino. Mientras avanzaba, iba iluminando y tocando las paredes y, no podía evitarlo, rememoraba las palabras de Farandulo, cuando describía el «trabajo especial» que habían realizado los canteros en las entrañas de la abadía, por lo que busqué entre las piedras la mencionada «cola de sangre de toro». No di con ella, pero el variado color del cemento que amarraba las piedras revelaba obras ejecutadas en distintas épocas, por lo que dudé de que aquel fuera el pasadizo secreto que llevaba al «apartamento clandestino para ser habitado por un grupo de italianos y alemanes». Y mayor fue mi decepción cuando, una vez revisados los huecos superiores, comprobé que, excepto uno muy estrecho y que por las palabras del padre Bernardo supuse que conduciría al campanario, aparecían cegados con piedra y cemento. Entonces, como tampoco consideraba posible un compartimento dentro de la propia iglesia, decidí caminar hasta el final de la vía principal.

Lo hice hasta que fui a dar de bruces con una puerta tapiada en la que se apoyaba una oxidada reja. Me subí a ella y, como por algunas rendijas podía divisar una especie de resplandor, me pareció que podía estar cerca de la ansiada estancia. El chasco llegó justo cuando escuché un extraño rugido y, de inmediato, las luces de un coche que aparecían y huían rápidamente por lo que no era otra cosa que la carretera que pasa pegada al monasterio. De este modo constaté que el pasadizo principal cruzaba por debajo de la iglesia hasta ir a parar al otro lado de la abadía, donde se había abierto la nueva vía circulatoria que, seguramente, provocó la supresión de una puerta de acceso lateral.

Desanimado, desandé el camino para intentar la otra vía, la subterránea. Allí me agaché, coloqué la mano en la piedra que sostenía el techo para no golpearme la cabeza, puse el pie en el primer escalón y, justo en ese instante, suena el teléfono. Don Manuel, preguntando dónde estaba.

—No se lo va a creer —advertí—. ¡En el pasadizo de un monasterio, buscando huellas nazis! —exclamé, y el primer sorprendido de aquella respuesta fui yo. Porque, ¿realmente, tenía sentido la extraña situación en la que me encontraba?

—¡Vaya! Pues no te entretengo. Llamaba para decirte que he hablado con mi madre y... —La duda no estaba causada por la escasa cobertura ni por la tara de mi cliente. Hasta que se decidió—: Nada, ella no quiere saber nada. Y nunca la había visto tan enfadada. Tanto que me ha prohibido que revuelva en su pasado. Y mucho menos en cualquier mierda que se le pudiera achacar a la familia. Aunque no sea nuestra, el hedor podría impregnarlo todo. Eso dijo y no hace falta ser un lince para darse cuenta de que tiene razón. Ya sabes a qué me refiero.

—No estoy seguro de a qué se refiere, don Manuel —respondí, con una rara neura, posando la nalga en la frialdad de un peldaño—. Pero si lo que me quiere decir es que lo deje...

—¡No, Pepe, no! —me atajó de inmediato—. ¡Yo quiero saber de mí! Además de que no puedo tolerar que nadie de fuera vaya por delante o venga de listo acusándome de lo que no soy. Por eso quiero que sigas adelante. ¡Con cuidado, pero adelante! Ahora que, como te he advertido, mi madre no debe enterarse. Te exijo que por nada del mundo sea molestada. ¿Entendido? Así que, dale duro, resuélvelo. Y resuélvelo pronto, que no se me puede juntar con otros temas importantes en los que ando metido —advirtió. Y, sin esperar respuesta, justo antes de colgar, se despidió—: Suerte.

Al cortar, me quedé como desamparado en la repentina oscuridad que me envolvió. Todo porque después de haber escuchado aquellas palabras tuve la certeza de que doña Manolita poseía la clave de aquel turbio asunto. Y si ella no quería revelar su pasado era porque tenía algo que ocultar. ¿Y por qué lo ocultaba? Porque alguien podría salir perjudicado. Su propio hijo, deduje. Por tanto, se trataba de un asunto de familia. «¡Que lo resuelvan ellos!», grité. Entonces, la pregunta era obvia: ¿qué hacía yo buscando un secreto para un cliente al que su madre no se lo quería contar? Como no fuera dar vueltas como un indio en torno a una intrincada pero fascinante maraña nazi, no veía otra respuesta. Para bien y para mal, concluí, la vida casi siempre consiste en eso, en dar vueltas y, como el ratón, buscar una ratonera.

51

Ya que le había encargado a Barrabás esa investigación, no solo para advertirle, sino también por los tres días de insólita desatención, intenté de nuevo contactar con él. Mientras presionaba el botón del móvil, considerándolo incapaz de haber huido con el dinero, recordé la llamada del policía interesándose por el ingreso que le había hecho a mi colega. ¿Y si estaba detenido o le había surgido algún contratiempo? No. A él no. A pesar de ser huérfano desde pequeño y no tener trabajo fijo, se había acostumbrado a sobrevivir con escasos recursos y no solía meterse en líos.

—¡Venga, Barrabás, coge ya! —me impacienté, sabiendo que para él se iniciaban los instantes de lucidez nocturna, aquellos en los que sacaba lo mejor de sí y seducía con la locuacidad que le otorgaban tres copas.

No hubo manera, el terminal permanecía fuera de servicio o apagado. Decidí entonces que, a mi regreso, pasaría por su, además de cutre, bohemio y con vistas al castillo de San Vicente, ático de la rúa das Hortas, donde finalizaban nuestras juergas, y llamé a Lelia.

Aunque con dificultades por la escasa cobertura, le advertí:

—Si no te llamo o te dejo un mensaje esta misma noche, es que me he quedado atrapado en el pasadizo de Samos.

—¿Estás de broma, verdad?

—Nunca he hablado más en serio. El agujero por el que me voy a meter me produce escalofríos, y casi seguro que el móvil ahí abajo no funciona. Así que contactas con el padre Gregorio por la mañana y que intenten sacarme.

—¡No lo hagas, Reina! —exclamó. Y suplicó—: ¡Te lo pido por favor!

Pensé que tal vez me había excedido; también en que quedaban pocas personas en el mundo que reaccionaran de esa forma ante un peligro que me rondara. Quizá por eso quise tranquilizarla:

—Es por precaución, mujer. En cuanto a lo nuestro, por lo que me contaste antes y por las vueltas que le estoy dando, vamos a cambiar de plan: deja de analizar toda esa maraña nazi de Víctor recorriendo el país y céntrate en O Val de Lemos y en la Ribeira Sacra, exclusivamente. Por mucho que te interese el tema, el quid está ahí, donde él llegó y donde descubrió lo que nosotros buscamos.

Después de colgar y de encender de nuevo la «linterna», al revisar el pasaje inferior apareció al fondo de la escalera un foco de plástico amarillo. Imaginé que esta vez Víctor me echaba una mano, pues deduje que se le había caído de regreso de su inspección y, con la puerta de salida a pocos metros, había decidido no volver a por él en la oscuridad. Claro que a lo mejor tenía prisa, provocada por la alegría o la desilusión de su hallazgo, o... Para no desbarrar más, bajé, lo cogí y, ¡eureka! Aunque no igualaba la luz de la luna, allí dentro era una regalía.

Así, consciente de la imprudencia de internarme en solitario en aquellos subterráneos anteriores a la Inquisición, avancé sin mirar atrás. ¿Y qué encontré? Pasadizos angostos, tétricos, sepulcrales y plagados de insondables sombras funestas. De haber sido un poeta romántico y encontrando las palabras, habría dado con una mina; de haber sido un escritor viciado por las modas de lo esotérico y misterioso, sin duda habría localizado el ambiente propicio para un *best seller*. Aterrorizado, así me sentí al transitar por aquella galería que no paraba de girar en las esquinas de recios muros de piedra que sostenían, supuse, las naves y los claustros del magno monasterio. Pero intuyendo que sería fácil perderme para siempre en aquella especie de escalofriante laberinto, dado que el suelo a veces era terroso y había pequeñas piedras caídas de las paredes en los bordes del camino, opté por trazar una flecha con ellas en cada curva, en cada esquina y en cada ramal, que me indicase de dónde venía.

De esta manera, escrutando tinieblas, palpando piedras, husmeando en cavidades y en una especie de conducto por el que discurría el agua o se aquietaba en charcos que, al enfocarlos, parecían multiplicar el destello, sintiendo que la temperatura no era un problema, pues incluso me quité la chaqueta para aliviar la tensión que me embargaba, caminé despacio, convenciéndome de que de ese atrevimiento podría sacar algo en limpio. Aun así, nunca dejé de asegurar dónde posaba cada pie y dónde me asía con cada mano; y todo, mayormente cuando me detenía a iluminar, bajo un opresivo silencio que me provocaba escalofríos en la espalda y mortificaba mi sentido común, ese que no paraba de aconsejarme que me largara de allí cuanto antes.

Entre el cuidado que ponía en no perderme e ir casi a tientas y agachándome para no partirme la cabeza, ni miré el reloj, por lo que tampoco fui consciente del tiempo que tardé en registrar aquella lóbrega y, a veces, húmeda senda de piedra. Calculé, eso sí, que habría recorrido buena parte de los cimientos de la abadía y que había sido concebida como túnel de escape o como refugio ante cualquier circunstancia adversa. Incluso pensé en que, tal vez, hasta le habían hecho una salida para la primera función. Pero faltaba algo esencial para cumplir con la segunda, lo que yo buscaba: una estancia en la que ocultar personas, algo más amplia que aquellas angostas galerías por las que avanzaba tan despacio. Si existía, no daba con ella.

No la encontré hasta que, ya de regreso, un tanto ansioso por abandonar el fosco pasillo, en un rincón cerca de lo que me parecía la escalera inicial y que luego resultó no serlo, el foco iluminó una piedra de cantería de una esquina que, por clara, llamaba la atención sobre las demás losas. Más por curiosidad que porque me quedasen esperanzas de encontrar algo, me acerqué y le puse la mano encima. Noté el tacto de la piedra labrada con bujarda, pero también unos surcos más profundos en la otra cara, como si el cantero hubiera realizado una rústica inscripción. Por eso situé la luz en el lateral y miré el dibujo que trazaban las sombras en el grabado: se trataba de una especie de cruz con las esquinas como curvadas. Entonces coloqué mejor el foco y lo que captó mi pensamiento me estremeció: ¡aquello era una esvástica!

Sin tragar la saliva que repentinamente se me acumuló en la boca, miré y comprobé durante un buen rato si la cruz grabada en la piedra era realmente gamada. No me quedó ninguna duda cuando, acto seguido, iluminé hacia el fondo del estrecho pasadizo, por el pasaje que quedaba al lado de la inscripción, y divisé una vieja y robusta puerta de madera que se sostenía con dos bisagras oxidadas por un lado y se cerraba con una tarabilla por el otro. Excitado, me acerqué a ella y la accioné, empujé y, después de un ronco sonido, descubrí lo que buscaba: un cuarto solitario y todo de piedra en el que destacaban, desempeñando el papel de robustas camas, seis enormes losas arrimadas a los muros. Sobre ellas se disponían gruesos jergones de tela enmohecidos y roídos por los ratones y que dejaban ver, a modo de tripas desperdigadas, unas mustias y ennegrecidas hojas de maíz. En una esquina, un arcón de madera apolillado y con la tapa abierta guardaba viejos cobertores raídos y colchas deshilachadas. Colgados de las paredes se veían varios ganchos de hierro que debieron de servir como rústicas perchas y dos viejos candiles de carburo semejantes a los que había conservado mi tío en su bodega. Finalmente, en una esquina superior, un agujero de una cuarta lleno de telarañas parecía ejercer de respiradero.

Poco más observé en aquella angustiosa y triste jaula, a no ser el presentimiento de inmundas historias de pavor y saña en las entrañas de un monasterio, por lo que ya no quise hacer otras comprobaciones. Salí de allí extasiado y cavilando que seguramente Víctor también había dado con dicha estancia y luego había huido a toda prisa. Pero él, antes de localizarla, quizás había pasado por la biblioteca y, ¿por qué no?, había descubierto algo más; algo que lo había llevado hasta esas catacumbas nazis y, más tarde, hasta la misma orilla del Miño en la que había desaparecido. En ese instante yo no sabía lo que él había encontrado, pero, desde luego, estaba decidido a averiguarlo.

52

Enseguida le envié un mensaje a Lelia confirmándole, además de que había superado la prueba del topo, el hallazgo de la esvástica nazi, y me ocupé de la biblioteca en varias trabajosas fases.

En la primera de ellas llegué a la depresión por aplastamiento de un ejército de miles de volúmenes exhibidos en miserables estanterías de chapa como las que existen en algunas ferreterías sin prestancia. Contemplar la provisionalidad de ese noble lugar y caérseme el alma a los pies, si es que la llevaba conmigo, fue todo uno.

A la segunda fase la denominaré de sesuda disposición a la tarea. En ella fui recorriendo lomos de libros y carpetas manuscritas atadas con cordel y sin referencia alguna, pues excepto cuatro o cinco compartimentos provistos de letrero, lo único que me podía ayudar a encontrar un dato válido para la investigación era una ordenación alfabética y con numeración en etiqueta blanca que se situaba en los atestados anaqueles. Aun así, no conseguí comprender del todo cómo estaban organizados, por lo que durante más de una hora estuve atareado con un absurdo ir y venir del primer al segundo piso.

Entonces me adentré en la tercera fase, de desesperanza plena, al caer en la cuenta de que solo un iluso podría pensar que sería capaz de revisar aquella desmesurada biblioteca en una sola noche. No lo lograría ni en una semana. La superé al recordar que en el libro con la historia del monasterio que había adquirido, en las notas a pie de página, se mencionaban las fuentes de las que el autor había tomado la información de cada época. Con sigilo pero a toda prisa, subí a por él a mi celda y concreté lo que me interesaba en la página 487: «Todos los datos apuntados en este apartado los hemos extraído de la *Memoria* incluida en la carpeta F-10 ("Abadiato del padre Mauro Gómez") del archivo actual.»

Al fin localicé la *Memoria* al lado de una destacada etiqueta en amarillo que en un principio me había pasado desapercibida y que comprendía el período 1936-1970. Entonces, debido a lo que podría contener, a lo que me podría ayudar, a la razón que fuese, juro que me emocioné al tener entre mis manos aquel voluminoso libro de anotaciones. Pero en él, lo único que se recogía de las décadas de los cuarenta y cincuenta, en cientos de páginas y de forma minuciosa, era la adquisición de terrenos, amortización de deudas, donaciones, mejoras del edificio, incluida la erección de la estatua al Padre Feijoo, servicios al pueblo de Samos y cuantos variadísimos elementos de gestión conformaban la vida del monasterio benedictino. Todo ello sin dejar de registrar gastos e ingresos, nombres y apellidos de personas, locales y dependencias, e incluir soporíferas descripciones como la del montaje del reloj de la torre o el donativo de Franco en su visita del 43.

El denominador común de toda esa acumulación de datos era la beatífica figura del abad Mauro. Y si ya era ensalzado por sus múltiples logros, ¿qué podían decir de él en los pasajes en los que se aludía a su eficacísima labor de reconstrucción de la abadía tras el incendio del 51 que concluyó con la solemne inauguración oficial del monasterio, el 14 de septiembre de 1960, presidida también por el jefe de Estado y su esposa, la ínclita Carmen Polo? Por las nubes o un poco más arriba. Pero de lo que yo buscaba, nada de nada.

Así que, justo cuando comenzaba la siguiente fase, la del enfado, cerré los libros, los devolví a su lugar y me arrellané en una silla al lado de un viejo escritorio con dos filas de cajones laterales sobre el que se habían depositado varios periódicos. Comprobé la hora. Iban a dar las tres y media y no había encontrado más que una esvástica grabada en la piedra de un pasadizo que conducía a un cuarto oscuro con colchones roídos. Sin embargo, ni un nombre, ni una indicación, ni siquiera...

Entonces, por casualidad, me fijé en el periódico *El Progreso*, abierto por las páginas de sucesos de la provincia de Lugo. Mientras la de la derecha hablaba de Sarria, en la parte inferior de la izquierda aparecía una foto de una calle de Monforte y un retrato en blanco y negro de un hombre joven que, en la primera impresión, me resultó conocido. «Sin aclarar las causas de la muerte de la rúa das Hortas», rezaba el titular. Examiné aquel rostro y, tras añadirle mentalmente las enormes gafas que solía utilizar y la barba que se había dejado en los últimos tiempos, reconocí al Barrabás de hacía diez años. Palidecí. Y, como si una inesperada zarpa me desgarrase por dentro, me estremecí ante tal revelación; tanto que tardé en leer todo el artículo.

A pesar de que no indicaba su apodo, sino el nombre de Xosé María que Barrabás nunca usaba y por el que muy pocos lo conocerían, la noticia del ciudadano monfortino hallado muerto en el ático por inhalación de gas butano que había conmocionado a todo el pueblo la mañana del martes seguía alimentando las especulaciones: ¿se trataba de un suicidio o de un descuido que había provocado el fatal desenlace? Sustentaban la primera hipótesis las estrecheces económicas del difunto, sin paro ni trabajo, a no ser esporádicos empleos sin contrato que, en estos tiempos de penuria, alivian la vida pero no ofrecen garantía de futuro. A todo esto había que añadir, según el redactor y tras haber entrevistado al vecindario, una vida nocturna un tanto disipada, la falta de soporte familiar, pues de todos era conocida su orfandad, y la congénita soledad que desprendía una figura «tan peculiar», así la calificaba, como la del fallecido.

La hipótesis de la muerte accidental por haber dejado abierto el gas se sustentaba en el análisis de aquel refugio en el que había perdido la vida: un sórdido ático de renta antigua que apenas cumplía con las normas de seguridad y que, según la oficina de Urbanismo de la localidad, llevaba más de cuarenta años sin una reforma en condiciones.

De repente, se me encendió la neura y preferí no seguir leyendo. Apoyé la cabeza en el respaldo y me froté la cara con fruición. Ya no me importaba el sueño ni el cansancio, tampoco las magulladuras. ¡Barrabás estaba muerto! ¡Él muerto, maldita sea, y yo llamándole una y otra vez y censurando como un miserable la insolencia supina de que no se dignase hablar con quien le había pagado unos mezquinos euros!

A partir de ahí no sé cuántas imágenes de los buenos momentos que habíamos compartido, también de alguno triste, me vinieron a la mente; momentos a los que ya no añadiríamos ninguno más. Entonces, sin pensarlo, cediendo a un arrebato, cogí el móvil y marqué un número. Cuando por fin contestaron, el tono era áspero y somnoliento, como procedía por la hora:

—A ver, ¿qué pasa?

—Agente Toimil, soy Reina, o Pepe, al que usted ha llamado hoy interesándose por el ingreso de mil euros en la cuenta de un amigo —dije, como justificándome—. Un amigo que ha muerto.

—Sí, ha muerto. ¿Y qué? —creí entender.

—Que acabo de enterarme y... ¿¡Cómo hostias no me lo ha dicho antes!? —bramé, fuera de mis casillas—. ¡Tengo que leerlo en la prensa para...!

—Lee la prensa a las... ¡A las cuatro de la mañana! —protestó, al darse cuenta.

—¡Leo la prensa cuando me sale de la polla!

—¿Y llama para decirme eso?

—Le llamo para... —no sabía muy bien para qué le llamaba, con el cabreo que tenía—. ¡Le llamo para decirle que podía pensar, de paso que cumple con su puto trabajo, que en este puto mundo es importante ser un poco más humano! ¡Aunque no lo parezca, las personas importan, agente! ¡Y si sabía que Barrabás había muerto, hostia, debió habérmelo dicho y..., habérmelo dicho y no..., no haber dejado...!

No fui capaz de seguir hablando porque sin que pudiera evitarlo los ojos se me llenaron de lágrimas y una especie de penoso moquillo invadió mi nariz. Al instante, entre la ira y una rara mezcla de sentimientos encontrados, no logré reprimirme y empecé a gemir y después a sollozar. Entonces, rabioso como estaba contra todo y contra todos, corté la llamada porque no necesitaba testigos para mi dolor y procuré limpiarme las primeras lágrimas con la manga de la chaqueta.

¡Llorar por él! ¿Qué era eso? Barrabás no me lo permitiría. «¡Tómate un trago a mi salud, Reina!», pensé que diría, sin perder la alegría, sin dejar de ser él, aquel espécimen que había descubierto en una cata de vinos en un tugurio de la ciudad del río Cabe. Y en medio de esa agitación interior me perdí unos minutos, justo hasta que el móvil empezó a sonar: el policía, al que, tal vez sin merecerlo, había vilipendiado.

—Quiero pedirle disculpas —le oí decir, simplemente.

No sé si fue él el que cortó o fui yo. Sé que respiré hondo varias veces intentando recuperarme y, tras contemplar las silenciosas estanterías repletas de libros que acechaban mi pobre figura, tras preguntarme por la estupidez de seguir metido en una biblioteca buscando difusos fantasmas del pasado, decidí dejar en paz las letras y largarme. Inmediatamente. Para afirmar el presente. Y todo porque se me metió en la cabeza que tenía que ir a Monforte y honrar a Barrabás, no dejarle solo, como había estado siempre. Porque alguien tendría que llevar su ataúd o recoger sus cenizas, o... Sobre todo porque consideraba que no merecía ser tratado como un cualquiera en ese trance que nadie sabe con seguridad en qué consiste pero que, al menos, requiere algún amparo.

Entonces me levanté, apagué las luces y, por no perturbar su recogimiento, cerré la puerta de aquella ya crudelísima biblioteca.

53

Fue en el momento en el que me disponía a abrir la portería y, como un delincuente que aprovecha las sombras de la noche, huir de la abadía, cuando recordé una carpeta que había visto en la misma estantería que el tomo de las *Memorias* del abad Mauro: la única con el cordel desatado y que alguien, quizá con las prisas, había dejado suelto después de tenerlo en las manos. ¡Ni se me había pasado por la cabeza abrirlo y echarle un vistazo! ¿Iba a abandonar Samos con el exiguo tesoro de una esvástica grabada en una piedra y un cuarto oscuro? ¿Bastaba eso para demostrar algo? ¡Desde luego que no!

Así, con la imagen de aquella carpeta con el atadijo desanudado iluminando la única esperanza que me quedaba, regresé a la biblioteca y la cogí con avidez; la abrí, o se me abrió ella sola por las páginas finales, y dejó a la vista un manuscrito datado en el que alguien con vocación de cronista había ido anotando todo aquello de carácter oficial que sucedía en el monasterio, incluidas las entradas de monjes nuevos y las salidas de los residentes hacia otros destinos.

A mi mente acudió entonces ese preciso domingo 23 de julio de 1950, cuando el avión aterrizó en la finca de la familia de Indalecio, en O Val de Córneas. Desde esa fecha hasta tres semanas después recorrí con ansia todas las indicaciones allí recogidas. Pero nada, no localicé ni una sola alusión, ya no a alemanes o a nombres conocidos, sino tampoco a cualquier contingencia que me pudiera servir. Pensé entonces que Víctor, por la facilidad con la que la carpeta se abría por esas páginas, había buscado lo mismo. Pero él, de inmediato, según había deducido el padre Gregorio, había ido a inspeccionar el pasadizo; y seguramente lo había hecho con algo concreto que yo no lograba encontrar.

Cerré la carpeta desilusionado y molesto por mi inútil búsqueda. ¿O era yo el inútil? Enseguida me atribuí sin contemplaciones, además de una intuición errónea, otra estúpida pérdida de tiempo. Pero justo cuando la iba a dejar en su sitio, descubro, casi al principio, una página mal doblada o doblada a propósito en una esquina. La abrí, comprobé la fecha en la parte superior, 1 de mayo de 1945, y enseguida recordé aquellas palabras de Indalecio a las que no les había prestado excesiva atención porque insistía con lo del aterrizaje de 1950: «Tengo entendido que en el año 45, justo al acabar la guerra en Europa, se tiraron en paracaídas por aquí cerca algunos alemanes que fueron recogidos por la Guardia Civil.»

¿Y si esa era la clave?, medité. ¿Y si Farandulo confundía lo del avión de Córneas, ocurrido en el año 50, con sus recuerdos como ayudante de cantero en el 45, en los que cuenta lo sucedido en esa precisa fecha del primero de mayo? Entonces leí su escrito en el *phablet*:

«La caravana de los alemanes, junto con los guardias civiles, se trasladó por los más intrincados e inhóspitos caminos hasta llegar a la localidad de Pedrafita, donde tomaron un pequeño refrigerio previamente ordenado por la Guardia Civil. Acto seguido se trasladaron a O Cebreiro, que es la aldea más típica y arcaica de Galicia, donde todavía existen las típicas pallozas gallegas. Pasaron por una aldea llamada O Hospital, nombre que le viene de los viejos tiempos del camino de Santiago, y de allí bajaron por una pista que existía en los montes llenos de lobos donde se proyectaba ya en aquellos tiempos hacer una carretera y llegaron a Triacastela. Allí los estaban esperando unos frailes del convento de Samos, adonde fueron trasladados, según los comentarios que yo conocí muchos años después, puesto que por casualidad yo también estuve en esa población, trabajando en casa del médico del lugar, el cual me contó que los alemanes llegados en mulas en el año 1945 fueron llevados al convento de Samos por la Guardia Civil en un autobús militar.»

Volví a la carpeta y, mordiéndome con fruición el labio inferior, repasé línea por línea los apuntes que allí se hacían. En el «día 2 de mayo de nuestro Señor», con perfecta caligrafía en tinta negra, se indicaba:

«Acompañados del reverendísimo señor abad Mauro y por orden suya se instalan en la dependencia inferior de la iglesia los cuatro visitantes extranjeros, siendo provistos de ropas adecuadas y aconsejados que participen diariamente en los oficios de esta Sagrada Congregación. Aunque solo uno de ellos, el padre Ricardo, es capaz de entender y explicarse en nuestro idioma, de acuerdo con lo manifestado por el reverendísimo señor abad Mauro, quien también puso en su conocimiento la observancia estricta de la regla benedictina, pronto abandonarán la hospitalidad samonense para trasladarse a los monasterios filiales de San Vicente do Pino y San Clodio.»

Ahí lo tenía, delante de mí: ¡el eslabón que lo unía todo!

Emocionado como estaba, seguí leyendo y buscando otra fecha o una salida del monasterio de huéspedes tan especiales. No encontré más información sobre el particular que una nota, con la misma tinta pero con caligrafía diferente a la del que parecía ser el cronista habitual, datada exactamente tres días después:

«Doy cuenta por el conducto usual al abad visitador de que don Guillermo, por la vieja amistad que lo une con el padre Ricardo, se hace cargo de la protección y amparo de este y del padre más joven. Mandó recogerlos y llevarlos esta misma noche.»

Quizá la nota había sido obra del propio abad Mauro, quizá no. Tampoco me importó, pues no necesitaba más. Era cuestión de atar unos cabos que, como pinceladas, componían un cuadro que se me ofrecía gracias a Víctor y a las anotaciones que Lelia ya me había enviado.

La de «Córneas no y Samos = padre Ricardo y abad

Mauro» era muy acertada y coincidía con mi deducción de que los pasajeros del avión que había aterrizado en Córneas no habían tenido nada que ver con el monasterio, pues las fechas se contradecían claramente. La de «Samos y Monforte = abad Mauro y don Guillermo» dirigía mi camino, como ya había intuido, hasta O Val de Lemos y hacia Federico Guillermo Cloos. ¡El don Guillermo del archivo de Víctor! Con «Monforte y Arxeriz = don Guillermo y Xan de Forcados» ya no estaba tan seguro, pero intuía que me permitiría subir otro peldaño, pues el pazo de Arxeriz, si es que Víctor se refería a él, en el ayuntamiento de O Saviñao, se encontraba no muy lejos de la curva en la que él había desaparecido, y seguramente muy cerca de la casa de doña Manolita que me había mencionado su hijo, don Manuel.

Finalmente, por encima de todo eso, aparecía en rojo el correoso nombre que lo impulsaba todo hacia el desasosiego: Walter Kutschmann. Y de este criminal nazi ya sabíamos que, dos años antes de embarcar para Argentina en 1947, con la inestimable ayuda de la Iglesia de la época, había cambiado su nombre por el de un religioso de Ciudad Real ya fallecido, nombre que no era otro que el de Pedro Ricardo Olmo Andrés.

La nota del cronista de Samos sobre que el tal padre Ricardo «es capaz de entender y explicarse en nuestro idioma» se me antojaba definitiva, pues sabía que Walter Kutschmann había estado en la Guerra Civil española combatiendo en el bando triunfador. Más que poder ser el tal padre Ricardo... ¡Lo era, con certeza! Y si lo era, entonces el criminal de guerra se había refugiado allí, en el monasterio, y además, por lo que parecía, ya conocía a Federico Guillermo Cloos, quien había ordenado que lo recogieran el 5 de mayo del año 45 junto a otro alemán disfrazado de monje.

¡Y Víctor había descubierto todo eso! ¡De ahí que de la biblioteca, además de escribirle inmediatamente una misiva a Marcelo Cifuentes para que lo documentase sobre ese nazi localizado en Argentina, corriera a inspeccionar el pasadizo y luego abandonara precipitadamente la abadía! ¡Y cómo no iba a correr! ¡Cómo no la iba a abandonar! ¡A la hora que fuera, como yo, pues tenía mucho dónde buscar!

Del subidón de moral que me provocó tal hallazgo solo recordaré la impresión que, una vez fuera del monasterio y al girar la cabeza bajo la desmesurada luz de la luna, me produjo la fachada de la iglesia, como sin rematar por la falta de puntas en las dos torres. Aunque mi fe no daba para, siquiera, santiguarme, imaginé que, como un monstruo milenario lleno de misteriosos secretos, dentro de ella habitaban dioses y demonios, el horror y la fascinación. Y también una inocente y acogedora comunidad de monjes benedictinos a la que, como tantas otras veces, un antojadizo destino y un mentiroso como yo, este con ciertos remordimientos, habíamos burlado.

—¿Con alemanes, dices? Claro que conocía alemanes, que él cuando era joven viajó por allí e hizo amigos. Parece ser que los buscaba. Sobre todo a uno. ¡La madre que parió al cabezota ese de las minas! Cuando pasó lo de la huelga de los de O Freixo, él venga con que no cedía. Él, dale que te pego con que aquellos muertos de hambre de los obreros no debían morder la mano que les daba de comer. Eso es lo que él decía, eh, que se lo escuché un montón de veces ahí mismo, en el pazo, arrastrando la erre como la arrastraba al hablar. Obstinado sí que era el don Guillermo, que incluso tuvo dos años la mina cerrada. Y hasta se dijo que cuando lo de la escabechina de la guerra había intervenido para apretarles las clavijas a los obreros y liquidar rojos. No estaría con los «camisas azules», que así era como les llamaban a los falangistas por vestir de azul e ir emperejilados y gritando en las plataformas de los coches, pero algo de eso hubo. Algo. Pero entre lo que se decía y lo que pudo pasar... ¿Quién puede estar seguro de nada?

(Graciano)

Galicia, NO de la península ibérica, julio de 1946

Loliña, con la jarra de agua en una mano y dos tazas en la otra, bajó con cuidado por las escaleras de madera que, provisionalmente, habían instalado los obreros para acceder a la estancia desde dentro de la casa. Luego avanzó por la penumbra de la galería y se asomó al sopor del espacio encofrado al que un exiguo orificio entre las losas del techo proporcionaba escasa luz natural.

El más joven, con el torso desnudo y ennegrecido por la mezcla de tierra y sudor, la miró y sonrió. Más callado y retraído que su compañero, un rebolludo y envejecido andaluz con el que había compartido faenas en la retaguardia de los nacionales —faenas que, después de la guerra, dada su habilidad con la paleta y casi sin querer, había convertido en profesión—, cuando aparecía la chica sentía la misma alegría que sentiría si hubiera llegado la novia que había dejado en Soria, a la que llevaba casi tres meses sin ver y de la que tampoco estaba seguro de si estaba por él. Eso había contado un día, mientras comía, en la única vez que se había dejado llevar por la melancolía.

—*¡Ozú, mi niña! ¡Ereh gloria pura y olé!* —exclamó el otro, vestido con una camisa rota y un cochambroso pantalón, posando el pico a un lado y limpiándose el sudor de la frente con el antebrazo—. *¡Cada veh que te veo con er agua y ese salero, se me pierde er anillo de boda, xiquilla!*

Loliña no hizo caso, en parte porque casi nunca entendía todo lo que él, como cantando, le decía. Sin decir palabra, llenó una taza de agua fresca y se la pasó. El hombre bebió la mitad y se vació el resto por la cabeza. Después gritó tan desaforadamente que el más joven, que también se había acercado, desaprobó la vulgaridad moviendo la cabeza y apretando los labios. Pero cuando recibió de ella la correspondiente taza, musitó un inseguro «gracias» que de inmediato hizo que el otro exclamase:

—*¡No seah pahguato, Gabrié, que dah ma vuertah tú que la xegua er duque! ¡Dile argo a la xiquilla y no lah grasiah, que esah tan dás!*

El tal Gabriel, resignado ante las constantes pullas de su compañero, acabó de beber y le devolvió la taza a la chica. El más viejo todavía insistió:

—*¡Y no le tengah mieo, Gabrié, que con diesiseih añoh y esa frehcura ya está pa mojá! ¡Pero que no te vea er criao, que eh mar feo que ni pa encapuxao, er pobre! ¿No será tu novio er retorsío ese, mi niña?*

Loliña, esta vez adivinando que se refería al Rexo,

negó con la cabeza y le ofreció una sonrisa condescendiente.

—*¡Grasiah a dioh! ¡Co er donaire que tu tieneh, que pareseh la señora de la casa y no er caballo que gasta er señó, sería un pecao!*

Ella tampoco le respondió, pero enseguida, con los ojos de los dos obreros clavados en la lozanía de su rostro, preguntó:

—¿Qué tal si en media hora comemos, señores?

—*¡Así se habla y olé! ¡Que tengo yo máh hambre qu'er pavo d'una rifa, mi niña!*

Ella, no pudo evitarlo, se rio con el más joven de las interminables ocurrencias del obrero viejo, pero en vista de que tenía trabajo en la cocina, dio media vuelta y, mientras se dirigía a la escalera por la que había bajado, escuchó algo así como el suspiro del chistoso posado en sus caderas:

—*¡Ay, Gabrié, Gabrié, que tá ma buena qu'er pan! ¡Y tié un meneo que me pone máh caliente qu'er palo dun xurrero!*

—Vélate de que no te escuche el pavo alemán. ¡Te fríe sin aceite!

—*¡Que se vele la niña, ay sí! ¡Que er saío ese anda por ella y eh máh ruín qu'un perro con güeso!*

Décima parte

EN O VAL DE LEMOS

54

Llegué a Monforte de Lemos a las cinco y media de la mañana y en un estado de somnolencia tal que, en el caso de haber dispuesto de una almohada, le habría entregado mi alma. A pesar de que ya a la altura de Sarria me adormilaba, si decidí no parar y echar una cabezadita fue por el deseo de saldar una deuda con Barrabás; no sabía cuál, pero en mi interior se agrandaba un raro sentimiento que dejaba al margen toda especulación sobre un suicidio. Porque no lo creía capaz.

Él siempre había sido un superviviente, uno de esos granujas que se agarran a la vida con uñas y dientes o con lo que sea, con tal de gozar de cada instante. De suicidio nada, estaba convencido, y mi convencimiento se afianzó cuando en Rock FM sonó el «Child in time» del concierto de Deep Purple del 72 en Osaka. Si el tema siempre había hecho las delicias de un Barrabás entregado a la reiterada juerga de las vigilias, en ese momento sentí que necesitaba rendirle un último homenaje, de ahí que subiera el volumen para gritar con Ian Gillan toda la rabia que necesitaba soltar. Eso porque la mente no dejaba de barajar otra incertidumbre que me inculpaba: ¿y si la muerte de Barrabás no tenía nada de fortuita?, ¿y si todo lo que estaba ocurriendo se debía a la extraña investigación en la que yo lo había implicado? Pero... ¿Extraña o peligrosa? ¿Era tan peligrosa como para que alguien me hubiera enviado un matón a la puerta de mi casa o como para que se hubiera acabado con la vida de un amigo al que le había encargado indagar sobre una familia de la alta sociedad monfortina? ¿Hasta tal punto era grave lo que se podía descubrir que alguien, incluso un mes antes, se había deshecho de Víctor en la tangente de una curva que bordea el río Miño?

Bien es verdad que no poseía evidencia alguna, razoné, mientras aparcaba en la Praza dos Chaos y me dirigía a pie a la vivienda de Barrabás, pero nací tan desconfiado que, por norma, incluso mi mano derecha desconfía de lo que hace la izquierda. Además, consideraba que tenía el deber de realizar una comprobación en su ático y no podía aplazarla para roncar una hora en el incómodo asiento del coche o para esperar a una luz diurna con la que cualquiera podría verme entrar. Ya que el descubrimiento de Samos me llevaba a la ciudad del río Cabe, estaba seguro de que mi colega había desenterrado algo y me lo había dejado allí, «lo que sea». O tal vez no, me contradecía de inmediato, pues las escasas veinticuatro horas con las que había contado tampoco daban para mucho. «Vete tú a saber si en ese tiempo se había dedicado en exclusiva a mi encargo o a otros quehaceres más lúdicos», elucubré.

Con estas conjeturas llegué al portal, pringado de grafitis y humedecido por el chorreo de un desagüe que decía mucho de la desidia de los inquilinos, y entré por la puerta de aluminio eternamente entornada y con los cristales rotos. La ausencia de ascensor contribuyó al sucedáneo de deporte que a veces practico y, peldaño a peldaño, agarrado a la ajada barandilla, ascendí por la escalera de madera que conduce a una claraboya abierta en el techo. A través de ella, como adrede, penetraba la tétrica luz de la luna. Me detuve delante de la puerta de madera, cerrada, con el mismo desconchado barniz de siempre y sin pomo, y descubrí a la altura de la vista una llamativa cinta amarilla pegada entre el marco y la puerta. «Precintado por orden judicial. Prohibido el paso a toda persona ajena.» «¡Pues vaya!», lamenté.

Entonces levanté la mano hasta la destapada caja de cables de la instalación eléctrica y me hice con la llave que, disimuladamente, había colocado Barrabás y que utilizábamos todos aquellos que pasábamos por allí. La introduje en la cerradura, la giré y, consciente de que estaba cometiendo una ilegalidad, empujé con fuerza. La cinta se rompió y el paso quedó expedito hacia una densa oscuridad que conservaba un leve olor a gas.

No encendí la luz principal, pues cualquiera podría verla desde la calle y desconfiar. Preferí la bombilla cutre de sesenta que Barrabás solía utilizar cuando navegaba con la wifi libre del vecino del edificio de enfrente, o cuando, con una Estrella Galicia en la mano, se tiraba en el gastado sofá de imitación de cuero que ocupaba el centro de aquel salón que servía «para todo menos para mear» y veía *El intermedio*, el programa en el que el Gran Wyoming ponía a caer de un burro a la clase política, y él no paraba de repetir: «¡Es un crack! ¡Un puto crack!» Así pasaba su tiempo de ocio, entre tragos espaciados y mordaces comentarios.

Durante un instante, y sin querer, me embargaron los recuerdos de Barrabás y de los momentos compartidos que ya no volvería a vivir con él. Entonces me senté en la silla de la que él se servía para trabajar, delante del tablero con caballetes que había utilizado los últimos quince años; me recliné en el respaldo y, en aquella mortecina penumbra y por no dejarme vencer por la aflicción que de nuevo me llenaba los ojos de agua, me froté la cara y el pelo. Quería desembarazarme de la debilidad de llorar por quien me habría echado la bronca si me viera así, abatido, de quien sabía con seguridad que me habría puesto la mano en el hombro y, después de lanzarme una mirada de mala hostia, habría impuesto: «¡Venga, Reina! ¡Deja de gemir como una vieja chocha y tira para delante!» Porque él, o más que nada su rebeldía, habría querido que concluyera la tarea en la que lo había implicado.

—¡Tiraré, Barrabás! —exclamé, sorbiéndome los mocos, en la oscuridad de aquel roñoso salón—. ¡Tiraremos juntos, no te preocupes!

Entonces abrí los ojos y pensé que, si hubiera querido dejarme algo, lo poco o mucho que había averiguado, lo habría hecho de palabra, pues Barrabás, al contrario que Víctor, no era muy dado a elaborar informes o a acumular una pila de archivos en el ordenador. Aunque lo utilizaba, como también utilizaba el móvil, el verdadero procesador lo tenía en su cabeza. Por eso lamenté otra vez haber interrumpido aquella conversación en la que, casi emocionado, me comunicaba lo que ya había descubierto de doña Manolita. Error mío, reconocí. Y grave, además.

Sin embargo, también me convencí de que «A burro muerto, la cebada al rabo», como repetía él cuando había que dejarse de zarandajas y mirar hacia delante. Y eso fue, precisamente, lo que decidí hacer: mirar. A lo mejor, al revisar la barra de favoritos, o bien el historial de consultas del ordenador, podría deducir algo que me ayudara. Fue así como reparé en que, aunque encima de la mesa reposaban monitor, teclado y altavoces, debajo, y en donde debería, ¡no estaba la CPU sino un revoltijo de cables desconectados!

Salté como un resorte tensado por el descubrimiento de que le habían mangado el obsoleto equipo informático. Fue entonces cuando, ayudado por la luz de la luna que entraba por el tragaluz de la escalera, divisé una silueta de hombre apoyada en la puerta de entrada, observándome. No podía distinguir quién era, pero deduje que, seguramente, como si estuviera esperando mi reacción o atento a mis maniobras en aquel miserable ático, llevaba allí, al acecho, desde que había entrado.

55

—Tiraréis juntos. ¿Y de qué, si puede saberse? —preguntó finalmente el misterioso personaje desde su rincón.

Entonces realizó unos sosegados movimientos en torno a su cara que concluyeron con la llama de un mechero al encender un cigarro. De este modo pude percibir el rostro viril de alguien que no llegaría a los treinta, con barba de dos días, cabeza afeitada y al que no lograba reconocer porque, en principio, nunca lo había visto por el pueblo.

Tras aspirar y dejar salir el humo por la nariz con toda parsimonia, el hombre volvió a hablar:

—¿De qué vais a tirar, Pepe? ¿Porque usted es Pepe, a quien llaman Reina, verdad?

—Sí —respondí, seco y desconfiado—. ¿Y tú quién eres?

—Quien pregunta soy yo —advirtió—. Pero para satisfacer su curiosidad, le diré que hablamos hace nada, cuando me despertó para ponerme pingando.

—¡El agente Toimil! —me alegré, a pesar de todo.

—Pues hechas las presentaciones, cálmese y vayamos a lo que procede. Y, por favor, no quiero más sentimentalismos ni hostias en vinagre que me acusen de lo que no soy o de aquello de lo que no soy culpable. ¿De acuerdo? —El agente, sin dejar de hablar, avanzó hacia el sofá y se sentó enfrente. Así pude examinar su atuendo: pantalón vaquero de tiro bajo, chaqueta de cuero con clavos y polo de rayas doradas, deportivas de marca y calcetines raquíticos. De no ser por la seguridad que transmitía, parecería, además de un galán de adolescentes en una serie española, un auténtico pardillo a la penúltima—: Ahora procede informarle de lo que sucede. Sucede que acaba de asaltar un domicilio precintado, y por ese delito, tipificado en el código penal, puedo detenerle y que el juez, además de la correspondiente multa, lo meta en la trena un tiempo. Para que así pueda reflexionar sobre lo que está bien y lo que está mal.

—Pero no lo harás, ¿verdad? —repliqué, sin dejar de tutearle, pues parecía demasiado joven como para andarse con tales miramientos—. Y no lo harás porque, a pesar de todo, consideras que yo te puedo ayudar en la investigación o en lo que estés metido. Por eso quizá no sacas las esposas y me las pones. Por eso me vas a dar un cigarro y me vas a tutear y vamos a charlar tranquilamente en este antro en el que he pasado tan buenos momentos. —Y, mientras hablaba, me senté y cogí el paquete de Chesterfield que él me ofreció. De inmediato, pillé un cigarro, me lo llevé a la boca y me acerqué para que me lo encendiera; luego aspiré profundamente. Y aquel sabor crudo y consolador de la nicotina pareció inundar mi interior herido y sin respuestas para lo que estaba pasando. Enseguida, porque no quería que él llevara la voz cantante, proseguí bajo su atenta mirada—: ¡Buenos momentos, sí señor, los que hemos pasado aquí! ¡Contándonos historias y bebiendo hasta las tantas! Pero no, no voy a caer ahora en semejantes pamplinas. Solo te preguntaré: ¿qué pasó con Barrabás?

—Pasó que un vecino olió el gas y... Te evitaré los detalles. Lo han incinerado hoy, por orden del juez de guardia y gracias al ingreso de mil euros que le hiciste —informó, con la voz neutra pero más cercana—. Las cenizas estarán en la judicatura, esperando a que alguien se haga cargo o a que un conocido nos diga qué hacer con...

—Tirarlas al río —apunté de inmediato. Y añadí—: «¡Tiradlas al Cabe y dejad que los peces se empachen con mi pellejo de cacique!» Eso me dijo una vez y será lo que haré por él.

—Tendrás que firmar un papel para llevártelas; hoy mismo, si quieres —indicó—. Pero antes quizá convendría que habláramos un rato, que me contaras si estaba metido en algo raro o si...

Fruncí el ceño y, desafiante, miré al agente. Tal vez por eso se calló. Tenía la mirada limpia que muestran los polis jóvenes, esos que aún no están cocidos por la ruindad y el devenir de la vida misma. Pensé de inmediato que no me interesaba que supiera nada de mi indagación, mucho menos que trabajaba para un político de alto nivel que guardaba un comprometedor contrato firmado por mí y con el que me podía amargar el resto de la existencia. Eso por un lado. Por otro, tampoco era plan hablarle de nazis en el siglo XXI, pues o mucho controlaba de historia o bien podría reírse de mí y de mis, cuando menos, curiosas fabulaciones. Decidí guardar silencio e intentar sacarle algo:

—¿Qué es lo que sospechas? Pregunto esto porque no es normal que pongan a un policía a custodiar la puerta de cada difunto.

—Ya te he dicho que soy yo el que hace las preguntas, Reina —advirtió de nuevo—. Y siento contradecirte, pero es más normal de lo que crees que cuando alguien muere en extrañas circunstancias...

—Ahora dices extrañas circunstancias; antes has dicho metido en algo raro. ¿A qué te refieres concretamente? Hace unas horas, justo antes de llamarte, leí que Barrabás había muerto por un descuido, o bien que se había suicidado. Pero tú dices... ¿Acaso hay algo más? ¿Hay algo que yo no sepa de mi amigo? Porque lo único que antes de su muerte podemos considerar extraño es esa llamada que me hiciste para saber de un dinero que le debía y que...

—¡Cuidado, Reina! —advirtió, soltando el humo al mismo tiempo que sus palabras—. Me está dando la impresión de que tergiversas las ideas a propósito. —Y sonreía levemente mostrando una dentadura perfecta acompañada de una expresión natural en la que, al contrario que a mí, no se le adivinaban segundas intenciones—. Pero tampoco importa: era tu amigo, no el mío. Por eso no tengo inconveniente en decirte que no sé si hay algo más en su muerte. A estas alturas, según el juez de guardia, no procede enredar. Ya que en el ordenador que nos llevamos a comisaría no hemos encontrado nada, y eso seguramente resuelve tus dudas, y puesto que nadie sabe lo que hacía o a qué se dedicaba realmente tu amigo, como no fuera cobrarte las deudas de juego, el caso irá directamente al cazo de los finiquitados sin abrir. Además, el comisario Flores, ese que juega partidas nocturnas contigo y en el que basas la coartada del ingreso, se apunta a lo que has leído en la prensa.

—Por lo que veo, no me crees. ¿Se lo has preguntado?

—Sabes que no puedo hacerlo —sostuvo.

—Entonces, si el juez y el comisario lo tienen claro, ¿qué haces aquí, a estas horas, en el ático del difunto? El velatorio ya se ha celebrado, y para detenerme...

El agente ladeó la cabeza. Su cara, ahora inexpresiva, no permitía adivinar sus pensamientos. Consideré que no era mal actor y que incluso para la feria tenía ciertas dotes, pues cambió de tercio con eficacia:

—Volviendo a Barrabás y para que nos centremos: si he dicho raro o extraño, precisamente es porque no hemos encontrado nada en el disco duro. Y cuando digo nada es nada: estaba totalmente limpio, o borrado. Algo nada habitual, como comprenderás. Y como tampoco hemos sacado nada en claro de sus amistades, un tanto fuleras, por cierto, menos la tuya, Reina —reconoció—, pues resulta que la autoridad competente va a tomar la decisión de cerrar el quiosco. Pero ahora dime tú: ¿esos golpes, esa cara demacrada, que te presentes aquí, así, a estas horas, supone algo especial que yo deba saber relacionado con su muerte o bien...?

—Supón... —dije, mientras pensaba que me tocaba a mí darle algún cebo que morder. Y no mentí—: Supón que tuve un problema con tus primos los antidisturbios en la Praza do Obradoiro, hace un par de días. Cosas de la crisis y de los que estamos indignados con los recortes. Quizá tú también lo estás, pero tienes que callártelo. En cuanto a las ojeras y demás pintas, supón que la mente no descansa, supón que he viajado toda la noche al conocer la noticia, supón que soy así de agraciado y que rompo espejos a porrillo con solo ponerme delante de ellos.

—Ya.

—Además, lo habrás notado, estaba cabreado contigo por no habérmelo dicho. Por eso te llamé. Ya sé que no debí hacerlo, pero... Me desahogué.

—Por lo menos ha servido para pescarte. Imaginé que vendrías aquí.

—Andas sobrado de imaginación —elogié, expulsando el humo.

—Aun así, que fuerces una entrada precintada...

—Aquí teníamos nuestra guarida, nuestro refugio o como quieras llamarlo —justifiqué de nuevo—. No deduzcas de esto que éramos pareja ni nada por el estilo; simplemente nos llevábamos bien. Él estaba casi siempre solo y yo le servía de confidente.

—Pues como confidente suyo, dime: ¿tenía motivos para suicidarse?

—No. —Y fui tajante.

—¿Enemigos o alguien que quisiera hacerle daño?

—Tampoco.

—¿Crees que lo del gas fue un descuido?

—Tú sabrás. ¿No eres el encargado del caso que...?

—No va a haber caso, ya lo has oído —me cortó.

—¡No, no hay caso porque Barrabás era un don nadie! —proclamé, apuntándole con el dedo—. Pero si fuera un pez gordo, uno con dinero o de familia de alto copete, seguiría abierto solo por el hecho de haber descubierto ese disco duro borrado. Y esto estaría ahora lleno de polis recogiendo pruebas y suspirando por hacer méritos.

—Puede ser —admitió—. Pero te diré que, aunque vinieran los de la Científica, aquí encontrarían las huellas dactilares de cincuenta mil seres sin fichar; y restos de pelos y caspa y semen y mierda del año que se precise por todas partes. Y todo lo que encontrasen no les iba a servir de nada. Además, si estoy aquí, ya que lo preguntas, es porque... Digamos para realizar una investigación particular.

—¿No será que no tienes nada mejor que hacer? —le solté. Y reconozco que me mostraba inusualmente tenso—. Cuéntame la verdad. Tal vez te aburres y, como estás ocioso, pues venga, a darle vueltas y más vueltas a lo del cadáver.

—Pues sí, realmente me aburro en la inmunda comisaría de un pueblo en el que nunca pasa nada y en el que no tengo más ocupación que la de detener a cuatro porreros que venden pastillas en la puerta de los institutos y la de recoger menores colgados porque sus padres les dejan salir hasta las tantas. —El tono, sin elevarse, se había agriado—. ¿Te vale así?

—Vale. Pero entonces vuelve a casa y mira la puta televisión —aconsejé, con una ira que incluso a mí me desconcertó—. CSI o series por el estilo. ¡A lo mejor hasta aprendes algo, hostia!

—¡No me jodas, Reina! —se enfureció, no le quedaba más remedio. Y, poniéndose en pie, preguntó—: Antes de que me cabrees más y de que piense si te detengo o te meto una hostia o qué cojones hago contigo, no solo por haber roto el precinto, sino por haberme despertado y hacerme venir a estas horas, responde: ¿tienes algo que contarme que yo no sepa sobre tu amigo o no?

Pensé que quizás aquel poli también desconfiaba de lo que no podía ni siquiera intuir, pero que a pesar de todo le carcomía. Por eso estaba en aquel ático, a las seis y pico de la mañana, realizando horas extra que nunca cobraría, aguantando mi neura y haciéndome preguntas que no eran tan estúpidas como las estúpidas preguntas que hacen los policías más cretinos cuando no tienen ni idea de lo que preguntar. Por lo menos cumplía con su deber de funcionario y se interesaba por Barrabás. Debía de ser el único.

Me levanté y lo miré a un metro de distancia. En aquella densa oscuridad nuestras miradas coincidieron tanto y lo vi tan decidido a investigar que, por un instante, sentí la tentación de contarle en qué andaba metido; para ofrecerle un asa a la que agarrarse, pero también por mí, para tener a alguien que me pudiera acompañar o proteger en aquella inusitada vereda nazi en la que me estaba adentrando a conciencia y de la que ya desconfiaba como de la peste, pues a ella le achacaba la muerte de Barrabás. Y así, de repente, en medio de ese incendio dialéctico que yo mismo había provocado, sentí una extraña simpatía por aquel agente. Entendí que me había pasado con él y que tal vez el agente Toimil merecía algo más que mi ojeriza por ser quien era y por haberle coincidido de oficio la muerte de mi querido Barrabás.

—¿Ha aparecido su móvil? —pregunté entonces, apagando con cuidado el pitillo en un cenicero.

—No —respondió—. Ni el móvil ni el coche que al parecer tenía.

—Pues búscalos. A lo mejor ahí encuentras algo —indiqué, caminando hacia la puerta—. Si lo haces, tenme al tanto, por favor. Y ahora, como no creo que pierdas el tiempo metiéndome en la trena de la que hablabas, me voy a echar una cabezada, que estoy que me caigo. Abur, Miguel.

56

No me fui a dormir. Miré el reloj y, a las seis y cuarenta y siete, después de hacerme con un café en una expendedora de portal, volví al coche y en él me desplacé por las calles. Aparqué en un lugar desde donde pudiera vigilar a los peatones y esperé encogido y recordando las palabras de Barrabás sobre la doble vida de doña Manolita «que empieza cada día a las siete en punto de la mañana en el puente viejo...». Siguiendo esa indicación, allí estaba yo, en aquel ancestral paso empedrado de los monfortinos, como un espía de tres al cuarto con las solapas levantadas y agazapado en el asiento de un coche de punto, esperando la aparición de una mujer que solo había visto en la foto del despacho del hijo y a la que ya consideraba la clave de todo.

Menuda y delicada, si acaso frágil, pero, con su chal caqui y el pelo recogido por un pañuelo a juego y unos tacones de media altura que estilizaban su silueta y la resaltaban contra el fondo brumoso de la orilla del río

Cabe, femenina y elegante. Así me pareció. Y sin ser capaz de distinguir bien su rostro en la distancia, simplemente por lo que me había contado Barrabás, me la imaginé hermosa y, durante décadas, codiciada por los caducos galanes de un pueblo señorial que no se explicaba aquella vida célibe y, supuestamente, recatada.

Supe que se trataba de doña Manolita porque precisamente, tras bajarme del coche y asomarme por la esquina del hotel que da al río, vi que su figura permanecía detenida frente a la mansión de la que me había hablado Lelia, un grisáceo y decadente caserío que, además de fastuoso por las columnas, escaleras y llamativas arcadas que soportan la ruinosa galería del piso superior, golpea la vista de todos los que hemos transitado por el Malecón del río Cabe. ¡El caserío que había habitado el nazi Frederic Wilhelm Cloos, alias don Guillermo!

Plantada ante su fachada, en la acera contraria, la anciana parecía meditar. Entonces pensé que la charla de la noche anterior con su hijo habría removido en ella las puertas del recuerdo, que no habría podido evitar que los sucesos pasados, quizás acaecidos en esa misma mansión, brotasen impetuosamente en su mente. También pensé que yo daría cuanto tenía por ser dueño de muchos recuerdos y de los secretos que, calladamente, la mente de las personas conserva en lo más profundo de su ser. Porque siempre he disfrutado fabulando con todo eso: odios y amores, represión y amistad, venganza y perdón, nazis y... ¡Qué sé yo lo que en ese instante se me pasó por la cabeza de lo que tenemos oculto!

Tras el despiste con las quimeras, constaté que doña

Manolita ya se había alejado del lugar. Tampoco me importó, pues sabía cuál era su destino. Por eso, en cuanto me puse a acechar sus pasos y noté el frío de la orilla del río penetrando por mi espalda y vi rayar el día en la Torre del Homenaje del castillo de San Vicente, toda aquella impresión me pareció tan grata e intrigante que consideré que valía la pena vivir para experimentar ese anhelo: el que mezcla la aportación de lo natural con el misterio que anida en nuestro interior.

Mientras seguía por el Malecón la difusa figura de la anciana, vi cómo se cruzaba con la silueta gris de algún paseante que la saludaba con respeto. Pero ella no se detenía; como programada, avanzaba con decisión entre la bruma que empezaba a espesar, y más cuando abandonó la acera y se metió por la pasarela de tablas que, una vez superado el puente de madera y el Bar Anchoas, sigue la orilla del río y llega hasta la misma puerta del Club Fluvial por un camino solitario que yo había utilizado alguna vez. En el medio, aparte de cancillas para acceder a las huertas, sabía que quedaba la puerta trasera del muro de la residencia de ancianos de San José, más conocido en toda la comarca como «el Asilo de las monjas».

Aunque la perdí de vista en la neblina en la que se fue incrustando, reprimí mis prisas, pues no quería que ella me viera y pusiera en peligro mi pesquisa. De este modo, avanzando despacio por aquella senda rodeada de vegetación desbrozada hacía poco y con hojas desparramadas por el suelo, después de escuchar una breve conversación y el ruido de una puerta automática al abrirse y el golpe al ser cerrada, llegué al portalón metálico que queda justo en la parte de atrás de la residencia.

El muro de los lados, alto y con hiedras, contenía piedras salientes, así que, habituado a subirme a los cerezos desde niño, trepé por él para echar un vistazo y descubrir cómo doña Manolita, tiesa como un cirio, caminaba por el sendero de la finca en dirección al edificio central. Pensando que Barrabás no se había equivocado, bajé para tomar una decisión.

Si por un lado creía que era importante dilucidar el enigma de lo que iba a hacer allí la madre de mi cliente, también sabía que entrar me podía complicar la vida. Y entre saber y creer, opté por el lado religioso: creí ciegamente que podía llegar a algo y preferí no pensar en las consecuencias. Entonces silencié el móvil, trepé hasta la cima y, como buscando la cereza más sabrosa en la rama más alta, salté al otro lado.

57

Para algunos puede ser temprano hablar de las siete y cuarto de la mañana, no para una recua de monjitas y asistentas que, sin decir palabra, se acuestan cuando aparece la luna y se levantan antes de que se rompa la penumbra. Me di cuenta de ello cuando, después de disfrazarme con una bata azul y una gorra a juego, y calzarme unas katiuskas en una caseta en la que guardaban las herramientas para las labores de jardinería, subí las escaleras y me adentré en un pasillo que apestaba a lejía con una hoz debajo del brazo y sin más estrategia que lo que fuera surgiendo.

Le tocó apencar con la primera pregunta a una monja anciana, menuda y de mirada recatada que, sin extrañarse lo más mínimo de mi presencia, empujaba un carro con el desayuno para los residentes:

—Perdone que la moleste, hermana, ¿puede indicarme a qué habitación va doña Manolita?

Se detuvo, me observó con gesto de despiste y, sin que

dijera nada, entendí que seguramente era necesario añadir otra explicación:

—Tengo que darle un recado. Ahora, antes de que se
marche.

Mientras la mujer ladeaba la cabeza y pestañeaba varias veces, consideré que quizá no había hecho la elección más adecuada.

—Es algo de su jardín —apunté incluso—. Me gustaría quedar con ella para hacerle unos trabajitos, ya sabe.

Pero ni ella ni yo parecíamos saber. Y menos mal que
pasó por allí, armada con fregona y cubo mediado de
agua, una señora muy dispuesta que, tras despedir a la
monjita, a la que llamó sor Adela, para que prosiguiera
con el servicio por las habitaciones, acusó:

—Se nota que eres nuevo, ¡porque mira que preguntarle a quien no oye ni habla! ¿Qué querías, a ver?

Volví a explicarme y me indicó que doña Manolita
nunca se paraba en el oratorio, como hacen otras, sino
que, seguramente, ya estaba en el piso de arriba. Entonces, por aprovechar el palique, pregunté:

—¿Y qué hace ahí? ¿Porque viene todos los días, no
es así?

—¡Yo qué sé lo que hace! Vendrá de visita.

—¿Y a quién visita?

—No tengo ni idea, porque en esas habitaciones el
personal de limpieza no puede entrar. Allí solo las her-
manas y... —Entonces, como si considerara que ya estaba dando demasiadas explicaciones, se calló. Pronto,
como si la discreción no fuera lo suyo, advirtió—: Tú
pregúntale, si ves que tal, pero tengo entendido que doña

Manolita, aquí, no habla con nadie que no sea la madre superiora. Si la tratas, mejor que la esperes en la huerta, cuando salga por la puerta de atrás. Y a ver, eh, porque todas estas señoras se dan mucho postín y no se rebajan así como así.

Se lo agradecí y me retiré con la mirada a ras de suelo y fingiéndome algo chepudo. Pero, con la gorra encasquetada hasta las orejas, lo que hice fue dirigirme a la escalera y subir al primer piso. A paso de tortuga y sin tropezar con nadie, llevando en brazos una caja de cartón con los restos de un embalaje que había cogido en el descansillo, me aventuré por el corredor en el que entraba una difusa claridad desde las vidrieras del fondo. Hasta ellas me acerqué y, una vez posada la caja, me agaché a simular que hacía algo en las hojas y flores de la begonia que lucía en todo su esplendor en una enorme maceta. Si iba de jardinero, además de esperar a lo que ocurriera, debía ejercer como tal.

Y allí me quedé, procurando no deshojar más de la cuenta y durante varios minutos, al tiempo que miraba con disimulo para un pasillo tan silencioso y desierto que parecía no tener nada que ver con el de abajo. Hasta que escucho que una puerta se abre y unos tacones golpean el piso. Un instante después de que me bajara la visera de la gorra y me aplicara a la tarea sin volver la cabeza, apareció doña Manolita. A escasos diez metros y como si desconfiara del intruso, hizo ademán de fijar su mirada en mí. Y yo, mientras cortaba las hojas, temí que me llamara la atención o que se acercara. Pero no. Cerró la puerta, se giró y, luciendo una figura que me volvió a parecer delicada pero segura de cada paso que daba, caminó hacia el lado contrario.

Después de comprobar, desde mi posición, que la señora atravesaba el jardín por donde había venido, sin tan siquiera esperar a que saliera por la puerta de atrás, abandoné la caja y la hoz y me dirigí rápidamente a la habitación que había abandonado. Accioné el pestillo, abrí despacio y lo que divisé por aquella rendija de la puerta entornada me dejó confuso: en bata, postrado en una cama articulada, un anciano de rostro deforme y enflaquecido, piel y huesos, diría, se asustó al verme, pero solo con el ánimo de una mirada viva, pues, como si no pudiera controlar otra cosa que sus cansadas pupilas y su débil pestañeo, ni se movió.

Entonces, de pie y con la cabeza junto al marco, cuando ya había decidido entrar y hablar con él, como si un sexto sentido me hubiera puesto sobre aviso, eché un vistazo por el cristal del pasillo y, entre el color rosa de las flores de la begonia, atisbé otro: ¡el caqui del chal de doña Manolita que volvía sobre sus pasos por el empedrado del jardín!

El escalofrío que recorrió mi espalda, al pensar que lo echaría todo a perder si me descubría, llegó a estremecerme. Y miré hacia dentro: la parálisis de un anciano que ni siquiera hablaba y que, impertérrito, solo era capaz de seguir mis acciones con una mirada extrañada. Y miré hacia fuera: el caminar decidido y buscando, seguramente, una justificación para el extraño jardinero que, sin más ni más, había aparecido de repente esa mañana en aquel oscuro pasillo para desvelar un secreto bien guardado. ¡Así como él no me esperaba, ella regresaba por mí!

Cerré de inmediato, corrí por el pasillo, volé por las escaleras y, una vez alcanzado el piso de abajo y cuando consideré que podía cruzarme con la mujer, abrí una puerta al azar, me metí dentro y cerré. ¿Y con quién me encuentro? Con sor Adela y su carro, atareada en repartir desayunos entre las camas ocupadas por dos ancianas en camisón. Pero antes de que dijeran nada o de que gritaran y así alertaran a la comunidad, pues consideré que ese iba a ser el paso siguiente a las tres desconcertadas miradas que me dirigieron, me llevé el dedo a la boca intentando que permanecieran calladas.

—Me entró el apuro y... Señoras, creo que me he confundido de habitación —dije, poniendo cara de mártir y juntando religiosamente las manos—. Tienen que perdonar, no sé muy bien ni dónde tengo la cabeza.

Y así, después de una pausada e histriónica reverencia que arrancó una sonrisa a mis espectadoras, salí por donde había entrado, rezando para que doña Manolita ya hubiera pasado. Tal vez fue una santidad la responsable, pero la divisé en lo alto, cuando llegaba al último peldaño de la escalera. Entonces, sin que ella me avistase, me quité el mandilón y la gorra, los dejé en una esquina y caminé con pachorra por el recibidor.

Cuando por fin abrí la puerta principal y gané la calle, puedo decir que respiré ese aire de libertad y desahogo que siente quien se libra de unas garras que no son las suyas.

58

Regresé, en katiuskas, eso sí, por la rúa da Pena, dándole vueltas a lo sucedido. Al lisiado de la habitación no lo veía capaz de comunicar nada, a no ser un mero asentimiento con las pupilas que no conduciría a ninguna parte a doña Manolita, de la que no temía que hiciera indagaciones entre las monjas y asistentas, pues allí dentro no se relacionaba con nadie; y ella tampoco se había fijado tanto en mi cara, porque me había visto de perfil y con la cabeza encasquetada en la gorra. Por muy suspicaz que fuera, consideré, acabaría aceptando la hipótesis de un chalado al que le había dado por disfrazarse y entrar en el Asilo. Pero, ¿entrar a qué? ¿Solo para saber qué había en aquel cuarto?

Aunque no las tenía todas conmigo, más importante que lamentar el hecho de haber sido visto era la propia averiguación: la madre de don Manuel visitaba en secreto y a diario a un hombre. Solo necesitaba descubrir, y cuanto antes mejor, la identidad del misterioso lisiado, lo que no me iba a resultar fácil, pues, aparte de que el ideario monjil no casaba conmigo, tras ese intento tampoco podía arriesgarme a entrar de nuevo en el Asilo para robar la documentación de un residente. Únicamente, untar a una empleada para que... Tranquilo, Reina, no te lances, me impuse en ese momento.

Entonces, a fuerza de serenarme y rebobinar, volvieron a mi mente las palabras de Barrabás sobre la supuesta doble vida de la preclara monfortina. Ya había comprobado sus paseos matutinos por el Malecón, que la llevaban hasta el Asilo; me faltaban la galería de arte en la rúa Cardeal, el café en la cafetería Polar, la partida en la Sociedad Fraternal Obrera y el baño de verano en el Club Fluvial, junto con esporádicas visitas al *spa* de Augas Santas. Pero de eso hasta podía pasar, así como de la tapadera que, como él me había contado, ocultaba el tráfico ilegal de obras de arte que la situaba entre la élite de los marchantes, dado que yo no era policía y tampoco me interesaban sus negocios fraudulentos, si es que los tenía. Me interesaba lo que afectaba a su vida personal y cuanto se relacionaba con aquel anciano o con el lugar donde había nacido su hijo.

La vibración del *phablet* me rescató de esa cavilación, y vi que se trataba de un correo desde el otro lado del Atlántico. Después de varios días sin saber de él, Marcelo Cifuentes reaparecía para adjuntarme los archivos que le había enviado a Víctor; todos referidos a una persona, Walter Kutschmann, «en vista del interés del chico», decía.

—¡A buenas horas! —exclamé, justo al meterme en el coche.

Se los reenvié inmediatamente a Lelia para que los revisara y los comparara con la documentación del disco duro de Víctor, pues temía que el viejo cazanazis, tras apearse del burro y reconocer al fin que nuestras averiguaciones se ajustaban a sus pretensiones, fuesen las que fuesen, quisiera sacar tajada entregando algo ya trillado.

A continuación, un número desconocido pidió paso. Activé la llamada y lo que me comunicó una voz brava y aguardentosa, una vez que me identifiqué, fue como un empujón que, en lugar de llevarme a casa para, cuanto antes, deshacerme de las incómodas katiuskas, ducharme y dormir un poco, me obligó a aguzar el ingenio:

—¡A ver si por fin nos aclaramos tú y yo! Porque si eres Reina, en ese móvil lo que pone es «AA Reina». Y yo te aviso porque si el tipo del coche no viene a por él, me cago en todo lo que se menea, a ver qué hago yo con esta tartana estorbando... Esa es una. La otra será quién paga la puta reparación de los cojones, vaya, porque los hay con un morro...

—Atiende a lo que te digo: no te preocupes por el dinero —me apresuré a tranquilizar al individuo, jubiloso como me sentía—. Tú vigila el coche y ese móvil, que yo voy para ahí. Por cierto, ¿dónde estás?

—Taller mecánico Ayala, pegado al cementerio.

59

Me acerqué de inmediato y con un extraño hormigueo en la mente. Pero tomarme un cortado con aquel baldragas cuaternario, en mono azul y provisto de una desbrozadora fonética entre los labios, fue de todo menos relajante. Lo cierto es que tuve la paciencia de escucharle la primera sarta de sesudos desatinos, más que nada por ver si era capaz de concretar lo sucedido con Barrabás:

—¡Este país está podrido del todo! Porque hay que joderse bien jodido con que un día tras otro vengan al taller botarates que ni saben por dónde andan y que te dejan su chatarra con ruedas para que, a poco que te descuides, les repares hasta las albardas. Creen que con poner cara de cordero degollado ya está. ¡Pues no, hostia, no! Lo que debía hacer: ¡primero saca la pasta, cabrón, y después, me cago en los cuernos de Cristo, después hablamos! ¿O qué va a ser esto? Porque no entienden que uno se rompe los cojones de ocho de la mañana a diez de la noche para pillar cuatro perras y llega a casa todos los días apestando a grasa y sin ser capaz de limpiarse la mierda de las uñas, perdonando. Y aún por encima quieren favores. Favores que se los hagan por detrás, ¡si se dejan y les gusta! ¡Si no, mira tú a los que mandan, que si me descuido aprovechan el alma del cerdo y nos sacan hasta las entrañas! Y si miento que baje el de arriba y me meta un tajo en el alma y me deje mudo, que para lo que se pierde... ¡Porque a los clientes les importa un huevo, macho! ¡A echarle jeta, que te lo digo yo! Como lo de ese bólido, que yo no sé ni si bien ni mal, porque ya puede ser conocido o amigo tuyo, pero apareció por la puerta con la defensa arrastrando por el suelo y la rueda hecha jirones. ¡Y, hala, arréglamelo que pasado mañana lo recojo, me cago en la santísima procesión y en todos los santos puestos en fila! ¡Te iba a arreglar yo si te cojo bien cogido cuando quedaste en venir y no apareciste! Siento decírtelo así, pero... ¿Cómo no me voy a poner de mala hostia si, para mantener a los críos, mi mujer va a la tienda de la esquina y tiene que pagar por cada lata de sardinas que se lleva? Pues yo igual, que pago cada pieza que pido y tengo que cobrar como está mandado. ¿O no? ¡Talmente como hacen los cerdos, si no buscas la teta, allá vas, colega! Y lo que pasa siempre es que estos que andan con los coches medio de prestado, pues andan tan de prestado que piensan que los que andamos a diario con el culo a rastras les vamos a besar la polla a los que quieren pagar con razones y no con pasta. ¡Y de eso nada! ¡No señor! ¡Ni que baje el mismísimo Cristo para acabar conmigo dejo salir del taller otro bendito coche sin haber cobrado lo mío! Ya está bien de ser tan pardillo, ¿sabes?, que llevo babeando este mundo cuarenta y seis años y no me ha aprovechado nada de nada. En cambio los señoritos, mira tú qué bien lo hacen que, sin mancharse las manos ni menear el culo, que si me descuido amasan la mierda que cagan, perdonando otra vez, se ponen el sueldo y suben el IVA lo que les da la gana y tú te quedas en la miseria y, para colmo, debiéndoles a los jodidos bancos de su puta madre. ¡Cojonudo! ¡Me cago hasta en las entrañas, que si me dejo llevar por el genio, te digo que era para cortarles el cuello, a ver si así paran de clavárnosla día sí y día también! ¿Con la que está cayendo, voy a ir ahora de imbécil? ¡Ca!

—Está bien, Ayala, está bien —aproveché para intervenir, mientras él cogía aliento y se mandaba el primer trago de cafeína pura en taza maxi—. Tienes toda la razón y no te puedo llevar la contraria. Pero yo también soy un currante y no quiero perder la mañana arreglando el mundo en este bar. A ver, ¿en cuánto sale la reparación del coche?

—¡Así se habla, coño! Afinando la mano de obra y con las piezas nuevas que le puse y lo del chasis, no pasa de los doscientos ochenta. ¡Un regalo, tal y como está la vida...!

Tiré de cartera, saqué tres billetes y se los puse sobre el mostrador.

—La propina para los cafés —aclaré—. Y ahora, ¿dónde tienes el móvil?

—En el coche está. Todo colocadito en su sitio, que yo no soy un retorcido que revuelve en las cosas de los clientes para... Lo cogí porque había sonado ya varias veces y, después de tres días esperando, uno ya se huele la marrana por la peste que suelta. ¿O no? Porque él dijo muy clarito que venía a buscarlo al día siguiente, del coche te hablo, que lo iba a necesitar y que...

—¿Y cuándo dices que te lo dejó?

—Apareció con mucha prisa el lunes a última hora de la tarde, que...

—¿Y te dijo de dónde venía o qué le había pasado?

—¡A mí qué cojones me iba a decir, si no lo conocía de nada! Eso sí, la rueda se la reventaron con unos perdigones de los que cargan las escopetas viejas, que incluso al lado tenía unas rozaduras en la aleta que...

—¿Puedo verlas?

—¿Pero qué hostia crees que acabas de pagar, tío? ¡El carro quedó nuevo del trinque, que soy Ayala y tengo un nombre en el negocio!

Y mientras el mecánico continuaba hablando sin parar, yo ataba cabos a propósito de la muerte de Barrabás. Necesitaba saber adónde se había desplazado y con quién se había encontrado para haber destrozado el coche de esa manera el lunes por la tarde, después de haber hablado conmigo. Para eso lo mejor sería revisarlo y ver si podía deducir algo diferente a las elucubraciones que se me pasaban por la cabeza. Así que fuimos al taller y, ya con las llaves del Renault 9 de Barrabás en la mano, comprobé que en su interior, aparte de cacharrada varia y un olor ácido a años sin limpiar, no encontré nada que me sirviera. A excepción del móvil.

El Nokia no era precisamente el último modelo de

ninguna promoción actual de las operadoras de telefonía, pues la pantalla era diminuta, la cámara no llegaba a los 2 megapíxeles y tenía una errática capacidad de almacenamiento. Dado que Barrabás no le había puesto contraseña de acceso, empecé por revisar el registro de llamadas.

Resultó que después del domingo, justo cuando le había pedido el primer informe sobre don Manuel, no había hablado con nadie más hasta volver a hacerlo conmigo, el lunes. Y tampoco había dejado ninguna grabación o notas de voz. En cuanto a fotos, solo contenía un archivo con una solitaria instantánea: la fachada de un caserón que yo nunca había visto, pero que había sido tomada esa misma tarde del lunes. La miré y la remiré con atención.

El sol, de través, doraba las columnas de piedra y cemento que sostenían el emparrado de una vivienda de aldea a la que las paredes, esquinas y ventanas, de cantería, a pesar de la baja calidad de la instantánea y de los reflejos de los rayos del sol, otorgaban una sensación de firmeza. Por catalogarla, diría que se trataba de una olvidada construcción del rural como tantas otras, pero bien conservada, lo que hacía pensar que podía seguir habitada. Y punto. Así que si esa era la pista que Barrabás me había dejado, me quedaba mucho país que patear.

En ese momento, antes de abandonar la galería de imágenes, no sé cómo me dio por ampliar la foto por partes. De ese modo descubrí, en la esquina superior derecha, justo donde el poderoso sol del atardecer incidía con más fuerza, que Barrabás había anotado un extraño título en color amarillo y letra diminuta: *Izan le da sac.* «¡Pues mira qué bien!», exclamé, suponiendo que algo picoteaba en francés, «¡Ponte tú a adivinar ahora quién es el tipo ese y dónde está la bolsa que da y a quién se la da!»

Cansado, desmoralizado, como si el castillo de pruebas que esperaba encontrar se desmoronase con una sola imagen y una enigmática leyenda, apagué el teléfono, lo dejé donde estaba y salí de allí. Después de pedirle a Ayala que, en cuanto yo me marchara, llamase al número de un policía conocido para informar del coche y del móvil, y a pesar de mis ganas locas de deshacerme de las gomas que me recocían los pies, me encaminé al Servicio de Informes y Atestados de la Guardia Civil.

60

Ni se daba información oficial al primero que entrase por la puerta ni se les hacía caso a curiosos y agobiados que, como yo, se presentan sin avisar. Podía, eso sí, cubrir una solicitud que, en el mejor de los casos, tardaría semanas en resolverse y casi siempre negativamente, porque o demostraba ser familiar del accidentado o estaba aviado. Resumiendo: nada que me permitiera profundizar en la muerte de Víctor.

Sin embargo, justo al salir, en la puerta, echando humo como en ese instante yo lo echaba, un guardia con perilla, vestido de verde y con un letrero bordado en la manga de la camisa, se me acerca y me pregunta:

—¿Se puede saber qué es lo que se le ha perdido en ese accidente, amigo?

Lo miré como dispuesto a comérmelo. Incluso se me ocurrió soltarle una diatriba tan cruel que ni el propio Ayala. Pero pensé que, si el agente se dirigía a mí, alguna pretensión oculta tenía.

—Por perderse, se ha perdido un cuerpo —dije, secamente, para evitar monsergas—. Y a lo mejor de accidente nada.

—En ese caso, ¿alguna teoría que nos pueda ayudar? —Y puso cara de sabiondo mientras se retiraba la gorra y dejaba a la vista su rasurada cabeza.

—Para elaborar una un poco seria, antes debería disponer de todos los datos —respondí—. Y esos, para mi desgracia, no están en mi poder, sino en el suyo, agente. Pero dígame, ¿se encargó usted de ese atestado?

—Digamos que cubrí el accidente y redacté el informe.

—¿Y?

Sonrió. Yo sabía que cualquier declaración que me hiciera rozaría la infracción de haber comunicado datos oficiales a personas ajenas.

—No quiero comprometerlo —dije, por ayudar—, pero...

—¿Qué relación tenía con el desaparecido?

—Allegado. Y conocedor de todo lo que hacía Víctor y de lo canutas que las está pasando la familia —respondí, sin apartar la mirada—. Por eso...

—¿Investigador privado, entonces?

—No, agente, privado a secas. Pero privado de saber qué fue de él, dónde está su cuerpo o qué explicación convincente se le puede dar a una madre que no para de llorar por su hijo y que no se consuela con un informe en el que se certifica una desaparición sin pruebas.

—Esa certificación no es cosa mía —protestó—, se lo aseguro.

—En ese caso, se aproxima a mi teoría de que pudo no ser un accidente. ¿Algo más que me pueda asegurar, agente?

—No —objetó.

—Usted es un especialista, y yo no soy detective ni trabajo en una compañía de seguros ni pertenezco a la prensa. Tenga la seguridad de que está ante alguien que busca el cuerpo de un conocido, sin más. Anímese y dígame algo. Quedará entre nosotros.

Entonces el guardia me agarró del brazo, me retiró a un lado y, hablando en voz baja y como removiendo las palabras en la boca, soltó:

—Son dudas que no se van a poder confirmar. Dudas, simplemente. Pero por los datos periciales recogidos, en mi opinión, un cuerpo despedido, en aquella curva y a la reducida velocidad a la que se puede poner un vehículo allí, nunca debería haber alcanzado el río; y menos cuando la moto, con mucho más peso, se quedó arriba, entre el follaje de las acacias.

—¿No había restos de ropa que...?

—Sí, los había. Y una zapatilla que también fue identificada. ¿Y qué? Pudo haberla puesto allí cualquiera. No es que tengamos que desconfiar de cosas raras en cada accidente, que para eso están las películas, pero en los informes siempre procuramos no pillarnos las manos; por lo que pueda pasar. Por eso mismo, a la vez que decimos lo que hay, nos callamos lo que pudo ser. No sé si me entiende...

—Entiendo. Como entiendo que tenga que tragarse su opinión.

—Pues eso es todo, amigo. Dudas, y poco más. Buenos días.

Y mientras decía esto, se puso la gorra, se giró y volvió adentro. Yo todavía permanecí allí un rato, si acaso tan desorientado como antes de que habláramos y, lo reconozco, en un lamentable estado general.

61

Al llegar a casa, veinte minutos después, puedo confirmar que ya desconfiaba de todo bicho con masa encefálica; de todos menos de quien me llamaba, una Lelia que, a pesar de llevar toda la noche en vela, se moría por conocer unas averiguaciones que no tenía intención de comunicarle. Entonces le aconsejé, por salud, que no fuera a trabajar.

—La señora es mayor y me necesita para hacer las habitaciones —objetó—. Pero este fin de semana pasaré por ahí. Si te parece. En cuanto a los archivos de Marcelo Cifuentes que me enviaste, resulta que están todos en el disco de Víctor.

—¡Entonces al pampero ese no le daremos ni agua! —solté, sin poder contenerme—. Y, por casualidad, ¿no habrás leído alguno?

—Sí, lo he hecho y los he revisado todos. Informan de lo que descubrió el Centro Wiesenthal sobre Walter Kutschmann, el oficial de Asuntos Judíos de la Gestapo, incluyendo forma de vida, localización y detención en Argentina. Todo muy meticuloso. También figura una separata de su esposa, Geralda Baümler, nazi convencida. ¿Sabías que esa señora empleaba como segundo apellido De Olmo? Lo que es sorprendente, puesto que él había desembarcado en Argentina en enero del 48 disfrazado de jesuita y con una cédula especial para sacerdotes del Ministerio de Asuntos Exteriores de España a nombre de Pedro Ricardo Olmo Andrés. ¿Y sabías que no se le ocurre mejor forma de ganarse la vida que fundar la Triple A, Asociación de Amigas de los Animales, y ofrecer a los centros antirrábicos de la república unas cámaras de gas para matar animales?

—¿Estás de broma?

—Lo que oyes. Ella y otras dos con apellido alemán, para solucionar «el problema canino en Argentina» y por no apoyar la instalación de refugios para animales abandonados, les regalaron a varios municipios los elementos completos de una cámara de gas. ¡Para que murieran dignamente! Ah, y ella también fue una de las que, en una sesión de Diputados, promovió la aprobación de un proyecto de ley que legitimaba la eutanasia de animales sanos en casos de fuerza mayor y con fines humanitarios. ¿No te parece increíble?

—Desde luego. Y de Kutschmann, ¿qué hay de nuevo?

—Además de fotos de todas las edades del Carnicero de Riga, figura toda o casi toda su vida, como te he dicho. Por ejemplo, a quién mató, cuándo y dónde. También cuenta, cuando el delirio del imperio nazi se esfumaba y él deserta, ya en Francia, a quién conocía y cómo huyó a España. Pero luego hay una etapa de silencio, de desconocimiento o imprecisiones que llama mucho la atención. Se retoma una vez llegado a Argentina. Allí se indica para quién trabajó, las direcciones en las que residió, e incluso se puede leer el pormenorizado expediente del intento de extradición para ser juzgado. Expediente que nunca se llevó a efecto, por cierto. La primera vez porque se escapó, y cuando volvió a ser detenido, años después, porque la burocracia se demoró y murió antes de ser trasladado a Alemania. Esto lo tienes casi todo en el material de Víctor y puedes emparte de él cuanto quieras. Hasta aparece un libro digital completo, *Nazis en las sombras. Siete historias secretas*, de un tal Alfredo Serra, que fue quien lo localizó. En él figura un capítulo entero sobre Kutschmann, y una entrevista que sirvió para pillarlo y en la que cuenta cómo obtuvieron sus huellas digitales de un vaso por el que le dieron de beber. Merece la pena, Reina. Aparte de que los argentinos escriben muy bien, también te oxigenas con algo diferente a esos tochos que sueles leer. —Y se rio del otro lado y yo creí ver su risa en el parabrisas—. Pero como ahora me dirás que lo nuestro es una batalla diferente, me centraré en lo que te importa.

»Te he contado que en esos archivos figura casi todo menos los datos de su estancia en España hasta diciembre del año 47, cuando embarca en Vigo con dirección a Buenos Aires. Pues solamente Eduardo Rolland en el libro *Galicia en Guerra* alude a algo del «ciudadano vigués» Ricardo Olmo. Parece ser que residió en la ciudad y escogió, mediante la Red Odessa, el puerto de escape gallego. Pero, como otros nazis con dinero de sobra y protegidos por el régimen, tuvo que esperar aquí hasta tener un destino seguro, justo cuando Perón les abre las puertas de Argentina. Ese mismo autor también dice que se desconoce la actividad a la que se dedicó Olmo entre nosotros, y añade, ya que se sabe que luego fue empleado de la empresa Osram, que «podría haber trabajado en alguna tienda, empresa o taller en Vigo» y que «la alternativa es que Ricardo Olmo pasó dos años en la ciudad completamente oculto». Apunta incluso que pudo ser en uno de los pisos que los nazis tenían en Vigo o bien en el pazo del río Verdugo; pero todo como hipótesis. ¿Entiendes el problema, Reina? Nada de eso es seguro. Y nosotros sabemos que Víctor también investigó esos lugares. ¿Y cuál fue el resultado? Pues que finalmente se dirigió hacia el otro lado: el monasterio de Samos, Monforte y la Ribeira Sacra, donde desapareció.

»Es decir, y no sé si esto te sirve o no, pero parece que lo único desconocido para los investigadores, la incógnita por resolver, aunque se elaboren variadas teorías, es ese periodo que comprende desde mediados del 45 hasta finales del 47 que el «sanguinario Walter Kutschmann» pasó escondido en Galicia. Eso sí, realizando esporádicas apariciones por Vigo que quizá no basten para catalogarlo como vigués; por lo menos para Víctor parecían no ser suficientes. ¿Y qué hizo o dónde estuvo metido entonces el nazi en ese tiempo? Realmente no se sabe. Eso es lo que Víctor buscaba. Víctor y tú, Reina.

Cuando Lelia concluyó, por mi mente ya bullía una hipótesis más, basada en lo que había descubierto en Samos. Pero no podía ni quería adelantársela, todavía, por aquella desconfianza hasta de hablar.

—Perfecto, nena —solté, sabiendo que no le agradaría—. Vete a trabajar si quieres, y luego te tomas unos días de descanso. Te lo mereces.

—Imposible, nene —me imitó—. El asunto puede conmigo y ya estoy liada con Arxeriz y con el tal Xan de Forcados.

En la oscuridad

Soportas el dolor. Ese dolor que localizas enseguida en cualquier parte de un cuerpo que notas débil y atrofiado. Pero no consigues soportar este temor, la angustia de seguir atrapado en vida que provoca el prurito de la razón. Esa comezón que sigue insistiendo y que percibes en tu cabeza, al lado de unos ojos que abres y cierras y no son capaces de captar sino el negror.

El oscuro negror.

Por eso te has golpeado la cabeza contra la dureza de la coraza que te envuelve, aposta, y aun así no has podido provocarte más que otro ardor mortal que, a modo de sangre caliente, y diría que dulce, se desliza por tu rostro y besa tus labios en la oscuridad.

Galicia, NO de la península ibérica, diciembre de 1946

Al baile de fin de año en el garaje de Autocares Vila asiste la juventud. Aunque de las parroquias vecinas han venido menos jóvenes, el local, adornado con guirnaldas de colores colgadas del techo e iluminado por cuatro bombillas que oscurecen adrede los rincones de los enamorados y de los más procaces, está abarrotado.

Poco importa el leve olor a grasa mecánica del interior, tampoco el viento frío de fuera, los cinco componentes de la orquesta Durango, coronados con sendos sombreros mexicanos y subidos en una tarima a modo de palco de la que el día anterior los operarios de la sección de «Lavado y Engrase» habían retirado cientos de neumáticos, se entregan a interpretar pasodobles y mariachis sin tregua. El público, entusiasmado, hierve con el manido repertorio.

Tu retratito lo traigo en mi cartera
donde se guarda el tesoro más querido
y puedo verlo a la hora que yo quiera
aunque tu amor para mí ya esté perdido.

Loliña baila ahora con un atractivo joven de cerca de Outeiro que la ha invitado a sumarse a su corro. Lleva cuarenta minutos dando vueltas y pasando de mano en mano porque no quiere volver al lado de la barra donde, fumando y acompañado del Rexo, permanece Hans.

Y cada vez que el giro le permite verlos por encima del hombro de su pareja, compara al Rexo con un quejigo sereno y raquítico al lado de un enorme roble rubio casi siempre amarrado a un vaso de licor. Y bebiendo. Bebiendo y mirándola. Mirándola con esa mirada inicua que tanto la perturba. Como si con ella, a pesar de la distancia, intentara una y otra vez desnudarla.

Por eso mi alma te pido que comprendas
y sin recelos me den la vida entera
y no hay motivo para que tú te ofendas
de todos modos te traigo en mi cartera.

Loliña piensa, de nuevo, que no debió haber cedido al empeño del alemán de traerla al baile. Tampoco al del señor, por mucho que se lo hubiera pedido como un favor o porque considerase que Hans se marchitaba en aquella ribera sin otra razón que la añoranza de su «patrria perrdida». Ella presentía mucho más, y aunque puso como condición que el Rexo los acompañara, cedió. Cedió por débil y, lo que más le dolía, sin decirle nada a Armando.

> *Yo te he de ver y te he de ver y te he de ver*
> *aunque te escondas y te apartes de mi vista,*
> *y si yo pierdo mi cartera sin querer*
> *de nueva cuenta te mando un retratista.*

El solista, tras dos enérgicos estribillos al son de las trompetas, remata la canción con un sonoro «¡Viva México!», al tiempo que los cinco lanzan sus enormes sombreros sobre unos ocupantes de la pista que, eufóricos, no cesan de aplaudir y de gritar.

Enseguida, las luces del techo se apagan y los acordes de la orquesta Durango decrecen con maestría hasta un sonido musical más tranquilo y placentero, al que pronto arropa la melosa voz del cantante con un conocidísimo bolero:

> *Si pudiera quitarte la tristeza*
> *y aclararte los ojos color agua*

Entonces las parejas, tiernamente, como hace la niebla con los cerros, bajo la tenue luz amarilla que sale de los focos situados detrás del estrado y del bar, se buscan y, abrazados o no, giran más lentamente en la pista o se besan a escondidas en las esquinas.

> *Si pudiera hacer que te olvidaras*
> *de lo que te hirió en el mismo centro*
> *dejando cicatrices tan adentro*

Loliña, retenida por los mismos brazos de la pieza anterior, escucha algo así como un grato susurro que le pide que sigan juntos.

—Si no te importa —añade el acompañante.

Ella piensa en aquel chico tan considerado y en sí misma, en hacerle creer lo que no es o en regresar adonde no quiere estar. Entonces se vuelve y distingue a la mole de Hans, entre el humo de su cigarro, agitando la cabeza y cambiando de sitio, acechándola en la repentina oscuridad desde su puesto de vigía intransigente en la barra.

Si pudiera conseguir que suspiraras
con proyectos de mañana, de un futuro
haría lo imposible, te lo juro
para que otra vez te ilusionaras

Ella no sabe si hace bien o mal, si es mejor o peor, pero decide quedarse allí sintiendo la mano del joven ciñéndole delicadamente la cintura, el aliento de nobleza aldeana pegado a su mejilla, la paz de un cálido abrazo que no le da pavor y que, sin pretensiones infames, ofrece cuanto tiene.

Para verte sonreír y estar contenta
disfrutando de todo lo querido
cambiaré lo triste de lo vivido

Y cuando todo parece en paz, cuando en aquella perversa oscuridad los cuerpos apenas giran y se dejan llevar por el apacible refugio melódico que ofrece la Durango, Loliña cierra los ojos y también se deja llevar.

Si pudiera quitarte la tristeza
dejando solamente olor a menta
y sabores de lima y de frambuesa.

Y quisiera seguir así hasta llegar adonde sea, quizás a no confiar en la realidad, hasta caer en el pozo de la dulzura y olvidar la amargura de los días que llenaron su vida. Y escuchar aquella misma música romántica una y otra vez. Y volar. ¿Por qué no volar? Una y otra vez volar o perderse en la inmensidad de unos brazos amigos o de una palabra tierna.

Si pudiera quitarte la tristeza
con recuerdos de color azul intenso
y un amor pequeño e indefenso
que te...

De pronto todo se rompe con unos gritos que detienen la música de la orquesta.

Loliña abre los ojos y, casi a la vez, siente un violento empujón que la lleva al suelo. Todavía en la penumbra y tirada en medio de la pista es capaz de intuir el peligro del que todos huyen despavoridos. Y percibe una enorme y desaforada silueta a patadas con un bulto, para luego echarle las manos e intentar levantarlo mientras brama:

—Ich werde dich töten, du Bastard!*

Finalmente, cuando alguien logra encender las luces y las pupilas dejan de presentir para ver, el silencio se vuelve tal que la estampa del inmenso y trajeado alemán cogiendo al chico con el que ella bailaba por la solapa con la mano izquierda y metiéndole una pistola en la boca con la derecha se quedará en sus retinas para el resto de sus vidas. Si acaso también el tintineo de los pedazos de dientes al esparcirse por la pista.

* ¡Te voy a matar, bastardo! [*T. del A.*]

DECIMOPRIMERA PARTE

RIBEIRA SACRA

62

De regreso, para no avinagrarme con el mundo, busqué el consuelo de Verónica. Había cumplido con el mandato de no llamarla, pero llevaba demasiadas horas sin ver su imagen, sin pensar en ella. Y la necesitaba. Como un creyente necesita de una aparición, como un sapo necesita de una mosca, aunque solo sea para devorarla, así la necesitaba yo. Entonces recordé cuando, en la cama y cual una enorme ninfa de placer, moviéndose encima de mí, tras desembarazarse del jersey, se desabrochó el sujetador y me ofreció a la vista aquellos arrebatadores y generosos pechos suyos; y cuando cogió mis manos y las posó sobre ellos y cómo yo me estremecí al acariciárselos con delicadeza, primero aquella suave esfera de placer y luego los pezones; y cómo pensé que ya podía arder el mundo si yo iba con ella hacia ese nuestro mar y ella se dejaba mecer conmigo dentro y los dos juntos nos alejábamos de esa orilla al son de la arremetida de Andrómaca y de ese pellizco de tacto libre entre pulgar e índice mientras ella movía las caderas en un baile de amor profundo y lleno de secretos.

Lo recordé y me apasioné. De ahí que entrara en casa a toda prisa, me quitase las katiuskas y la ropa y, en una demorada ducha, hiciera lo que procede en estos casos. Luego, ya en bata y por recuperar una rutina que nunca se acaba de asentar, cogí un libro, no me acuerdo cuál, me senté en el sofá al lado de la ventana y, con ese sol matinal que mi tía tan bien sabía aprovechar y a pesar de los cafés que había tomado, me quedé traspuesto.

Me pareció un instante, pero cuando me despertó el sonido del *phablet* habían pasado horas. Miré el reloj al tiempo que activaba la llamada.

—¡Reina, Reina! —la voz, de espanto; el tono, de susto—. Acabo de llegar a casa y... —Se detuvo con un suspiro.

—¿Qué pasa, Lelia? Habla —me despejé.

—Pues... No lo sé. *Clara* no está aquí y... —La alusión a la gata me tranquilizó. Ella explicó—: Mira, alguien ha entrado en el piso mientras estaba fuera y... Parece que ha tenido tiempo de andar en el ordenador. Ha borrado los archivos de Víctor. Todos. Y supongo que los ha copiado.

—¿No tenías contraseña?

—Han accedido igual. Y no los había guardado en la nube, porque eran tantos...

—No importa, los tengo yo —razoné. Pero, al relacionarlo con lo que le había sucedido a Barrabás, quise prevenir—: Sal inmediatamente de ahí. Y no vuelvas a ese piso ni te quedes sola, corres... Corres peligro —pronuncié, y en esa exhalación de fonemas sentí que tenía razón.

—¿Qué quieres decir?

—Lo que he dicho, Lelia. ¡Hazme caso, por favor! Coge un taxi y vente para aquí, que por un día que le faltes a tu jefa tampoco pasa nada. Y sigue hablando conmigo; de lo que sea, pero no cortes ahora.

Y continuamos así, veinte minutos de excusada charla; hasta que, porque entre sus preceptos también figuraba la economía, llegó a la estación de autobuses y cogió uno que se dirigía a Lalín, donde tendría que hacer transbordo. Me volvería a llamar desde allí, para no agotar la batería y porque deseaba darle una explicación a su jefa. Pero antes de despedirnos quise que grabara un número de teléfono al que, «si pasa algo», dije, debería llamar. Fue una intuición, si no al tiempo, aunque después de dárselo no pronuncié ningún nombre, lo que la preocupó todavía más por lo que podría pasar.

—No va a pasar nada —objeté—. Pero por si las moscas, esta persona te ayudará.

63

Ya no dormí más. Sin dejar de darle vueltas a las ramificaciones de la historia en las que había escarbado, intenté planificar la tarde. Pero pronto, atormentado por todo lo sucedido, preferí pasar a la acción. Así, después de, por este orden, echar mano a una cachava de madera de cerezo que me pudiera defender de cualquier visita con aviesas intenciones, ventilar y acondicionar una habitación de invitados que llevaba años cerrada, y prepararme unas judías verdes con aceite de oliva, un manjar para salir del paso, iría a recoger a Lelia. Juntos podríamos aventurarnos por los castañares de Fión que conducen al pazo de Arxeriz, pues si Víctor había anotado ese nombre y el de su propietario y mecenas de las artes y de las ciencias del ayuntamiento de O Saviñao, Xan de Forcados, es que alguna relación tenía con mi investigación.

Fue con el plato a medio comer y con la tele encendida cuando me llevé la primera sorpresa. El telediario abre con una noticia de ámbito gallego relacionada con el Partido Popular. El dirigente y, desde hacía unos días, hombre fuerte de la formación, Manuel Varela, se acerca a los periodistas a la salida de una reunión con el presidente que se preveía transcendental, al ser la primera oficial y tener la finalidad de reconducir las tensas relaciones con el gobierno que el PP mantiene con su amplia mayoría parlamentaria. ¿Y qué se le ocurre declarar? Las falsedades que acostumbran transmitir los gabinetes de prensa de la pandilla que nos gobierna, estimé, con el rebote que me cogí, ya que, como si lo estuviera viendo ensayar delante del espejo, pero esta vez ante una multitud de micros y cámaras, oigo que don Manuel proclama:

—La ciudadanía gallega ya puede dormir tranquila. Este partido estuvo, está y estará con nuestra gente. Y, por lo que respecta a los dos sangrantes temas que conmueven a la opinión pública, me refiero a la solución de las preferentes y a los casos de desahucios, quiero manifestar lo siguiente: uno, todos aquellos casos de participaciones preferentes en los que, tras ser analizados por expertos independientes, se demuestre que fueron colocadas de mala fe o sin el consentimiento de nuestros ciudadanos, serán anulados y exigidas las pertinentes responsabilidades. Además, solicitaremos que el fondo de compensación bancaria se haga cargo de ellos. Es de justicia. Como es de justicia, dos, resolver los casos de los afectados por desahucios. Esos que incluso provocan suicidios como el de la pobre señora de Betanzos de esta misma mañana. El Partido Popular les va a garantizar a esas familias con parados de larga duración, sin ningún miembro con trabajo o que son simples pensionistas, que el gobierno, con su presidente a la cabeza, evitará que se queden en la calle por una hipoteca injusta, garantizará la dación en pago en las condiciones que ellos mismos dispongan y, lo que debe ser inquebrantable norma futura, evitará el sufrimiento de los ciudadanos más afectados por una crisis que nos golpea desde hace varios años y que las democracias occidentales no consiguen solucionar. A propósito de esta crisis, y ya para concluir, quiero manifestar también ante la opinión pública cuál es la nueva visión de este partido: se acabó la política de recortes que frenan el consumo, se acabó la subida indiscriminada de impuestos a las clases populares, llámese luz, agua, combustibles o IVA de los bienes de primera necesidad, y se acabaron los beneficios de especuladores y mercados. Se acabaron, también, los despropósitos de la banca. A partir de este momento, quien las hizo, o las hace con ánimo de aprovecharse de esta grave situación, que nadie lo dude, se va a encontrar con nosotros, incluso ante los tribunales. Es un aviso para navegantes y estafadores. Nuestro compromiso, el compromiso del Partido Popular. Nada más, señores. Buenas tardes.

Me quedé boquiabierto. Tras la defensa de las élites y de su manera de actuar en el tema de las preferentes que don Manuel había expuesto delante mío el domingo, resulta que ahora se desmarca ante las cámaras afirmando todo lo contrario y presentándose como el paladín de la honestidad. «¡Hay que tener jeta!», exclamé. Y sentí la tentación de coger el teléfono y recordarle que no se puede actuar según las conveniencias; de decirle que mal empieza su reinado si ante la opinión pública dice una cosa pero luego piensa y hace la contraria; de recordarle que los representantes que elegimos al depositar nuestro voto... Pero no. Bien pensado, desistí de hacer el ridículo. Ya lo había hecho en tantas elecciones que no valía la pena cantarle las cuarenta al ínclito don Manuel, mi jefe, por otra parte, subido en el pedestal y ejerciendo de político al uso. Escarmentados deberíamos estar los electores; y aun así, como imbéciles, caemos en lo mismo creyendo en el oro y el moro prometidos.

Entonces, como para apaciguar este arrebato, decidí escribirle un mensaje en el que, para no meter la pata, medité cada palabra:

Don Manuel:
Estas letras son para trasladarle una pregunta que, en su caso, hasta podría parecer muy personal. Usted valorará.

Pero antes quisiera comunicarle que sigo adelante y que me estoy acercando a algo, no sé a qué, como tampoco sé si, sin la ayuda de su madre, lograré averiguar cuanto deseamos.

Le informo también de que Marcelo Cifuentes me ha enviado los correos electrónicos que le dirigió a Víctor, y que no han servido para nada.

Finalmente deseo indicar que en su respuesta necesito la verdad y no evasivas. Una cosa es que su madre se niegue a hablarle del pasado, y otra muy distinta es que usted, la persona que me contrató, se calle lo que sabe. No quisiera tener la sensación, como he tenido tras escucharle hoy, de que dice una cosa y hace la contraria, o de que me oculta información.

Tenga en cuenta que yo siempre he ido de frente, como en la pregunta que ya debí hacerle el primer día: Don Manuel, ¿quién es su padre?

Cuando, tras releerlo y con todas las dudas de lo que la esmerada misiva podía provocar, presioné «Enviar», permanecí inmóvil en el asiento como un niño travieso ante una trastada y, pese a todo, consciente de lo hecho. No había otro camino, cavilé, pues yo mismo notaba que estaba perdiendo la alegría, que ya no me resultaba fácil bromear. Y por más que supiera que una dosis de humor ayuda, siempre, aunque estés expirando y desconozcas hacia dónde se dirige el paso que das, no solo ya no me reía, sino que mi mente no paraba de incordiar con lo seria que se estaba poniendo aquella búsqueda.

64

Recogí a Lelia en la parada del autobús como recogería a una clienta ligera de equipaje pero especial, y ella, sin que yo me lo esperase, se abrazó a mí como si necesitara amparo. Ya he dicho que podría ser mi hija, pero durante un instante sentí esa frescura de joven libre y aroma a mora rodeándome el cuello y conquistándome. Como un novato en tales lides. Como cuando de adolescente me embarqué en la diáspora para vivir experiencias y cometer un error tras otro. Así lo sentí. Y si no se lo dije fue porque nos subimos al coche y, antes de nada, en cuanto reparó en la cachava, tuve que explicar lo del peligro al que había aludido por teléfono y hablarle de la muerte de Barrabás, del tipo que me había esperado en la puerta de mi casa y me había amenazado seriamente e, incluso, de los siniestros presentimientos que me asaltaban cada segundo.

—No sé si es buena idea que estés aquí conmigo. Tampoco sé si nos protegeremos mejor uno a otro o si, por el contrario, seremos dos pájaros para el mismo tiro. Por lo menos estamos juntos —acabé por confesar, mirando hacia la carretera, sin pensar en lo patético que me llego a poner a veces—. Pero si prefieres marcharte lejos o que te lleve ahora mismo a cualquier sitio, solo tienes que decirlo.

—¡Eres un encanto, Reina! —proclamó—. ¡Feo con ganas, pero un encanto!

Y ahí quedó el recibimiento, pues de inmediato, como si su implicación en aquel chanchullo nazi estuviera por encima de la propia integridad física, pasó a informarme de lo que había consultado en Internet a propósito del pazo de Arxeriz y de mi insigne paisano Xan de Forcados, a quien Víctor también había estudiado en profundidad.

El descubrimiento de la figura del filántropo Juan López Suárez, más conocido como Xan de Forcados, del que ella nunca antes había oído hablar, la fascinó desde el principio; por su personalidad, muy adelantada a su tiempo, comentó, pero también por tener claro lo que debía hacerse para prosperar en una tierra atrasada, para lo que al parecer desplegó una intensísima actividad vital que lo condujo a las fronteras de lo maniático.

—Es evidente que era tozudo y obsesivo —continuó—. Por ejemplo con la puntualidad, con la comida y con la limpieza, según cuenta de él un tal Fandiño en un libro que recoge su vida y milagros, además de documentación personal y opiniones de quienes lo conocieron. Pero hizo tantas cosas y ayudó a tantas personas de alto nivel que parece increíble la escasa fama que tiene en la actualidad en este país. ¿Tú ya habías oído hablar de él?

—Algo sí, pero sin prestar mucha atención —reconocí—. Sé que gracias a él se reconstruyó Arxeriz y se creó una fundación; y que estaba muy bien relacionado y dejó parte de su fortuna para becas e investigación. Pero lo que ahora nos interesa, Lelia, es...

—Su relación con los alemanes —impuso—. Pues la tuvo, y mucha. Entre los años 1911 y 1915, para completar su formación, fue becario, además de en Nueva York, en Estrasburgo, Berlín y Múnich. Y lo más importante: confesaba sentir nula admiración por los americanos y veneración por los métodos alemanes.

Seguidamente, Lelia esbozó el pensamiento de mi paisano, para quien la raza y las individualidades superiores determinan el progreso de los pueblos. Lo calificó, además de germanófilo convencido, como un científico eminentemente práctico que anteponía como esencial la herencia genética y predicaba la eugenesia o ciencia que vela por la mejora humana a partir de las leyes enunciadas por Gregor Mendel. Y a mí, al oír mencionar esas ideas, me vinieron a la mente los experimentos nazis en los campos de concentración, y más cuando aludió a lo que el tercer albacea de sus últimas voluntades testamentarias, el sacerdote Anxo Vega González, amigo personal de Xan de Forcados, contaba que este le había dicho una vez, que no debía casar a gente que portara un gen deficiente. Entonces Lelia rescató una expresión que utilizaba a menudo y que resumía su parecer: «Déjese usted de comunismo, de socialismo y de galleguismo. Repueble usted Galicia con medio millón de alemanes, algunos de ellos altamente inteligentes, y, al cabo de diez años, Galicia será una de las regiones más desarrolladas de Europa.»

—¿Me estás atendiendo, Reina? —exigió.

¿Cómo no iba a atender? Por fuerza, pues ahí se situaba el punto de conexión ideológica con nuestra indagación, a pesar de que, políticamente, Xan de Forcados hubiera estado primero con la República, a través de la Institución Libre de Enseñanza y la Junta de Ampliación de Estudios, y luego, tras el Alzamiento, se colocara en una posición un tanto ambigua. «E incómoda, claro», añadió, pues, sin ser adepto declarado al régimen, se sabía que había mantenido buenas relaciones con las administraciones del Estado, al tiempo que, en una carta a Franco con motivo de la concesión de la Orden del Mérito Civil, no se cortase en sus críticas.

—Agárrate —sugirió—, porque en ella pone pingando al Ministerio de Educación «por fomentar la multiplicación del señoritismo entre el alumnado y por la escasa preparación del profesorado, tanto en la enseñanza media como en la superior». ¡Todo un machote este Xan!

—¿Y de Arxeriz, algo que declarar? —pregunté, ante el entusiasmo investigador de mi asalariada.

Lelia, como si mi pregunta estimulara todavía más su memoria, sonrió y, con su siguiente y larga parrafada me puso al día de los numerosos avatares del pazo de Arxeriz.

—Así que, después de esto y por lo que se ve en las fotos —concluyó—, merece la pena dejarse caer por allí. ¿No crees?

Asentí, primero por comprobar que Lelia, además de

implicarse de lleno, era capaz de trazar un camino por sí misma, y segundo porque, al hablarme de las etapas de esplendor y decadencia del pazo, el año 45 coincidía con las primeras, cuando la espantada nazi había traído hasta aquí a esos alemanes «altamente inteligentes», como proclamaba a los cuatro vientos Xan de Forcados.

Mientras la escuchaba, deduje que Víctor había llegado a ese punto de la investigación, o incluso más lejos y, antes de aquella fatídica curva a la orilla del Miño, había encontrado un eslabón que unía a mi paisano con don Mauro, el abad armero del monasterio de Samos; y a este con don Guillermo Cloos, el cónsul alemán en Monforte y gerente de la minería alemana en Galicia; y a todos ellos, ¿por qué no?, con la figura de aquel otro nazi al que el 5 de mayo de 1945 había recogido un coche con un compañero desconocido en la puerta de la abadía para trasladarlos a ambos a Monforte de Lemos. ¿Y de ahí, adónde? ¿A Vigo? Quizá, pero también era probable que Walter Kutschmann y esta variante de la Ruta de las Ratas hubieran tenido una deriva por la Ribeira Sacra del Miño, concretamente por O Saviñao, pues el pazo de Arxeriz se encuentra en sus orillas y está situado en la misma carretera en la que Víctor había desaparecido y, como había intuido en Samos e importaba para mi investigación, seguramente muy cerca de la casa donde había nacido don Manuel.

En vista de que mi imaginación barajaba lo que había podido o no suceder y las relaciones que habían podido darse entre estas personas y lugares, consideré imprescindible hallar una prueba categórica, aunque esta se refugiase en la frágil memoria de alguien. Pero, ¿quién podía recordar aquellos días y aquellos hechos concretos? Fue entonces cuando decidí que tenía que moverme hacia allí y, antes de nada, poner a Lelia a salvo. Pero, ¿a salvo de qué? O mejor dicho: ¿a salvo de quién? ¿Quién era ese supuesto enemigo al que temía y que, adrede o no, parecía dificultar o acechar mis maniobras?

65

Lelia entró en la habitación de invitados y yo, al verla tomar posesión de una manera tan natural e infantil —tirándose en la cama para probar la comodidad del colchón—, volví a pensar en Verónica. Mientras lo hacía, sentí que en mí anidaba una rara debilidad; por tener ese vicio, por caer con tanta facilidad en esa tentación y por pensar que, a pesar de mis recelos, reincidir en el tema femenino hasta me podría sentar bien. Por la razón que fuera, la sentí.

Dejé a una mujer en la habitación y me dirigí a la sala con ganas de coger el teléfono y llamar a otra, pero, de pronto, escucho un bocinazo en el exterior. Me asomo a la ventana con precaución, quiero decir sin la cachava, y veo el automóvil de don Manuel delante de mi casa.

Un tanto escamado, pues de él me hubiera esperado desde una colérica llamada de teléfono hasta un correo en el que me pusiera a parir, desde un rapapolvo como el del día anterior hasta un despido procedente por incordio difícil de aguantar; pero no una presencia física que, tras mi misiva, podría significar cualquier otra desabrida reacción. Así que, tras avisar a Lelia de que no se asomara, salí y me metí en el coche dispuesto a escuchar lo que tenía que decirme.

—No me han gustado los términos de tu mensaje, Pepe, ni, por supuesto, puedo admitir las insinuaciones que haces, por muy éticas que a ti te parezcan —empezó, apuntándome con el dedo—. Creí que te había quedado claro ayer, como a mí me quedó claro que tú vas por libre y no te acobardas ante nadie. Y que conste que hasta me parece bien, eh. Pero tú sabes quién soy yo, y con tal motivo deberías entender que la política tiene sus mecanismos; mecanismos que, por lo que veo, no controlas. Para nada. Porque si no entiendes que hoy en día todo está condicionado por lo que sale en los medios de comunicación, y en ellos hay que ofrecer el mensaje que la gente necesita oír en cada momento, entonces mejor que no abras el pico. Así que, dicho lo cual, buenas tardes. Vengo aquí, a tu casa, para que lo aclaremos de una vez por todas, para que no te quedes con esa sensación de..., ¿cómo decías?, de que digo una cosa y hago otra o de que te oculto información. ¡Es lo que me faltaba! Digo una cosa y hago otra cuando lo necesito, únicamente. Pero a ti, que trabajas para mí, no lo olvides, no te oculto nada ni te he mentido nunca. Para eso he venido, y también para que me informes con detalle de lo que has estado investigando y de hasta dónde has llegado, que ya va siendo hora.

»Empezaré por responderte a la pregunta de marras,

que evidentemente es personal, y si no me la has hecho antes es culpa tuya: desconozco quién es mi padre —declaró, serio. E insistió—: No lo sé. ¿Y cómo es posible? Ya te he explicado que siempre me contaron que murió antes de que yo naciera. Lo acepté y punto, como acepté el desinterés de quien me crio por cualquier información al respecto. Soy otro huérfano más de una posguerra de hambre y miseria de la que mi madre no quiere ni oír hablar remotamente. Al parecer, tiempos duros. Por eso tal vez la comprendo y no quiero hacerle daño. Así que, no saber ni dónde está enterrado, ni cómo murió, ni volver a unos lugares que ella jamás quiso recorrer ni mencionar y que no me dicen nada porque, desde el año 48 en que nací, he vivido en Monforte, convirtió a mi supuesto padre en un auténtico desconocido para mí. Un ser que ni existe, vaya, ya que tampoco me han enseñado nunca una foto suya. Nunca. Sé que llevo un segundo apellido, Arias, supongo que por parte de él; y sé, por mi madre, porque un día me puse un poco pesado e insistí en que debía tener el nombre de un padre como tenían otros niños huérfanos, que el hombre al que amó se llamaba Armando. Eso es todo. Es todo porque, a medida que crecía, tampoco me interesé por buscar en partidas de nacimiento, en hojas de inscripción parroquial, registros civiles, actas de defunción o incluso en las lápidas de los cementerios de las aldeas, a un padre del que nunca recibí cariño y al que mi madre no le concedía ni un solo segundo en sus pensamientos. Soy huérfano de padre, y listo; y así me he pasado la vida, sin él.

»Ahora bien, todo esto no impide que haya pensado

muchas veces en lo que pudo ocurrir, que me haga las preguntas que cualquier persona se haría en un caso así. ¿Por qué ella nunca me cuenta nada de ese hombre? ¿Por qué nunca vuelve allí o por qué no me habla de los lugares en los que vivió, de la casa en la que se crio, de la familia con la que estuvo hasta los diecinueve años? ¿Qué le pasó a mi madre para que reniegue de ese pasado? A lo mejor... Le he dado alguna que otra vuelta y he planteado hipótesis que, como adivinarás, te pasan un instante por la cabeza y luego olvidas. Quizá la que más me convence, o la que más me ha ocupado, aparte de la que me contaron de que el pobre murió y estará enterrado en cualquier sitio, es que fui el fruto de una relación no deseada. Y a partir de eso, si uno deja volar su imaginación tras ver una telenovela, podríamos llegar a que él la abandonó al saber que estaba embarazada o a que él estaba casado y no podía hacerse cargo de un hijo bastardo, o a que él... Él. ¿Quién era él? Y de una pregunta sin contestar pasaría a otra, y de esa a la siguiente y todo lo de mi padre permanecería igual, en el aire. En el aire porque mi madre no desea contármelo y yo he vivido mi vida y siempre he sido una persona muy ocupada, tanto que he prescindido del todo de esas cantinelas de padre desconocido que son más propias de gente ociosa o sin horizontes. Si ya no soy muy sentimental, tampoco me iba a liar con lo que no necesitaba para nada. ¿No te parece? Él hizo su vida, murió y estará enterrado por ahí. Y punto. Hasta que, en el momento en que mi nombre se vuelve público, justo cuando estoy a punto de acceder a un cargo político de suma relevancia, va y aparece ese buscador de nazis argentino con su maldito mensaje y... Entonces sí, intuí que tenía que mover ficha; con discreción, pero moverla. Y para ello te contraté a ti, en vista de que no puedo contar con mi madre. Así que, si tienes más preguntas, las que sean, dispara.

Yo, que había atendido a su explicación como si se tratara de la palabra divina dictada a los humanos para entender mejor este mundo, además de sentirme decepcionado, me mordí el labio inferior al tiempo que miraba a través del grueso cristal que nos separaba de los asientos delanteros. Allí observé cómo Macario acercaba la mano a una especie de aparato digital integrado en los paneles que tenía al lado y presionaba un botón. Aunque suelo soportar a los silenciosos, desconfié de él como de uno de esos tunantes que, mientras se hacen el tonto, se enteran de todo y son capaces de joderte con lo que saben. Por eso pregunté, torciendo el gesto:

—¿No estará grabando la conversación?

Don Manuel me miró como se mira a un simple. Una mente simple en un cuerpo simple y molido a palos. Y la sonrisa que esbozó al hablar solo consiguió sacarme de mis casillas, sobre todo cuando comentó:

—Ya te he dicho que no controlas los mecanismos más comunes. Pero sí, grabo todas mis entrevistas. Por si algún día las necesito.

—Pues yo, grabado y en presencia de ese —apunté hacia Macario, sin tener nada en contra de él, pero escandalizado con aquel proceder—, no pienso seguir hablando. Ni por supuesto voy a permanecer un minuto más aquí dentro —continué, ya con el tirador de la puerta en la mano, mientras don Manuel, como si no diera crédito a mi reacción, me miraba enarcando las cejas y con la cabeza inclinada—. Ya que voy por libre, si quiere que le cuente lo que he averiguado y lo que está pasando, que en mi opinión es muy grave, venga a dar una vuelta conmigo. Si por el contrario prefiere irse, allá usted, pero tampoco me disgustaría.

Me bajé del coche y me dirigí hacia la sombra de una robleda en la que, durante el verano, suelo echarme la siesta después de comer. Me paré allí y, sin girar la cabeza, saqué un cigarro y lo encendí. A la segunda calada ya estaba acompañado por un caviloso don Manuel, quien, con un conciso «Tú dirás», se dispuso a escucharme.

Entonces sí, mientras paseábamos por el camino que nacía allí mismo, le relaté punto por punto todo cuanto había descubierto desde que él me había contratado, mis viajes a Córneas, a Melide, a Santiago, y desde allí a Samos y a Monforte de Lemos. Incluí también mi colaboración con el desafortunado Barrabás y la extraña rapiña que alguien había llevado a cabo en el ordenador de Lelia. Todo lo sucedido en realidad y cuanto presentía, con los nazis aguijoneando cada vez más en mi mollera. Si me callé lo del seguimiento a doña Manolita fue porque tampoco procedía, sabedor de lo que me había ordenado y ante mi ignorancia de si él estaba al tanto de las visitas matinales de su madre. Con tal fin, media hora después, se me escapó una pregunta capciosa sin, apenas, segundas:

—Por cierto, ¿tiene su madre alguna relación con las monjas del Asilo?

Él puso tal cara de pasmo que la consideré respondida.

—Pues entonces, don Manuel —y me situé delante y lo miré fijamente, serio—, ya que sabe lo mismo que yo, que continúe metido en esta investigación no va a depender del dinero que me prometa ni del contrato que firmé el domingo con usted, sino de la respuesta que ahora mismo me dé. Y, por favor, deje de lado por una vez esos mecanismos de mierda de la política y dígame: ¿tiene usted algo que ver con lo que está pasando y con la muerte de mi amigo Barrabás?

66

—No —fue la respuesta que me tuve que creer. Y más cuando don Manuel, con esa elegancia tan suya y la fórmula del dirigente que puede convencer a votantes de su propio partido pero que a mí ya me aburría, añadió—: ¡Puedes estar absolutamente seguro de que no!

Al punto, quizá también por sellar su buena disposición, me invitó a dar un garbeo en coche por A Cova, para que Macario, que por lo visto había nacido por esa zona, me enseñara cuál era exactamente la casa natal de la que me había hablado. Acepté el ofrecimiento y allá nos dirigimos, sin articular palabra durante los escasos diez minutos que duró el trayecto, él siempre pendiente de su móvil. Y ya al ocaso, una vez detenidos y sin siquiera poner un pie en el suelo, a través de una alejada verja con candado y junto a la iglesia románica del lugar, pasada una senda de hierbas sin segar, percibimos una solitaria y algo descuidada construcción rural.

—Esa es —indicó, sin demasiado interés—. Lleva años cerrada.

—¿A quién pertenece ahora? —pregunté, bajando un poco el cristal y notando de inmediato la vaharada de aire caliente y pegajoso de una tarde estival a punto de morir que entraba en el habitáculo.

—Ni idea —contestó—. ¿Tú sabes algo, Macario?

El conductor negó con la cabeza. Luego, una vez que don Manuel dio orden de irnos, encendió el coche y aceleró.

En silencio, al tiempo que avanzábamos por la serpenteante y empinada carretera que pasa cerca del pazo de Arxeriz, con un don Manuel abstraído mirando el cañón del Miño y la repentina oscuridad del cielo que no hacía sino pronosticar una inminente tormenta, yo ya no conseguí alejar de mi mente aquella fachada de piedra con gruesas columnas, dos de ellas de tubo de hormigón, que sostenían el emparrado y quebrantaban la prestancia de la antigua edificación. Si no comenté nada fue porque preferí mantener la boca cerrada y guardarme un incierto as en la manga: ¡aquel caserón era el mismo que había visto en el móvil de Barrabás!

67

Llegamos de noche, nos despedimos sin más y entré en casa pensando en lo que don Manuel sabía de mí y en lo que yo todavía desconocía de él. O estábamos empatados en ese mutuo desconocimiento o alguien iba ganando por la mínima; pero si seguía enfrascado en aquella supuesta partida debería tener en cuenta que trataba con un hombre inteligente y ambicioso, porque…, ¿quién sin esas cualidades y pasados los sesenta da un golpe de mano para hacerse con las riendas de un grupo político que, muy a pesar de los casos de corrupción que lo importunaban a diario, acumulaba una mayoría absoluta tras otra en las elecciones gallegas? Inteligente, ambicioso y, añadí, precavido, pues, y para eso me había contratado, no deseaba sorpresas ni con los supuestos trapos sucios de sus antepasados, lo que no implicaba que me acabara de agradar.

Intentando convencerme de que ya quedaba menos para dar por finalizada esa incómoda relación y respirar de nuevo aire puro, volví al presente al ver a Lelia dormida encima de la cama. Encogida y confiada en una habitación extraña, después de toda una noche escudriñando en los archivos de Víctor, la comparé con un pajarito indefenso al que sería pecado hacerle daño, y entendí que hay humanos que no van más allá de este mundo, por lo que resulta ocioso hablarles de lo divino. Podía ser mi caso. Quizá por eso, por mundano, amanté con delicadeza aquella prenda, bajé las persianas sin hacer ruido y me fui a acurrucar en el sofá.

Era consciente de que yo mismo no tardaría en quedarme traspuesto, pues las horas de vigilia se amontonaban como un poderoso ejército para vencer mi resistencia, así que, en esa batalla, bostecé varias veces, tiré los zapatos al suelo y cogí el teléfono. Pese a que necesitaba hacer varias llamadas, reconozco que solo una me habría tranquilizado. Tenía nombre de mujer y habría deseado que sonara en mi mente cada vez que entendía que estaba solo o que necesitaba a alguien que pronunciara mi nombre con sus labios. Pero no sonó, no lo pronunció; y me quedé prendido de las mismas tenues sombras de la estancia mientras fuera y sin piedad la tormenta iniciaba su brutal concierto.

En vez de oír a Verónica, alguien descolgó mi llamada del otro lado y, tras identificarme, se sorprendió al saber que era yo. Éramos viejos conocidos, incluso habíamos coincidido en alguna aula del maestro Antonio Varela para llevar a cabo travesuras que no vienen al caso y que uno recuerda como procaces para cierta edad. Quiroga ejercía, entre otros quehaceres, de secretario de la

Fundación Xosé Soto de Fión, como encargado de gestionar el Ecomuseo de Arxeriz. Con ese asidero, y así se lo comuniqué, a lo mejor podía hacer algo por mí.

—¿En qué andas metido, Reina? —preguntó. Y pronto me encasquetó un sambenito—: Siempre has sido un poco tarambana, así que de ti puedo esperarme cualquier cosa diferente a llevar clientes en el taxi.

Con la intención de salirme por la tangente, me inventé que también trabajaba como *freelance* de un agente literario que asesora a escritores, y él, sorprendido, me catalogó entre mercenario y buscavidas. Como procuré mostrarme de acuerdo en todo, le expuse rápidamente mi propuesta, que él no eludió:

—¡Así que nazis! ¡Vaya, vaya! Pues ahora que lo preguntas, y alguna cosa he mirado sobre ese tema, te confirmo que Xan de Forcados, además de simpatía por el país en el que estuvo como becario, sí, conservó ciertos amigos alemanes durante la posguerra. No sé si buenos o malos, pero concretamente he oído hablar de uno en Monforte que presumía de nazi y con el que se relacionaba al doctor.

—Un tal don Guillermo —solté, no por adelantarle trabajo.

—¡Guillermo Cloos, sí señor! Veo que estás al tanto. Pues te diré que esa persona incluso aparece en alguna foto de las que tenemos colgadas en los salones del pazo.

—¿Y se conserva alguna documentación de todo eso?

—Ninguna. Si la amistad no se escribe, Reina, imagínate con un nazi. Aparte de que la mayoría de los edificios de Arxeriz llegaron a estar en ruinas, por lo que, a excepción de copias privadas de compraventa o testamentos y actas notariales que las familias guardaron en otras residencias, y en las que doy fe de que no figura el señor Cloos, no se conservaron más papeles. Yo mismo he ido recopilando cuanto material aparecía y que me pudiera ser de utilidad para elaborar la historia del pazo, pero, salvo lo que tienes en la web, no hay nada más que hable de ese tema o que te pueda servir para lo que buscas. A no ser...

—¿Qué? —apremié, pues alargó de una manera extraña su silencio.

—A no ser la memoria —apuntó, al cabo.

—¿A qué te refieres?

—Ni a la tuya ni a la mía, claro, que somos muy jóvenes y no vivimos esos acontecimientos, sino a la de don Xosé Soto, el actual presidente de la Fundación, sobrino del sobrino que le compró Arxeriz a Xan de Forcados. Tal vez él recuerde algo. Pertenecer a la familia siempre ayuda, aunque solo sea por lo que haya visto y oído cuando era un niño.

—¿Y para hablar con él?

—Deseo ayudarte, Reina, créeme, pero ahí tenemos un problema. Además de vivir en Madrid, don Xosé pertenece a una familia que, lo quieras o no, tiene pedigrí y muchas ocupaciones. Por eso ni recibe a cualquiera ni está dispuesto a perder el tiempo con ciertas, digamos, bobadas que no vienen a cuento. Esto que digo no impide que sea una persona franca y con variadísimos intereses, sobre todo culturales; pero lo que no puedes es llamarle como has hecho conmigo y a ver qué hay de los nazis que al parecer pasaban por Arxeriz en aquellos tiempos. Ya me comprendes; no puede ser. Necesitaríamos una estrategia mejor.

—¿Cuál, entonces?

—Como responsable de la entidad que lleva su nombre puedo intentar algo más adecuado. Dentro de tres semanas tengo concertada con él la entrevista semestral para rendir cuentas sobre el estado y las actividades de la Fundación. Puedo aprovecharla. Todo consiste en añadir un apartado más al orden del día, el de los nazis en Arxeriz, y a ver qué dice. Quizá no ponga inconveniente en contarme lo que sabe. A favor tenemos que siempre le ha gustado hablar del pasado; y si además se trata de proporcionar documentación histórica para una novela en la que aparecen el pazo y su Fundación... Digamos que sería publicidad gratuita, lo que nunca viene mal. Pero para eso tendrás que esperar, claro, y tampoco te garantizo nada. Así que tú dirás.

—Si no queda más alternativa que... ¿Y algún otro nombre del que hayas oído hablar? Alemán, digo. Por ejemplo un tal Kutschmann, Walter Kutschmann, que a veces incluso se disfrazaba de cura o de monje.

—Ni idea. Sé que Xan de Forcados, aunque era más científico que religioso, iba a misa de vez en cuando. Y se llevaba bien con los curas, eh. Reconozco que algo de conveniencia había, por parte de los dos bandos, pero en eso también se basa el progreso que él deseaba para esta tierra. En fin, Reina, tomo nota y también le preguntaré por ello a don Xosé Soto. Pero cuando toque. Entretanto, lo que te puedo ofrecer es una visita al pazo. Aunque estos días no me coincide estar allí, pongo a tu disposición las remodeladas instalaciones del Ecomuseo. Cuando decidas ir, se te abrirán de par en par las puertas de Arxeriz, pues avisaría al encargado para que te trate con la consideración que merecen tu persona y tan elevada investigación —tanta palabrería ya sonaba a guasa, pero la infancia común es lo que tiene—. ¿Qué me dices?

—Que acepto encantado y que me acerco mañana mismo —respondí—. Y vamos dos, si puede ser.

—¡Por un camarada, lo que haga falta! Ahora mismo me encargo de la gestión.

Y así fue como, después de enredar rememorando algún follón compartido, me despedí agradeciéndole el favor y pensando que no podía ni quería esperar varias semanas por algo tan incierto como la memoria de un sobrino del sobrino de Xan de Forcados, el ya certificado amigo de don Guillermo Cloos.

—¿Pero no dices que acabas de encontrarte con el hijo del Rexo, ahí mismo, en la casa del Alemán?

—...

—A la casa la llamaron así porque... ¡*Zape*, minino! ¡Condenado gato, también quiere probar la carne! La casa la ocupó un militar alemán que venía a pasar temporadas en ella. Había luchado en la guerra española y después se fue a la otra, a la grande, para ver si conquistaba el mundo con el animal desalmado del bigote cuadrado. ¡Manda cojones, a lo que llegan los hombres!

(Graciano)

Galicia, NO de la península ibérica, marzo de 1947

Loliña avanza por el pasillo con la bandeja del café y las bebidas. Una difusa luz entra por la puerta entornada del despacho del señor y rescata aquel pasaje de la oscuridad. A medida que se acerca a la estancia, el rumor de una conversación va aumentando. Pronto reconoce las voces, que hablan como intentando un sigilo que la dificultad del idioma no concede.

—*Llegarrán de noche, ohne dass es jemand mitbehommt.** Y tú guiarrás el convoy dando vueltas porr los caminos, Merresildo.*

—¡Como ordene el señor!

Loliña, delante de la puerta, dispone los nudillos para llamar. Instintivamente, se detiene.

—*Descarrgarremos y, antes del amanecerr, volverrás con ellos stumm.*** ¡Siemprre stumm! Perro esta vez los*

* Sin que nadie se entere. [*T. del A.*]
** Mudo. [*T. del A.*]

llevarrás porr las pistas de Pantón, dando vueltas, tú sabes, parra que si regrresan no encuentrren jamás este lugarr. ¿Comprrendes?

—Comprendo, señor.

—*¡Perro muchas vueltas porr los caminos! ¿Puedo confiarr en ti, Merresildo?*

—Señor...

—*Sie sind meine rechte Hand!* ¡Mi mano derrecha, Merresildo, tú y no ese estúpido...!

—¡Heil Hitler!

—*¡Déjate de parrvadas, um Gottes willen!***

Loliña, todavía con la mano erguida, escucha el taconeo de la señora en los peldaños de madera de la escalera. Entonces llama.

—*¡Entra, entra!* —ordenan, ásperamente.

Ella empuja la puerta y accede al interior.

—*¡Ah, porr fin kaffee, querrida ninna! ¡No soporrto la siesta de vuestrro maldito pueblo!*

Ella, en silencio, como siempre, posa la bandeja sobre la mesa y regresa hacia la puerta.

—*Ahorra vete y recuerrda mis órrdenes, Merresildo* —proclama el señor. Y le impone—: *¡Y no te duerrmas nie!*** ¡Tú no tienes derrecho a dorrmirrte jamás!*

Ambos, el Rexo y Loliña, tras dejar pasar a la envarada figura de la señora de moño que, con gesto displicente, entra por la puerta, abandonan la habitación.

---

* ¡Eres mi mano derecha! [*T. del A.*]
** ¡Por Dios! [*T. del A.*]
*** ¡Nunca! [*T. del A.*]

DECIMOSEGUNDA PARTE

VERÓNICA

68

No sé si lo soñé o sucedió en la realidad de mi imaginación. Resulta que un nazi malencarado y armado con un fusil de asalto venía hacia mí con insanas intenciones y haciendo un ruido ensordecedor; al mismo tiempo, un rechoncho hombretón, que se reía sádicamente y mostraba sus desmesuradas manos con las que quería retorcerme lo que fuera, me esperaba en la puerta al fondo del estrecho túnel por el que yo intentaba escapar del otro tipo. En esa agónica huida me metía en una estancia que olía raro, a gas o a algo tan ácido que me agriaba el olfato, y enseguida, surgiendo de no sé dónde, una imagen fantasmal de Barrabás intentaba advertirme del peligro sin conseguir hablar. Pero ya era tarde. Él estaba como asfixiado y ambos llegaban, el nazi y el mastodonte, para rematar la faena. Entonces mi amigo, agitándose desesperadamente para avisarme, no veía más salida que llamar por teléfono; y yo, zombi y febril en busca de una escapatoria, azorado por un insoportable zumbido, oía aquel sonido punzante del móvil y me revolvía y tenía miedo y no lograba resolver esa angustia vital que me atrapaba sin misericordia. Y todo terminó cuando, al fin, abrí los ojos y, empapado en sudor, escuché el furor de la tromba golpeando en las tejas y vi el *phablet* rugiendo sobre la mesa pegada al sofá en el que me había quedado traspuesto.

Resollé y contesté. Eran las doce y media de la noche y el nombre de Verónica, por fin, se asomaba a la pantalla como llamada entrante.

—¿Vero?

—Reina. —Su voz sonaba abatida, medrosa—. ¿Cómo estás?

Rápidamente pensé en lo que me preguntaba y ni por asomo fui capaz de deducir cómo podía saber algo de las tundas que me habían dado, de las horas que llevaba amilanado y a medio dormir y del peligroso asunto en el que me había involucrado justo después de estar con ella aquella alegre noche sabatina, la tabla a la que tanto me había agarrado en los momentos de naufragio de mi penosa semana.

—¿A qué te refieres?

—¿No has tenido problemas estos días?

—Alguno que otro —confirmé. Y además, añadí—: Pero estoy vivo, no te preocupes.

—¡Por favor, por favor! —exclamó, rompiendo a llorar de repente. Y entre sollozos que ya no logró contener y que apenas le permitían hablar, farfulló—: ¡La culpa...! ¡La culpa es toda mía! ¡Mía! No debí haber quedado ni... Ni nada. Sabía que podía volver y... Fue un error y... Un completo error.

—¿Pero qué pasa? —Ahora el confuso era yo—. ¿Qué es lo que ha sido un error, Verónica? ¿A qué te refieres con...?

—¿Tú... tú estás bien? —preguntó, entre hipidos.

—Estoy bien, sí —dije, rotundo, pero intranquilo—. No te preocupes por mí.

—¿De verdad que...?

—Como lo oyes: bien. Todo lo bien que se puede estar sin verte.

Reconozco que esas palabras brotaron de mí sin control, como si una necesidad de decir lo que acababa de decir hubiera podido más que mi cerebro o la reflexión que debe preceder a toda concesión en estas lides. No me importó pronunciarlas o que las escuchara, pero, al ver los relámpagos cortando el cielo a través de los cristales, intenté desviar ese camino que presumía de docilidad:

—Y ahora dime tú: ¿qué te pasa? ¿Por qué lloras?

Entonces aquella mujer, que yo recordaba desnuda y tierna en mi cama y a mi lado, y que en ese momento casi podía ver del otro enjugándose las lágrimas que se deslizaban por sus mejillas, me contó lo que yo nunca habría imaginado y que servía para explicar, al menos, parte de mis sospechas y algún que otro estropicio en mi entrepierna.

Los años pasan y, tras un tropiezo, la vida puede tomar atajos o vías inesperadas que condicionan lo que, sin remedio, devendrá. Eso fue lo que le ocurrió a Verónica cuando, muy joven, pues no llegaba a los dieciocho, se dejó seducir por un portero de discoteca que le alegraba las salidas de fin de semana permitiéndole pasar gratis e invitándola a copas entre sonrisas insinuantes y halagos que se iniciaban con un socorrido y afectuoso «¿Cómo va eso, nena?». Porque al ser alto, apuesto, con pelas y cierto sentido del humor, ¿qué adolescente con humos no acaba cayendo en la tentación de comprobar en qué puede acabar una relación así? Hasta que, con el paso de los meses y de los encuentros diarios en el coche y en el piso de él, todo se asentó en pareja de hecho y convivencia errática que no solo la hizo abandonar un ya arrastrado bachillerato, sino tener la oposición de una familia que no le perdonó la traición a los planes de futuro que todos los padres trazan para sus hijos. Entonces Verónica se buscó la vida y, para escribir su propia historia, se fue de casa y se instaló con él. Luego pidió un crédito, pagó el traspaso de una tienda de plantas en el Campo da Compañía y, dispuesta a conquistar un incierto territorio, se casó a los pocos meses con el chico que tan radicalmente le había cambiado la existencia.

A partir de ahí yo ya disponía de la versión que me había adelantado Barrabás, pues Verónica, como tantas chicas jóvenes, había iniciado el triste calvario de atarse a ciegas a alguien a quien no conoces del todo o del que crees que te va a hacer feliz, porque para eso dice él vivir o tú permites que te mime. El macho propietario afloró enseguida y, pasados varios años de insufrible convivencia, colmada de desprecios, manipulaciones y alguna que otra bofetada que ella soportó por vergüenza o por no haber reconocido a tiempo su error, logró reaccionar forzando un divorcio que transformó en un demente al energúmeno con el que hasta entonces había compartido cama y propósitos.

Así que, sin cortarse ni hacer caso de las recomendaciones judiciales o esquivando la escasa vigilancia policial, el ex asediaba a la pobre Verónica y a sus amigos con el poder de unos músculos moldeados en las exigentes sesiones del gimnasio y la resuelta disposición mental para templar unos celos que lo consumían. Y lo hacía a base de zurrar a quien, con las intenciones que fueran, se acercaba a ella. No contento con ello, luego, en el transcurso de la juerga nocturna y después de meterse las copas que tocaran y alguna que otra raya por la nariz, presumía de sus hazañas como el esforzado caballero que ejerce el dominio en su territorio. Así se había enterado ella, porque una vez más él se había ido de la lengua con lo de la paliza a un supuesto pretendiente de cerca de Escairón, y una amiga que sabía lo que se cocía en esa infausta relación acababa de contárselo. De ahí la llamada.

—Entonces el que me asaltó —reconozco que al hablar me envolvía la alegría por haber atribuido erróneamente esa acción—, ¡era tu ex!

—Sí —confirmó Verónica, quien, a pesar de haberlo confesado, no parecía conseguir expiar aquel pecado—. Y no sabes cómo lo siento.

El silencio que siguió no acerté a interpretarlo. Tal vez debí decir algo que no dije o debí seguir callado y esperar a que los objetos que nos rodeaban contribuyeran con su saber de años a que comprendiera que, a veces, las palabras no bastan para expresar lo que nos agita por dentro.

—Tú me pediste que no te llamara —solté al fin, torpemente, bajo un relámpago que iluminó la noche—, y yo pensé que...

—Era por él. Simplemente por él, Reina.

—¿Cuándo nos vemos? —quise remediar mi apocamiento.

—El sábado, por la tarde. Si quieres.

—¿No puede ser antes?

—Mejor, no —respondió.

Y en esa negativa intuí otra vez el miedo de una mujer maltratada y recelosa de lo que podría hacer quien era capaz de amargarnos la existencia. Entonces, como si quisiera seguir resbalando por esa pendiente que me arrastraba hacia ella, pero sabiendo con lo que me podía encontrar y lo primero que ella debía resolver, tal y como había hecho con Lelia, le di también el número de teléfono de Miguel Toimil, el policía judicial que me había interrogado por el ingreso en la cuenta de Barrabás y con el que había charlado en Monforte. No tenía a quién acudir, no sabía de nadie más que pudiera proteger lo que yo más deseaba proteger y que bullía en mi mente cuando necesitaba de un simple arrimo o de una rama a la que aferrarme. Se lo di, pronuncié un número tras otro, simplemente porque aquel tío me parecía de fiar.

—Llámale si necesitas ayuda —añadí, pensando en que a lo mejor ambos teníamos esa necesidad—. Y ahora no te preocupes más por mí. A pesar de que he tenido una semana algo..., algo dura, te aseguro que estoy bien. A ver si puedo disponer del finde y...

—Nos vemos, entonces.

—Nos vemos.

Cuando solté el aparato, sentí como si en aquella conversación hubiera dejado algo colgado, un sentimiento en el aire, una palabra olvidada que no supe o no me atreví a pronunciar. Un error que ya no podía remediar, a no ser que echara mano del teléfono y, cuando ella contestara, le dijese lo que debería haber dicho y me haría feliz que ella supiera. Todo con tal de afianzar una relación, la nuestra, con tal de proteger ese mundo frágil y débil en el que ella se amparaba y en el que a mí me gustaría tener mi papelito; antes de que cualquier viento funesto o la ruindad de los hombres lo estropeara, antes de que la inseguridad y el miedo se apoderasen de todo, antes incluso de que la fatalidad desmoronase definitivamente la casita de paja y el sentimiento que, si acaso los dos juntos, deseábamos construir. En lugar de eso, ejerciendo de cretino que permite que los quebrantos del corazón vayan despacio, pensé en la culpa que, injustamente, le había atribuido a don Manuel por ese hecho.

Y ya no fui capaz de dormir más. ¿Para qué? ¿Para que un nazi y un animal con patas me persiguieran en un angustioso sueño? Prefería mil veces una llamada que me contara la verdad más amarga. Y reflexionar.

Fue así como, durante varias horas y mientras escuchaba la tromba del exterior, repasé mi relación con las mujeres y el estado de la cuestión nazi. ¡Nada menos! Hasta que hacia las ocho, tras ver escampar, preparé un desayuno en consonancia con la atención que Lelia me había dispensado en su piso de Santiago, opíparo, y, como una madre que mima lo que más quiere, la desperté con la luz del día al otro lado de los cristales.

En la oscuridad

En la oscuridad, por una vez y después de una eternidad de horas, sientes algo semejante a palabras. Muy cerca. ¿Y si son reales?, piensas, al límite de la consciencia. ¿Y si te están buscando? Entonces esa voz... ¡Reconoces una voz de mujer! Acaso te buscan y... Como encendido por un mísero destello de esperanza, aunque sea como un sueño, quieres intentarlo, quieres hablarle, gritar, quieres y no puedes porque la mordaza no te lo permite. Entonces te agitas, activas todo aquello que puedes activar en tu cuerpo y tampoco lo logras. Emites raros sonidos, gemidos, hipidos, suspiros nasales de desesperación y, finalmente, cuando parece que te detienes a ver qué resulta, llega el silencio. El insufrible y pavoroso silencio. Porque quienquiera que fuese, se ha ido, te ha abandonado.

Y, de nuevo, no tienes a qué aferrarte en este oscuro abismo de impotencia en el que, de nuevo, caes.

Entonces, ya sin lágrimas, lloras.

Galicia, NO de la península ibérica, noviembre de 1947

A Loliña no le pasa por la cabeza el cálido y magno salón de Arxeriz, ni los refinados modales de las parejas que, hace menos de una hora y bajo las enormes arañas que colgaban del techo, bailaban allí; tampoco los acordes con los que los elegantes músicos de cámara inundaban de armonía una velada tan especial; ni siquiera los suculentos dulces artesanos que, con esmero, las gruesas criadas del pazo sacaban del horno de piedra de la cocina y luego les ofrecían a los invitados con una sonrisa fingida; mucho menos tanto baile y tanto boato que la rodeaban. Porque la hermosa y triste Loliña, atrapada entre los fornidos brazos de su acompañante, el esbelto rubio de uniforme que repetía una y otra vez la misma bebida recogiendo copas mediadas de licor café de las bandejas que los camareros portaban y vaciándolas de un único trago, suspiraba por huir de allí. De sus manos procaces y de su pestilente aliento. De él.

Por eso nada le pasa por la cabeza mientras corre; nada el día que cumple los dieciocho, ese mismo día que Hans, también enterado, le había enviado ya a media mañana una caja con el vestido de terciopelo azul más hermoso y caro que ninguna doncella de esa ribera habrá recibido jamás.

Y mientras el fiel recadero le anunciaba que el nazi vendría a buscarla hacia las ocho para asistir como pareja a la fiesta del pazo en honor de los que se marchaban, ella ya no atendía a lo que decían las palabras de Meregildo, el hijo del Rexo, sino a lo que querían decir:

—Que te lo pongas para él.

No quiso replicar. Tampoco negarse, pues según lo que solían pregonar los que cada día mandaban más, la guerra contra los enemigos de la patria seguía viva, y Armando, además de sospechoso de ayudar a las partidas de huidos que se ocultaban en los montes cercanos, era uno de ellos; siempre lo había sido, al menos de corazón. Y tanto Hans como el Rexo lo sabían.

—Mira bien lo que te conviene —había añadido el recadero, sin dejar de roer un palillo que le colgaba de la comisura de la boca. Y había insistido—: Míralo bien.

Por eso ahora, mientras con el miedo prendido a la espalda avanza por el pardo follaje del soto que ilumina la poderosa luz de la luna, jadeando, con el aliento volviéndose nube delante de ella en el frío de la noche, nada puede acudir a la mente de Loliña sino intentar huir.

Y corre con la ropa rasgada, casi desnuda, alejándose de quien, borracho y lleno de babas, con mirada colérica, la frente abierta y la camisa ensangrentada después de estrellar el coche contra un muro y hacerla bajar a toda prisa, le rompió con violencia los tirantes, la cogió por el escote del vestido y le descubrió los blancos senos en la oscuridad. Luego, como arrebatado por un instinto que ya no podía ni deseaba contener, Hans se aflojó rápidamente la hebilla del cinturón, se bajó como pudo los pantalones, liberó con la mano su miembro erecto y se agachó para morder aquellas carnes vírgenes con las que saciar el deseo más íntimo y cubrir así de gloria otro campo de batalla.

Y a medida que corre despavorida sin saber si así se librará del mal, aquel que se ha quedado atrás, tirado en el suelo y con la entrepierna dolorida por un rodillazo que no esperaba recibir, Loliña escucha un alarido que sobrepasa el dolor físico y solo clama un nombre:

—¡¡¡¡¡Loliiiiinnaaaaa!!!!!

Y el grito pronto salta cercas y se extiende por los bosques; rebotando en los muros, llega a las viñas, baja en acérrimo eco por la cuesta que lleva hasta el mismo río y cabalga como zarpazo desbocado por la superficie del agua para, al fin, ahogarse en la largura del tiempo.

—¡¡¡*Verdammt noch mal,** Loliiiiiinnnnaaaaaaa!!!!

Y al furibundo bramido que rompe la paz de las aguas todavía le siguen diez disparos, uno tras otro, diez, hasta agotar las balas del cargador de la pistola, para luego, como si ese desahogo fuera bálsamo para un amor imposible, gemir de rabia e impotencia por tal desprecio.

---

* Que se joda todo. [*T. del A.*]

DECIMOTERCERA PARTE

EL PAZO DE ARXERIZ

69

Llegamos a la verja de Arxeriz, donde, rasurado y de piel oscura como la de un clavo a la intemperie, nos esperaba Servando, un empleado al que yo conocía por su pasado en el equipo de fútbol de la localidad y que ya había sido oportunamente avisado por el gerente.

—¡Lo que pasa es que hasta la hora de abrir estoy liado con un montón de cosas! —advirtió, una vez que hubo saludado a los visitantes—. Recortar el seto del estanque, ventilar las dependencias, reparar un canal que la tormenta reventó esta noche... ¡Esa malnacida volverá hoy de nuevo! Y luego atender a una recua de jubilados que concertaron una visita. Así que los jefes pueden decir misa, pero yo lo que no voy a hacer es multiplicarme por dos. ¿Entiendes lo que te digo, Reina? Y si además coincide con la feria de Escairón y quiero comerme una ración de pulpo en A Devesa, ya la tenemos armada. Por eso he pensado que lo mejor será dejaros andar a vuestro aire por el pazo. Si no os importa, vaya. Está todo abierto y podéis revolver por donde queráis, que no creo que os vayáis a llevar nada. Si necesitáis cualquier cosa, me buscáis y listo. O mejor, coges el teléfono y me llamas, porque la propiedad supera las veinte hectáreas y yo soy de culo inquieto.

Me dio su número, acordamos que hasta la una él no se marcharía y, después de obsequiarnos con una guía y alguna que otra información sobre las novedades que se habían producido en los años que yo llevaba sin pasar por allí, nos separamos: mientras Lelia y yo buscábamos las edificaciones, Servando se perdió por un camino encharcado que se dirigía hacia el estanque.

Habituada a los raquíticos pazos de las ciudades, de una sola planta y apretujados entre edificios, el patio central al que inicialmente accedimos dejó impresionada a mi compañera. Aunque parte de las construcciones de Arxeriz, con soleada disposición en U, databan de los siglos XVII y siguientes, en la guía aludía a una supuesta fortificación defensiva destruida durante la revuelta irmandiña, por lo que la historia en sí ya merecía su interés, o eso me dijo. Y en esas vainas parecía entretenerse ella. En cambio yo preferí desmarcarme hacia la zona noble: la Casa Grande o de los Escudos y la imponente Casa do Patín, con el restaurado corredor al que da el salón principal. Si había algo que me pudiera interesar, seguramente no lo encontraría en la zona abierta al público ni en la historia de las piedras, sino oculto en cualquier otro rincón, por lo que me pasé casi una hora gastando suela por dependencias tan magníficas como vacías y buscando libros viejos en estanterías restauradas que ni poseían el saber de los antepasados ni, consideré al cabo, me iban a servir de nada, por mucho que los objetos allí expuestos constituyesen una espléndida muestra etnográfica que Lelia, por lo visto, no desdeñaba.

De vez en cuando la divisaba a lo lejos, absorta en cualquier aparato o contemplando lo que a mí me resultaba ordinario, pues durante mi infancia y entre sudores había convivido con la mayoría de aquellos utensilios de trabajo que la tecnología y los avances habían ido paulatinamente eliminando hasta dejarlos aparcados en cobertizos de casas abandonadas o, y menos mal, en algún que otro museo de menos prestancia y nivel que el que visitábamos. Pensé que ella había nacido en una ciudad y su interés estaba justificado, pero también mi desidia.

Así pues, harto de deambular, justo al abandonar la cocina de piedra y entrar en el salón, decidí aposentar las nalgas en un viejo sofá tapizado con motivos florales. Más que descanso, buscaba recuperar fuerzas, por eso recliné la cabeza en el respaldo y contemplé aquella enorme estancia con el piso de madera rehabilitado al estilo antiguo, con tablas de castaño de diferentes tamaños y con las puertas abiertas que daban al pasillo del fondo. No sé por qué, pero enseguida me la imaginé llena de gente bulliciosa y feliz. Y casi me pareció ver a la refinada nobleza rural de los señores celebrando una fiesta en aquel magno salón, bajo las arañas que colgaban del techo, con los músicos subidos en la tarima de la esquina y el baile en la zona central, con los camareros sirviendo copas de licor café y aguardiente de hierbas a manos llenas, y las mujeres de la aldea en la cocina elaborando dulces que, desaprovechados, consumirían los señoritos de la familia llegados de los pueblos o de la ciudad acompañados de invitados a los que había que impresionar, por más que el escenario ya fuera imponente por sí mismo, en particular si uno se asomaba a la balconada y perdía la vista en el paisaje de ribera brava y profunda que el río Miño dibuja.

Entonces cerré los ojos y dejé que mi imaginación gozara con esas imágenes. Creo que, incluso, sonreí. Así permanecí varios minutos, justo hasta que escuché las voces del grupo de ancianos guiados por Servando. Para evitarlos, me levanté y caminé hacia el lado contrario a aquel por el que ellos ya accedían, entré por la primera puerta abierta y descubrí que las paredes de esa nueva estancia, iluminada por la luz natural que entraba por una ventana abierta desde la que se divisaba el otro lado del río, aparecían ocupadas por fotografías antiguas, todas en blanco y negro, enmarcadas y dispuestas como en una exposición privada.

En ese momento recordé las palabras del gerente de la Fundación sobre que en alguna de ellas aparecía Guillermo Cloos, el amigo de Xan de Forcados. Yo no lo conocía, nunca había visto una foto suya, así que, tras revisar algunas instantáneas que mostraban trabajos en el campo o las obras de reconstrucción de los edificios del pazo, opté por llamar por teléfono a Lelia para que viniera y me ayudara a reconocer a algunos de los personajes que allí aparecían y que ella, tal vez, habría visto en los archivos de Víctor o en Internet.

Antes de su llegada, yo ya había localizado la, digamos, sección de la vida social en la etapa de esplendor del pazo, cuyas fotos lucían el anagrama «Foto Nuevo» en la esquina inferior derecha. En la mayoría se veían grupos de personas bien vestidas y en animada conversación, sentadas en las salas o de pie en medio del gran salón. Casi todas tenían en común la presencia de la figura menuda de un hombre trajeado y serio que parecía centrar la atención del fotógrafo y de los propios retratados, y al que identifiqué como Xan de Forcados, pues recordaba haberlo visto en una foto de la prensa, revisando con algunos empleados los resultados de sus investigaciones con semillas, como la del maíz híbrido o dentado que se comercializó en los años cuarenta.

A continuación comprobé que en alguna estaba acompañado de un personaje rubio y espigado, con gafas redondas, amplia frente y mayor que él, pero de porte más altivo. Aunque confiaba en mi intuición, que se empecinaba en atribuirle de inmediato nombre y apellido alemán, por no meter la pata y mientras Lelia no llegaba, preferí proseguir con esa primera inspección general. En el transcurso de esta, dos instantáneas, tomadas en el gran salón y precisamente durante un baile, estimularon mi cerebro.

En la primera, sacada desde una esquina, a los lados se situaban varios grupos de personas: los hombres de traje; las mujeres con elegantes vestidos; la mayoría con una copa en la mano y en animada charla. En el centro, y observadas con expectación por los más alejados, algunas parejas bailando al son de la música. En ese quehacer, por altura y proximidad al fotógrafo, aunque de espaldas, destacaba la rubia presencia de un uniformado militar que bailaba con una señorita muy joven, de vestido escotado y con expresión un tanto desanimada.

Tragué saliva y procuré no aventurar ninguna otra adivinanza que avivara la llama que empezaba a arder dentro de mi mente, pues sin llegar a considerar estúpido aquel juego, tenía miedo de equivocarme.

La segunda foto que localicé, más pequeña y junto a la anterior, ya me perturbó. No porque en ella figurara algo tremendo o desacostumbrado, aunque no estuviera el anfitrión, sino porque podía contener la revelación que necesitaba para mi trabajo: siete hombres con sendas copas en la mano y alguno con un puro en la boca, retratados en un descanso de lo que parecía el mismo baile que el de la otra instantánea. En medio de ellos, tres que destacaban por la marcialidad de su pose, el color de su cabello y la altura: el del centro, en traje y al que ya había visto en más fotos, y los que lo flanqueaban, vestidos con uniforme militar. Pero lo que verdaderamente me llamó la atención fue su apariencia alegre y la disposición de sus brazos: los tres realizaban el saludo fascista con la mano derecha extendida en dirección al fotógrafo.

A pesar de que, tras calcular sus edades e intentar reconstruir mentalmente aquella situación, hice algunas cábalas, no me atreví ni a moverme, dada la tensión que me provocó el descubrimiento.

—¡Acércate y corrígeme si me equivoco! —dije en cuanto Lelia apareció por la puerta. Ella, al ver mi cara, al notar la agitación de mi voz, se aproximó y atendió a lo que yo iba señalando con el dedo y acompañaba con mi explicación—: El doctor Suárez, o si lo prefieres Xan de Forcados, llevando a cabo experimentos genéticos en la finca. En estas, atendiendo a sus invitados en una fiesta. —Y ella asentía—. Aquí, entre otros, acompañado de su amigo Frederic Wilhelm Cloos, más conocido en la zona como don Guillermo, vicecónsul de Alemania y nazi declarado, además de amigo del abad Mauro de Samos y de Villalobos, el notario represor durante la Guerra Civil. —Ella asintió de nuevo, con la mirada escrutadora en cada fotografía que le mostraba, y con cada uno de sus asentimientos yo iba confirmando mis conjeturas—. En esta, un oficial alemán disfrutando tranquilamente del baile en el salón de al lado. Y, finalmente, para dejar constancia de su presencia en la fiesta, mira esta de grupo, con don Guillermo en medio de dos miembros uniformados de las SS, como se ve en sus solapas, y los tres saludando a la manera que Hitler copió de Mussolini. ¿Y quiénes son los militares? Fíjate bien, ya que en ellos puede estar la clave, sobre todo en el de más edad. ¿Quién te parece que puede ser?

—No es que pueda ser, Reina —anunció Lelia, totalmente arrebatada por aquella figura que le señalaba con el dedo—. ¡Es Walter Kutschmann!

—¿Segura? —dije, por decir, pues yo también estaba convencido.

—Las fotos suyas que nos envió Marcelo Cifuentes por fin van a servir para algo. —Lelia siempre yendo a lo práctico—. ¿Las tienes ahí, verdad?

Entonces saqué mi *phablet*, se lo entregué, y ella no

tardó ni diez segundos en activarlo y localizar el archivo fotográfico que llevaba el nombre del nazi, otros tantos en pasar instantáneas en la pantalla con el pulgar y uno en ampliar un retrato de más o menos la misma edad que situó al lado de la foto colgada en la pared.

—¡Clavados! —exclamé.

Pero acto seguido, aunque ya teníamos lo que habíamos venido a buscar a Arxeriz, si aquel era Kutschmann, nos preguntamos: ¿quién era el más joven de los dos alemanes, el rubio alto y atractivo que estaba con él y que en la otra instantánea bailaba despreocupadamente con una chica en la fiesta del pazo? Esa identidad, sin duda, bien podía coincidir con la del desconocido monje que acompañaba al padre Ricardo en Samos, aquellos dos que don Guillermo había ordenado ir a buscar en coche. Pero nos faltaba la fecha de aquel baile y, sobre todo, el nombre de ese otro nazi.

—Espera, que... —dije, al tiempo que descolgaba el marco, le daba la vuelta y retiraba la pestaña que sujetaba el cartón que inmovilizaba la foto—. Por aquí la gente suele anotar... A ver si en esta...

Entonces sí, por detrás, escrito a lápiz y con esmerada caligrafía, comprobamos que figuraba:

Bibiano, Domingo, Walter, Guillermo, Hans, Castor y Antonio.
Noviembre del 47.

70

En el pazo de Arxeriz, en Galicia, datada exactamente el mes anterior a que embarcara hacia Argentina y acompañado por Guillermo Cloos y por un tal Hans, ¡habíamos encontrado nada menos que la foto del nazi que había exterminado a miles de judíos en Galitzia, en la lejana Ucrania!

Aunque fascinados y algo aturdidos por el hallazgo, Lelia se dedicó a buscar en los archivos la cita que nos situó: «Kutschmann recibe a finales de 1947 los pasajes para el santuario sudamericano. A las diez de la mañana del 20 de diciembre, disfrazado de religioso, y bajo la identidad de Ricardo Olmo, embarca en el *Monte Amboto* en la Estación Marítima de Vigo»; y también se ocupó, mientras yo hablaba un momento con Servando, de fotografiar las instantáneas que servirían para certificar un descubrimiento histórico que ella calificó de «¡Auténtica pasada!».

Cuando volvíamos a casa en el coche, mientras yo la

informaba de que Víctor también había estado en el pazo y había visto las mismas fotos que nosotros, pues Servando recordaba «al chico de la moto haciendo la tira de preguntas que luego salió escopeteado para ir a hablar con Graciano», ella, como despreocupada, contemplaba plácidamente el paisaje. Yo sabía que estaba tan entusiasmada como yo por el hallazgo, y que aquel estado de lasitud que la embargaba no era sino una tregua antes del ataque final, al que sin duda pretendía entregarse en cuerpo y espíritu. Pero yo no podía permitir que me acompañara en lo que vendría. Ambos, ella en la teoría y yo en la práctica, habíamos seguido el rastro dejado por Víctor, sí, pero hasta ese límite que marcaba la visita al pazo de Arxeriz, pues aunque la fecha que me había dado Servando de su visita era imprecisa, en cuanto hice alusión al accidente de la moto en la curva, él, que no había reparado en ello, enseguida relacionó:

—¡Coño! ¡Pero entonces estamos hablando del mismo chico que pasó por aquí el día anterior!

No se lo había dicho a Lelia, como tampoco le dije lo que *sotto voce* me había contado el de Atestados ni la desconfianza que el entorno de don Manuel me seguía provocando. Sin entender realmente el porqué de esos recelos, y pese a que la actuación del ex de Verónica explicaba una parte, consideré peligroso que supiera tanto como yo, incluso que siguiera a mi lado. Y sopesaba no solo lo que le había sucedido a ella en Santiago o a Barrabás en Monforte, sino también al propio Víctor, quien había desaparecido al día siguiente de visitar Arxeriz. Y nosotros, precisamente, veníamos del pazo y sabíamos adónde se había dirigido después de hablar con Servando y de ver las fotos en la pared. Qué duda cabe que rastreábamos como perros tras sus huellas y no podíamos acabar de la misma forma o, sin saber cuáles eran, cometer los mismos errores. No, concluí, a partir de ahí ya sería muy peligroso que me acompañara. Pero Lelia, justo al apagar el coche y como leyéndome el pensamiento, se giró y preguntó quién era el tal Graciano.

—El padre de un amigo —confirmé. Y, para que no desconfiara, añadí—: Vive cerca de Arxeriz y pasa de los noventa. Es el único que nos puede ayudar, pues trabajó muchos años como criado en el pazo.

—¿Entonces por qué no vamos directamente a su casa?

Le expliqué que antes tenía que hablar con Telmo, su hijo, para que nos aconsejara cómo proceder con el viejo. Dado que insistió, contraataqué con que conocía las costumbres de mi amigo los días de feria, por eso iríamos a tomar unas raciones de pulpo y, de paso, a verlo.

—¿Sois de la misma quinta? —bromeó.

—No, coincidíamos en A Lama, el campo de fútbol. Yo era más joven y siempre intentaba regatearle. Pero él me daba patadas con unas botas con la puntera de madera que me dejaron las espinillas marcadas.

—Así saliste, queridísimo: ¡duro como una piedra!

Sonreí con su comentario. Pero desde ese momento supe que, para despistarla, tendría que jugársela bien jugada, incluso con una traición.

71

Encontramos a Telmo comiéndose unas tajadas de pie entre los puestos de pulpo y con una taza de vino tinto en la mano. Ya no quedaba sitio a la sombra de los toldos y él, entre trago y bocado, pegado al caldero de cobre en el que se cocían los cefalópodos, censuraba a los devotos turistas que solo hacen acto de presencia en verano y a los que habría que cobrarles el doble, para ver si así escarmentaban de aparecer por la patria de la que habían renegado. Y si primero picamos de su ración en el plato de madera, luego, tan pronto como se nos sumaron Gallardo y Xurxo, camaradas de farra, y nos agenciamos la esquina de una mesa que había quedado libre, pedimos las de verdad. Allí le dimos a la jarra y a las patatas con pulpo y nos hartamos de reír y de repasar este mundo revuelto y gorrón.

Lelia, a la que presenté como una amiga que me ayudaba a resolver unos asuntos, parecía encantada de compartir aquellos momentos y templó con pericia las procacidades de un grupo acostumbrado a chinchar al resto con las pullas de sus más ácidos comentarios. Y así pasamos hora y media con anécdotas e historias de la vida misma, que rematamos sentados en la taberna de siempre y a vueltas con el oportuno digestivo. En ese momento procuré sentarme al lado de Telmo y, mientras los demás se entretenían con la novedad de la chica, aproveché para preguntarle por su padre, a quien hacía mucho que no veía, ya que llevaba tiempo sin aparecer por la parada para que lo llevara a Fión después de la consulta en el ambulatorio.

—Está delicado de salud, así que ahora prefiere bajar a la viña y distraerse con las cepas —informó—. De vez en cuando le da por ponerse a asar algo y... Al menos está contento de seguir entre los vivos. Sabe que ya le queda poco y pasa de su médica. Dice que la cabrita siempre le da malas noticias.

—¿Y de cabeza, qué tal?

—La azotea le rige de miedo: siempre ocupada con algo. Además se entretiene charlando con todos y, claro, al no tener preocupaciones, qué más le da llegar a una hora que a otra a casa. ¡Cuántas veces se hace de noche y tengo que bajar a buscarlo a la viña! La cuida como si fuera el nieto que no tiene. Hoy mismo, mientras me arreglaba para venir, él ya tenía preparado un haz de mimbres. Le pregunté si quería que en un momento lo acercara en el coche, que hoy iba a apretar el calor. «¿No tengo piernas, o qué?», me contestó. «¡Vete, anda, y cuidado con lo que bebes, rapaz!» Así me dijo. Va a lo suyo y no hay nada que hacer. Pero peor sería que estuviera enfermo o impedido en una cama.

—Me han contado que trabajó mucho tiempo en Arxeriz.

—Media vida.

—Pues tendría que hablar con él, por si sabe de algo del pasado.

—Te valdrá la pena, que nunca salió de ese sitio y conoce lo que hay debajo de cada piedra y de cada terrón del pazo. Sabe todo lo que se movía por allí. Y lo mejor de todo, mira tú, recuerda hasta los apodos de cada persona que conoció. Siempre pienso que, cuando se muera, se perderá la historia de esa parte del río.

—¿Y podría ir a hablar con él ahora?

—Le darás una alegría, tenlo por seguro.

—¿Dónde...?

—Lo pillas en la bodega, ya sabes, debajo mismo de la iglesia de A Cova, donde solíamos asar el churrasco. Y procura que suba antes de la tormenta, anda, para que no proteste porque lo voy a buscar yo.

—Pues hazme tú otro favor: cuando recojáis, lleva a Lelia a mi casa. Yo voy al baño y luego, con disimulo, salgo para A Cova. Entretenla y, cuando te pregunte, porque lo hará, dile que a Graciano no le van las mujeres, que si estuviera ella presente se cortaría. Dile lo que te parezca, pero ni se te ocurra llevarla allí.

Aunque sorprendido, porque le agradaba ocuparse de aquella chica «lista y con chispa», Telmo aceptó el plan. Así que yo, tras pagar las consumiciones a cuenta de la investigación, incluyendo la segunda ronda de cortesía del bar As Verzas, entré en el baño, solté lastre y me escabullí por la puerta de atrás dispuesto a satisfacer de una vez por todas la curiosidad nazi.

—Veamos, pues, que ya está oscureciendo y ahí arriba están montando otra buena. ¡Y bien montada, eh! Por lo menos por lo menos como la de ayer. Pero esto que dices... Sí, sí que lo tengo fresco. Es verdad que en los últimos tiempos ha pasado gente de fuera por los alrededores de la casa. Aparte de a ti, hace nada, me refiero a esta misma semana, se cuenta que Meregildo ahuyentó de una perdigonada a uno de un coche al que no se le ocurrió mejor idea que trepar por el muro. Se marcharía con el rabo entre las piernas, el pobre. Y lo que preguntas del de la moto que se mató en la curva, hombre, hasta desde aquí vemos que si vas mangado puedes caerte fácilmente por la pendiente, claro que puedes. ¿Pero a qué zopenco se le ocurre meterse a toda mecha por ahí, con el río avisando a más de cien metros? A un pirado, tal vez. Así le fue, que el cuerpo ni aparece. Eso sí, yo no vi absolutamente nada, eh, que de pasar pasaría por la noche. Y mira tú que con lo del accidente revolvieron a Dios y a su madre. Pero ni así. Y es raro, eh, porque con la plaga de las acacias, tal y como está aquello, muy lejos que se diga tampoco pudo ir a parar.

(Graciano)

Galicia, NO de la península ibérica, diciembre de 1947

Loliña limpia con la mano el cristal empañado por su propio aliento para ver lo que ocurre a lo lejos, en el atrio de la iglesia, justo delante de la casa grande. Después de lo sucedido con Hans, lleva días sin ir a trabajar y, aunque mandó recado de que no se encontraba bien, no sabe si los señores se lo han creído o no.

Armando ha tenido que marcharse al amanecer y, cuando él no está, ella siempre vigila por la ventana esperando que llegue el día que confirme el rumor de que los nazis se van. Hasta que hoy, por fin, divisa un coche negro aparcado desde muy temprano delante de la verja.

¿Y si fuera un taxi que los espera?, piensa.

Con las puertas abiertas de la casa y del automóvil, es el Rexo quien se ocupa afanosamente de acarrear pesadas maletas y cajas porque el zángano del conductor simplemente se ocupa de amarrar dos bultos en la baca, justo cuando parece que en el interior ya solo queda espacio para los pasajeros.

Loliña contempla las maniobras y no puede apartar la mirada.

Media hora después, con el supuesto taxista fumando un cigarro tras otro desde que todo estuvo cargado, la señora sale de la casa. Tiesa, rígida como realmente es, viste gabardina blanca y sombrero y zapatos negros. Atraviesa la era, cruza la verja y el hombre le abre la puerta trasera del coche. Con decisión, entra en el habitáculo.

Loliña traga saliva. La traga y acecha sin pestañear.

Al cabo de un rato, acompañado del criado, ve cómo un monje avanza por la era. Entonces recuerda los hábitos de cuando llegaron y que se guardaban doblados en el armario. Aunque no está segura de que sea él, aunque desearía con todas sus fuerzas que fuera el otro, cree identificar al señor por sus zancadas presurosas.

El monje abre la verja y se mete por la puerta del coche que la mujer ha dejado abierta. Luego, el Rexo se agacha para escuchar lo que le dicen desde el interior. Apenas un instante después, la despedida: un saludo marcial, brazo en alto.

De inmediato, cierran, el coche arranca, gira en el atrio y, como hace el monte con un nubarrón o el tresnal con el cuervo, la iglesia de San Martiño da Cova lo hace desaparecer por detrás de sus piedras.

El criado, que ha agitado varias veces la mano hacia el humo negro del escape que queda por la pista, regresa como enfadado junto a la casa. Casi al mismo tiempo, el chepudo sacristán sale de la rectoral, llega al atrio y tira del alambre que agita el badajo de la campana. Toca a difunto.

Loliña cierra los ojos. No reza porque ni su padre ni

Armando le han enseñado, y porque tampoco nunca antes ha visto razones para hacerlo. Al fin y al cabo, juzga, asistir a la iglesia resultó ser una obligación más.

—A ti ya no hay Dios que te salve, Armando, por ateo; pero ella irá todos los domingos y fiestas de guardar —recuerda que había impuesto don Ramón la tarde en la que, adrede, se había dejado caer por la cabaña.

Loliña no entiende por qué la felicidad de aquella partida de los señores no basta. O sí. Entonces, cuando vuelve a abrir los ojos, ya el Rexo avanza por el sendero, hacia ella. Y ve que el criado no se quita la camisa ni las cintas de cuero cruzadas por el pecho, que de cualquier manera han ido cogiendo color con el uso, si acaso también por la ruindad.

Ella no deja que llame a la puerta, abre antes y lo mira a los ojos. No sabe si visten tristeza o rencor, pero tampoco le importa.

—Tienes que venir —oye que le dice.

Se pone la mantilla sobre los hombros y sale a la intemperie. Camina delante de él cuando la vereda se estrecha. El Rexo permanece detrás, como si, sin decir nada, la entendiera, como si supiera algo inconfesable que reprime sus palabras; y ella escucha el golpeteo de sus zuecos en las piedras mojadas por el rocío y un grotesco jadeo.

—¿Él no se ha ido, verdad? —pregunta Loliña, ya en el atrio, con el temor asomando entre los dientes, cuando le abre la verja.

—Pasa, anda —responde el hijo del Rexo, como con paciencia.

—Un día prometiste...

—¡Yo no te prometí nada! —exclama, cerrando con prisa—. ¡Nada!

Él se queda en la parte de fuera y ella en la de dentro. Entre los retorcidos barrotes de hierro no cruzan ni sus miradas. ¿Para qué?

Sin tardar, a paso lento, medroso, la muchacha se va acercando a la puerta de la casa con el corazón encogido. Entretanto el criado, con una rara desazón en el pensamiento, huye hacia ninguna parte.

DECIMOCUARTA PARTE

LA CASA DEL ALEMÁN

72

Cuando aceleraba por la recta que lleva hasta Fión, como si aquella espantada fuera algo más que una traición a Lelia, sentí que estaba cometiendo una felonía. «No hay más remedio», consideré.

Al llegar a Arxeriz, tomé la pista que baja hasta A Cova y pasé al lado de la casa de Telmo, convencido de que ese territorio grandioso y, a veces, inesperado en el que me adentraba sería el definitivo en mi búsqueda. Pese a haber transitado con frecuencia por esa vía, percibí una vez más que aquel paisaje de sotos de castaños y de robles inclinados hacia la orilla, donde enseguida se imponía la vid de los bancales, se me mostraba con tal esplendor y fuerza que bien podría ser el escondite perfecto para cualquiera con la pretensión de desaparecer de la circulación. Así lo habían hecho los que se echaron al monte para evitar la represión del Alzamiento del 36, pero también estaba al alcance de cuantos huidos del mundo quisieran perderse por las infinitas cañadas de una ribera brava y atestada de escalones y pasaderos que, a modo de escapatoria, sortean una y otra vez los declives de los regatos de Soutomango y de Fión y penetran hasta los rincones más ignotos de una naturaleza exuberante a más no poder.

¿Por qué no iban a pensar lo mismo unos nazis que, al amparo del régimen franquista, escapaban de la persecución aliada? Entonces recordé todo lo que había leído de la Ruta de las Ratas, las referencias a quien acababa de encontrar en la foto de un baile en un pazo de la Ribeira Sacra en el año 1947, y entendí que estaba a punto de resolver las dudas de historiadores y buscadores de nazis sobre el criminal Walter Kutschmann. Y todo parecía encajar. Además, para aclarar el enigma de si se había escondido en el pazo, contaba con la memoria de Graciano.

Sin embargo, a pesar de la lógica emoción por lo logrado hasta el momento y por lo que él me pudiera contar, creía que mi trabajo no consistía en eso, sino en lograr establecer la relación de mi cliente con los nazis. Y esa era, quizá, la puntada del zurcido que Víctor no había dado antes de desaparecer tres curvas más abajo.

En estas revueltas del pensamiento me hallaba cuando, y no por casualidad, pues la bodega de Graciano se situaba a escasos metros de ella, justo debajo de la iglesia de San Martiño da Cova, divisé la reja desde la que se veía la casa natal de don Manuel, la de la foto que Barrabás tenía en el móvil con una anotación y que yo había avistado el día anterior desde el coche de don Manuel. Entonces decidí perder un poco de tiempo en inspeccionarla.

Una ligera brisa de tormenta atenuaba el bochorno

de la tarde. El sol, en lo alto y entre agitados nubarrones negros, completaba el espectáculo de la revuelta de un río Miño que recorta las tierras de Nogueira y hacia las que mira la fachada de la iglesia. Delante de ella, como un turista que no respeta ni la siesta, me entretuve un rato. Después, parsimonioso, me fui aproximando a la oxidada reja de la casa y comprobé que permanecía cerrada con un candado. «Lógico, si está abandonada», pensé, tras revisar la entrada que desde allí se ofrecía, con hierbas resecas en los márgenes de un pasaje totalmente descuidado y con dos espantosas columnas de tubo de cemento sosteniendo parte de un emparrado que daban cuenta de la tradicional desidia y el feísmo de muchas construcciones del rural.

Haciéndome el despistado, rodeé el muro de piedra hacia la izquierda y, tras superar la esquina donde el cercado disminuía su altura y se unía con la linde de la viña de al lado, me subí a él, trepé a su cima y, porque no había mucho desnivel y me picaba la curiosidad, salté hacia el interior de la era. Allí, una vez de pie, extrañado, observé el lugar.

Entre árboles frutales bien podados y un emparrado nada descuidado, un enlosado recién barrido precedía aquella recia edificación en piedra. Más que en la parte trasera, parecía estar ante una exquisita fachada en la que destacaban, aparte de la terraza de una escalera con balaustrada, los marcos y dinteles de puertas, ventanas y tragaluces, todos de cantería, así como las esquinas, lo que, añadido a una cornisa redondeada y en el mismo estilo, otorgaban un porte señorial a la casa.

El tejado se veía en perfecto estado de conservación, pero también la hierba del suelo aparecía segada y tan verde que no me quedó ninguna duda de que alguien la regaba y cortaba habitualmente. A la vista de los árboles cercenados del fondo, que, a la par de dar sombra al patio, permitían contemplar el hermoso paisaje fluvial, y tras comprobar que la madera de las robustas puertas y de las contras de las ventanas estaba tratada y, en algún caso, repintada, rectifiqué mi inicial impresión con una exclamación:

—¡De abandonada, nada!

¿Quién, me pregunté enseguida, pretendía dar la falsa impresión de abandono al que mirara desde fuera? ¿Quién habitaba o cuidaba la...?

—¿Quién eres tú? —fue la pregunta que, junto con los dos cañones de una vieja escopeta de caza apuntándome, me dirigió un anciano de rostro arrugadísimo y sudada camisa blanca que apareció de repente al doblar una esquina.

Levanté los brazos por instinto y, creo, palidecí.

—¿Quién coño eres tú? —bramó, airado, al no responderle.

—Me llamo Reina y...

—¿Qué cojones haces aquí? ¿No sabes que es una propiedad privada? —impuso con su voz aguardentosa y nada afable.

—No quería molestar ni...

—¡Fuera, fuera ya, hostia! —Y, con los dedos en los gatillos, me clavaba sin piedad en las costillas la dureza de los cañones—. ¡Fuera de aquí, maldito!

De ese modo, con las manos en alto, temiendo que perdiera el control y me vaciara las tripas de una descarga, me volví y, con él detrás y sin dejar de darme empellones para que me moviera y repitiendo unas desaforadas expresiones, nos dirigimos a la reja.

—Lo siento —dije, mientras él abría el candado con gestos vigorosos y manos habituadas al trabajo—. Pensaba que...

—¡Cierra la boca, cacho cabrón, me cago hasta en la puta vírgena!

Me callé de inmediato, pues tampoco necesitaba acicatear más su encono. Y ya del otro lado de la verja, una vez que el viejo volvió a colocar la cadena y trabó el candado por dentro, nos miramos.

Tenía la nariz aguileña y se cubría la cabeza con una boina que solo dejaba asomar el pelo de detrás de las orejas y del cuello. La mandíbula sin afeitar y la piel oscura, sin carnes que la sostuvieran y cuarteada como una tierra expuesta al sol que repentinamente se hubiera quedado sin agua, le daban una apariencia de ancestral cadáver que sigue morando bajo los rigores de la ribera pero que, por la actitud, no quiere saber nada de los demás o de lo que sucede en el mundo.

Yo, pese a no entender tanta hostilidad, y mucho menos atreverme a afearle su rudeza o a preguntarle si sabía algo del tal Izan que Barrabás había anotado en la foto de la casa, o incluso si Víctor había pasado por allí, procuré no decir nada, pues me jugaba la vida. Sin embargo, ante aquella mirada furiosa que me escrutaba me dio tiempo a pensar que podría estar en presencia del guardián del secreto, pues si esa era la casa familiar de doña Manolita, en la que precisamente había nacido quien me pagaba por investigar, aquel personaje de edad indefinida y gesto torvo y amenazador, que además jadeaba por el esfuerzo al otro lado de los hierros, tenía que estar, por fuerza, muy al tanto de lo que yo buscaba.

—¡Y ahora, lárgate! —gritó, rechinando los dientes y evitando cualquier charla—. ¡Y no vuelvas por aquí o te parto la crisma!

Mientras yo obedecía, él se giró y, por el camino lleno de hierbas que conducía hasta la casa, con las piernas torcidas y algo encorvado, se marchó refunfuñando tanto como la tormenta que se presentía en las alturas.

73

Siempre he creído que los libros contienen preciados tesoros de los que gozamos unos pocos privilegiados. Eso es lo que he creído, siempre. De todos modos esos libros no poseen ni una millonésima parte de lo que, sumando memoria e imaginación, ocultan las mentes de las personas. Y esto no es que yo lo crea, lo sé con seguridad. Porque ese poder de retener o imaginar hechos e historias está dentro de cada uno, ya sea analfabeto o sepa encadenar las palabras en una cuartilla de papel o delante de un procesador de textos, ya sea tardo de entendimiento o alto de miras y superdotado. Y todas las personas encierran ese poder, todas. Luego, como un don añadido, está la capacidad de proclamarlo.

Hablo de ese tesoro, sí. Pero ahí ya no se pueden esperar milagros, porque no está sujeto a reglas naturales o sometido a la normativa que los humanos, como eternos infelices que solo saben poner límites, solemos establecer. Pues Graciano resultó un buen ejemplo de él, y más después de aquel intimidante encontronazo con el viejo de la casa. De esa enciclopedia ambulante y habladora que, bajo el bochorno de la tarde, deshojaba las cepas para que los racimos vieran gentilmente el sol, solo he rescatado lo que me sirvió. Contado a su manera, y en ocasiones con dificultades para seguirlo, va el resto:

—¡Claro que sé del nazi de la casa, hombre! Walter, lo llamaban. Yo lo conocí antes de los veinte, cuando apareció en aquel coche negro, haciendo caso a lo que le había contado el hijo del Rexo en la guerra. Del padre de Meregildo te hablo ahora, que murió en la guerra de un balazo que según se dice iba para el alemán y que lo tuvo agonizando mes y pico en un hospital. Al parecer, el moribundo le contó como pudo dónde vivía y que dejaba un hijo en este rincón del carajo. Y Walter va y le dice que él se hacía cargo. Sería una promesa o sería que le convencieron los calores de la ribera, el caso es... Porque él había nacido y se había criado en el frío que hace por allá, en Alemania. Y eso aburre a un santo. ¿No crees? El caso es que apareció en el 37 con una herida de guerra y se agenció como fuera la casa de los Arias, la que era de don Armando, el maestro. Entonces cogió de rabo al hijo, a Meregildo, e hizo de él un auténtico pelanas que le servía de criado y que estaba como alelado con las ideas esas de arramblar con el mundo y la raza superior y la madre que los parió a todos. Desde entonces, Meregildo empezó a andar con cintas cruzadas al pecho y armado como un jodido falangista. Que no era tal, porque él tenía subido a la cabeza el otro guirigay. Pero si en aquel tiempo todavía hablaba con la mayoría, con el paso de los años te digo que esas ideas se le atravesaron tanto como a los propios nazis, a los que imitaba. En fin, que el Walter ese llegó herido de guerra y se recuperó en este retiro. Luego, vete tú a saber, se marcharía un tiempo a combatir por ahí con Alemania y, cuando toda aquella escabechina se les torció, se zafó y volvió a aparecer más manso y menos jaranero, que el uniforme solo se lo ponía para las fiestas. E incluso alguna vez, por estas que lo vi, pasó en el coche con el disfraz de monje o de cuervo.

—¿Hans? Ese llegó con Walter en la segunda época, allá por el 45. ¡Quién no se acuerda de Hans! Joven, guapo, tieso como una estaca. Rubio como cualquier alemán de pura cepa y de mi quinta, pero sin la mugre en las manos de los de por aquí. También venía huyendo de las miserias de la guerra, no vayas a pensar, y era una especie de protegido de Walter. Amigo de él, vaya. O familiar, vete tú a saber. Los dos habían huido de la quema de Europa y, escondidos como las liebres en la conejera, ahí sí que dejaban pasar el tiempo metidos en la casa. Pero si Walter había venido con su mujer, una jamona de armas tomar a la que le llamábamos la Generala porque alguien había oído una vez su nombre y no sabíamos pronunciarlo, el otro, Hans, andaba a diario buscando dónde meterla y salía de vez en cuando por ahí de parranda. Siempre vestido de paisano y muy relamido él, le gustaba empinar el codo. Por lo que yo veía, se notaba que despreciaba a los de baja condición. Hasta recuerdo una vez un suceso que... En un baile de Escairón que se hizo durante muchos años en el garaje de una empresa de autobuses y al que íbamos los mozos de los alrededores, pues va y no le da de palos a uno de cerca de Licín porque sacó a bailar a una chavala que... No lo mató de milagro, Hans. Yo no sé si le llenaba el ojo o no, pero de que ella trabajaba por horas en la casa doy fe. Y, por lo que se decía, incluso no podía soportar que los demás le hablaran.

—¿La chavala, dices? ¡Hombre, claro que la conocí! Pero luego... Ahí ya no lo tengo muy claro. Yo te cuento lo que sé, porque cada uno mira su verdad y luego las lenguas se echan a pasear y ya ves tú en lo que acaba. A ella la llamábamos Loliña. La del Penas, vaya, que había nacido en una casa de ahí al lado, en O Pousadoiro. La madre se le murió en el parto y, además de eso, también tuvo la mala suerte de que el padre, Manuel el del Penas, se había metido con los de los sindicatos agrarios en la República y... Con aquella manía de ir en contra de los cuervos, que incluso se dijo que con otros atravesados le había plantado fuego a la puerta de la iglesia de A Cova, pues eso, que en el 36 vinieron por él los falangistas y se la armaron bien armada. ¡Ya habrás oído lo de esas cosas que había que callar, la madre que los parió! ¡A quién se le ocurre meterse con don Ramón, avinagrado como era el cura! Los hechos que se cuentan nadie los sabe, pero lo cierto es que la casa ardió con el Penas dentro. Pues la Loliña se dice que libró de casualidad y, esto sí que es así, se fue a vivir con don Armando. Que a este, no vayas a pensar, también lo trajeron por la calle de la amargura con el asunto aquel de la depuración de los maestros de la República: lo quitaron de la escuela y en su puesto pusieron un pasmarote impedido que vaya favor nos hicieron a los que queríamos salir de la burremia. El propio Forquito, que yo se lo he escuchado mil veces, hablaba pestes de los maestros que no lo son, decía. Venían lisiados de la guerra y, para pagar favores, los colocaban en las unitarias o en las extensiones de las parroquias y... Te digo que solo sabían dar sopapos, izar la bandera y hacernos cantar el «Cara al sol». Ah, y gritar «Viva España» entre rezos de rosarios de alguna comadre ofrecida en alguna novena. ¡Toda esa retórica, que entre cristos y caudillos, te lo digo yo, en este país perdimos la instrucción!

»Volviendo a Loliña, sí. El pobre don Armando, al que también dejaron sin nada, porque hasta la casa con la que Walter se hizo había pertenecido antes a los padres del maestro, los Arias, pues él la recogió con pocos años y la sacó adelante en una cabaña con huerta que le dejaron para que no se pusiera a pedir por los caminos. Luego algo pasó, que no sé si las autoridades ordenaron que la niña le hiciera los recados al alemán o qué. El caso es que, al principio, hablo del 37, en la guerra, Loliña entraba y salía de la casa para ir de recadera a la cantina; o a por agua a la fuente o a por lo que le mandaba Eudosia, la criada vieja que el nazi había metido para hacerle las cosas. Y saber se sabía que a don Armando no le gustaba nada que la niña sirviera a los que se lo habían quitado todo, y menos en la que había sido su casa. Pero tuvo que apencar y... Por entonces ella... ¿La edad? Ni diez, eh, pero el desparpajo que tenía era digno de ver.

Luego, cuando volvió de segundas Walter con su mujer y con el Hans aquel, ya Eudosia había muerto y buscaron de nuevo a la criada. Recuerdo que hasta fueron los guardias a la casa de don Armando. Para incordiarlo, vaya. Del cuarenta y tantos te hablo ahora. Y tuvo que agachar la oreja, él y ella, no les quedaba otro remedio. Pero ella entonces ya era joven y guapa como una rosa. No digo que le agradara andar por ahí, que ya sabemos que las chicas espabilan antes y...

»Pero Hans... Parece, eh, parece que en cuanto la vio se le fueron los ojos y andaba como salido detrás de las ancas de Loliña. No sabía ni palotada de nuestra lengua, que yo recuerdo que rascaba las erres como un perro afónico y todo cuanto rebuzno salía de su boca no podía ser muy gustoso. Pero se topó con la ojeriza de ella, que no quería saber nada del semental aquel. ¡Lo mal que lo tuvo que pasar la chica en aquella casa durante casi dos años! ¡Un asedio de cojones, nunca mejor dicho! Y además, aguantando por allí también al hijo del Rexo de Seoane, Meregildo, que entonces ya tenía más galones y humos que los de un criado. ¡Menudo cristo! Yo lo sé porque Hans incluso la obligaba a ir con él a los bailes y, por lo que me has dicho que viste en las fotos de Arxeriz y yo ya sabía, la llevó con él a la fiesta de despedida de los alemanes en el propio pazo. Sí, cuando ellos al parecer se iban a marchar para no volver. Ella no quería ir, con él y allí, digo. Lo sé porque entonces yo tendría unos treinta y llevaba días con los preparativos del festejo que les montaron: cantidad de invitados de fuera y como nunca se había hecho en el pazo. Pues yo la vi llegar en aquel coche negro al patio y enseguida fui a abrirle la puerta como se les abre a esas señoras de mucho postín que se ven en las películas. Me salió así, de lo linda que era. Pero la pobre venía llorando y, en cuanto puso un pie fuera y sin que me escuchara Hans, que se apeaba por el otro lado, le dije, porque la conocía y sabía de lo que padecía: «¡Ya queda menos, Loliña!» Me dio pena y se lo dije. Él la tenía como a su muñeca, pero ella, por lo que parece, se le resistía, que ni una sonrisa le dedicaba y ni siquiera se enjugaba las lágrimas cuando bailaba con él.

»Yo a Loliña le llevaba diez años y habíamos coincidido un nada en la escuela de don Armando. Era lista como un ajo. Más espabilada que yo, desde luego, y muy muy sentida. Pero tuvo mala suerte, a lo mejor por ser tan guapa o por lo del padre. ¡Las cosas del destino a veces son bien jodidas, Reina! Y no sé lo que fue de ella. Ahí pasó algo y de eso no... Yo no acabo de pillarlo, aunque habrá quien hable sin saber.

—¿Si no será la tal doña Manolita, la ricachona de Monforte, dices? Ya lo he oído alguna vez. Pero también se dijo que al final se fue a servir con el alemán para Argentina y que a don Armando, lo que no me cuadra, se lo llevaron con ellos. O que les dieron tierra. O que Meregildo se quedó con todo porque Walter le quiso hacer un favor y... Lo cierto es que las propiedades con las que se había hecho el alemán las trabaja el hijo del Rexo, y al parecer alguien se las escrituró y todo. Pero él, por lo que sea, no vive en la casa. Tiene la de su familia a tiro de piedra, ahí, en Seoane, pero la suya no es ni la sombra de esta otra. Porque tú la has visto por fuera; pero por dentro es mucho más de lo que aparenta. Él, Meregildo, la vigila y nada más. Pero la vigila como un perro sarnoso vigila su hueso preferido, sin atreverse a roerlo. Que eso es lo que es Meregildo: un perro rabioso que no tiene trato con nadie, si no, mira lo que te ha pasado a ti. Y un hijo que tuvo más tarde al parecer es como él. Menos mal que se fue y creo que se buscó un chollo con uno de dinero, para no depender del padre, que si no... Ahora que, por lo que tengo entendido, también hace lo que le mandan, como le viene de casta. Si tuviera que roer las piedras, las roería, que los del Rexo de Seoane siempre comieron de la mano de los poderosos y... También he oído alguna vez que en la casa hubo las de su madre, con tiros y todo, y que el más animal se quedó con la hacienda porque... Pero, al cabo, ¿qué sabemos? Pese a lo que se contó entonces: ¿se marcharon de verdad los alemanes?, ¿qué pasó con don Armando y con la chica, a ver? ¿Tú lo sabes? Lo único seguro es que Meregildo sigue ahí, apostado al pie de la casa. Él sabrá y para de contar. Y luego está lo de lo que se dice que hay dentro, eh, que la gente es el mismo demonio y habla por no estar callada. Se inventa la tira. Pero yo, ¡ca!, yo no.

—Mira, Reina, ya puestos, te lo cuento. Porque un día moriré y a Telmo no le importa ni mucho ni poco lo que pasó entonces. A ti, por lo que veo, sí. Así que ahí va. Y esto lo vi con mis propios ojos, eh: una noche llegaron cuatro camiones y... Yo volvía de trabajar como un burro en la matanza del pazo, en donde aún seguían el cuervo y el papanatas del sacristán, cuando... No, miento, antes había pasado por la taberna y, como siempre, me había pimplado unas cuantas tazas, como las que nos estamos pimplando tú y yo ahora. ¡Y si hace falta asar una posta de carne, se asa y listo! Pues ese día iba yo algo achispado, vaya, pero no mamado, y, lo creas o no, serían las tres y pico cuando me dio un apretón y, perdonando, me agaché a bajarme los pantalones en un andurrial de la pista que baja hacia A Cova. Entonces, haciendo fuerza como estaba, escucho un ruido, cada vez más grande, allí arriba, cerca ya de mi casa. Y va y los veo: del ejército, grandes, con las luces encendidas, cuatro camiones hacia abajo. Cuatro contados. Te hablo del año cuarenta y tantos, bien pasada la guerra. Invierno puro, que si no helaba, le dolían a uno las orejas con el relente del bosque. Entonces atajé por los bancales para llegar antes, aquí al lado, gracias a la luz de la luna. No te negaré que me caí unas cuantas veces y me escorié un poco las manos, pero habría sido capaz de llegar con los ojos cerrados, pues mil veces había venido a misa o de niño a tocar las campanas. O a esta misma viña, vaya. Pues cuando llegué, a escondidas, debajo del atrio de la iglesia, vi una recua de hombres descargando cajas de los camiones y metiéndolas en la casa. Qué llevaban dentro no te lo sabría decir, porque tampoco me paré mucho más. Y era peligroso, sí, que incluso había guardias civiles y tampoco soy yo de los que echa la meada contra el viento. Pensé que si me cogían ni el patrón me libraría. Eso sí, Walter daba las órdenes, en alemán y en español, con Hans a un lado y Meregildo mariposeando a su rabo.

—Si la casa no se cae es porque Meregildo la mantiene. Ni la vende, si es que es suya, ni deja que nadie meta las narices dentro. Y yo de ti, que bien que te acaba de avisar, no volvería a meterlas por si acaso. Pero te digo más, para que veas, que a lo mejor es este vino que me enciende: poco después de que vinieran los alemanes por segunda vez, año y pico antes de lo de los camiones, contrataron a dos obreros de fuera a gastos pagados que trabajaron ahí dentro como negros. Dos, sí, casi a escondidas, que ni salían de la casa. Se sabía y listo. Recuerdo que una vez coincidí con uno de ellos, el más joven, que por lo visto era el único que sabía nadar y le iba lo de meterse en el agua. Solía bajar a la orilla del río y cruzar varias veces una enorme represa que había antes del embalse de Os Peares. Y hablamos un rato. Yo traté de sonsacarle algo de lo que andaban trajinando, pero él, que no se manejaba bien con la lengua, me dijo que tenían prohibido contar nada y que le pagaban muy bien por mes y pico de trabajo. «Estaréis haciendo una escapatoria para los nazis», bromeé yo. Él me contestó a nuestra manera, «Será eso», y se tiró al río y allá se frustró la charla. Pero yo, cuco, relacioné. Excavaron un montón, eh, porque con la tierra que sacaron, mira tú, llenaron el ribazo que hay por encima de esta bodega y que llega hasta el regato. ¿Y dónde crees que metieron lo que al cabo de unos meses venía en los camiones? Si hasta un tonto se da cuenta.

—Aunque Meregildo no suelta prenda, que los del Rexo siempre fueron muy huraños, y también un poco chulos, en la casa hay algo. Fíjate que a pesar de ser tres años más joven que yo, nunca crucé más de cuatro palabras seguidas con él. Ni a la escuela de don Armando lo mandaron, que lo llevaban hasta Ferreira para que no coincidiera con los ateos de la República. Eso lo soltó un día el padre. ¡Pues qué se le va a hacer! ¡Él se lo pierde, que ni jugar lo dejaban! Y aunque ninguno de los dos fuimos a la guerra, yo por una hozada en la pierna y él por joven, Meregildo sigue en su batalla particular: como mandado de los alemanes y en contra de los rojos, eh, que por lo visto debemos de ser todos los demás.

—Don Armando, sí, a él le apretaron bien las tuercas o como quieras llamarlo. Se lo quitaron todo, desde la unitaria que se montó arriba, muy cerca de Arxeriz y en la que tanto bien hizo, hasta las propiedades. Y la casa de la que hablamos, también. Que era de su familia, seguro, y no sé si Walter pagó o no pagó por ella, pero las autoridades entonces hacían lo que les salía de las pelotas con esas cosas. Habían ganado la guerra y los que no conseguían un certificado de buena conducta del alcalde o de la comandancia se iban a tomar por culo. O de don Ramón, el cura, ¡que menudo zorro el cuervo ese también! Eso fue lo que le pasó a él. Y menos mal que no se lo cargaron. Aunque era de una familia competente, que antes del 36 entré varias veces en su casa y estaba de libros hasta arriba. Su padre había sido concejal y tenía estudios, e incluso había montado en el bajo una escuela del ferrado. No sé si has oído hablar de ellas, pero si uno sabía las cuatro reglas, les enseñaba a los niños cuando no tenían que trabajar. Seguro que allí descubrió Armandito para qué servía: intentar educar a los lerdos como yo. A él, que era muy joven, porque no creas que era viejo, que nació en el año 12 o en el 13, listo y vivo como nadie, todo se le quedaba a la primera. Todo. Y sabía y explicaba las cosas como mejor se entienden, con claridad. Luego, con la degollina del 36, lo apartaron a una media cuadra y empezó a sachar con las orejas gachas en una huerta que le dejaron trabajar. ¡No le quedó otra! Y así comían. Él y la niña de la que te hablé: Loliña.

—¡No te digo que todo fue un tejemaneje muy raro! Lo de la guerra lo entendemos todos: quien gana, machaca. Y los machacados, apechugando, a intentar sobrevivir como sea. Pero lo que pasó después con los alemanes no sé si habrá quien se devane los sesos con ese huso. De todos los que me preguntas, no sé más de lo que te acabo de decir. Y del don Manuel ese que me dices, ni puta idea. Si él dice que nació aquí, así será. Ahora que, ojo, también yo puedo decir que me cagaron en Madrid. Si me lo hubieran contado de niño, qué coño, ¿por qué no me lo iba a creer?

—Yo no digo nada, pero con el de la moto claro que hablé, que venía encaminado del mismo Arxeriz. Preguntó por la casa como preguntas tú y se marchó enseguida. Por lo que fuera, tenía prisa y lo envié a ver al Rexo. ¿Dónde si no? Pero el muy zorro parece ser que les contó a los guardias que no había hablado para nada con el chico y... No lo sé. El caso fue que Meregildo, a partir de eso, enredó por la casa, que incluso, lo que vi, obró en las columnas de la parra delantera, para que no se le cayera. Pero la moto estuvo a la sombra de la iglesia toda esa tarde, que cuando yo salí de la viña, allí quedaba. Y a la mañana siguiente fue cuando la descubrieron. Si dijeron que había muerto allá abajo, en el agua, yo no sé nada. Y si lo buscaron por la parte de Os Peares por si se lo llevó la corriente, trabajo de ociosos y de cabezotas. Y con esto cada uno es muy libre de pensar lo que quiera, pero yo me huelo las cosas y... Mira tú, hablando de olores, hará unas dos o tres semanas, por toda esta ribera se extendió un hedor a carroña que, oye, ni se aguantaba. Como a animal descompuesto, que no es la primera vez que pasa. Pero, vamos a ver, ¿qué clase de animal será ese?, pregunto yo ahora. A ver, di. ¡Ay, Reina, si las piedras hablaran no sentiríamos esta comezón!

74

En nuestras más de cuatro horas de charla, sin parar de movernos por la viña bajo un pesado calor, o sentados en la fresca bodega y con un breve fuego —en el que, por supuesto, aprovechó para asar unas tiras de carne que acompañamos con un mollete y vino—, Graciano había trabajado, bebido y comido de sobra, además de mear cinco veces. Pero mientras él soltaba su perorata en aquella tarde ribereña que presagiaba tormenta, yo procuraba ir encajando las ideas. Y así, sin querer, además de lo que he relatado y de lo que no está escrito ni nunca se escribirá, cayó la noche.

—Habrá que ir poniendo la tranca, Reina —soltó de improviso, incorporándose y echándose las manos a los riñones—. ¿No te parece?

—Se ha hecho tarde —dije, mirando la hora. Entonces ofrecí—: Suba conmigo, si le parece.

—¡No te digo que no, que hoy va a descargar de aúpa!

Apagó las brasas con agua, cerró la bodega y el portillo, pasamos por delante de la iglesia y de la que él denominaba casa del Alemán, cuya silueta miré de reojo contra el cielo amenazador, y subimos al coche. Giré e hicimos todo el trayecto sin hablar, pero justo cuando paré delante de su casa, el anciano se volvió hacia mí.

—No creas que soy un viejo chocho —dijo, mientras un repentino relámpago le trazaba las mil arrugas del rostro.

—No se preocupe.

—Ni que todo lo que te he contado es mentira —añadió, con el trueno de aquel rayo.

En ese momento apareció Telmo por mi lado y, mientras Graciano se apeaba, yo bajé el cristal para hablar con él.

—¿Qué? —preguntó—. ¿Todo bien?

—Cuida de tu padre —dije—, es una enciclopedia.

—Ya lo sé, que se lía de mala manera. ¿Te tomas la penúltima?

Me excusé con que se me hacía tarde y tenía que volver a casa.

—¡Y a ver si haces tú lo mismo con la chica, baldragas! —aconsejó.

Me marché entre relámpagos cada vez más poderosos y perseguidos siempre por estrepitosos truenos. Bajo ellos no paraba de darle vueltas a lo que me había contado Graciano, que me acercaba al final de la investigación. Pero sabía que todavía me faltaba una pieza para resolver el enigma, la que reposaba entre las piedras de la mansión que custodiaba Meregildo del Rexo. Con encontrarla, lo tendría resuelto. Don Manuel y su pasado familiar. El secreto nazi. Pero hasta donde yo sé, la verdad depende de las personas, y su escondite se situaba en aquel anciano de comportamiento insociable y tosco, mejor dicho, en su inabordable memoria. Por eso me iba a resultar difícil acceder a ella; por eso, con la tormenta a punto de descargar, decidí que tenía que volver allí, a la misteriosa casa, para, si se terciaba, preguntarle a las propias piedras y esperar el milagro.

Giré en la misma carretera y aceleré de vuelta hacia A Cova, inventándome la conversación que mantendría al descubrir el reproche en los ojos de Lelia por haberla dejado tirada en manos de aquella tropa de fieles amigos que soltaban chistes verdes a punta pala y bebían y fumaban sin medida yendo de tasca en tasca. Y tendría razón. Por eso, y porque no quería involucrarla, ni siquiera podía llamarla y decirle que volvía a inspeccionar la casa. Lo haría solo, por la noche y a escondidas.

Esperé casi una hora, mientras empezaban a caer las primeras gotas en el mirador de O Cabo do Mundo, a un kilómetro del lugar, y yo rumiaba todo lo que me había contado Graciano. Por mi mente pasaron, como una película ya vista pero no por eso carente de interés, aquellos hechos de la represión llevada a cabo tras el Alzamiento, de los que yo sabía bastante por lo que había leído y me habían contado. Entre los relámpagos, veía a la familia Arias desposeída de lo suyo y a don Armando como ejemplo de la depuración del cuerpo de maestros republicanos. ¿Qué habría sido de él? ¿Qué habría sido de la tal Loliña, la hija de un sindicalista, protegida de unos malnacidos por el propio maestro? ¿Y si este no había podido evitar que se la arrebatasen unos nazis escondidos en su apacible y consentido retiro de la Ribeira Sacra? Y también: ¿qué tenía ella que ver con la doña Manolita que se instaló en Monforte y progresó y colocó tan bien colocado a un hijo que se buscaba a sí mismo en el pasado para asegurarse el futuro?

Pese a que podía intuir algunas respuestas, en ese instante las dudas me asaltaban y no tenía más salida que seguir revolviendo en ese cruento lugar sembrado de discordia, pero también de olvido.

Eran más de las once y media cuando consideré que ya no quedaría un alma en el atrio de la iglesia de A Cova. Las casas de Seoane, la aldea más cercana y en la que vivía Meregildo, habían apagado sus luces, y él, como acostumbra la mayoría de los labriegos de la ribera y de todo el rural, después de cerrar y acomodar la hacienda al abrigo de la tormenta, se habría acostado para levantarse con el alba. Entonces encendí el coche, lo dejé rodar cuesta abajo procurando que el motor hiciera el mínimo ruido entre las agitadas ramas de los sotos por los que transitaba la carretera. Tras la curva de la churrasquería en la que había comido varias veces, allí donde las viñas reemplazan a los castañares, y porque el gastado asfalto de la pista resaltaba en la oscuridad, apagué las luces. Pasé con sigilo al lado de Seoane, llegué a la iglesia y aparqué el coche al abrigo de la vieja rectoral.

Además de un foco, contando con que a lo mejor tenía que forzar alguna entrada, cogí un destornillador en la caja de herramientas y bajé. Mientras en el cielo continuaba la ceremonia de sinuosos relámpagos y truenos, gruesas y espaciadas gotas ya se estrellaban contra el suelo arrastradas por una ventolera incontrolable. No hice caso. Me moví en silencio por la cálida noche hasta alcanzar el mismo lugar del muro por el que había trepado hacía unas horas. Sin mayores incordios que cierta intranquilidad, salté hacia dentro. Allí respiré hondo, miré el empedrado y expulsé el aire tan despacio como pude.

Debía ser cauteloso y, aunque contaba con tiempo suficiente, me impuse no dejar ni rastro de mi presencia. Luego, ya bajo la lluvia, me acerqué a la escalera, ascendí por ella y comprobé que la puerta de la terraza estaba cerrada. Pensé que no procedía usar la principal, así que bajé de nuevo y, rodeando la casa con presteza, fui comprobando una por una las puertas y las contras de las ventanas bajas. Todas aparecían firmemente atrancadas.

Entre el desánimo y el chaparrón, pensé en dejarme de historias y en marcharme de allí cuanto antes. Pero, ¿qué me podía pasar? Estaba en el lugar preciso y a una cerradura de, quizá, conocer algo más de esa verdad que buscaba. ¿Iba a recular por no empaparme? ¿Quién podía venir, si el viejo Meregildo roncaría como un lirón entre las sábanas después de haber soportado los rigores de la ribera? «¡No seas cagón, Reina!», me animé. Entonces volví a lo alto de la escalera y, para no dejar marcas en la puerta, subí a la balaustrada de piedra.

Agarrado a una columna y apoyando el pie en la cornisa paralela al alféizar, alcancé las contras de la ventana. Con el agua impregnando mi cabello y deslizándose por mi espalda, introduje el destornillador por donde consideré que debía de estar el cerrojo de la tarabilla y, con un enérgico movimiento, lo solté. Lentamente, con un apagado ruido de bisagra oxidada, abrí la contra izquierda y se presentó otro problema: por dentro todavía quedaba la cristalera de la ventana, cerrada.

Colgado como vulgar ladrón de una ventana de la parte trasera de una casa ajena, totalmente empapado, giré la cabeza y miré a lo lejos, al fondo de la ribera, el espejo del río en el que se reflejaban los relámpagos. Pensé que, si me pillaban en ese momento, no sabría dónde meterme, yo y la vergüenza que me embargaría. Entonces me pregunté «¿Qué coño estás haciendo, Reina?» Correr riesgos y hacer el gilipollas era la única respuesta posible; porque si resbalaba y, desde donde me encontraba, caía al empedrado y me rompía una pierna o, incluso, me clavaba el destornillador y me desangraba como un cerdo en su San Martín, ¿qué? Además, recordé que hasta coincidía el santo de la advocación de aquella iglesia de A Cova, «¡Hay que ver!»

Sin pensarlo, reaccioné contra tanto pesimismo: con el mango de la herramienta di un golpe seco al cristal. Primero se partió y luego, con un sonido que no me pareció nada estridente en aquella noche de estruendos, cayó hecho añicos. Los aparté con cuidado e introduje la mano para liberar la tarabilla inferior. Cogí el tirador de las fallebas que, por arriba y por abajo, se incrustaban en la piedra y abrí con facilidad en medio del chaparrón. Porque me viene de familia ser un poco rufián, y quizá los lares me protegen, entré sin más complicaciones que mirar un instante el oscuro rostro de la tierra y verla lamida por una violenta y ruidosa lengua de lluvia. Cerré por dentro y, antes de encender el foco e inspeccionar aquel aposento, respiré con la satisfacción y la humedad de mi ropa, al tiempo que notaba el latido del corazón como abriéndose paso en el pecho.

A continuación, gracias a la escasa luz del foco y acompañado del sonido de la tormenta, revisé el interior de la casa de los Arias, sus anteriores y legítimos propietarios, por lo que me había contado Graciano.

Por supuesto que no poseía la magnificencia ni el esplendor que había visto en Arxeriz, pues era una mansión mucho más pequeña y que cabría entera en el gran salón del pazo; pero, llena de lámparas de cristales recortados, estantes en todas las esquinas y muebles de época bien cuidados, parecía más acogedora. Así lo evidenciaban las sillas y mesas de madera, los sofás tapizados, los escabeles y los sillones en torno a un tradicional lar de piedra. En las habitaciones, lo indicaban las camas con colchas bordadas, los jergones con bisagras retorcidas, los armarios repujados, los arcones y cómodas con su secreter o su tocador. Y todo limpísimo y en perfecto estado de revista. Igual que, en el salón inferior, los cuadros y grabados de diversos motivos, las cortinas a juego con las alfombras de ribetes, los estantes con libros y, sobre todo, aquel rincón para descansar y captar con los sentidos alrededor de un piano que presidía ese espacio privilegiado que, una vez corridas las cortinas y abiertas las cristaleras al paisaje de la Ribeira Sacra, se me antojaba único y apacible.

Precisamente ahí detuve mi inspección. Me senté en

un taburete y pensé que estaba en la casa soñada por cualquiera con el deseo de establecerse, llena de rincones que poseían el regusto de una vieja hidalguía ribereña que sabe aprovechar lo que le ofrece la naturaleza para gozar de una vida desahogada e, intuí, feliz.

Pero tras esos minutos de arrobamiento y de nuevo en situación, me pregunté qué podía hacer allí dentro. ¿Revisar libros y papeles? No, desde luego. Porque además, con toda seguridad, cualquier prueba de infamias pasadas habría sido eliminada por los moradores impuestos en la represión que sucedió al golpe de Estado y a la guerra. No valía la pena. Entonces decidí, al menos, encontrar el supuesto búnker del que me había hablado Graciano.

Me puse de pie y, allí mismo, sin dejar de escuchar el furibundo aguacero golpeando en las tejas, busqué una puerta de acceso que llevara a unas escaleras, con la esperanza de que estas me condujeran a una estancia subterránea en la que los nazis hubieran ocultado lo que habían traído en camiones una noche del año 46, fuera lo que fuese, por mucho que las lecturas sobre las aficiones de Goering y de los más ambiciosos nazis alentasen en mí un único presentimiento. Entonces recorrí la sala, la cocina, la despensa, el pequeño taller y, por lo que parecía, el cuarto de costura; y nada encontré en mi inspección de esos espacios, en los que incluso levanté las alfombras, por si una trampilla en el suelo me ofrecía esa escapatoria hacia el compartimento excavado. Nada.

Jadeando y a punto de descartar definitivamente la versión del anciano, me senté de nuevo y reflexioné. Si alguien hubiera hecho un agujero del que saca tierra suficiente como para llenar un ribazo, ¿dónde lo habría situado? Debajo de la casa, desde luego, pero también hacia el exterior. Y ahí solo podría emplazarse bajo el empedrado de una era en la que no había visto puertas ni escaleras. Entonces apunté con la luz del foco hacia la cristalera cerrada que daba a la parte de atrás y observé el piano que se situaba justo delante de ella. Descubrí que se asentaba sobre una amplia tarima de madera encerada y de escasa altura. Allí, lógicamente, no había mirado. ¿Y si no estaba clavada al suelo?

Me metí de inmediato debajo del piano y, con la chepa investida de poderes ancestrales, las pasé canutas para mover aquel estorbo de cola con tres patas que el acomodador nunca me dejaba tocar en el cine Capitol de Escairón antes de la sesión infantil. Como un pianista sin talento pero ansioso, lo conseguí a base de fuerza. Lo de apartar la tarima ya resultó más fácil. Hasta que, resollando, por fin dejé al descubierto una trampilla de gruesa madera situada en el piso. Aunque aparecía cerrada con un viejo pasador en un lado y dos bisagras en el contrario, retiré el primero y las segundas solo crepitaron moderadamente al abrirla.

Desde arriba, agachado, sin dejar de oír el diluvio y los truenos que estallaban fuera, inspeccioné la escalera de piedra de aquel amplio agujero. Conducía hasta una lúgubre oscuridad que ni la luz del foco lograba ahuyentar por completo. Entonces, aunque tenso y desconfiado, quise matar, ¿cómo no?, la curiosidad que sentía: descendí por ella.

75

Veintidós peldaños seguidos y contados uno a uno. Luego, un pasadizo de escasos metros, menos tenebroso que el de Samos pero que, tal vez por la tormenta, me provocaba mayor inquietud. Por él me metí hasta desembocar en una enorme estancia en la que, bajo la tenue luz de la que disponía y entre gruesas columnas de piedra que seguramente sostenían las losas del empedrado de la era, descubrí la sombra de multitud de bultos amontonados. ¿Y qué contenían aquellos bultos? ¡Ora envueltos en grueso papel de embalar o bien como fardos cubiertos por tela y amarrados con ligaduras; ora con lienzos colocados encima para evitar el polvo de los años o bien apilados para sostenerse los unos a los otros, contenían obras de arte! ¡Había encontrado otro clandestino y perfecto refugio de la perversa rapiña nazi!

Allí localicé, mientras evitaba pisar tiesos cadáveres de diminutos ratones envenenados y apartaba enormes telarañas, desde cuadros con bodegones, paisajes o retratos, elaborados con diversas técnicas y de estilos muy variados, hasta litografías, grabados y dibujos, pasando por esculturas de todo tipo y material. Pero también cerámicas, miniaturas y una infinidad de cajas con joyas, broches, filigranas y orfebrería en general. No faltaba la sección de porcelana delicada ni, incluso, otra con los juguetes más estrambóticos y depositados en urnas de cristal y madera. Tampoco la de libros antiguos, unos manuscritos y otros incunables, seguramente originales o apócrifos que los estudiosos buscarían afanosamente por las bibliotecas y que tenían su sorprendente escondrijo en baúles metálicos y sin etiquetar en la apartada Ribeira Sacra.

Durante más de media hora recorrí aquella amplia, fresca y estanca estancia, pues a pesar de la tormenta no se divisaban filtraciones de agua. A golpe del reducido resplandor del foco y tocando muy por encima aquel tesoro —procedente, no era difícil deducirlo, del expolio de colecciones artísticas europeas o de riquezas incautadas a desconocidos magnates o a ricos judíos que salvarían su vida y la de su familia a cambio de su patrimonio—, transité por estrechos pasajes entre los bultos. A pesar de ser un profano en la materia, entendía lo que implicaba poseer aquel increíble y generoso almacén para, por ejemplo, asentar una o varias prósperas galerías de arte que se movieran entre marchantes internacionales.

Entonces recordé lo que me había querido contar Barrabás y enseguida lo relacioné con doña Manolita, instalada en Monforte gracias a parte de ese perverso botín. Al mismo tiempo, aunque no localicé dinero en efectivo, monedas o lingotes de oro, como procede en hallazgos de este tipo, seguramente porque era lo único que el matrimonio Kutchmann y su camarada Hans podían transportar en su huida al otro lado del Atlántico, y sin saber cuál sería el valor económico de aquellos lotes artísticos en una supuesta subasta, pensaba que los recursos allí acumulados —allí y en otros muchos refugios, por supuesto— quizás alimentaban la utopía de un sueño, el de un delirante IV Reich.

Con estos perturbadores pensamientos, manchado con el polvo que durante casi setenta años se había depositado en tanto lienzo amarillento, pero con la curiosidad más que satisfecha, abandoné aquel fantasmal cementerio de arte y opulencia y ascendí por la escalera. Casi en lo alto, cuando desde el penúltimo escalón me aferraba al piso para ponerme de pie, el estremecimiento que me produjo una luz al encenderse no representó ni una mínima parte del terror que me produciría aquella cara arrugada que ya conocía y que, igual que unas horas antes, me apuntaba directamente a la cara con su vieja escopeta de dos cañones.

—¡Tírate al suelo con las manos a la espalda! —ordenó Meregildo con belicosa voz. Luego, a la vez que la tormenta, tronó—: ¡Haz lo que te digo o te barreno la puta crisma!

76

Me ató de pies y manos con recias cinchas de cuero humedecidas que, al irse secando, parecieron pasar a formar parte de mis articulaciones. Luego, conmigo en el suelo, activo y vigoroso como no esperaba en un viejo de su edad, cerró la trampilla, recolocó alfombras, estrado y piano, me quitó el *phablet* y la cartera del bolsillo y se sentó frente a mí en una silla.

Con la escopeta sobre las rodillas, sin hablar pero con gesto de enfado y el ceño tan fruncido que destacaba del resto de las arrugas, Meregildo del Rexo, en cuanto dejó de jadear por el esfuerzo, pareció sumirse en un extraño trance. Y así permanecimos un rato, con la luz yendo y viniendo por la tormenta, él, rígido y meditabundo, sentado en su silla; yo, pegado a la suela de goma de sus gastadas botas, tirado como un trapo.

—¿Qué me va a hacer? —pregunté, pasados unos minutos y entre gemidos que mitigaba la tromba del exterior.

No respondió. En su expresión adusta entendí que solo lo irremisible tenía cabida en aquella mente airada por no haberle hecho caso. Por eso tal vez permanecía allí, indolente y quieto, sin pronunciar palabra. Haría lo que tenía que hacer, pensé, no le quedaba otra. Y transcurrió más de media hora sin que habláramos y bajo la tormenta, hasta que, dolorido por la incomodidad y convencido por mi propia impaciencia, insistí con la misma estúpida pregunta.

—Matarte —dijo entonces, con una serenidad que me estremeció.

En el silencio que devino, después de comprender aquella certeza, pareció como si un hueco atroz se abriera en mi interior y me vaciara todo el juicio, como si la misma feroz tormenta de fuera aprovechara ese instante para hacer un receso. Comprendía que estaba en sus manos y no disponía de otro recurso que la palabra justa para, cuanto antes, convencerle de que no valía la pena deshacerse de mí. Pero ni por esas conseguí articular una razón que traspasara los gemidos que las correas y la incómoda postura me estaban provocando. Quería, pero, porque temía cualquier irascible reacción a una sola de mis propuestas, no me atrevía a hablarle. Tocaba, pues, callar y esperar.

Sería él, pasado el tiempo y después de oír cómo tragaba la saliva que durante ese intervalo pareció ir acumulando en su boca, el que sorprendentemente se decidiera a abrirla.

—¡Tenías que venir a tocar los cojones! —acusó, con rabia—. ¡No podías estarte quieto! ¡No podías decirle que no y seguir con el taxi, Reina!

—¿Así que sabe lo que busco? —pregunté, confuso.

Él no respondió, y ese preciso silencio se convirtió en un asentimiento que evitó que yo insistiera. Pero enseguida, como necesitado de una confesión que le limpiase las entrañas, con un tono de voz tan neutro e ido que parecía no hablar para mí, sino para él mismo, el anciano se lamentó:

—Don Manuel se equivoca. No tiene nada que revolver en el pasado, nada. Él no sabe lo duro que fue ni las que hubo que pasar para que todo se quedara como tenía que quedar. Es la obediencia debida en la que nunca fue instruido. Porque si supiera que fueron estas manos las que le volaron la tapa de los sesos a uno de los nuestros para que todo volviera a su curso, las que incluso tiraron de él para arrancarlo de las entrañas de su madre y... Si supiera que estas manos cuidaron de ella y de todo lo que ella quería para... ¡Para vivir! ¡Simplemente para vivir! Si él supiera lo que pasó aquí, en este cuarto, quizá no te habría mandado fisgar. ¡No te habría mandado, no! Él se equivoca y ahora no tengo más remedio que...

—¿Por qué dice eso? —pregunté, viendo que Meregildo se detenía en su proclama. Y de inmediato opiné—: ¿Acaso no es mejor contar todo lo que pasó que callarlo y que nos devore por dentro?

—¡Qué sabrás tú de nada de lo que pasó! —soltó el anciano, escupiendo su desprecio—. ¡Qué coño sabrás tú de lo que nos devora por dentro y no nos deja vivir ni se puede contar!

—¡Algo sí sé! —bramé, provocativo, como si esa fuera una vía con la que antes no había contado y que me sostendría—. ¡Y si quiere se lo cuento ahora mismo!

Pero seguro que me voy a equivocar. Así que, ya que me va a matar, no tengo inconveniente en escuchar cómo sucedió, qué pasó. Me vendrá bien, señor Meregildo: ¡moriré como los demás, pero conociendo el secreto!

El anciano me miró con extrañeza. Al momento, mostró una sonrisa tan amplia que dejaba ver la piorrea de sus dientes y dos enormes arrugas como paréntesis justo al lado de la boca.

—¡Que sabes algo, dices! ¡Y ya que vas a morir quieres llevarte el secreto! —me imitó, burlón y enojado, coincidiendo con un relámpago que se filtró por cualquier rendija—. ¡Hay que joderse, Reina! ¡Ya decía mi hijo que había que tener cuidado contigo, que eres más cuco de lo que pareces!

—¿Su hijo? —pregunté, con los ojos como platos fijos en aquella cara, ahora como divertida—. ¿Quién es su hijo?

—¿Quién va a ser, a ver? ¿Quién te parece a ti que es mi hijo?

Aunque inmediatamente pensé en don Manuel, al oír aquel nombre que ni por asomo me podía imaginar, entendí por qué el viejo conocía mi ocupación e, incluso, mis movimientos:

—Macario. Macario es mi hijo y fue él quien se encargó de aquel zarrapastroso de Monforte.

—¡Entonces él mató a Barrabás! —me horroricé.

—¡Como tú, estaba curioseando demasiado! —impuso—. Macario es un buen hijo que hace lo que le mandan. Loliña me lo apartó de esta miseria de la ribera, para que viera mundo y la sirviera como es debido.

—¿Entonces Loliña es doña Manolita?

—Sí, claro que sí —confirmó—. ¿Quién creías que era? ¡Pero para mí nunca dejará de ser Loliña la del Penas que tan negras las pasó!

—¿Con Hans, verdad?

—¡Equilicuá! —exclamó él, como contento con mi limitado conocimiento—. Ya veo que has destapado cosas, ya. Pero nunca nadie más que yo te podrá contar lo que aquí pasó. Porque yo y ella así lo acordamos: que no se sabría. Piensa que por eso tienes que morir, Reina. Aun así, ¿quieres saber lo que pasó o no?

—¡Sí, sí! —solté sin pensarlo, pues cualquier respuesta que le ofreciera no modificaría mi destino—. ¿Qué pasó, a ver?

Entonces Meregildo mudó repentinamente aquella expresión de sádica alegría para revolver la saliva de su boca y, muy serio, alegar:

—Para contártelo necesito un trago. Los dos lo necesitamos.

Se incorporó y, con la escopeta en la mano, se dirigió hacia aquella especie de taller que yo había inspeccionado antes y en el que, además de herramientas, había visto varios barriles y garrafones alineados.

—Tú espera —dijo.

Y yo, escuchando la lluvia de fuera, sometido por la recia atadura de las cinchas y tirado en el suelo como una inmundicia, con el pensamiento dividido entre conocer toda la verdad de aquella infame trama y la inminencia de un final, ¿qué podía hacer si no esperar el secreto?

77

Meregildo del Rexo de Seoane apareció con dos vasos de grueso cristal mediados de un líquido transparente. Los depositó en una mesa al lado de la silla y se sentó. Luego me miró de reojo. Aunque desplazado varios metros de donde me había dejado, a él no parecieron importarle mis inútiles intentos por desatarme. Lo observé y en sus ojos pude ver algo así como asco. No por mí, tampoco sabría decir si por la existencia que le había tocado vivir o por lo irremediable que iba a suceder y no le agradaba llevar a cabo. Puro asco. Sin embargo, no dije nada y él se preparó.

—¡Venga, acabemos de una vez! —gritó con saña, como decidido a vomitar toda la inmundicia que le amargaba—. Con esta misma escopeta le volé los sesos a Hans. Hace años de eso, pero sí, los dejé esparcidos por esa pared de ahí —y señaló con la barbilla—, que todavía se ven las marcas de los perdigones que le destrozaron la guapura. Al chulo aquel le podía permitir cualquier cosa, por ser de la cuerda del señor, porque él lo trajo y lo amamantó como si fuera de la familia. Que no lo era. Y eso que a la señora no le gustaba, se le notaba a la legua. Pero había que esconderse de los aliados, una vez que comenzó el proceso en el que juzgaban a los suyos. Los nuestros, vaya, porque el señor me consideraba un camarada más, que por eso me llevó por ahí, a ver las minas y los cargaderos. Pero entonces vinieron mal dadas y, sobre todo por las noches, cuando por la radio escuchábamos lo que pasaba en Nüremberg y hablaban de la «Solución Final», de Auschwitz y de los demás campos de concentración, y contaban que la carne de los judíos se la daban a los perros de los alemanes y los restos de los huesos se los echaban a los repollos... No sé, me costaba creerlo. Y ellos aquí, bebiendo, lo negaban una y otra vez. Pero todos nos temíamos lo peor. Detrás de unos irán los otros, decían, eso seguro. Y yo no sabía ni me importaba lo que habían hecho o habían dejado de hacer. Ellos tenían órdenes, eran soldados, que no me meto en eso, ya te lo he dicho, pero la obediencia debida era la norma y... Y obedecer importa. Tener palabra importa.

»Pero el miedo a que los atraparan y lo complicadas que se les estaban poniendo las cosas con Franco hizo que esperaran las leyes de Perón como agua bendita. El paraíso argentino. Ese, sí. Y se llevaron una alegría al tener los pasajes en la mano. En cambio, yo me puse triste. En cierto modo, ellos daban sentido a mi vida. No era un nazi como ellos tres, pero también lo era, si no, mira.

—Y se desabotonó la camisa, se quitó la manga del brazo izquierdo, lo levantó y, al lado de la camiseta blanca de tirantes que llevaba puesta, me enseñó el sobaco peludo y una pequeña cicatriz en él. Lo entendí cuando prosiguió y recordé haber leído que los oficiales de las SS se tatuaban su grupo sanguíneo en la axila izquierda—: Me lo hice yo mismo, que estuve una semana en carne viva para ser como ellos. O parecido.

»Pero lo de Hans, no. Ese era un malnacido rabioso que piaba por Loliña, se le caía la baba por la criada. Siempre merodeando a su alrededor. Y cuanto menos caso le hacía ella, más loco se volvía él. La obligaba, más que nada porque el señor se lo pedía, a acompañarle de vez en cuando por ahí, a fiestas y a alguna que otra escapada para que se tranquilizase. Pero ella siempre quería que yo los acompañara, siempre. No se fiaba de semejante semental, que hasta lo llevé de putas varias veces y... Y nada. Al cabrón solo se le ponía tiesa cuando ella estaba delante. Me lo contó una vez en la que lo tuve que traer como una cuba y llorando en el asiento de atrás del coche. Se le ponía tiesa cuando ella estaba delante o cuando soñaba con ella. Y a mí ya me había avisado el señor, que me anduviera con ojo, que Hans nos la podía armar bien armada con la chica. Con mucho ojo por si tal. Hasta me lo recordó cuando se fue a Vigo con su mujer para preparar el embarque definitivo y Hans quiso esperar aquí. Él, el señor, como si lo presintiera, desconfió. Pero iban a tope de carga y convenía que él se quedara aquí en ese viaje. Con todo... Estar estaba como escrito en el aire de esta casa, tenía que ser. Tan pronto como el coche arrancó, Hans sintió que era su última oportunidad y me mandó a hacerle el recado. "Vete a por ella", dijo, el muy cabrón. A mí él no me gustaba, yo no era su criado y no tenía por qué obedecerle, solo el señor me daba órdenes, pero... Pero fui. Fui dándole vueltas porque aquel mal bicho que se reía de mi saludo alemán, de cómo pronunciaba delante del señor el ¡Heil Hitler!, que también se reía de mi estatura y se reía de mi nombre y de todos nosotros diciendo que podía llamarle Hans o Juan, pero que nunca jamás me permitiría que le llamara Xan, que eso era para los mierdas de por aquí. ¡Para mierda él y la puta que lo parió! Yo ya estaba harto de él y... Porque no era un enemigo, que si no ya lo habría pasado por la piedra.

»Así pues, llevé el recado a la cabaña de Armando. Él no estaba, que esa fue otra, y ella, al verme aparecer, ya presintió lo que vendría después. Pero no podía negarse. Eso o morir. Entonces vino aquí, vino y... ¡Pfff! —El anciano cogió el vaso que tenía más cerca y bebió un trago, breve y brusco, para, amargado, continuar hablando—. Dos días y una noche la tuvo dentro y no me dejó ni entrar. Atada y abusando de ella con cada erección. Y yo fuera, rabioso, dando vueltas y más vueltas, que la oía gemir y suplicar detrás de la puerta y no sabía bien qué hacer ni qué no. Hasta que, porque ella nunca se quedaba a dormir en la casa más allá de un día, Armando vino a buscarla. Yo no le dije nada. Lo vi llegar, callé la boca y me aparté a un lado sin atreverme a nada y sin que el otro me viera, pero ya con la escopeta en la mano.

»Hans le abrió y, en la puerta, grande como era, en camisa y con una botella en la mano, que como un odre estaba, le echó las manos al cuello por sorpresa y también lo metió dentro. El maestro era joven, que ni a los treinta y cinco llegaba, pero ante aquel hombretón y tan de repente... Desde el umbral vi cómo lo molía a palos, y cómo incluso le zurraba con un mazo de partir la leña y sabiendo bien dónde daba. Y todo porque no sé ni cómo se dio cuenta de que era a él a quien Loliña quería. Sería en una mirada o sería cuando fuera, pero aquel salvaje se dio cuenta y le hizo tanto daño como pudo. Disfrutó, incluso. Y eso que él, el maestro, seguro que nunca le había puesto la mano encima a la chica. Acababa de cumplir los dieciocho, la acogía en su casa y la respetaba como a una dama. Porque Armando de los Arias siempre fue un señor y... Y se querían. Aún... Aún se quieren.

Meregildo se pasó la mano derecha con fruición por el rostro. No se le veían lágrimas, pero en su interior ardía el resquemor. Para tranquilizarse, cogió de nuevo el vaso y vació su contenido en la boca. De un solo trago se bebió todo el líquido y, después de resoplar y como si tuviera el aliento amargo, remató:

—Así que me decidí y entré. Tarde, pero entré y... ¡Dios santo! Ella desnuda y atada en una esquina; él, todo mazado y en un charco de sangre, en otra. Sin decir ni una palabra, Hans se volvió hacia mí con aquella risa retorcida, babosa, y yo... ¡La hostia puta! ¡No me pude contener: apreté los dos gatillos a la vez! Nunca había matado a nadie. Mi padre, en paz descanse, siempre decía que eso era lo último y cuando ya no te queda otra. No tuve otro remedio. ¡Se lo merecía el muy cabrón!

Entonces Meregildo, como un fuelle que se hubiera ido desinflando con las palabras pronunciadas, se calló. Era tal su desaliento que permanecí en mi rincón, encogido como un pajarito desprovisto de alas e indefenso, afectado por el secreto y compadecido del anciano. Pero él, en cambio, reaccionó enseguida y, poniéndose en pie, cogió el otro vaso y caminó hacia mí. Se agachó, levantó la cabeza y susurró en mi oreja: «Bebe, anda.»

Noté su aliento aguardentoso entrando por mi nariz y, aunque tenía sed, percibí el raro sabor del agua que me ofrecía. Por eso, tras el primer sorbo y después de ver cómo se asomaba su malicioso colmillo por la comisura, rechacé el resto de la bebida con un giro de cuello que le tiró el vaso de la mano e hizo que el líquido se derramara por el suelo.

—¿Qué me está dando? —protesté.

—El veneno te lo haría más fácil. Y rápido —indicó—. ¡Ahora te jodes, que no me queda más! Sufrirás como un perro rabioso el tiempo que aguantes.

—¿Que aguante dónde?

—Donde te voy a meter —respondió, con decisión—. Prometí que nunca más le dispararía a una persona.

—Pero... —Yo ya no sabía si hacer preguntas estúpidas o si cerrar el pico. Sin embargo, protesté—: ¿Pero no me va a decir lo que fue de Loliña y de Armando? ¿Qué les pasó? ¿Qué más hay de...?

—¿Y qué más quieres que haya, hostia? Llamé al señor por teléfono a Vigo y le conté lo que había pasado —prosiguió, como si lo necesitara—. Pero él ya no volvió, tal como había planeado. No. No quiso. Fui yo allí y, antes de embarcar, me llevó al notario que les cubría los papeles a los alemanes que se marchaban. Al despedirnos, con él vestido de cura, me dijo que aquí no podía quedar ningún rastro suyo, ni de su nombre ni de los nazis. Y yo debía ocuparme de ello, que lo demás ya lo tenía dispuesto. La casa y todo lo que en ella había era para Loliña. No como pago, sino para sacarla de aquella cabaña y devolverle lo que era suyo. Y porque entendió que ella, con su buena disposición, sabría mejor cómo moverse con lo de ahí abajo. También porque el señor, a pesar de todo, le tenía cariño a la chica. Y las demás propiedades me las dejó a mí. Así que, de regreso, pasé por el registro de Monforte para arreglarlo y me vine aquí para cuidarlos, que incluso les traje un médico. Pero no había mucho que rascar. Hans había hecho las cosas a conciencia: Armando, por los golpes en la columna, se había quedado tan inútil que no se podía ni mover, y ella... No sé qué fue peor, porque Loliña se recuperó bien, pero con el paso del tiempo se dio cuenta de que Hans la había dejado preñada. Había tenido una vida muy dura y... Siempre fue una mujer fuerte, y muy valiente. No sé por qué, pero decidió tener el niño y aprovechar lo que el destino le había deparado. Así que esperó sin salir de casa durante un tiempo, conmigo de recadero, y a los diez meses se fue de A Cova con el bebé en brazos y con el hombre de su vida metido en una camilla. Y ya no quiso saber nada más de este lugar, no volvió a pisarlo. Me llama de vez en cuando para que le haga algún recado, o para que le envíe alguna parte de lo que es suyo. Pero ni siquiera pregunta por lo que me veo obligado a hacer para cumplir mi juramento. Ella sabe que esta vez no le fallaré. Y todo porque antes de irse, en este mismo salón, acordamos que yo le cuidaría la casa y los bienes. Se lo prometí, como se lo prometí al señor. Y que mantendríamos la boca cerrada. Nadie hablaría de lo nuestro. Ni yo de lo de ella, ni ella de lo mío.

Al acabar la frase, como si esos fonemas fueran su última concesión —aquella que, aunque yo estuviera atado y condenado, resolvía el encargo de don Manuel y certificaba la verdad a medias que su madre le había contado—, como si se hubiera librado de un pesado lastre o como si finalmente él también hubiera logrado escapar del terror y su tormenta interior se hubiera amainado, el anciano, amarrado a la escopeta, cerró los ojos y jadeó con fuerza.

Entretanto, yo ya no era capaz de apartar de mi pensamiento la crudeza de lo que allí había sucedido y, a la vez, comprendí aquella historia de amor y fidelidad: ella, con su paseo matinal por el Malecón, fiel cada día de su existencia para verlo a él; él, paralizado en una cama el resto de su vida, dispuesto simplemente a abrir los ojos cada mañana para verla aparecer a ella. A pesar del mundo, a pesar de todo y de todos.

Pero mi imaginación se perdió solo un instante, porque, de improviso, Meregildo se acercó a mí con la escopeta en la mano y, por más que en el último momento intenté esquivarla, la culata golpeó violentamente en mi frente y me lanzó la cabeza contra el piso. Entonces, con un punzante dolor, la vista y la consciencia se fueron alejando de mí.

En la oscuridad

En la oscuridad se te aviva el cercenado pensamiento con lo que de verdad ocurrió. Porque lo de ver al viejo Meregildo haciendo rodar un tubo de hormigón o lo de darle varias vueltas alrededor de tu boca a una cinta de embalar, atontado como estabas, más bien parece un sueño funesto. Pero tú sabes que fue real, incluso cuando le oíste decir, entre jadeos:

—¡Y ahora toca morir, Reina!

Galicia, NO de la península ibérica, octubre de 1948

La monja supervisa el seto de mirtos que un operario ha recortado por la mañana para que, desde fuera, permita ver el edificio en obras. Mientras observa cómo una novicia se acerca por el sendero de grava, piensa cuánto le gustaría disponer de una reja alta para cercar el solar.

—Madre, una señora la espera en el despacho —escucha.

—¿Una señora? —se extraña—. ¿Ha dicho qué quería o...?

—Hablar con la madre superiora de un asunto importante.

—¿Pero quién es?

—No lo sé. Parece joven, pero no se le ve la cara porque lleva un tul de esos que traen los sombreros caros. Y viste muy elegante.

La monja da la vuelta y se dirige al edificio intentando adivinar el motivo de esa inesperada visita. Al pasar por delante de la novicia, la mira como interrogándola. La otra, que lleva tres meses allí y ya ha observado su esquivo proceder, dice:

—Ah, sí, viene con un bebé en brazos. A lo mejor quiere...

—Aquí ya no recogemos bebés. ¿No se lo has dicho? —profiere, como enfadada con la recadera—. Mejor que busque un hospicio.

La otra no responde, pero camina tras ella hasta el edificio.

Cuando la madre superiora entra en el reducido despacho, a medio amueblar y con alguna pared con la pintura desconchada, ve a la mujer sentada delante de su escritorio.

—Buenos días —la saluda, sin amabilidad.

Y avanza hasta situarse del otro lado de la mesa y comprobar que, sin haberse retirado el velo oscuro que cae desde la visera del sombrero, con la camisa desabotonada, la mujer amamanta a un diminuto bebé que succiona plácidamente de su pecho izquierdo. Y ni le responde.

Un tanto turbada ante aquella manifestación carnal, la monja se gira y opta por mirar por la ventana. Mientras espera, bajo un silencio en el que solo se escucha el acompasado chupeteo del bebé, ve los ladrillos apiñados y el montón de arena, y piensa que ya le gustaría que volviera el estruendo de los obreros que tanto la molestaba. Entonces acude, de nuevo, la preocupación que desde hace varios meses le amarga la existencia, justo cuando las ayudas oficiales dejaron de llegar y las obras empezaron a demorarse. Y las noches en vela, una tras otra. No debería, pero le puede esa penuria. Para colmo, como si presintieran otro mal que la devora, tiene que aguantar a las monjas, alarmadas cada mañana por sus profundas ojeras. «¡Serán idiotas!», piensa.

—Buenos días, madre —oye que le dicen por detrás.

La clara y decidida voz la arranca del trance. Sin saber el tiempo que ha pasado absorta en tales pensamientos, se vuelve y ve al niño satisfecho y dormido en los brazos de la mujer, y a esta en la misma posición, protegida por el tul.

—Usted dirá —pronuncia la monja, sentándose—. Aunque quiero advertirle que ya no recogemos niños.

—Lo sé. Y también sé que ahora esto es un asilo en el que acogen a personas necesitadas —concede la otra—. Aunque tengo entendido que, con usted a la cabeza, pretende ser una gran residencia en la que podamos cuidar de nuestra gente. ¿Es así?

La monja asiente, algo intimidada ante las resueltas palabras, que continúan como si lo tuviera todo muy meditado:

—Pues bien, madre, vengo a hablar de negocios.

—Usted dirá —repite la monja. Y pregunta, intrigada—: ¿O debo tutearla? Porque parece usted muy joven y...

—Soy joven, pero nos trataremos de usted —advierte la otra, con un tono serio e inflexible, que para nada se aproxima al desdén—. Y le seré franca, como espero que lo sean conmigo.

Entonces la mujer, que sostiene un bolso en las rodillas, introduce en él la mano derecha y saca un sobre ancho y cerrado, atado con una goma. Lo deposita sobre la mesa, delante de la monja, y, con la misma mano se aparta el tul para descubrir su rostro.

La monja, no puede evitarlo, abre la boca ante la sorpresa que le producen la impávida juventud y la belleza de aquella mujer. Tanto tarda en reaccionar que es finalmente la chica, que a veces mece con cariño al bebé, quien decide:

—Ábralo, haga el favor.

La monja coge el sobre, retira la goma, abre la solapa y saca un fajo de billetes como nunca había visto. Ahora sí, el aspaviento que la envuelve llega a estremecerla, y el labio inferior tiembla al decir:

—¿Y-y esto? ¡Tanto dinero!

—Forma parte del negocio: la ayuda de una benefactora para las obras de la residencia San José de Monforte de Lemos. Recibirá esa cantidad de la misma forma y dos veces al año, y si todo va bien incluso podría incrementarse. Siempre que acepte mis condiciones, claro.

—¡Condiciones! ¿Qué condiciones?

—La primera: será cosa nuestra, pues este asunto lo trataremos usted y yo, exclusivamente. La segunda: no descubrir nunca la procedencia del dinero ni mi identidad, a no ser que una de las dos muera. En ese caso, que por supuesto ocurrirá, dejaremos todo bien atado con la persona que nos suceda. Y la tercera y más importante, por la que en verdad estoy aquí: que hoy mismo ingrese a una persona para cuidarla hasta el fin de sus días.

—¿Cuidar a una persona? —se extraña la monja, frunciendo el ceño—. ¿Y de qué persona se trata?

—No se preocupe, madre. Ni es un perseguido por la Guardia Civil o la justicia ni hay ilegalidad alguna detrás. Ninguna en absoluto. Se trata de un ser muy querido para mí que... —La mujer, por primera vez, como si de repente se le quebrase la voz, parece vacilar. Pero pronto traga saliva y proclama, recuperando el tono resuelto—: Ha sufrido un grave accidente y no se puede mover. Ni siquiera habla. Los médicos ya no pueden hacer nada más por él, y tampoco esperan ninguna mejoría. Ahora solo hay que cuidar de él, día y noche. Disponer una habitación con una cama y encargar a alguien que se ocupe de atenderle. Yo... Yo viviré en este pueblo y vendré a visitarle todos los días. Eso es todo. Ahora le toca hablar a usted.

—Creo, Dios me perdone, que nos vamos a entender —opina la monja, haciendo la señal de la cruz en la cara con una mano y apretando los billetes con la otra—. Pero, realmente, ¿qué pretende con..., con él?

—Que viva. Y si puede ser feliz...

—¿Feliz en ese estado?

—Sí, feliz, por seguir conmigo. Yo lo seré si él vive.

—Entiendo —acepta la monja—. ¿Y cómo se llama?

—Eso no importa.

—Me refiero a usted.

—Le digo lo mismo.

—Si va a vivir en este pueblo, de alguna manera tendremos que llamarla. No sé, a ver, ¿cuál era el nombre de su padre?

—Manuel.

—Manuel —repite la monja, ladeando la cabeza. Y opina—: Pues Manolita no estaría mal.

La chica baja la vista hasta el niño que tiene en brazos. Acaba de abrir los ojos, de llamativo iris azul, y la mira. Entonces ella, por primera vez, sonríe con tristeza.

Epílogo

Lelia, algo taciturna, esperó en casa el regreso de Reina. Sin acostarse, dedicó la tormentosa noche del viernes a leer libros y a revisar Internet. A eso de las ocho y media, lo llamó por teléfono, pero no contestó; tampoco lo hizo a las diez. A media mañana del día siguiente se acercó en taxi a casa de Telmo y habló con Graciano, quien le contó, además del encuentro de Reina con Meregildo del Rexo, de qué habían charlado en la bodega y a qué hora se había ido.

A pesar «de lo artista que siempre ha sido Reina», ni padre ni hijo se explicaban «por qué no volvió en aquel momento, cuando estalló la tormenta», o por qué no la había avisado; mucho menos que no respondiera a las llamadas.

Lelia regresó a casa preocupada.

A las cuatro de la tarde y bajo un sol radiante llegó en su automóvil una mujer, Verónica. Hablaron y aclararon lo suyo.

Al cabo de un rato se presentó Telmo con una mala

noticia: «El coche de Reina ha aparecido abarrancado en unas rocas junto al río Miño.» Había caído por un terraplén en la misma curva que el de la moto hacía un mes, pero el cuerpo no estaba dentro. Lo más probable era que «se lo hubiera tragado el río, pues en esa parte la corriente es muy fuerte».

Las dos mujeres, sin llorar pero en silencio, guiadas por Telmo, se desplazaron al lugar en el coche de Verónica. Volvieron desconsoladas por lo que habían visto y sin entender nada de lo que estaba ocurriendo.

A las nueve, con las dos en el pasillo contemplando el extraño arrebol de aquel atardecer, Lelia toma la decisión de realizar varias llamadas. Las primeras intentan contactar con Manuel Varela Arias, incluso en la sede de su partido. No lo consigue. Le dicen que en este momento «no se puede poner, está reunido». Finalmente, deja el recado. La última, al teléfono que Reina le había dado: Miguel Toimil.

El agente tarda escasos minutos en llegar a la casa, pues se encontraba por las inmediaciones interrogando a los vecinos por causa del accidente.

Tras las presentaciones, él las informa de que la señal del móvil de Reina, conseguido mediante solicitud policial a la compañía telefónica, se localiza en el medio del río Miño, un poco más abajo del lugar del siniestro. También les comenta, sin querer crear falsas expectativas, que un miembro de Informes y Atestados con el que ya había hablado Reina ha admitido extraoficialmente que «la hipótesis de que el de la moto se ahogase en el río, a pesar del informe, no resulta creíble».

Verónica, por si sirve de algo, da cuenta de lo que habló con Reina la madrugada del jueves, incluyendo el encuentro con su ex. Miguel se propone localizarlo de inmediato, «por si estuviera implicado». Entonces Lelia, ante el estupor de los otros dos, les revela el asunto que Reina estaba investigando y quién lo contrató.

Los tres, Lelia, Verónica y Miguel Toimil, en el coche de este último y después de, por fin, contactar oficialmente con Manuel Varela Arias y comunicarle lo sucedido, se acercan de nuevo hasta la fatídica curva. Revisan el lugar hasta que, ya al ocaso, los submarinistas suspenden hasta el día siguiente las labores de búsqueda del cadáver.

De vuelta, se detienen al lado de la iglesia de San Martiño da Cova e inspeccionan, desde la reja, la casa del Alemán de la que, al parecer, Graciano le había hablado a Reina. Miguel comenta que se parece mucho a la foto que Barrabás tenía en su móvil y que un mecánico le entregó por indicación de Reina.

Entonces aparece Meregildo del Rexo. De mala gana y desde dentro, repite lo que ya les ha contado a los oficiales que preguntaron por Reina: tuvo que echarlo de la propiedad la única vez que habló con él, «el día de feria, sobre las cinco». En el transcurso de la conversación, antes de irse, Lelia se fija en la fachada y le pregunta si está en obras. El viejo indica que está levantando la parra.

Ya en casa y con noche cerrada, llega Manuel Varela Arias. Entra y, mientras el chófer espera fuera, se entrevista con ellos.

El político, que no parece afectado, responde sin dudar a las preguntas del policía. Dice que la relación de Reina con él era la de un simple asalariado. Insiste en que «Pepe realizaba para mí una investigación estrictamente privada». «Sin pretender que mis palabras suenen a amenaza», advierte de que ni tiene nada que ver con el accidente del taxista ni está dispuesto a permitir que se difunda en los medios cualquier información que lo relacione con el suceso, pues le comprometería no solo a él sino a su partido. Eso sí, se muestra dispuesto a colaborar en cuanto sea preciso para lograr el esclarecimiento de los hechos.

Una vez que Manuel Varela Arias se marcha, Miguel insiste en permanecer en la casa de Reina con las dos mujeres. Cree que necesitan a alguien que las acompañe, e incluso se ofrece a prepararles algo de cena. Ellas prefieren no comer nada.

Hacia las tres de la madrugada, con Verónica y Lelia amodorradas y tapadas con sendas mantas cada una en un sofá, el policía decide bajar hasta Monforte para descansar. De paso, se acerca hasta una conocida discoteca y conversa con el portero, que no solo niega cualquier implicación en el accidente, sino que tiene numerosos testigos de que la noche anterior permaneció en su puesto hasta el amanecer. Del encuentro con Reina que le menciona el agente, sin negarlo, prefiere no hablar sin un abogado presente.

A las nueve, después de ducharse, Miguel recibe una llamada de Lelia preguntando por el móvil con la fotografía tomada por Barrabás. Quizá les resulte de ayuda. «La foto tiene una especie de anotación», menciona el policía, pero no recuerda bien lo que dice. «Si puedes subírmelo, te lo agradezco.»

Miguel Toimil, sin dejar de pensar en lo despierta que parece aquella chica, pasa por la comisaría, recoge el móvil y se presenta a las once y media del domingo en casa de Reina.

Lelia mira la foto y confirma que se trata de la casa que vieron la víspera. «¿Y eso de *Izan le da sac*?», pregunta Verónica, intrigada. Tras reflexionar unos instantes, Lelia, acostumbrada a los juegos de palabras, lee al revés: «casa del nazi», y enseguida, porque dice tener lo que llama una intuición e insiste en comprobarla, los tres se desplazan a A Cova.

Como les queda de camino, se detienen en casa de Telmo. Ya que su padre, como todos los domingos, se ha ido temprano a la viña, decide acompañarlos.

Minutos después y sin dejar de acariciar las cepas, Graciano responde una tras otra a las extrañas preguntas de Lelia. Confirma que no siempre ha habido columnas de tubo de cemento en esa casa para sostener el emparrado. La primera la colocó Meregildo «que yo recuerde, justo al marcharse los alemanes, hace ya muchos años». Hará más o menos un mes que empezó a instalar la otra, «cuando lo del olor a carroña».

De pronto, Verónica, Miguel Toimil, Telmo y Graciano observan la reacción de Lelia y, en fila, se apresuran a seguir sus enfebrecidos pasos. Cuando llegan a la reja de la casa del Alemán, sin entender bien lo que pretende, miran hacia el lugar al que la chica dirige su atención.

Entonces Lelia, ante el asombro de todos, proclama:

«¡Reina está ahí, metido en la tercera columna de tubo!» Verónica se lleva las manos a la boca como para contener un grito y Graciano se rasca la cabeza. Telmo va a por una marra a la bodega y el policía coge una palanca de hierro en el coche con la que, sin dilación, fuerza el candado de la cancilla.

Con cuidado, derriban la columna de tubo y marrean en el cemento fresco sin que Meregildo del Rexo, alertado por los golpes y desde el lugar de Seoane, se atreva a presentarse ante tal concurrencia. Enseguida, concretamente a las 13:33 horas de ese domingo de sol y calor, aderezado con un hedor inmundo, aparece Reina. Vivo.

Mientras llega la ambulancia, comprueban que la segunda columna contiene un cuerpo en avanzado estado de descomposición que bien podría corresponder a Víctor, el motorista desaparecido hace casi un mes.

A las 20:35 horas del mismo día, exactamente una semana después de conocerse, en la habitación 213 del Hospital Comarcal de Lemos, Reina, entubado pero con las constantes vitales muy recuperadas, recibe la visita de un receloso Manuel Varela Arias.

Conversan brevemente sobre la salud del encamado y sobre lo que está pasando en el entorno del político. Este le revela que Meregildo se ha tirado a una fosa séptica, y Macario, que había acudido rápidamente a su casa natal, quizás al conocer la muerte de su padre, se ha pegado un tiro en el paladar. «Tremendo», califica.

Para acabar con lo que los une, si Reina tiene algo que explicarle, don Manuel prefiere que las dos mujeres salgan de la habitación y se lo comunique cuanto antes. Es cuando Reina le confirma que lo sabe todo, pero quiere que ellas estén presentes. Débil como está, pregunta: «¿Fue usted quien le ordenó a Macario que me siguiera hasta el piso de Lelia?» El político no responde ni gesticula, pero aprieta los maxilares. Reina, débil pero enfadado, dice: «Entonces lo que procede es que vaya a ver a su madre, pronuncie estos dos nombres, Hans y Walter, y le diga que quiere acompañarla al asilo. Bastará para que sea ella quien se lo cuente todo.» Don Manuel frunce el ceño. «Ah, y el cheque con mi liquidación puede enviarlo por correo ordinario —lo despide Reina, mirando para el lado contrario—, para que no me vuelva a tocar los huevos nunca más.»

Al día siguiente, en la sección de Sucesos y sin fotos, la prensa recoge la trágica noticia del suicidio de padre e hijo de una familia del rural en un ayuntamiento del sur de la provincia de Lugo. No se ofrecen pormenores, pero en la entradilla se alude, como tantas veces, a la «Galicia profunda».

Una columna de tubo de cemento todavía permanece en pie, junto a otras de piedra, allí, en la casa del nazi.

La cáscara

Cuando Fabio Vázquez, la mañana del lunes, se dirigió hacia la puerta del despacho de su superior para organizar la documentación de la jornada, lo que menos se esperaba era encontrarse con alguien. Tal vez por eso cometió la torpeza de no llamar.

«Perdón, señor fiscal —se disculpó de inmediato, al verlo sentado en la silla con la cabeza gacha—, no sabía...» Se calló al percibir que, con unas profundas ojeras y gesto cansado, el fiscal levantaba la mirada para agradecerle que lo hubiera sacado del trance y lo hubiera traído de regreso a la realidad. Lo que a continuación le oyó decir, con indecisa voz, lo dejó todavía más sorprendido: «Por favor, no quiero que me molesten en toda la mañana. Ni llamadas. Estaré... —En la pausa respiró, para enseguida completar—: Estaré ocupado. ¿De acuerdo?» El oficial subalterno se limitó a asentir y, retrocediendo casi de puntillas, se retiró sin tocar otro objeto que el tirador de la puerta, que cerró con suma delicadeza.

De nuevo en la soledad de aquel espacio, ya con un rayo de sol acariciando los montones de papeles depositados sobre la mesa, el fiscal retomó sus cavilaciones. Si había pasado dos días y dos noches en la casa de la playa leyendo la novela, si había venido tan temprano a la Fiscalía que él mismo, como en los viejos tiempos, había tenido que desconectar la alarma del edificio, se debía a que, incluso antes de terminarla, una rara angustia se había instalado en su interior. También porque necesitaba comprobar que, tal como sospechaba hacia el final de la lectura, cada una de las noticias de las víctimas de las que los medios informaban en la carpeta de recortes que había dejado en su despacho se correspondían, exactamente, con personajes de la novela. «¡Y todos muertos!», lamentó, como había hecho cuando la sospecha dejó de ser tal.

Entonces se fijó en la invitación de un partido político que, como una certificación del temor que lo embargaba, había colocado al lado del móvil. Dirigida expresamente a su persona y cargo en la Fiscalía Superior, con la habitual redacción, rezaba: «Nos complace invitarle al Acto de Proclamación del Candidato a la Presidencia del Gobierno.» Sin embargo, no era eso lo que le dolía, sino el nombre que figuraba a continuación. El nombre y la duda que desde hacía unas horas aquel le provocaba y que se abría paso con más fuerza que cualquier otra convicción. Un nombre que laceraba su pensamiento: Xosé Antonio Arias Varela.

Si, como había verificado, en los nombres y apodos de otros personajes de la novela se habían realizado modifi-

caciones con respecto a la realidad que mostraban los recortes de periódicos, incluyendo la inversión de los apellidos, ¿cómo no iba a sospechar del que figuraba en
aquella invitación si su mente no dejaba de intercambiar-
lo por el de Xosé Manuel? «Soy fiscal —se reprochó—,
tengo que hacerlo.» Entonces, como si la simple imagen
de aquella persona hiciera arder su mente, pensó en el
problema que se le venía encima. «Pero... ¿Investigar a
Antonio Arias Varela? —se censuró—. ¡Nada menos!
—Y enseguida—. ¿Investigar por mi cuenta o...? ¡No, no
puede ser! Si abro diligencias ahora...»

Mientras se frotaba los ojos, consideró, tal y como
había hecho navegando por Internet con lo de Farandulo, con lo del avión de Córneas o con el nazi Walter
Kutschmann, si realizar algunas llamadas. Privadas, eso
sí. Pero él solo, sin contárselo a nadie, para así, al menos...
Entonces desfilaron por su cabeza desde una familia en
Melide hasta un profesor de la facultad de la Universidad de Santiago, desde el monasterio de Samos hasta la
parada de taxis de Escairón, desde la comisaría de Monforte de Lemos hasta el pazo de Arxeriz. «El propio
Hostal Recarey me serviría», juzgó, a la vista de la información que tenía delante, en la carpeta de recortes: una
columna de la sección de Sucesos del diario *El Correo
Gallego* en la que se daba cuenta de la muerte en extrañas circunstancias de una joven que trabajaba por horas
en el establecimiento compostelano. No se llamaba Lelia, como en la novela, pero sí Lucía. Y esta ciertamente
había aparecido muerta.

«¡Muerta como todos los demás! —exclamó, poniéndose de pie—. ¡Cambian los nombres, pero no los hechos!» Y deambuló por el despacho como llevaba haciendo varias horas, horrorizado al darse cuenta de que ya no se trataba de meras coincidencias. «¡Son evidencias puestas en papel! ¡Evidencias que alguien se ha ocupado de reunir!» Entonces, aturdido, empezó a pensar en quién podría ser el responsable de tal escrito, si su intento de preservar el anonimato tendría algún significado distinto al miedo, si el propio editor... «¡Marcial no, él prefiere lavarse las manos y olvidarlo todo! En eso fue muy claro», concluyó, encontrando un remanso entre tanta confusión.

De todos modos, como si pensara que allí dentro cualquier intento de apaciguar su mente sería en vano, cogió el móvil, fue hasta la percha, buscó un cigarrillo y el mechero en el bolsillo de la chaqueta y salió a grandes zancadas. «¡Que no entre nadie en mi despacho! —ordenó, al pasar frente a su secretaria—. Bajo a tomar un café.» Y recorrió el pasillo, pisó con fuerza sobre cada uno de los catorce escalones de la escalera de mármol y en el descansillo, atravesó el recibidor y salió a la calle.

Todavía hacía algo de fresco. El sol disputaba con la sombra de los edificios. Los coches transitaban en orden y los peatones se mezclaban en los lugares de paso. Una pancarta con un palo roto y un gastado «¡SÍ SE PUEDE!» sobre fondo lila denotaba batallas presentes y un clamor punzante. Parsimoniosas, dos nubes blancas avanzaban por el cielo. Todo, menos el alboroto de su interior, parecía tranquilo. Fue en ese momento cuando, en camisa, con el cigarro encendido y caminando sin rumbo concreto, el fiscal superior seleccionó un contacto en su móvil y esperó la respuesta.

«¿Antonio? —preguntó. Y enseguida añadió—: Sí, soy yo. Disculpa la hora, pero acabo de ver la invitación y... Verás. Ese día no voy a poder estar por un compromiso en el Consejo Fiscal. Así que, nada, simplemente quería cumplir contigo y... darte la enhorabuena. —Y guardó silencio un breve instante, para después apuntar—: Pero vaya responsabilidad que...» Parado en un portal, con los ojos cerrados, escuchó lo que le decían. Luego proclamó, como repitiendo un argumento manido: «¡Claro que tenemos que arrimar el hombro contra los que pretenden acabar con el sistema, Antonio! ¡Los tiempos que corren son la hostia! Pero para todos, eh.»

Y mientras le daba paso a su interlocutor, aspiró el cigarro casi con fruición. Expulsando el humo pronunció un «Ya» sin ánimo. «Hay que mirar hacia delante, sí, y pensar en el país —concedió, para, al cabo, intentar rematar con aquella acidez—: Antonio, mira, ahora tengo una reunión y no me puedo entretener. Tu madre bien, ¿no? —Sin prestar apenas atención a la respuesta, soltó—: Salúdala de mi parte, que conservarse así, con esos años... Para hacerle un monumento. Y a ti, mucha suerte, eh. Adiós, adiós.»

Cortó la comunicación, tiró la colilla al suelo y la aplastó con saña con la puntera del zapato. En lugar de entrar en la cafetería, regresó al magno edificio y, sin saludar a los conocidos con los que se cruzaba, atravesó el recibidor con decisión. Subió las escaleras, avanzó por el pasillo y, justo al pasar por delante de la dependencia donde el oficial subalterno agitaba un ratón de ordenador, indicó: «Fabio, deje eso ahora y traiga a mi despacho la máquina de destruir documentos. ¡Venga!»

El aludido lo miró con expresión de desconcierto. Y aunque recordó que las instrucciones de él recibidas eran las de archivar toda cuanta documentación pasara por la Fiscalía, «no vaya a ser que la necesitemos alguna vez», retiró las manos de las teclas, se levantó y pronunció lo que con seguridad sabía que le agradaba escuchar a su superior: «Enseguida, señor fiscal.»

Algunas notas informativas y bibliowebgráficas (por orden de mención en la novela)

Centro Simon Wiesenthal: institución dedicada a documentar las víctimas del Holocausto y a recoger registros de los criminales de guerra nazis y de sus respectivas actividades; su sede central está en Los Ángeles, Estados Unidos, y lleva el nombre del «cazanazis» austriaco.

ODESSA (Organisation der ehemaligen SS-Angehörigen): nombre que se le otorgó a una presunta organización formada por antiguos miembros de las SS tras la derrota alemana en la Segunda Guerra Mundial; el propósito del grupo era facilitar posibles rutas de escape a los oficiales nazis hacia América del Sur y Oriente Medio.

Legión Cóndor: grupo de voluntarios de la fuerza aérea de la Alemania nazi, la Luftwaffe, enviado para apoyar a las fuerzas franquistas durante la Guerra Civil española y así prepararse para la Segunda Guerra Mundial.

Kriegsmarine (Marina de Guerra): nombre con el que se designó a la Marina alemana entre 1935 y 1945 durante el régimen nazi, substituyendo al tradicional nombre Reichsmarine (Marina del Imperio). La Kriegsmarine fue uno de los tres cuerpos oficiales de la Wehrmacht (fuerzas armadas), junto con Heer (ejército) y la Luftwaffe (fuerza aérea).

U-Boot: abreviatura del alemán *Unterseeboot*, «nave submarina», en plural U-Boote, es la denominación dada a los submarinos alemanes desde la Primera Guerra Mundial. La historia de la U-Bootswaffe («Arma submarina») está íntimamente ligada al gran almirante Karl Döenitz, creador de la fuerza de submarinos de Alemania que introdujo la táctica de la «manada de lobos» para asediar a los barcos aliados del Atlántico norte.

SOFINDUS (Sociedad Financiera e Industrial): con domicilio social en la Avenida del Generalísimo 1, Madrid, fue un complejo imperio empresarial iniciado el 22 de diciembre de 1939 y presidido por Johannes Bernhardt (intrigante personaje, general de las SS, jefe local del partido nazi en Tetuán, conocido de Franco, amigo íntimo del ministro Serrano Suñer y del comandante en jefe de las SS Heinrich Himmler, a quien al final de la Segunda Guerra Mundial se le concedió la nacionalidad española para impedir su extradición por los aliados). SOFINDUS llegó a reunir unas 350 empresas que abarcaban negocios de todo tipo, desde bancos, aseguradoras, mataderos, a empresas navales y mineras. La mayoría de sus actividades se centraba en Galicia por la importancia de sus puertos y la extracción de volframio. Al frente de la gestión empresarial estaban una serie de espías y agentes de los servicios secretos alemanes que desarrollaron operaciones de inteligencia.

Abel Basti: escritor argentino que publicó varios libros (*Bariloche nazi* y *Hitler en la Argentina*) sobre la temática de la huida nazi hacia América del Sur, y que en *Destino Patagonia* ofrece pruebas de que «Hitler murió en los años sesenta en Argentina» y no se suicidó con su mujer en el búnker de Berlín. Las pruebas que Basti proporciona, además de los nombres de personas que lo vieron y de fotos de Hitler en Argentina, rapado y sin bigote, son variadas. Desde tres documentos históricos (uno del servicio secreto alemán en el que se da cuenta de que llegó a Barcelona; otro del FBI, que indica «el ejército de los EE.UU. está empleando la mayor parte de sus esfuerzos en localizar a Hitler en España»; y el tercero, del servicio secreto inglés, que habla de un convoy de submarinos con jerarcas nazis y oro saliendo rumbo a Argentina y haciendo escala en las islas Canarias) hasta varios testigos, entre los que se cita a un jesuita nonagenario que lo sitúa físicamente en la localidad cántabra de Somo, concretamente en una vieja hospedería llamada Las Quebrantas que al parecer formaba parte de la denominada Ruta de las Ratas.

Córneas: aldea de la parroquia de Santiago de Córneas, en el valle del mismo nombre, ayuntamiento de Baleira, provincia de Lugo.

Farandulo: ver *www.farandulo.net*. En su «bio», Julio Barreiro Rivas dice que nació en Cachafeiro en el año 1929, donde se graduó en «varias carreras universitarias» (sic), sirvió a la patria y emigró a Venezuela en el 52, «donde se desenvolvió con sus diversas profesiones, como ingeniería, arquitectura, escultura; músico y escritor».

Collado Seidel, Carlos: *España, refugio nazi*, editorial Temas de Hoy, Madrid, 2005.

Irujo, José María: *La lista negra. Los espías nazis protegidos por Franco y la Iglesia*, editorial Aguilar, Madrid, 2003.

Rolland, Eduardo: *Galicia en guerra*, Edicións Xerais de Galicia, Vigo, 2007.

Complejo Elektra Sonne: revolucionario sistema de posicionamiento global, también denominado «sistema Consol», que canalizaba las comunicaciones del Atlántico norte para que, a modo de rudimentario GPS, se sirvieran de él la Luftwaffe y la armada germana en la Segunda Guerra Mundial. Este sistema se basaba en la emisión de señales de radio por antenas situadas en puntos estratégicos (entre ellas las Torres de O Arneiro) y fue ideado por el ingeniero checo Ernst Kramar.

Blog *http://aviacionsobreespana.blogspot.com.es*: autor: Carmelo Magaña, cabo primera del ejército del aire y componente de la tripulación del trimotor de transporte Júnkers JU.52/3mg7e con matrícula militar T.2-167, destinado al Grupo de Entrenamiento y Transporte del Estado Mayor, que el domingo 23 de julio de 1950 partió de la base aérea de Getafe con dirección al aeródromo de Rozas, en Lugo, donde llegó, pero casi mil cien días después apareció en pedazos que fueron vendidos como chatarra.

Uría Osorio, Indalecio: nacido el 10 de octubre de 1930, hijo de Ramiro Uría Díaz, de la casa Noceiro en Escanlar, parroquia de Córneas, Baleira, donde aterrizó el avión de la nota anterior.

Gente: revista argentina en la que se publicó un reportaje sobre las peripecias de la localización y apresamiento del nazi Walter Kutschmann, que más tarde aparecería en formato libro (*Nazis en las Sombras. Siete Historias Secretas*, del redactor jefe de la misma revista Alfredo Serra, ed. Atlántida, Capital Federal, 2008).

La Iglesia católica y su colaboración con los nazis: está demostrado que la Iglesia conocía el tráfico de documentos de curas fallecidos para ocultar a los nazis, pues monseñor Eijo y Garay, obispo auxiliar de Madrid-Alcalá y natural de Vigo, medió ante el Gobierno de Franco para conseguir documentación falsa, proporcionarles a esos «refugiados políticos» las divisas necesarias para vivir y para que no encontraran problemas legales al embarcar hacia Buenos Aires; de este modo, la Estación Marítima de Vigo concedió la mayor parte de los billetes a los nazis escondidos en España y se convirtió en el principal puerto de salida de Europa.

elrecado.net/sociedad/960: diario digital argentino en el que se dio a conocer *La increíble historia del nazi que veraneaba en Miramar y que fue confidente de la diseñadora francesa Coco Chanel*, datado el 18 de julio de 2010.

Ayestarán, Ricardo: «La fuga de los nazis y la ruta de los monasterios», primera parte del *Informe Uruguay*, especial sobre la actividad de los nazis en el tránsito hacia y en América del Sur. En *www.uruguayinforme.com/news/26112004/26112004ayestaran*.

«Nazisakí»: carpeta recopilatoria del personaje Víctor.

Entre otros epígrafes del nazismo relacionado con Galicia, aparecían: San Amaro, Karl August Vorkauf, Simon Wiesenthal y Legión Cóndor; U-boot, Red Ogro, Sofindus, Martínez Nido y Luftwaffe; Suárez Llanos, Der Spinner, SonneTelefunken, Obediencia Debida y Lista Negra; Minas y Montañas de Galicia, Lobos Acosados, Clarita Stauffer, Edasio Fuentes y Fuentes; buque Max Albrech y Vacas Lecheras, Orden de Laconia y almirante Karl Doenitz; Conta Enrique, Coco Chanel, Pedro Ricardo Olmo Andrés y Walter Kutschmann; Abwehr, Untersturmfürer, SS y Farandulo; Auschwitz,

Avión Júnkers JU.52, Montes de Galicia y Monte Amboto; Alois Hudal, Demetrio Carceller, Marcelo Cifuentes y Uki Goñi; Cebal do Meio, División Azul y Das boot; Krukemberg, Osram, Santa Tecla y Joseph Mengele; Máquina Enigma, Wilhelm Cloos, Carlos Fuldner y Geralda Baeumler; Cerveza Mahou, Minerales de Hierro de Galicia, Abad Mauro y Servando de Buíme; Hildegarda de Bigen, Arxeriz, U-96 y Mercedes Núñez; buque Bessel, Von Eitzen y Malavella; Mauthausen, La Rochelle, Monseñor Eijo y Garay...

En cuanto a los lugares, citaba, entre otros: la fábrica del Alemán, el muelle-cargadero del puente de Rande, el pazo del río Verdugo, el Colegio Alemán, el piso de la rúa Pino y la Estación Marítima de Vigo; el lazareto de San Simón y las propiedades nazis en Pontevedra; los refugios de Redondela, los pesqueros remolcadores de Bouzas y la Compañía de Tranvías de Coruxo; las Torres de O Arneiro en Cospeito y el aeródromo de Rozas; las minas de volframio de Fontao, en Vila de Cruces, las de San Fins en Lousame, las de O Val das Sombras en Lobios y la de los Alemanes en Casaio; las minas de hierro de O Freixo y la estación de Canabal en O Val de Lemos; el casco viejo de Ourense, el monasterio de San Clodio y la rúa de Ribadavia; el cementerio de San Amaro en A Coruña y la playa de Balarés en Ponteceso; el muelle de la ría de Ferrol y la base de A Graña...

Incluía, además, tres salidas fuera de Galicia: al Cementerio de los Alemanes en Cuacos de Yuste, en Cáceres, a la pensión Las Quebrantas de Somo, en Santander, y a la calle Claudio Coello de Madrid.

Daas Boot [El submarino]: largometraje alemán de 1981 dirigido por Wolfgang Petersen y basado en la novela homónima de Lothar-Günther Buchheim. Cuenta con todo verismo la vida a bordo de un submarino U-96 durante la Segunda Guerra Mundial.

Patiño Regueira, Antón: *Memoria de Ferro*, ed. A Nosa Terra, Vigo, 2005. Los fragmentos a los que se alude en la novela pertenecen a los capítulos: «O armeiro da abadía», «O mancebo da farmacia da Pena», «Servando o de Buíme», «Villalobos no Hotel Excelsior».

San Xulián de Samos: monasterio medieval fundado en el siglo VI, según la tradición por Martiño de Dumio, llegó a ser uno de los de mayor importancia de Galicia. Pertenece a la orden de los benedictinos y está situado en el ayuntamiento de Samos, provincia de Lugo.

Gómez Pereira, Mauro (1895-1977): religioso benedictino nacido en Samos, donde cursó Latín y Humanidades y tomó el hábito (1912); fue abad del monasterio desde 1930 a 1970 y artífice de su reconstrucción tras el incendio de 1951. Don Mauro, como era conocido, fue también un significado seguidor falangista y defensor del franquismo.

Arias Cuenllas, Maximino: padre benedictino, autor de la *Historia del monasterio de San Julián de Samos*, vivió muchos años entregado al saber entre aquellos muros y elaboró el estudio más completo y documentado del acontecer que va desde la fundación del abadiato, en el siglo VI, hasta nuestros días.

Ora et labora («**reza y trabaja**»): locución latina que expresa la vocación de la vida monástica benedictina de encomio a Dios junto con el trabajo manual diario; es de origen reciente (siglo XIX), pues la esencia de la locución (aparece con otras palabras) no se encuentra propiamente en la Regla de San Benito, sino en la *Lectio Divina* (estudio meditativo de las Sagradas Escrituras).

Wilhelm Cloos, Frederik: más conocido como don Guillermo en el sur de Lugo, fue, además de vicecónsul de Alemania, ingeniero jefe de la Compañía General Minera de Galicia que en los años veinte puso en marcha Minerales de Hierro de Galicia, empresa que se ocupaba de varias explotaciones de hierro y volframio controladas por los nazis y consentidas por las autoridades franquistas, todas enmarcadas en la sociedad SOFINDUS. Frederik Wilhelm se casó y vivió muchos años en Monforte de Lemos, y su yerno llegó incluso a ser alcalde del pueblo en pleno franquismo. Murió en este lugar en el año 1949 y fue sepultado en Vigo, pues en O Val de Lemos no había cementerio para protestantes.

Mein Kampf [Mi lucha]: libro escrito por Adolf Hitler que combina elementos autobiográficos con la exposición de ideas propias sobre la ideología política en la que se basó el nacionalsocialismo. El primer volumen se publicó en 1925, y el segundo un año más tarde.

Perón, Juan Domingo (1895-1974): político, militar y presidente de la Nación Argentina en tres ocasiones; siempre simpatizó con la causa nazi y, después de calificar el Proceso de Nuremberg como una infamia, promulgó un polémico decreto de acogida a numerosos nazis prófugos durante y después de la Segunda Guerra Mundial, entre ellos Adolf Eichmannn, Joseph Mengele, Erich Priebke, Dinko Sakic, Josef Schwammberger, Gerhard Bohne, Walter Kutschmann y Ante Pavelic. A su muerte, el 1 de julio de 1974, le sucedió en la presidencia su viuda y vicepresidenta María Estela Martínez de Perón.

López Suárez, Juan: más conocido como Xan de Forcados, nacido en el lugar de Forcados (parroquia de Vilacaíz, ayuntamiento de O Saviñao, provincia de Lugo) en 1884 y fallecido en Madrid en 1970, fue un médico y filántropo gallego. Movido por el deseo de hacer progresar a Galicia, impulsó múltiples iniciativas científicas, culturales, económicas y sociales.

Fandiño, Xosé Ramón, y Gurriarán Rodríguez, Ricardo: *Juan López Suárez ou «Xan de Forcados»: home de ciencia e impulsor das melloras culturais en Galicia*, Edicións do Castro, Sada, 2003.

Pazo de Arxeriz: fue adquirido por Xan de Forcados (doctor Juan López Suárez) a la Casa de Alba, de la que era administrador para Galicia, en el año 1916; en él, además de realizar cultivos experimentales, creó una sociedad de derivados lácteos de la que saldrían Larsa y otras empresas gallegas. Con el tiempo, la propiedad vivió las habituales fases de esplendor y decadencia, y aunque en los años setenta se intentó levantar una nueva explotación industrial, pronto fracasa y comienza el deterioro de las edificaciones, llegando hasta la propia ruina; hasta que el actual propietario, Xosé Soto Rodríguez, en 1985, compra Arxeriz a su tío, negocia con las autoridades la instalación de una granja taller y logra que se reconstruya y se recupere el entorno; entonces crea la Fundación que lleva su nombre y dona el conjunto de Arxeriz para que, con la denominación de Ecomuseo y bajo la tutela de la Fundación Xosé Soto de Fión, sea una referencia medioambiental en la Ribeira Sacra gallega.

Fión: lugar de la parroquia de San Lourenzo de Fión, ayuntamiento de O Saviñao, provincia de Lugo, Galicia.

Juicios o Procesos de Nuremberg: nombre que reciben los juicios llevados a cabo por las fuerzas aliadas en 1945 y 1946 en esa ciudad contra algunas de las principales figuras del régimen nazi. En el juicio principal se juzgó a veinticuatro dirigentes, que fueron condenados por variados conceptos: crímenes contra la paz, crímenes de guerra y crímenes contra la humanidad.

«Solución final», o «Solución final de la cuestión judía» (en alemán, *Endlösung der Judenfrage*): nombre dado por los nazis a la operación para llevar a cabo el genocidio sistemático de la población judía europea durante la Segunda Guerra Mundial. Aunque en aquel tiempo constituía un hecho «inmencionable» para muchos, una vez acabada la guerra se conocerá como el Holocausto o Shoah al proceso de deportación sistemática y exterminio de toda persona que fuera clasificada como «judía» por los nazis, independientemente de la religión que profesara. La expresión «solución final» fue empleada por Adolf Eichmann, funcionario nazi a cargo de la primera instancia del asesinato en masa, a la que él denominó «reinstalación».

Índice

megustaleer

Descubre tu próxima lectura

Apúntate y recibirás recomendaciones de lecturas personalizadas.

www.megustaleer.club